大家

中国就像棵大树

丰子恺◎著

图书在版编目（CIP）数据

中国就像棵大树/丰子恺著．—北京：地震出版社，2014.7（2023.9重印）

（大家/钟桂松，郭亦飞编）

ISBN 978-7-5028-4415-8

Ⅰ.①中…　Ⅱ.①丰…　Ⅲ.①散文集－中国－现代

Ⅳ.①I266

中国版本图书馆 CIP 数据核字（2014）第 057976 号

地震版　XM3180

中国就像棵大树

丰子恺　著

钟桂松　郭亦飞　编

责任编辑：范静泊

责任校对：孔景宽　凌　樱

出版发行：地震出版社

北京民族学院南路 9 号　　邮编：100081

发行部：68423031　68467993

总编室：68462709　68423029

http: //seismologicalpress.com

经销：全国各地新华书店

印刷：河北盛世彩捷印刷有限公司

版（印）次：2014 年 7 月第一版　2023 年 9 月第二次印刷

开本：787×1092　1/16

字数：294 千字

印张：20

书号：ISBN 978-7-5028-4415-8/I（5105）

定价：45.00 元

编者语

丰子恺（1898～1975）是我国集文学、漫画、音乐、翻译于一身的艺术大师。他的漫画开一代风气，为广大读者所喜爱；他的散文也别具一格，一部《缘缘堂随笔》，曾伴随几代读者的成长。丰子恺对音乐教育也有独到的见解和心得，他的音乐文章和专著让人开卷有益多有启迪。数百万字的翻译作品同样是丰子恺文学殿堂里的精品力作，尤其是新中国成立后，丰子恺翻译的日本和苏联的作品，文字从容湿润，既有异国情调又合中国读者的口味，依然为21世纪的读者所喜爱。

《中国就像棵大树》是我们选编的丰子恺先生的一部散文集。在这部散文集里，我们可以看到，在民族危难时期，面对日寇的暴行，温文尔雅的丰子恺热血沸腾，用文章作武器，愤怒地控诉，他这个时期的散文篇篇有力，字字千钧。本书中也有一部分散文，轻松、幽默、睿智，但字里行间又多了一些深刻，多了一些哲理，多了一些感悟意味。

阅读大师晚年的散文，我们可以看出其一生厚德载物宁静淡泊的心境。他在回忆故乡石门湾往事的文章中，描绘了光阴流逝带来的心境的变化，怀旧的心情，保持着的童心。很多文章正是从大师那双无邪的眼睛里再现了其石门湾童年生活的种种趣闻。

读丰子恺的散文，时时让人感到一种心灵的慰藉，一种人生的温润。丰子恺散文是丰子恺的智慧结晶，尽管时代在发展，但丰子恺的智慧和作品仍然是21世纪读者需要的健康的精神食粮。

本书采用丰陈宝、丰一吟的注释，在此致谢。

目录

第一辑　中国就像棵大树

第二辑　辞缘缘堂

第三辑　端阳忆旧

第四辑　湖畔夜饮

第五辑　新的欢喜

第一辑　中国就像棵大树

桐庐负暄[1]

——避难五记之二

中华民国二十六〔公元1937〕年十一月下旬。当此际，沪杭铁路一带，千百年来素称为繁华富庶、文雅风流的江南佳丽之地，充满了硫磺气、炸药气、戾气和杀气，书卷气与艺术香早已隐去。我们缺乏精神的空气，不能再在这里生存了。我家有老幼十口，又随伴乡亲四人，一旦被迫而脱离故居，茫茫人世，不知投奔哪里是好。曾经打主意：回老家去。我们的老家，是浙江汤溪。地在金华相近，离石门湾约三四百里。明末清初，我们这一支从汤溪迁居石门湾。三百余年之后，几乎忘记了自己的源流。直到二十年前，我在东京遇见汤溪丰惠恩族兄，相与考查族谱，方才确知我们的老家是汤溪。据说在汤溪有丰姓的数百家，自成一村，皆业农，惠恩是其特例。我初闻此消息，即想象这汤溪丰村是桃花源一样的去处。其中定有良田美池，桑竹之属，和黄发垂髫怡然自乐的情景。而窃怪惠恩逃出仙源，又轻轻为外人道，将引诱渔人去问津了。我一向没有机会去问津。到了石门湾不可复留的时候，心中便起了出尘之念，想率妻子邑人投奔此绝境，不复出焉。但终于不敢遂行。因为我只认得惠恩，并未到过老家。惠恩常居上海。战起前数月我曾在闸北青云路他的寓中和他会晤。闸北糜烂以后，消息沉沉，不知他逃避何处。今我全无介绍，贸然投奔丰村，得不为父老所疑？即使不被疑，而那里果然是我所想象的桃花源，也恐怕我们这班四体不勤、五谷不分的人一时不能参加他们的生活。这一大群不速之客终难久居。因此回老家的主意终归打消。正在走投无路而炮火逼近我身的时候，忽然接到马湛翁[2]先生的信。内言先生已由杭迁桐庐，住迎薰坊十三号，并询石门湾近况如何，可否安居。外附油印近作五古《将避兵桐庐留别杭州诸友》一首（见第一记[3]）。这封信和这首诗带来了一种芬芳之气，散布在将死的石门湾市空，把硫磺气、炸药气、戾气、杀气都消解了。数月来不得呼吸精神的空气而窒息待毙的我，至此方得抽一口大气。我决定向空气新鲜的地方走。于是决定先赴杭州，再走桐庐。这时候，离石门湾失守只有三十余小时，一路死气沉沉，难关重重。我们一群老弱，险些儿转乎沟壑。幸得安抵桐庐，又得亲近善知识，负暄谈义。可谓不幸中之大幸。其经过不可以不记录。

十一月二十一日下午一时，我们全家十人和族弟平玉，店友章桂，共十二人，乘了丙潮放来的船，离去石门湾，向十里外的悦鸿村（即丙潮家）进发。这是一只半新旧的乡下航船，并非第一记中所述的玻璃窗红栏杆的客船。我们平时从来不坐这种船。但在这时候，这只船犹如救世宝筏，能超渡我们登彼岸去。其价值比客船高贵无算了。因为四乡的船只都被军队统制。丙潮这只船不被封去，是万一的挂漏。上午他押送空船从悦鸿村开来，路上曾经捏两把汗。幸而没有意外。道经五河泾，我从船窗里望见河岸上的小茶店门口，老同学吴胜林与沈元（最近他已病死在失地里了！）二人正在相对品茗，脸上没有半点笑容。吴是本地人。沈是我的邻居，石门湾被炸后迁避在这乡下的。我颇想招呼他们，向他们告别。并且，假如可能的话，我又颇想拉他们下船，和他们一同脱离这苦海。然而事实上我并不招呼他们。因为他们都有父母，还有妻子；他们的生活都托根在本地，即使我的船载得下他们两家的人，他们必不肯跟了我去飘泊。所以我不向他们招呼，告别，免却了一番无用的惆怅。石门湾镇上的人，像他们这样生活托根在本地的占大多数。像我这样糊口四方的占最少数。所以逃出的很少，硬着头皮留着的很多。“听天由命！”“逃不动，只得不逃！”“逃出去，也是饿死！”这是他们的理由或信念。我每次设身处地地想象炮火迫近时的他们的情境，必定打几个寒噤。我有十万斛的同情寄与沦落在战地里的人！

船到悦鸿村，已是傍晚，更兼细雨。石埠子发滑，丙潮一一扶我们上岸。预备在他家吃了夜饭，略事休息，于半夜里开向杭州。丙潮的继母，是我的叔母的妹妹。虽有这瓜葛，我一向没有到过他家。今日突然全家登门，形势颇为唐突．但也顾不得了。丙潮的父亲是修行的，正在庙里诵经，大约是祈祷平安。丙潮的母亲，我叫她五娘姨的，捧着水烟筒出来迎接。连忙督率媳妇去为我们备夜饭。我们走进他们的房间里去休息，看见他们也有明窗净几，窗外也有高高的粉墙。我虽同他家素少来往，但一见就可推知这是村中的小康之家。想象他们在太平时代，饱食暖衣，养生丧死无憾，又有“月明松下房栊静，日出云中鸡犬喧”的清趣，真可令人羡煞。但是现在，村上也早已闻到风声鹤唳。常有邻人愁容满面，两眼带着贼相，偷偷地走进来，对屋里的人轻轻地讲几句话，屋里的人也就愁容满面，两眼带了贼相。炮火的逼迫，已使得全村的房屋田地都动摇起来。我似乎看见，这主人家的那一副三眼大灶头，根柢已经松动，在那里浮荡起来了。主人有两房儿媳，均已抱孙。丙潮是次房，有一子方三岁。全家一向融融泄泄地同居在这村屋中。现在主人将把次房儿孙交付给我，同到天涯去飘泊，是出于万不得已吧。他的意思是：大难将临，人命不测。而不孝有三，无后为大。故把两房儿孙分居两处，好比把一笔款子分存两个银行。即使有变，总不会两个银行同时坍倒。我初闻此言，略起异感；这异感立刻变成严肃与悲哀。这行为富有悲壮之美！为了保存种族，不惜自己留守危境，让儿孙退到安全地带去。这便是把一族当作一体看，便是牺牲个体以保存全体。能推广此心，及于国家、民族和人类，则世界大同也是容易实现的。我极愿替他带丙潮一房出去，同他们共安危。故乡的亲友中，比丙潮亲近而常来往的，不知凡几。今当远行，偏偏和这疏远而素不来往的丙潮在一起，全是天意！而丙潮爱好艺术，视画如命，原属我辈中人，又是天意！

半夜里，大家起身。丙潮夫人把钞票缝在孩子的棉衣领里、背心里和袖子里了，预备辞家。他们又办了两桌菜，给我们吃半夜饭。将欲下船，丙潮含了两眶眼泪，问我要不要到庙里去向他父亲告别，后半句呜咽不成声了。我在理性上赞成他行这个礼，在感情上不赞成他演这种悲剧，踌躇不能对。后者终于战胜了前者，我劝他不必去了。于是大家匆匆下船。一行大小十五人。行李一共不过七八件。知道行路难，行李大家竭力简单。我们十人，行物已简单到无可再简的程度。

每人裹在身上的一套冬衣而外，所谓行李者，只是被褥、日用品如牙刷、毛巾、热水壶等；和诸儿正在学习的几册英文书、数学书而已。我的书籍文具，一概不拿。因为一则拿不胜拿，二则我不知因何根据，确信石门湾不会糜烂，图书没有人要，决定抱易卜生主义："不完全则宁无。"故我离开故乡时，简直是"仅以身免"。不过身边附有表一只、香烟匣一只、香烟嘴一只和钱袋一只。钱袋内除钞票外，还有指南针一只，石章一方，边款刻着一篇细字《般若波罗密多心经》的牙章一方，和鉴赏心经时用的小扩大镜一具。这些旧物至今还随附在我的身边。

船里睡的半夜，不知怎样过去了。天明，船已开过新市镇。天气大晴，而远处有隆隆之声。这显然不是雷，必是炮声或炸弹声。我摸出指南针来一量，知道隆隆之声自北方来。我疑心桐乡、濮院等处已在打过来了。但恐惊吓船里的老幼，就把这恐怖藏在心里独自受用。好在这也同绘画音乐的鉴赏一样：一幅画数十人共看，看到的并不少；一人独看，看到的也并不多。一支曲数十人共听，听到的并不少；一人独听，听到的也并不多。现在把这恐怖归我一人独自受用，受用的也并不多。然而船里的人终于大家恐怖起来。因为他们疑心这是炸弹声，一定有一批敌机正在附近大肆轰炸。倘使飞过来，我们这船一定是轰炸的目标。因为石门湾被炸后第二天，我们避居在离镇五里的南沈浜时，曾经亲见敌机又来轰炸石门湾。那时镇上的人家早已搬空，只有两只逃难船正在运河里走，就被用机关枪扫射，死了两个背纤的，伤了船里许多人。为有这事实，我们这船不敢再在青天白日之下的运河里走。约上午八九时，我们在一株大树下停泊了。上岸去一看，附近有一所坍损的庙宇，额曰白云庵。我们就进去坐。这庵破得不成样子，显然久已断绝香火了。只有一个老太太正在灶间烧芋艿。我们没吃早饭，正在肚饥，看见地上堆着生芋艿，就向她买，并且托她代烧，再给她柴火钱。老太太答允了，便搬出几个条凳来让我们在廊下坐。屋向南，太阳暖洋洋的晒着，很是舒畅，令人暂时忘记了自己是无家可归的流离者。吃饱了芋艿，女孩儿们穿着大衣，披着围巾，戴着手表，在水边树下往来嬉戏，全同在杭州西湖上游汪庄、郭庄一样。我心中戒严，就吩咐她们回船去把大衣围巾手表脱去了，并把两个较新的手提皮箱藏在船舱中。忽然，有四个穿黑衣服的中年男子来了。他们也到庵里来坐，注视我们，并互相耳语。平玉是老于江湖的人，就暗中通知我，教我当心。太阳正大，北方的隆隆声不息，庵门口有中国军源源不绝地开过。忽然飞机声近来了。大家吓得落胆，找地方躲避。幸而不是飞机，是一只小轮船开过。然而我们不敢开船，只得和那四个穿黑衣服的可疑的人在白云庵里默默相对。后来这四人出去了。我疑惧未释，过了一会，走到门外去窥探他们的行踪。但见他们并没有去，却在离庵数十步的树旁交头接耳，徘徊顾视。其视线常向着庵内。时已下午二时半，船人催着要走，我们就下船。四个穿黑衣的人站在远处监视我们下船。平玉走到离开四人最近的地方，故意高声喊道："到新市镇去!"实则我们这船开向与新市镇反对方向的杭州。我想：四人倘继续监视，一定看破这一点。我深恐平玉弄巧成拙，下船后疑惧更增。若果他们乘了小船追上来，不必有手枪，也可取得我们身上的钞票。我们大有转乎沟壑的恐怖。况且时光尚早，太阳正大，敌机的机关枪扫射又另是一种恐怖!

船行将近塘栖，我们又尝到一种异味的恐怖：一只船与我们的船对面行来，船里满装着兵。一个兵士站在船头上。当两船交臂的时候，他向我们的船里探望了一下，没有什么。两船背驰之后，他忽回转头来，向坐在我们的船头上的章桂叫问："喂！矮鬼子在什么地方?"章桂一时听不懂他的话，讨一句添。那兵士重说一遍："矮鬼子在什么地方?"章桂还是听不懂，回答他一个"不晓得"。这时两船已经背驰得很远，这问答就结束了。我坐在章桂邻近的船棚下，分明听见这番问答。最初我也听不懂。因为我虽然从那隆隆的炮声而推测敌已犯桐乡、濮院，然主观不能承认，感情不肯确信；主观和感情之所以反对者，因为我的心中自有一个从某种灵感得来的信念：我决不会披发左衽。因此我确信自己决不会遇到敌人。因此我不预备别人问我们敌人的行踪，最初也不能理解那兵士的话。但是听了两遍，终于听出了。我告诉了章桂，大家回想，又证之以环境的种种现状，就确信矮鬼子已经逼近我们，这一船兵士是去抵抗的！我探望船外，看见运河之水，既广且深。矮鬼子倘用汽船溯运河而来，我这只人力船定被追及！到那时候要免披发左衽，惟有全家卜居于运河之底，长眠于河床之中。我催船人摇快一点，但没有说明理由。船人不解其意，虚应了一声。忽然那边有人喊我们停船。我探首一望，喊停船的是另一只兵船，他们一面大喊我们停船，一面拼命地凑近我们来。船上人说；“要拉船了。”拼命地逃，不理睬他们。他们的喊声更严厉了。我再探首一望，看见兵士已举枪向我们瞄准，连忙命船人停手。可是风很大，水很急，一时停不得，船就在中流打圈子。打了七八个圈子，兵船已凑得上来，两个兵士拉住了我们的船棚木，两只船就一同在运河的中流打圈子。我以为要逐我们这一群老幼上岸了。幸而不然，只是要借一个船夫。那兵士指着我们的来处说：“前方很紧急，我们要赶快运东西去。你借给我一个人，摇三十里路就放他回来。”说着就拉住我们船上把大橹的丫头（三十余岁的男工）[④]，拼命地拉到他们的船里去。丫头拼命地挣扎，并且叫喊。另一个兵士就拿枪柄来打丫头的屁股。其间我曾经向他们讲些道理，但都不被理睬。到这时候，我大声叫喊了。我劝丫头不要挣扎，我们一定在塘栖等他。谁知我们从此断送了一个丫头。因为我们开到塘栖，看见两岸的商店房屋，统统变成兵营。且有许多兵窥探我们的船，都有想拉的样子。我们势不能在塘栖等丫头的回来！只得管自开了。于是我们在船里作种种检讨：有人说，“摇三十里放回来”是说说的。即使我们真个在塘栖等候，也是徒然。有人说，在这局面之下，我们对丫头爱莫能助了，也没有什么对他不起。惟丙潮有一点不放心：丫头原是丙潮村上的人，由丙潮雇请来为我们摇逃难船的。丙潮知道他身上不曾带钱。假如兵士没有送他工钱，他走回家去，路上要挨饿！为了塘栖等候的失信，我对丫头也万分抱歉。然而没有法子报谢。惟有叮嘱丙潮，船到杭州后，托船人带加倍的工资去送丫头。

半夜里，船摇到了拱宸桥，就在桥外停泊了。大家肚饥。船里有饭而没菜。幸而丏娘娘拿出一个枕头来。枕头里装的是熏豆。于是拆开枕头，大家用熏豆下饭。有的人嫌它太干，下不得咽。又幸而船上有酱油。于是用酱油淘饭。吃过了饭，另一只船也开到了，停泊在我们的旁边。章桂等出去探望，认得船里的人是张班长，便同他攀谈起来。所谓张班长，是曾在石门湾当过公差的人。为欲探问消息，我也走出船来和他谈话。他的船很小，没有棚，船上用一张芦扉障风御寒。时值严冬，况已夜半，船里不能过夜。他正在拿些衣物，想上岸去求宿；满口咒骂叹息，分明是不胜其悲愤者。我同平玉、章桂、丙潮四人跟着他上岸，一边问他消息。据说，他是从桐乡来的。他的家眷住在桐乡。他今天去接，不料桐乡正在杀人放火，他险些儿送了命，幸而坐了这小船逃脱。讲到这里，其人长叹一声，“唉！我家里的人不知怎么样了！”午夜的寒风把他的余音吹得发抖，变成一种哭声。惊惧之极，我反有余暇来鉴赏他的哭声。我想起颜渊所闻的桓山之鸟的悲鸣声，大约有类于此。我等默默跟着他走，走进一间房子。这房子里面荒凉而广大，好似某种作坊。内有一个伛偻的老头子伴着一盏菜油灯。张班长同他好像本来相熟的，并没有讲什么借宿的话，就把肩上一只行囊除下来放在一堆砻糠旁边的一堆烂木头上。我们再问前方的情形。他在摇头、叹息和颤抖中间断断续续地讲了几句话：“啊哟，杀人！”“啊哟，放火！”“啊哟，强奸！”就把身子钻进砻糠堆里去睡觉了。我们见此情形，面面相觑，大家觉得惊奇，而又发笑。然而这时候没有心情讨论砻糠里如何睡觉的问题，大家默默退去，再去找那伛偻的老头子谈话。我问他：“杭州到桐庐还有公共汽车吗?”那老头子向我发出鄙视的笑声，说道：“还想汽车？船也没有了！还是前几天，他们雇桐庐船，出到一百六十元！现在是一千六百元也雇不到了！”我们默默地退出。将下船，我叮嘱三人一句话：“不要把张班长所说杀人放火等话告诉船里的人。”

回船，我但言情形紧张，船只难得，我们恐非步行不可。就劝大家把行李挑选，求其极简。把可以不带的托船户载回悦鸿村去，免得抛弃道旁。我妻和丙潮夫人皆有难色，但我们力劝，她们终于打开包裹箱子来，复选了一次。我也打开皮箱来，把孩子们正在诵读的三册笨重的英文原本 Stevenson：New Arabian Nights〔斯蒂文生：《新天方夜谭》〕统统拿出；又把英文字典拿出；又把我的一册 English Japanese Dictionary〔《英日辞典》〕拿出；简之又简，结果只剩几册几何演草等买不到的东西而已。于是索性把这些东西塞在包裹里，把其余的东西连皮箱交给船户，请他退回悦鸿村去。时候已过夜半，船里的人互相枕藉地就睡了。我睡不着。我想起了包裹里还有一本《日本帝国主义侵略中国史》和月前在缘缘堂时根据了此书而作《漫画日本侵华史》的草稿。我觉得这东西有危险性。万一明天早晨敌人追上了我，搜出这东西，船里的人都没命。我自己一死是应得的，其他的老幼十余人何辜？想到这里，睡梦中仿佛看见了魔鬼群的姿态和修罗场的状况，突然惊醒，暗中伸手向包裹中摸索，把那书和那画稿拉出来，用电筒验明正身，向船舷外抛出。“东”的一声，似乎一拳打在我的心上，疼痛不已。我从来没有抛弃过自己的画稿。这曾经我几番的考证，几番的构图，几番的推敲，不知堆积着多少心血，如今尽付东流了！但愿它顺流而东，流到我的故乡，生根在缘缘堂畔的木场桥边，一部分化作无数鱼雷，驱逐一切妖魔；一部分开作无数自由花，重新妆点江南的佳丽。我坐着朦胧就睡，但听见船舱里的孩子们叫喊。有的说胸部压痛了，有的说腿扯不出了，有的哭着说没处睡觉。他们也是坐着，互相枕藉而就睡的，这时吃不消而叫喊了。满哥[5]被他们喊醒，略为安排，同时如泣如诉地叫道：“这群孩子生得命苦！”其声调极有类于曼殊大师受戒时赞礼僧所发的“悲紧”之音，在后半夜的荒寂的水面上散布了无限的阴气。我又不能入睡了。

五点钟，天还没亮，大家起身。(其实无所谓起不起，大家坐着睡觉的。)带了初选复选后的精选的行李上岸。虽经精选，连棉被等毕竟也有两三担。但是岸上无人，挑夫无处寻觅。只有几个兵在那里站岗。他们都一脸横肉，杀气腾腾，用电筒探照我们，发见是一群难民，脸上的横肉弛懈而去。我们向附近各处找挑夫，结果找到二人。行李作两担太重。于是轻的东西由各人自己拿了。船里还有两个被包，再也带不动。我不谋于家人，擅自放弃在船里，交船户带回去了。这一件事虽小，却引起了长期的后悔。因为这两个包裹里是两条最上的丝绵被和几件较新的衣服。我们经过江西、湖南，以至广西，一路都没有丝绵。每逢冬天，大家必然回忆起这两个包裹来，而埋怨我的孟浪。因为当时第三个挑夫并非绝对雇不到的。况且后来得到失地里传出来的消息，丙潮家于地方失陷后即遭盗劫，我们所寄存的东西一概被抢。所以当天交船户带回去的东西，等于抛弃路旁！“早知如此，拱宸桥上岸的时候无论如何也背了它走！”直到两年后的现在，我家已由广西深入贵州，家人还常讲这样的话。我最初常在心中窃怪：缘缘堂中无数的衣服器具书籍尽付一炬，何以反不及拱宸桥抛弃的一些东西的受人怜惜？后来一想，这里边大有道理：缘缘堂所损失的虽多，其代价是神圣抗战以求最后胜利，是大家所甘心的。拱宸桥所损失的虽小，但由于慌张与无计划，因此足以引起长期的后悔。我更加怀疑世间注重物质的人了。人根本是唯心的动物。义之所在，视死可以如归，何况区区身外之物？情所不甘，一毛也不肯拔，何况拱宸桥船里崭新的丝绵被与衣服呢？

行李已有人挑。言定每人工资三元，挑到六和塔下。但是人的进行还有问题：从拱宸桥至六和塔，三十六华里，十五个人中有十三个能走。只有丙潮家三岁的传农和我家七十岁老太太走不动。丙潮背负了传农，老太太却无办法。摇船的都是丙潮的同村人。我托丙潮商借一人，请其背负老太太。言明送到桐庐，奉送相当的报酬。结果一个长身的壮年人，名叫阿芳的，来应我的聘。就请阿芳背了老太太。一行十六人，行李两担，于晨光熹微中迤逦向六和塔进发。杭州可说是我的第二故乡。小时候在这里当过五年寄宿生，最近又在这里做了多年的寓公。城中田家园三号我的寓屋，朋友们戏称为我的“行宫”的，到最近两个月之前方才撤消。所以我们一家人对杭州都很熟悉。但这时候，大家都不认识它了。因为它的相貌已经大变。从前繁盛的街道，现在冷落无人，马路两旁的店铺都关上门，使人误认为阴历正月初。但又没有正月初所特有的穿新衣裳拜年的人，和酒旗戏鼓之类。只是难得有几个本地人战战兢兢地走过，用一双好奇的眼光向我们注视；或者一队兵士匆匆忙忙地开过，用一排严肃的眼光向我们扫射而已。行了一程，老太太发生了问题：她的胸部贴在阿芳的背脊上，一抛一抛地走，上压力大得很。走不到十里路，气喘得说不出话来，决不能再走了。扶了她走呢，一步不过五寸，一分钟可走十步，明天才走得到六和塔。幸而平玉有门路，出重价访到了一顶轿子。这才如鱼得水，悠然而逝了。我们行了一程，西湖忽然在望。保俶塔的姿态依然玲珑，亭亭玉立于青山之上，投一个清晰的倒影在下面的大镜子中。这分明就是往日星期六我同儿女们从功德林散出时所见的西湖，也就是陪着良朋登山临水时所见的西湖，也就是背着画箱探幽览胜时所见的西湖。如今在仓皇出奔中再见它，在颠沛流离中和它告别，我觉得非常惭愧，不敢仰起头来正面看它。我摸出一块手帕来遮住了脸，偷偷地滴下许多热泪来。辞家以来，从没有流过泪。今天遇于一哀而出涕，窃怪涕之无从。我们平日的自然观照，大都感情移入于自然之中，故我喜，自然亦喜，我愁，自然亦愁。但我当时的自然观照，心理并不如此。我当时把西湖这自然美景当作一个天真烂漫的婴儿看。他不理解环境的变迁，不识得人事的沧桑，向人常作笑颜，使人常觉可爱。在这风雨满城、浩劫将至的时候，他的姿态越是可爱，令人越是伤心。我的涕泪即由此而来。平玉走在我近旁，还以我是为了抛弃故乡的财产，身受流离之苦痛而哭。用不入耳之言，来相劝慰。唉！他如何能理解我的心情！

走到南山路，空袭警报来了。我们一群人，因为走的快慢不同，都失散了。只得各人管自逃命。我逃进一个树林中，看见里面有屋子，屋子里都是兵士。他们都不介意，我也放心了些。过了一会，飞机声响了，炸弹爆发了。声音很远，兵士说是炸钱江大桥。我想，我们正是向着这地方前进，走得快的，逼近目标，一定比我吃惊更多。但也无法顾及他们了。幸而大家无恙，于下午二时许会集于六和塔下的一所小茶馆内。坐在这小茶馆内的三小时的生活，我将永远不能忘却。在这里我尝到了平生从未尝过的恐怖、焦灼、狼狈、屈辱的滋味。现在安居在后方补记此事，提起笔来还觉寒心。我们一到六和塔下，大家又疲又饥。道旁的店铺都关门，只此一家还开着。这就成了我们的唯一的休息所。店门口还有一个卖油沸粽子的，更是难得。我们泡了几碗茶，吃了些油沸粽子，就开始找船。先问茶店老板。谁知这老板有意趁火打劫，想拿我们作牺牲，他最初笑我们一大群人，到此刻还想走桐庐。他把前几天难民雇船的困难一一告诉我们，其结论是今天无论如何也雇不到了。他告诉我们这钱江大桥的脚上，早已埋藏炸药。

早晚可以炸断。昨天敌人已经打到了临平（是骗我们），今天这桥要炸断也说不定。我信以为真，说些好话，请他帮忙。他得意地笑道："法子倒有一个：走路，凉亭里宿夜。"他说时用手指点我家的七十岁的老太太，又用手指点门外细雨蒙蒙中的泥泞的路。时候已是下午三时，茶店老板的帮助已经绝望。我只有委托平玉、章桂二人负责觅船，意在必得。二人受嘱，深入江之上游，百计搜求。四时许，一女子自外来，谓现有一船，赴桐庐至少七八十元，如肯出，即可同去下船。我们嫌贵。那女子怫然而去，走入店之内房。我记得曾经在茶店内房门隙中看见过这女子。料定她必是老板娘。于是恍悟老板的奸计。我的胆子忽然大起来，不理睬他们，管自坐着吃茶。过了一会，老板来下逐客令了："喂，你们这一大批人究竟怎样？坐了大半天还不走！座位都被你们占杀了！"我遏住心头的无明业火，婉言答道："我们没办法，只得再坐一下。你再泡几碗茶来，我奉送加倍的茶钱是了！"老板冷笑道："我们要关门了！有船你们不要坐，老坐在我这店里算什么呢？"他指着我们对旁人说道："你们看，这店好像是他们开的了！"又对我说："我们要关门了！你们马路旁边坐吧！"我正在无地容身的时候，平玉和章桂来了。他们带了一个船户来，要我同到某处去讲价。我绝处逢生，对于那不仁老板的愤怒，忽然消解了一大半。我叮嘱大家忍气吞声，再坐一下，便起身而去。出门时犹闻老板的咕噜之声，但只作不闻，绝不理睬。我们跟着船户走到一处地方，一个警察模样的人正在等候我们。他对我说："这船原是我们机关里封着的。但我们一时无用，可以让给你。开到桐庐，你付他二十五元，不可再少。"我一口答应，并且表示感谢。我们拿出两块钱来送他。强而后受。既得船，我连忙回到茶店去通知家人上船。半路里遇见一部分人正在走来。他们因为受不了老板的白眼，宁愿彷徨于歧途了。他们得知这消息，如久旱之逢甘雨，连忙下船。我回到茶店，救出了其余诸人，便付茶钱。老板脸上凶相已经不见，只见非常颓唐的颜色，大约他失败之后，对于刚才的不仁已经后悔了；他来收茶钱的时候，我瞥见他的棉袄非常褴褛，大约他的不仁，是贫困所强迫而成的。人世是一大苦海！我在这里不见诸恶，只见众苦！

下午五时，正欲开船逃出这可怕的杭州，忽然又来一种阻力，使我们几乎走不成。阿芳正欲下船，忽被兵士拉去挑担了！我们再三说情，兵士说“一下子就放他回来”，便押着他远去了。我们昨天损失了一个丫头，不能救回，抱歉满胸。今离乡已远，时局又紧，这阿芳必须救他回来一同逃难。姑且相信兵士的话，把船停在江边等候。然而警察模样的人来劝告了。他说：“你们应该赶快开！被他们看见了，一定请你们上岸，把船拉去。”我们把左右为难的情形告诉他，大家搔头摸脚了一会。忽然一个军人跳上船头来，说“借一借!”就收起船缆，一脚把船撑开，大家吃了一惊，后来才知道这军人住在一只大轮船内，大轮船靠不得岸，停在江心。他要借我们的船摆一个渡，去大轮船上取物，于是大家放心。反从这军人得到了好消息。他站在船头上报告我们：“平望我军大胜，敌人死伤无数。他们无论如何打不到杭州。”平望在湖州境内，离我乡不远。如果我军大胜，我乡不会沦陷。讲到这里，大家拍手喝采。等到兵士取物完毕，把船撑回岸边归还我们的时候，阿芳已蒙兵士放回，在岸边等我们了！大家又是拍手喝采。连忙开船。等到船离一二里，遥望江干、六和塔可以入画的时候，我心里好似放下了一块大石头。我这时候已能用完全“无关心”的眼睛来鉴赏江干的风景了。自然永远调和、圆满而美丽，惟人生常有不调和缺陷与丑恶的表演。然而人生的丑，终不能影响大自然之美。你看：人间有暴徒正在从事屠杀，钱江的胜景不但依旧，又正像西施得了嫫母的对照，愈加显示其美丽了。我过去曾把自己的悲欢的感情移入于自然之中，而视自然为我忧亦忧、我喜亦喜的东西，未免亵渎了大自然！

我在不仁老板的店门口买了些油沸粽子下船，这时拿出来分送给船里的十余个饿人，就当作夜饭了。我名下派到一只。这一只油沸粽子非常味美，为我以前所未曾尝到。我一粒一粒地吃，惟恐其速完。我欣赏一粒一粒的米，由此发见了人类社会的祸苗：这美味，分明不在粽子上，而在我的舌上。可知味的美恶无绝对价值，全视舌的感觉而定。大饥大荒，则树皮草根味美于粱肉，穷奢极欲，则粱肉味同糟粕，而必另求山珍海味。得十求百，得百求千，得千求万……这人欲的深渊没有底止。人类社会中一切祸乱，都是这种人欲横流而成！在这类的遐想中，我昏沉欲睡。满船的人都劳倦，不久全船静悄悄的。惟有船老大在暗中撑着这一船劳倦的难民，向钱江上游迈进。你以为这船老大是超渡众生的大慈大悲救苦救难观世音菩萨吗？不，他是魔鬼。半夜里，他就显出原形来。

我睡梦中听见人语，还以为是缘缘堂中早起浇花的儿女们的笑语声；惊醒细听，方知身在逃难船中，这是船老大与平玉的对话声。船已经停泊。船老大正在诘问平玉："到桐庐你给我多少钱？"平玉回答："不是讲好二十五块钱吗？已经付你十五块，到桐庐再付你十块！"对话就这样继续下去：

"哪个同我讲到？二十五块钱怎么到桐庐？"

"那位警察同你讲到。我们在六和塔下当场付你十五块钱！"

"那钱是你们给他的，我没有用得！"

"啊哟……"

"你们要到桐庐，究竟出多少钱？"

"二十五块！已经付了你十五块！"

"二十五块？现在什么时候？我不去了！"说着他就上岸去。

我从船棚缝里望望岸上，最初一团漆黑；渐渐看见一片荒地，岸边站着几株小树和一个船老大的可怕的黑影，我此时愤懑填胸，关不住了，就发泄出来。我厉声向那人说：

"喂，我们明明讲好的，你怎么没信用！你想敲竹杠，欺侮我们逃难的人！你这……"平玉连忙阻住了我，低声下气地对那人说：

"喂，船老大，有话好讲！现在的确不比平常时候，你要多少，总可商量。不过我们家里已被鬼子打掉，现在只剩这几条命了。你要多少，我们到了桐庐一定向亲戚朋友借来送你。不过你既然载了我们，请你一定送到，总算救救我们的命！"

我佩服平玉的机警，自惭太老实，几乎闯祸。于是也压住了一肚子气，把语气从强硬转到哀婉，说了些好话。船老大风凉地说道：

"我撑不动了。锅子里有饭，你们吃吃饱吧！"

这话有一股阴气笼罩了满船的人。我立刻想起了《水浒传》中某一回来。平玉穿了套鞋上岸了。我看见他手扶着一株小树，同船老大低声谈判。过了好一会，谈判完成，最后的结论是到桐庐送他四十五块钱，六和塔下付的十五块钱作废。平玉满口好话，伴了船老大一同下船。船又开了。船里人都醒了；然而静悄悄的，没有一句话。只有平玉向我耳语："我已用草柴在岸边的小树上打了一个圈。万一有事，我们可向这记号的地方去追究。他的伙伴一定在这里头。"我佩服他，究竟是老江湖。在我，做梦也不会想到这种策略。船已经依旧向前迈进。想来今晚不会再有事了。然而我辗转反侧，不能入睡。我觉得这船老大很可怜。他是一个魔鬼，但是魔鬼中的有道君子。他不敢用武力威胁，正是阿Q所谓"君子动口不动手"。他敲诈不求现交，信用我们的话，愿意到桐庐收款，足见"盗亦有道"。为爱惜维护这一线"信义"，我颇想履行条约，到桐庐时付他四十五元。但平玉胸有成竹，定要惩诫他，我也不便干涉了。

船到富阳，是次日的清晨。我们肚子饿得很，大家上岸去找食物。我同了两个孩子，到一所小店里去吃素面。约有两天不得吃热食了，这碗面热辣辣的，味美无比。正在想吃第二碗，章桂来催我们下船了。说是兵要拉船，须赶快开走为妥。于是买了些干粮匆匆下船。有的人买了肉馒头带到船里，慢慢地吃。我看见他们的馒头里裹着一块大肉，半块露出在外面，我素来不知肉味的人，看了也可推想其广告力之大。我没有到过富阳，这时匆匆一踏其地，所得的印象，只是热辣辣的素面与广告性的肉馒头而已。

这一日天气晴朗，冬日可爱。我们把船棚推开，坐在船头上欣赏江景，算是苦中作乐。我们在江里常常遇着别的逃难船。并舷的时候，彼此交谈一会，互述来路及去处。有好几个人问我们："你们到了桐庐想再走吗？"我们回答说："不定。"其人大都摇摇头，表示非再走不可。我望见岸上有黄包车，载了人和铺盖在走长途。又有一种极简单的轿子：两根竹杠上挂下两块板来，高的一块坐人，低的一块踏脚。我们看惯藤轿官轿的，最初以为这是专为逃难而造的轿子。后来深入内地，才知道山乡走长路的轿子都是这样简单的。

船到桐庐，已是晚上十点半。我们在船里远远望见一座高楼，玻璃窗内灯烛辉煌，大家很高兴，预想这一定是我们的休息慰安之所了。停泊后，我同平玉、丙潮上去找旅馆。一连问了好几家，都没有空房。占住着的全是兵士，连走廊里都有人躺着。只有一家旅馆，有一间大厅，厅的一旁已经有兵士睡着，另一旁可以租给我们住。我们十六个人中，只有五个是男子，其余的都是女人或小孩。教他们同兵士杂处在一间屋子里，他们一定不肯，我也一定不做。计无所出，只得先去访问了马先生再说。迎薰坊不远。一敲门，开门出来的是张立民君。他的一双眉毛和一脸糙胡子，大类日本人画的达摩祖师所有的，本来富有严肃之气。见我半夜三更敲进马先生的门来，大约已知情形不妙，脸色愈加严肃了。他住在楼下的厢房内，就延我们三人到厢房内坐。我说明了来意，他就上楼去通知马先生。我想阻止他。因为时已十一点钟，马先生一定已经就寝，我不该惊扰他。然而这回我竟惊扰了他。炮火的暴力使我越礼于我所尊敬的人，过后思之常抱遗憾。往日在杭州，我的寓所常在他家的近邻。然而我不常去访，去访时大都选择阴雨的天气。因恐晴天去访，打断他的诗兴或游兴。我每次从马氏门中出来，似乎吸了一次新鲜空气，可以继续数天的清醒与健康。数天之后，又为环境中的恶浊空气所困，萎靡不振起来。“八一三”前我离开抗州后，不曾再吸过这种新鲜空气。这一天半夜里，我带了满身的火药气与血腥气而重上君子之堂，自觉得非常唐突。我在灯光下再见马先生。我的忧愁、疑惑与恐惧，不久就被他的慈祥、安定而严肃的精神所克服。我又觉得半夜惊扰的唐突还可乞恕，这副忧愁、疑惑、恐惧的态度真是最可鄙的。然而马先生并不鄙视我，反而邀我这一船难民立刻上岸，到他家投宿。在无可奈何之下，我也不及辞让，就派平玉和丙潮去迎取船里的老幼上岸。难民像侵略军一样，突然占据了他的一楼及一厢。占据了还不够，平玉和船老大又在堂上演了一幕丑剧！

平玉昨晚向船老大哀求乞怜之后，今天坐在船头上，脸上常常现出愤愤不平之色。我曾戏称他为“不平玉”。他皱一皱眉头说：“我有办法，到桐庐发表。”大家笑他，又戏称为“桐庐发表”了。原来我们都是平玉所谓“好人”。我们昨夜没有吃刀子、绳子，或冷水馄饨，心中就感谢皇天好生之德以及船老大不杀之恩，无暇顾及报复或惩戒了。

所以怪他不平，笑他有什么办法，以为他是说说罢了。谁知人和行李全部上岸之后，船老大站在马氏堂前等候付价的时侯，平玉忽然满脸溅朱，一把抓住了船老大的胸脯，雷鸣一般地骂道：“你这忘八，半夜里敲诈良民，我拉你公安局去！”说着，拖了船老大就走。船老大的一件短小破棉袄，被他使劲一拉，半件缩了上来，挤在胸前，下面露出裤腰和肉体来。我们大家上前劝解，平玉放了手，回转头来向着马先生，一五一十地诉述这船老大的可恶。抵掌而谈，几乎把唾沫溅在马先生的脸上。船老大如同遭了雷殛一般，咕噜地说了些话，便在庭中双膝跪下，对天立誓了。他用近似于杭州白的一种口音哀号地说：“我某某倘然有心敲诈，天诛地灭，百世不得超生！”又跪着哭诉了许多话，对马先生表白他的无罪。他一定是认马先生为皇天，觉得“到此难瞒”了。不然，昨夜那么凶狠的一个魔鬼，世间哪个人能够使他变成如此驯良的一个人，而跪着忏悔呢？这决不是平玉的武力所能致。我回想昨夜的情形，而观照此刻的现象，觉得这是“最后的审判”中的一幕。Michelangelo〔米开朗琪罗〕在 Sistine〔西斯廷（礼拜堂）〕壁上所绘的画中，绝对找不出这样动人的一幕。

这一幕丑剧的最后，经我们劝解，平玉收回了赴公安局的成命，照六和塔下原约付了他十块钱，然后闭幕。这晚我睡在马先生家的厢屋中的小铁床上，身体很舒服，而心甚不安。人间以飘泊为苦，比之于蓬絮。我带着一大群眷族，这飘泊又非蓬絮可比。我们从这时候起，渐感觉一家好比覆巢之鸟，今晚幸得栖息于这高枝上，但终非久长之计。我总得另营一个新巢。三天之后果在离桐庐二十里的河头上找到了我们的新巢。

这时候马氏门人在桐庐的，除前述的张立民以外，还有王星贤。从我门外汉看来，马先生如果是孔子，则王、张就好比是颜、曾。记得投奔马氏的第二天，我早晨起来，听见孩子们在那里说：“昨夜睡时无垫被，冷得很”在平时，例如旅行中携带不周；或家居时天气骤寒，被褥在箱橱中未及拿出，他们偶尔也有这样的诉说。今天他们也只如平时地诉说，并不作啼饥号寒的语调。然而这声音传入我的耳中，异常凄楚。因为现在我们更无箱橱，这是真正的号寒！我家虽贫贱，这群孩子从来未曾受过真正的冻馁。今日寇相追，使我家的孩子们身受冻馁之苦，我岂能坐视？我立刻赴市上买了垫被回来给他们。我脸上的悲愤之色，终日不消。大约这已被张君所注意了。他有一次同我在路上走，诚意地对我说：“你要远行，路上倘不便的话，你家的老太太可以住在这里，我替你看顾。”我曾经对他说过：“我想到汉口，而任重道远，难于实行。”现在他用这样的话来慰藉我，我当时的感激，真难于言宣。我在这戎马仓皇中扶老携幼而逃难，若非有这种朋友的慰藉，其结果不堪设想。但他不是本地人，况且时局变化正未可知。我决不可以此相累；然而他的慰藉使我觉得人间还有“爱”的存在，我还有生的意味。勇气一增加，悲愤就消失。我想，张君一定能“老吾老”，故能“以及人之老”。王君为学不厌。后来我曾和他同住过数月，见他终日伏案读圣贤书，而且鼻子里哼出一种音调来。足见其中大有乐趣。古人有“此肘三十年不离案”者，我想就是这种人。他又诲人不倦。我曾和他同在一个学校里当教师。见他从来不请假，恪守教师的一切任务。听说他以前在别处教课，也是从来不缺课，病假一定照补的。这可谓教不倦。他的生活非常俭约。他的衣服很朴素，一裘恐不止穿三十年。他的帽子古色苍然，一冠恐不止着十年。他的两个肩膀微微扛起（而且微有高低），无论何时都像准备鞠躬的样子。他说话时，对无论何人都和颜悦色，低声下气；在无论何时都从容不迫，侃侃而谈。我决不能想象此人怒骂的样子。我和他在一个师范学校里同事的时候，膳厅里的饭比箪食瓢饮更苦，同事都不堪其忧，只有此人不改其乐；每天欣然地上饭厅，欣然地上教室，从来不曾在房间里扇一个风炉。我猜想他已经找到了“孔颜乐处”了。我的新巢，即因王星贤的辗转介绍而得来。

王星贤有一个学生，姓童名鑫森的，以前不知什么时候曾经因不知什么人的介绍而向我要过一幅画。这时童君来马府访老师，知道我逃难到此，就来相见，并且邀我到一家菜馆里去吃饭。这时候马先生已决定迁居离城二十里的阳山坂的汤庄，我为欲追随马先生，正想在阳山坂附近找房子。恰好这位童君有朋友姓盛名梅亭的，在阳山坂附近的河头上的小学当校长，而且是本地人。他就在席上写一张介绍片给我，托他在河头上找房子。我河头上的新巢因此找到。这一饭之恩实在不止一饭而已。我持片到河头上去找盛梅亭校长，居然承他转请他的叔父（是乡长），把三间楼屋借给我们住，不肯说租金，但说："我要感谢日本鬼。不是他们作乱，如何请得到你们来住。"我找到房子，在马府已扰了四天。我心非常不安。马先生却对我说："你们不来住，兵士也要来住的。"其实那时的桐庐，兵士不一定强占民房。马先生这话是安慰我们这一批难民的。

十一月二十八日，我们辞别马先生，先行入乡。借乘马先生运书的船。请汤庄的工人志元同他的儿子凤传二人摇船。桐江山明水秀，一路风景极佳；但我情愿欣赏船头上的白布旗。旗上"桶庐县政府封"六字，是马先生的亲笔。（盖当时民间难得雇船，这运书船是由县政府代雇来的。）我珍爱马先生的字，而尤其珍爱他随便挥写的字，换言之，可说是"速写"的字。并非说他用心写出的字不及随便写出的字的好，乃根据我的一种艺术欣赏论。我以为造形美术中的个性、生气、灵感的表现，工笔不及速写的明显。工笔的艺术品中，个性、生气、灵感隐藏在里面，一时不易看出。速写的艺术品中，个性、生气、灵感赤裸裸地显出，一见就觉得生趣洋溢。所以我不欢喜油漆工作似的西洋画，而欢喜泼墨挥毫的中国画；不欢喜十年五年的大作，而欢喜茶余酒后的即兴；不欢喜精工，而欢喜急就。推而广之，不欢喜钢笔而欢喜毛笔；不欢喜盆景而欢喜野花；不欢喜洋房而欢喜中国式房子。我的尤其珍爱马先生随便挥写的字，便是为此。我曾经拿他寄我的信的信壳上的字照相缩小，制版刊印名片。这时我很想偷了这面白布旗去珍藏起来，但终于没有这股艺术的勇气。

船到河头上，已是下午。留守汤庄的金先生已为我们买了鸡肉蔬菜，准备进屋请神之用。平玉就卷起衣袖去当厨司。盛乡长的房子三楼三底，很是宽大、坚固，而且新。分明建造得不久，梁上的红纸儿全没褪色。红纸上的字，为我所未曾见过：右边一个"有"字，左边一个倒写的"好"字。我们看了都不解其意。研究了一下，才知是"有到头，好到底"之意。我们草草安排了房室，就往屋外察看。这里毗邻的不过三四份人家，都是盛氏本家。四周处处有竹林掩护。竹林之外，是一片平畴。平畴尽处，是波澜起伏的群山。山形特别美丽的一方面，离我们不到一里之处，有一大竹林，遥望形似三潭印月。竹林中隐藏着精舍，便是汤庄，马先生即日要来卜居的。我颇想在我所租的房屋的梁上加贴一张红纸，红纸上倒写一个“住”字，但愿在这里“住到底”。谁知这一住不过二十三天，又被炮火逼走了！

这一住虽只二十三天，却结了不少的人缘。至今回想起来，还觉得有一根很长的线，一端缚住在桐庐的河头上，迤逦经过江西、湖南、广西，而入贵州，另一端缚住在我们的心头上。第一是几家邻居：右邻是盛氏的长房，主人名盛宝函的，是一个五六十岁的 loudspeaker⑥，读书而躬耕，可称忠厚长者。他最先与我相过从，他的儿子，一个毛二十岁的文弱青年，曾经想进音乐学校的，便与我格外亲近。讲起他的内兄，姓袁的，开明书店编辑部里的职员，“八一三”时逃回家来的，和我总算是同事。于是我们更加要好。盛大先生教儿子捧了一甏家酿的陈酒来送我。过几天又办一桌酒馔，请我去吃。我们的前邻是盛氏的二房，便是替我租屋的小学校长盛梅亭君之家。梅亭之父即宝函之弟，已经逝世。梅亭是一个干练青年，把小学办得很好。他的儿子七八岁，天生是聋哑，然而特别聪明。我为诸邻人作画，他站在旁边看。看到高兴的时候，发出一声长啸，如哭如笑，如歌如号。回家去就能背摹我的画。他常常送酒和食物来给我。有一次他拿了一把炭屑来送我。我最初不解其意，看了他的手势，才知道是给我作画起稿用的。试一试看，果然选得粒粒都好，可以代木炭用。这聋哑孩子倘得常处在美术的环境中，将来一定是大美术家。他的感官的能力集中在视觉上，安得不为大美术家呢？我们的后邻是盛氏的四房。四先生也是耕读的，常和我来往，也送我一甏酒，又办了菜请我去吃饭。只有三先生，即我的房东，身任乡长，不住在这里，相见较少，特地办了酒请我到乡公所去吃。乡公所就在学校里。学校里的美术先生姓黄名宾鸿的，是本乡人，其家在二十五里外的一个高山——名船形岭——的顶上。有一次他特地邀我到他家去玩。他的父亲和祖父都是善良忠厚的山民，竭诚地招待我，留我在山顶上住了一晚，次日才回来。凡此种种人缘，教我今日思之，犹有余恋。使我永远不能忘记，而为我这桐庐避难进行曲的 climax〔高潮〕的，是汤庄的负暄。

“逃难”把重门深院统统打开，使深居简出的人统统出门。这好比是一个盛大的展览会。平日不易见到的杰作，这时候都出品。有时这些杰作竟会同你自己的拙作并列在一块。我在桐庐避难，而得常亲马先生的教益，便是一个适例。我们下乡后一二天，马先生也就迁居到汤庄来。王星贤君及其家族一同迁来。他们和我相距不过一里。时局不定。为了互通消息及慰问，我的常访汤庄，似乎不是惊扰而反是尽礼，不是权利而反是义务了。我很欢喜，至多隔一二天，必定去访问一次。马先生平时对于像我这样诚敬地拜访的人，都亲切地接见，谆谆地赐教。山中朋友稀少，我的获教就比平时更多。这时候正是隆冬，而风和日暖。我上午去访问，马先生就要我和星贤同去负暄。僮仆搬了几只椅子，捧了一把茶壶，去安放在篱门口的竹林旁边。这把茶壶我见惯了：圆而矮的紫砂茶壶，搁在方形的铜炭炉上，壶里的普洱茶常常在滚。茶壶旁有一筒香烟，是请客的；马先生自己捧着水烟筒，和我们谈天，有时放下水烟筒，也拿支香烟来吸。有时香烟吸毕，又拿起旱烟筒来吸“元奇”。弥高弥坚，忽前忽后，而亦庄亦谐的谈论，就在水烟换香烟，香烟换旱烟之间源源地吐出来。我是每小时平均要吸三四支香烟的人，但在马先生面前吸得很少。并非客气，只因为我的心被引入高远之境，吸烟这种低级欲望自然不会起来了。有时正在负暄闲谈，另有客人来参加了。于是马先生另换一套新的话兴来继续闲谈，而话题也完全翻新。无论什么问题，关于世间或出世间的，马先生都有最高远最源本的见解。他引证古人的话，无论什么书，都背诵出原文来。记得青年时，弘一法师做我的图画音乐先生，常带我去见马先生，这时马先生年只三十余岁。弘一法师有天对我说：“马先生是生而知之的。假定有一个人，生出来就读书；而且每天读两本（他用食指和拇指略示书之厚薄），而且读了就会背诵，读到马先生的年纪，所读的还不及马先生之多。”当时我想象不到这境地，视为神话。后来渐渐明白；近来更相信弘一法师的话决非夸张。古人所谓“过目成诵”，是确有其事的。记得有一次，有人寄一张报纸来，内有关于时局的消息。马先生和我们共看。他很快地读下去，使我无论如何也赶不上。我跳了几行赶上了，不久就落伍；再跳几行赶上去，不久又是落伍。这时我想，古人所谓“一目十行”，也是确有其事的。马先生所能背的书，有的我连书名都没有听见过！所以我在桐庐负暄中听了不少的高论。但不能又不敢在这里赞一词。只是有一天，他对我谈艺术。我听了之后，似乎看见托尔斯泰、卢那卡尔斯基等一齐退避三舍。王星贤记录着马先生每次的谈话。我向他借来抄一段在这里：

“十二月七日丰君子恺来谒，先生语之曰：辜鸿铭译礼为 arts〔艺术〕，用字颇好。arts 所包者广。忆足下论艺术之文，有所谓多样的统一者。善会此义，可以悟得礼乐。譬如吾人此时坐对山色，观其层峦叠嶂，宜若紊乱，而相看不厌者，以其自然有序，自然调和，即所谓多样的统一是也。又如乐曲必台五音六律，抑扬往复而后成。然合之有序，自然音节谐和，铿锵悦耳。序和同时，无先后也。礼乐不可斯须去身。平时如此，急难中亦复如此。困不失亨，而不失其亨之道在于贞。致命是贞，遂志即是亨。见得此义理端的，此心自然不乱，便是礼。不忧不惧，便是乐。纵使造次颠沛，槁饿以死，仍不失其为乐也。颜子不改其乐，固是乐。乐必该礼。而其所以能如是者，则以其心三月不违仁。故仁是全德，礼乐是合德。以共于体上已自会得。故夫子于其问为邦，乃就用上告以四代之礼乐。会不得者，告之亦无用。即如此时，前方炮火震天，冲锋肉搏，可谓极乱。而吾与二三子犹能于此负暄谈义，亦可谓极治。即此一念，便见虽当极乱之时，活机固未息灭。扩而充之，未必不为将来拨乱反正之因端也。非是漠然淡然，不关痛痒。吉凶与民同患，自然关怀。但虽在忧患，此义自不容忘。亦非故作安定人心之语。克实而言，理本如此。所谓真语者，实语者，如语者，不妄语者也。礼乐之兴，必待其人。苟非其人，道不虚行。吾今与子言此，所谓千钧之弩不为鼷鼠发机。善会此义而用之于艺术，亦便是最高艺术……”

我希望春永远不来，使我长得负暄之乐。春果然不来，而炮火逼近来了。敌兵在吾乡石门湾与中央军相遇，打了四进四出。其间我们正在桐庐负暄。后来中央军终于放弃吾乡，说是“改变战略”，敌兵就向杭州进犯。有一天我们正在负暄谈义，听见远处有人造的雷声，知道炮火迫近来了。我们想走，天天在讨论“远行”或“避深山”的问题。我主张远行，并且力劝马先生也走。马先生虽只孑然一身，但有亲戚学生僮仆相从，患难中他决计不愿独善其身，一行十余人，行路困难，未能容允我的劝请。其实我也任重道远，老幼十五人，盘费只剩三百元，如何走得动！于是在附近找桃源。我想起二十五里外的船形岭顶上的黄家，以前我曾经到过一次的，觉得地利人和均合意。有一天我便雇了四顶轿子，请黄宾鸿引导，邀马先生和星贤一同上山观看。路上的人看见我们一连四乘轿子向深山去，大都惊惶，拦住轿子探问消息。足见时局已很紧张了。到了山上，黄氏父祖闻知马先生来，倒裳出迎，办起丰盛的酒食来款待；知道我们来觅万一的退步，便应允将新造的屋让出来给马先生住，还有老屋可以馆待我们。我们盘桓至下午二三点钟，方始下山。我还记得轿子在路亭旁休息的时候，我们入亭小坐，看见壁上用木炭题着一首诗，大约是出于农夫工人的手笔的：“山上有好水，平地有好花。好花年年有，同栈不在乎。”马先生考辨了好久，说同栈恐是铜钱之误，于是对于作者的胸襟不凡大加赞叹。赞叹之不足，又讨论之；讨论之不足，又删改之。马先生改作云：“山上有好水，平地有好花。好花年年有，铜钱何足夸。”王星贤别有所见，另为改作一首：“山上有好水，平地有好花，好花年年有，到处可为家。”当此之时，风鹤虫沙，已满山中；我等为寻桃源而来，得在长亭中品评欣赏农夫野老的诗歌，正是一段佳话，不可以不记。而这作者在长亭中弄斧，恰被鲁班路过看见，加以斧正，又是一段奇迹，更不可以不记。

邻人盛宝函请马先生晚酌，我也奉陪。黄昏席散，僮仆提灯来迎马先生返汤庄。我也送去。路上马先生对我说：“近又作了一诗，比前（见第一记）□□得多，明天写出来给你看。开头是‘天下虽干戈，吾心仍礼乐。’大意你或者可以想象了。”上文两个方框，我记不清是什么字，大体是和平中正之意，未便乱加，且付阙如。第二天我到汤庄，到手了一张横幅。上面写着：

“避乱郊居述怀兼答　诸友见问

天下虽干戈．吾心仍礼乐。避地将焉归？藏身亦已绰。

求仁即首阳，齐物等南郭。秉此一理贯，未释群生缚。

琐尾岂不伤，三界同漂泊。人灵眩都野，壹趣唯沟壑。

鱼烂旋致亡，虎视犹相搏。纳阱曰予智，偭规矜改错。

胜暴当以仁，安在强与弱！野旷知霜寒，林幽见日薄。

尚闻战伐悲，宁敢餍藜藿。蠢彼蜂蚁伦，岂识天地博！

平怀频沧溟，寂观尽寥廓。物难会终解，病幻应与药。

定乱由人兴，森然具冲漠。麟凤在胸中，豺虎宜远却。

风来晴雪异，时亨鱼鸟若。亲交不我遗，持用慰离索。”

十二月十七八中，传闻将有天军来桐庐，欲利用山地作战场，以期歼灭日寇。傍晚果然开到了一批军队，敲我们的门，说要借宿一宵，明晨开赴杭州作战。兵队纪律很好。其长官晚上和我闲谈，说他是从吾乡石门湾退出来的，亲见石门湾变成焦土。又忠告我们，说：这地方不可再住，须得迁往远处或大山中。说不定这地方要放弃。明晨，兵队果然把地扫得精干净而开拔了。我忽然感觉得这里不可再留，连忙去汤庄，再劝马先生作远行之计。然马先生首阳之志已决，对于诸种环境的变迁，坦然不慌。我不能动他。于是返家收拾萧条的行物，与姐妻子女计议，故园既已成为焦土，我们留在这里受惊毫无意义，决定流徙于远方。岳老太太年已七十，不胜奔走之苦。我破晓起来同我妻商量，拟把老太太寄托与船形岭黄宾鸿家。因为他家也有七八十岁的老人，当不致因我家老太太而受累。我妻向老太太商请，得其同意。于是我们二人同赴学校请托黄君，黄君慨然允诺。当日雇了一乘轿子，由黄君领导，章桂护送，抬老太太上山。临别，许多人偷偷地弹泪，说不出话来。我心中除了离别之苦以外，又另有一种难过：我不能救庇一位应该供养的老人，临难把她委弃在异乡的深山中，这是何等惭愧的事！

我们的难民队中最干练的平玉已于前日冒险赴上海。阿劳也已回去。平玉有一朋友姓车的，住在我们附近的江边。我去托他找船，知道他也有远行之意。为了途中互助之计，我就约他同行，请他在门口的江边物色一只小船，定于明晨载我们到二十里外的桐庐城中，再找远行的船。布置已定，即走汤庄去辞别马先生，路上我想好了许多话，预备再苦劝他一番，务请他离开这飘摇的桐庐。但等到一走进门，望见了他的颜色，却一句话也说不出来。但觉得这里有一股强大的力。一切战争、炮火、颠沛、流离等事当着了它都辟易。我含糊地说道："我也许要走，但没有定。"回到家里，写了一张纸送去，书面告别。邻人都依依不舍，彼此往返，辞送，馈赠，忙了一天。古语云："悲莫悲于生别离。"这种日子连过十天，包你断肠而死！事后我揽镜自照，发见鬓边平添了不少的白发。

我在桐庐的最后一天，十二月廿一日的早晨，我们黎明即起，打点下船。一行十四人除去了老太太，得十三人。想起了西洋人的习惯，我一时对于这个数目觉得讨嫌。幸而车氏父子三人加入了，得十六人，便不介意。王星贤和马先生的外甥丁安期，管汤庄的金先生，搭我的便船赴城，欲用原船把马先生留存在城中的书载回乡下。王星贤看见我们十余人只有两担行李，表示惊讶。被他一提醒，我自觉得一寒至此，不胜飘零之感。幸而船到桐庐，不久找到了一只较大的船，言定二十八元送到兰溪，即于下午二时离开桐庐。一帆风顺，溯江而上。我抽了一口气，环顾家人，发见大家神情惘怅. 如有所失，而吾妻尤甚。一个孩子首先说破："外婆悔不同了来！"言下各处响应。我在桐庐时看见公共汽车还通。便下个决心，喊船夫停船，派章桂上岸步行回船形岭，迎老太太下山，搭公共汽车到兰溪相聚。这时候杭州快要失守，富阳桐庐一带交通秩序混乱。我深恐此事难得圆满。谁知章桂果能完成其使命：带了一位七十岁的老太太，搭了最后一班的公共汽车，与我们差不多同时到达兰溪。好像是天教我们一家始终团聚，不致离散似的！

第二记完。一九三九年十二月三日夜于都匀。

①本篇曾载1940年《文学集林》第4辑（译文特辑）。

②马湛翁，即马一浮。

③第一记即避难五记之一《辞缘缘堂》。

④在作者家乡一带，从前惯于称独子、宠儿为“丫头”“小狗”等，参看《爱子之心》一文。

⑤满哥，即作者之三姐丰满。

⑥意即扬声器，这里是指大喉咙。

中国就像棵大树①

得《见闻》第二期，读憾庐先生所作《摧残不了的生命》，又看了文末所附照相版插图，心中有感，率尔捉笔，随记如下：

为的是我与憾庐先生有同样的所见，和同样的感想。② 春间在汉口，偶赴武昌乡间闲步，看见野中有一大树，被人斩伐过半，只剩一干。而春来干上怒抽枝条，绿叶成荫。新生的枝条长得异常的高，有几枝超过其他的大树的顶，仿佛为被斩去的“同根枝”争气复仇似的。我一看就注目，认为这是中华民国的象征。我徘徊不忍去，抚树干而盘桓。附近走来两个孩子，一男一女，似是姐弟。他们站在大树前，口说指点，似乎也在欣赏这中华民国的象征。我走近去同他们谈话。

我说：“小朋友，这棵树好看吗？”

小朋友们最初有些戒严，退了一步。这也许是我的胡须的关系，小孩子看见胡须大都有些怕的。但后来他们看见我的态度仁善，恐惧之心就打消了，那姐姐回答我说：“很好看！”我们就谈话起来。

我说：“你家住在什么地方？”

女孩说：“就在那边，湖边上。这棵树是我们村子里某人家的。”

男孩说：“我们门前有一株杨树，树枝剪光了，也会生出新的来。生得很多很多，比这棵树还要多。”

女孩说：“我们那个桥边有一株松树，被人烧去了半株，只剩半株，也不会死。上面很多的枝条和叶子，把桥完全遮住。夏天我们常在桥上乘凉。”

我说：“你们的村庄真好，有这许多大树！这些树真好，它们不怕灾难，受了伤害，自己能生出来补救。好比一个人被斩去了一只臂膊，能再生出一只来。”

女孩子抢着说：“人斩了臂，也会生出来的?”

我说：“人不行，但国就可以。譬如现在，前线上许多兵士被日本鬼子打死了，我们后方能新生出更多的兵士来，上前线去继续抵抗。前线上死一百人，后方新生出一千人，反比本来多了。日本鬼子打中国，只见中国兵越打越多。他们终于打不过我们。现在我们虽然失了许多地方，但增了许多兵士，所以失去的地方将来一定可以收回。中国就好比这一棵树，虽被斩伐了许多枝条，但是新生出来的比原有的更多，将来成为比原来更大的大树。中国将来也能成为比原来更强的强国。”

女孩子说：“前回日本飞机在那江边丢炸弹，炸死了许多人。某甲的爸爸也被炸死。某甲同他的兄弟就去当兵，他们说要杀完了日本鬼子才回家来。”

男孩子也说：“某乙的妈妈也被炸死。某乙有一枝枪，很长的，他会打鸟。现在说不打鸟了，要拿这枪去打日本鬼子。”

我说：“你们这儿有这许多人去打日本鬼子，很好。别的地方的人也是这样。大家痛恨日本鬼子，大家愿意去当兵。所以中国的兵越打越多。正同这棵树的枝叶越斩越多一样。我们中国就像棵树。你们看看，像不像?”

两个孩子看看大树，都笑起来。男孩子忽然离开他的姐姐，跑到大树边，张开两臂抱住树干，仰起头来喊了些什么话。随即跟着他的姐姐去了。

我目送两孩去远了，告别大树，回到汉口的寓中，心有所感，就提起笔来把当日所见的情景用画记录。画好之后，先拿给一个少年看。少年看了，叫道：“唉！这棵树真奇怪，斩去了半株，怎么还会生出这许多枝叶来?”他再看一会，又说道：“对了！因为树大的缘故。树大了，根柢深，斩去一点不要紧。他能无限地生长出来，不久又是一棵大树了。”我接着说：“对啦！我们中国就同这棵树一样。”少年听了这话频频点头，表示感动。随即问我要这幅画。我说没有题字，答允他今晚题了字，明天送他。

晚上，我在这画上题了一首五言诗：“大树被斩伐，生机并不绝。春来怒抽条，气象何蓬勃!”又另描了同样的一幅，当晚送给这位少年。过了几天我去看这少年，他已将画纳在镜框中，挂在书室里，并且告诉我说：他每逢在报上看到我军失利的消息，失地中日军虐杀同胞的消息，愤懑得透不过气来。这时候他就去看这幅画，可以得到一种慰藉和勉励。所以他很爱护这画，并且感谢我。我听了这番话，感动甚深。我赞佩这少年的天真的爱国热忱。他正强大树的一根新枝条。

因有这段故事，我读了《见闻》所载《摧残不了的生命》，看了文末的附图，颇思立刻飞到广州去，拉住了憾庐先生，对他说：“我也有和你同样的所见和所感呢!”但没有实行，只是写了这些感想寄给他。他把他所见的大树当作几方面的象征：（一）中华民族的生命，是永远摧残不了的。无论现在如何危难，他定要继续生存。（二）现在我们的民族的确已经在“自力更生”中了，而此后要更繁荣更有力地生活下去。（三）宇宙风社不受威胁，虽经广州的狂炸，依旧继续出刊。（四）《见闻》于狂炸中筹办创刊，正如新萌的芽儿。第一、二两点，我所见与他全同。第三、四两点，自然使我赞佩。但我所赞佩的不止于此。抗战中一切不屈不挠的精神的表现，例如粤汉路屡炸屡修，迅速通车，各种机关屡炸屡迁，照常办公，无数同胞家破人亡（出亡也），绝不消沉，越加努力抗日，都是我所赞佩的，都是大树所象征的。这大树真可说是今日的中国的全体的象征。③

〔1938 年〕

①本篇曾载 1939 年 3 月 1 日《宇宙风》乙刊创刊号。

②从文首至此的数行，编入集子时曾被删去，现据最初发表稿恢复。

③此最末一段，编入集子时曾被删去。现据最初发表稿恢复。

“七七”三周年

“七七”三周年了。流年如水，屈指堪惊！然而惊中有喜。因为回想过去的一周，二周，我所见闻和感想步步好转。倘使多数人对我以下的话有同感，便足证明我国情形步步好转。安得不使人惊喜呢？

我回想过去两个“七七”，觉得我所见所闻的人，大都一年干练一年，一年团结一年。

怎见得一年干练一年呢？当“七七”事变的时候，我住在故乡，沪杭之间。环境中不乏江南佳丽的风流人物，富贵之家的纨袴子弟。他们游手好闲，锦衣玉食。有繁华都市供他们开心，有重门深院给他们娇养。他们简直不知有苦患，不知有世界，不知有国家。他们好像可以一辈子坐享安乐，所以不须劳作，不屑磨炼。个个面如冠玉，手如柔荑。不久“八一三”到了。敌人的炮火从上海蔓延开来，遍满江南。抗战军从各地云集拢来，遍满江南。繁华都市都被摧毁了，重门深院都被打开了。不论风流人物，纨袴子弟，一概要逃警报，逃难，甚至扒车顶，宿凉亭，吃大饼，喝冷水。真如古词人所咏：“一旦刀兵齐举，旌旗拥百万貔貅。长驱入歌楼舞榭，风卷落花愁。”但这些“风卷落花”似的江南人物，毕竟是聪明的。他们一时虽然“愁了一愁”，不久就奋发起来，为生存而奋斗了。他们的能力，往日为安逸所阻而闲却着；但并不退化，而潜蓄在内。到了生存发生问题的时候，大家会拿出来用。往日脚不落地的，居然会爬山，往日穿惯高跟皮鞋的，居然会提水。往日手不碰书的，居然会看报。往日不知东西的，居然熟悉了中国的地理。这是“七七”一周内我所见闻的事实。据传闻，不限定江南人如此，全国其他各处也都有这样的人。这种人本来昏昧，被敌人的炮声唤醒了；本来是无用的人，敌人强迫他们变成了干练有用的人。

“七七”二周内我所见闻，情形又不同了：向来娇养游荡惯常的人，以及埋没在市井中的人，不但变了干练有用之才，又都得了职业，直接或间接地参加了抗战工作。常常碰到穿军装的人用军礼招呼我。定睛一看，原来是某家的三囡，某村上的阿二，某店铺里的学徒阿毛。他们现在已经变成赳赳武夫，国家的干城了。他们的仪态和言语，与“三囡”“阿二”“阿毛”等名字都配合不来了，使我一时难于称呼他们。古人说：“士别三日，刮目相视。”当今之世，确有此事。

“七七”三周内我所见闻的情形，又不同了：这些人不但都去从公，而且立了勋业。有的从前线回来，已经成了一个知己知彼的将才。有的周游了全中国回来，已经变成天下为家的大丈夫。有的精通了某种工作，已经变成团体机关的领袖人物。抗战供给人们磨炼和劳作的机会。往日沦落在风尘中的天才，埋没在草野间的俊杰，值此风云际会，大家抬头起来。各尽其才，各逞其能，各遂其愿，各偿其志。这一次，我国的人才可谓尽量发挥，不负天意了。所以我眼见得三年以来，国人一年干练一年。大多数的人，拿现在和“七七”事变时比较起来，简直判若两人。读者推想自己所认识的人，即知吾言之不谬。

又怎见得一年团结一年呢？我国版图广大而山川险阻。故各地方言歧异，风俗乖殊，向来各地隔阂，乡土观念相当的深。譬如我们浙江人，昔日极少有深入贵州四川的。一般的人，视贵州四川好比异域，只在教科书里读到，地图中看到，做梦也不想亲身来到。有些愚民，甚至相信贵州就是夜郎国，四川酆都就是阴司。交通的不便利，竟会产生这样的笑话来。近年来，公路开辟日多，航空又新发展，全国的人民往来比昔日频繁，比昔日连通。然而多数的人，为了经济的限制，职业的牵累，还是足不出省，一口土白。大有鸡鸣犬吠相闻，至老死不相往来之风。但是，“七七”事变一起，敌人就来介绍我们往来，强迫我们团结了。古语云：“病有工夫急有钱。”敌人的来犯，好比一种病菌侵入了我们的血管，使我们都害病着急。向来为职业所牵累的人，如今都有了旅行的工夫；向来为经济所限制的人，如今都有了旅行的费用。于是每一地方有了全国各省的人。这仿佛一桌人正在叉麻雀，突然一只野猫跳上桌子来把麻雀牌扰乱了。又好比一个池塘里本来筑着许多坝，把水块块隔开，或高或低，或清或浊，很不调和。如今忽然把坝撤去，高低清浊诸水和合一气，全池就统一了。

在“七七”第一周内，甲省同胞流离到乙省，难免有不甚融洽之状。因为乙省大概是后方，其土人只在报纸上看见敌人侵犯的消息，只从传闻中听到敌人杀掠的惨状。好比看小说，听说书，一时激动，而少有切身之感。其中胸怀不广的人，抱着门户之见，对客民便歧视。本地人与外省人就隔着一个界限，而成不团结状态。但是不久，敌人又用一种方法来代替撤去这界限，强迫我们团结了。其方法便是轰炸。他们用飞机载了炸弹，到我们的后方各地来轰炸。城市乡村一切不设防区域，他们都投下几个炸弹，杀死几个妇孺，使一生足不出闾的土人也亲眼看见了敌人的暴行，使器量褊狭性情冷酷的人，对他方逃来的难民也深感同情。“七七”第二周年中我住在桂林的乡下。初到时，桂林尚未被炸。有些土人卖东西给我们——他们称为“中央人”——要贵一点，说因为“你们的钞票比我们贵一倍。[①]”我们常常愤慨。后来，桂林大炸，三分之一都市被毁。不拘“中央人”或广西人，同为暴敌的炸弹的目标，怀着同样的愤慨。自然互相亲爱起来。逃警报时，互相指导，互相扶助。竟同一家人一样。买卖中的贰价也就取消了。现在，“七七”三周纪念，我已深入贵州。来时车辆难得，把十人的家族分作四队，各自进行。当初很不放心，略有“父子不相见，兄弟妻子离散”之苦。谁知全家到达目的地团聚后，各述其经历，都很顺利。有一个孩子说就同在家乡本镇上游历一样，因为各地都有同乡人，使他们没有离乡之感；各地的人对幼弱都帮助，使他们没有孤苦之感。所以我眼见得三年以来，国人一年团结一年。到了“七七”三周的今日，我国简直没有县界省界，凡是中国人民，都是一家人了。

“七七”三周了。我的感觉，是国内情形步步好转：人民一年干练一年，一年团结一年。现在，虽有小小磨阻——卖国贼的倒戈，但终是小小的阻力，大部分干练的民众，还是团结在大后方，而且正在齐心协力地诛伪抗敌。只要团结到底，“七七”四周、五周、六周……最后胜利自会来到。这不是可以喜慰的事？

回想过去的事实，环顾世界的现状，我们实在可以自矜。挪威揖敌，十二小时便亡国。英国怯弱如妇人，几次仰德人的鼻息。法国不到一月也就求和而接受缴械的亡国条件，而我们已经支撑三足年了！虽然遍体鳞伤，但好比一株大树，被斩伐了枝叶，根干上拼命地抽发出新的条枝来，生气蓬勃，不久可以长成一株比前更茂盛的大树。这不是可以自矜的吗？可以自矜，但是不愿自矜！因为矜必败，我们一日不达到最后胜利，一日不愿自矜。大家埋头苦干，直到成功。"三年"的长日月都已过去了，以后还怕什么呢？

廿九〔1940〕年六月二十五日于遵义。

①当时"法币"一元相当于"桂币"二元。

谈壁上标语[①]

抗战以前，我曾在某杂志上发表过一篇文字[②]，题目记不清楚，大意是指斥商人的壁上的广告破坏自然美。譬如红树青山，小桥流水，好一片优美的风景！而桥边的粉墙上显出又大又粗的三个字："骨痛精"。又如长松衰草，斜阳古刹，好一片清幽的风景！而古刹的院墙上显出非常明显的三个字："金鼠牌[③]"。商人为欲引人注意，把这些广告字写在当路的地方，最触目的地方。广告画专家又用最有效的技法，力求牵惹人目，不管字体的奇怪与丑恶。所以这些广告，往往唐突地加入在自然风景中，而为一片自然风景的中心。这好比是一个又高又胖的商店的推销员，站在管弦合奏队的指挥台上，大声疾呼地夸扬他的货品。真是煞风景之极！所以我说，这是商人的破坏风景，资本主义的蹂躏自然美！新生活运动讲究市容，对于这些煞风景的壁上广告也应加以限制。

抗战一年半多以来，我辗转迁徙，行经五省。途中所见，与前大异！从前的壁上广告，现在都变成了抗战标语。字体也都粗大而鲜明，位置也都在当路最触目的地方。然而我看了，并不觉得唐突，并不嫌它们煞风景。我决不指斥抗战宣传队为蹂躏自然美。我用敬意对待，我留意阅读，我诚意地赞叹、接受，或批评。为了这是吾民族的爱国热忱的表现，万众一心的誓文，好仁恶暴的宣言。不但无妨于自然美，且可使河山生色，大地增光。美本来不限于形式。精神的美更强于形式的美。

现行的抗战标语，简劲有力的固然多，有毛病的亦复不少。据我所见，最易犯的毛病是内容空泛。例如我现在的寓屋外面的墙上，写着：

"大家武装起来保卫祖国。"

文字固然很通，意思固然很好。然而拿这句话对这村子里的一切男女老幼说，不免空泛而欠切实。前天我同我的小女儿一同归家，走过这标语前面时，她读一遍，想一想，认真地诘向我道："那么外婆（七十二岁）也要武装起来，新枚（半岁）也要武装起来吗?"这使我一时难于解答。她的话并没有错。"大家"是全称的，包括男女老幼的。倘欲切实奉行这句标语，外婆和新枚自然也非武装起来不可。然而事实上绝对不行。外婆的脚只有三寸长，走路要人扶。新枚还要人抱。即使给他们武装了，也全没用处。所以这句标语的空泛，就在"大家"两字。制标语者的原意，大约是指有力的"大家"。然而仅用"大家"二字，就欠妥当。倘要修改，应说"有力的，大家武装起来"，庶几没有语病。然而细想起来，这样也不是好办法。如果有力的人真个大家武装了，后方全是些无力的老弱，不能供应前方无数武装者的需要，也难于保卫祖国。所以这句标语，根本有毛病。照我的意思可以删去。倘要民众努力参加抗战，就用"有力出力"简劲的四个字已经够了。"大家武装起来保卫祖国"这句话，放在新诗里或者可以；当作标语就嫌空泛。非但无益，反而使人看轻标语，以为这些都是不能实行的空套话，不足听信的。故标语宜切实，而忌用诗的、文学的文句。因为诗的、文学的文句，往往不直说，需要神会默悟，当作标语就嫌空泛。另举一例：我在某处墙上，看见有这样的十个大字：

"爱护伤兵，就是爱护自己。"

这句标语用意也是很好，然而对民众说，民众一时想不通，心中怀疑。因为“爱护伤兵”与“爱护自己”之间，不能直接加等号，须用三段论法，推求因果。例如：“爱护伤兵，则伤兵病愈得快”。“伤兵病愈得快，则可以早赴前线”。“早赴前线，则我军力量增大”。“我军力量增大，则敌不得逞”。“敌不得逞，则后方安全”。“后方安全，则自己可安居。”于是达到结论：故“爱护伤兵，就是爱护自己”。转折六项，方然达到这结论。但谁能终日立墙下，拉住每一个途人而同他讲解三段论法与因果律呢？所以这句话也只宜用在文学作品中。用作标语，则因难懂而变成空泛。

其次，文句太长，也是一种毛病。这里汽车站背后的长墙上，写着这样一长句：

“要求中央政府立即宣布废除中日间一切屈辱协定。”此文句共二十一字，内含三个动词：“要求”“宣布”“废除”。内容颇为复杂。读起来也颇费事。我记忆力不好，看一二次简直记不牢。后来到学校上课，天天走过这墙壁，方才慢慢地会背诵了。设想民众必也难于阅读记诵。故我以为这样的标语，效力不大。标语贵乎简劲，易于诵读呼唱。像“拥护领袖，抗战到底”，“有钱出钱，有力出力”等略具对仗形的四言句，最易上口，即最易普遍流传。我在前面说过，标语忌用诗的，这是指内容而论的。若在形式上（即修辞上）说，则又宜用诗的。因为诗的文句，讲究音调，讲究对仗，读起来爽快，而便于记忆，易于动听。宣传力就广大。诗的文句，大都简短。七八个字一句，算最多了。上述的二十一字三动词的文句，因为太长，故非诗的，而为散文的。太散文的，读起来疙瘩，不便记忆，不易动听，宣传力也就狭小。所以标语不宜用太长的文句。

第三，文句不通是最不应该犯的毛病。《中学生》的读者大概都一望而知，不必我说。但欲促制标语者注意，这里也要谈一谈。我在某处，曾见壁上写着这样的五个大字：

“当兵是好汉。”

只要略懂作文的人，都可以看出这里缺少一个“的”字，应说“当兵的是好汉”。不然，下面应加“所做的事”之类的字。我曾经对一位军人谈及此事，他说：“少一个虚字有什么关系？意思懂得就好了。”我听了这话不胜惊奇。我想，这位军人大约是楚霸王之类的英雄。他的话大有“书足以记姓名而已”的气概。然而讲话不合逻辑，终是缺陷。所以我开导他：“这话道理不对呀！‘当兵’是一件事，‘好汉’是一个人，怎么中间可以加一个‘是’字呢?”他想通了，率然地答道：“那么应说‘当兵的人是好汉’。”我说：“这样也好。总之，这文句非改不可。”他笑道：“你真是国文先生，到处改文章。”我也自己觉得迂腐起来。想起杜甫的诗句：“天下尚未宁，健儿胜腐儒。”我何必在这时候斤斤计较标语的文字呢？后来我在某处途中看见这样的标语，就觉得标语的文章绝对非改不可，健儿到底胜不得腐儒。那标语是这样：

“拿出良心为国家服务。”

“良心”之下，一个“来”字必不可少！不然，教人把良心拿出了，然后为国家服务，变成反宣传，迹近汉奸了。然这句话根本有些不妥。即使改为“拿出良心来为国家服务”，也不是好标语。因为仔细吟味起来，“良心”不该说“拿出来”。气力可以拿出来，金钱可以拿出来，而良心不宜拿出来。我乡俗语，说没良心的人，称为“撒出良心的”。就是说他的良心已跟着大小便撒出，不在身体中，故是“没良心”的人了。可见良心必须放在身体中，不可“拿出来”。所以这句标语要根本地改良，应改作“凭良心为国家服务”之类。“良心”只能“凭”，不可“拿出来”。“凭良心为国家服务，”和“拿出良心为国家服务”，恰恰正反对。这样看来，标语的文字绝对不可马虎。

我对于现行抗战标语的意见，止于上述这一点。我没有从积极方面指示良好标语的制法，但从消极方面指摘标语的毛病。但标语的制法，由此也可推知：第一，要切实（不空泛）；第二，要简明（不要太长）；第三，起码文章要通（文法莫错）。希望各宣传部队加以注意。

你们看见过写壁上标语吗？这是很有意味的一种工作，我讲点给你们听听，作为这篇文字的结束。我有一次在桂林路上走，看见三位青年正在写壁上标语。第一个人手持一支粉笔，在灰色的墙上画双钩的空心字，决定每个字的位置与章法。第二个人左手提白粉桶，右手持排笔，用排笔蘸白粉，将空心字填涂。第三个人左手提红粉桶，右手持毛笔，在填涂白色的文字的四周加描红线。他们默默地分工合作。他们各人恪尽各人的职司。于是标语迅速地写成，鲜明地表现在墙上，强力地牵惹行人的眼光。我仿佛孔子看见了明堂的壁画，徘徊不忍遽去。我想：他们仿佛是在合力造成一种有生命的活物。第一人先造骨胳，第二人在骨胳上附加肌肉，第三人在肌肉上附加皮肤，于是“标语”就降生了，生得英姿焕发，勇武绝伦。他在壁上高声疾呼，唤醒四万民众，同心协力，抗敌建国。于是抗战必胜，建国必成。这真是所谓“一言兴邦”。

廿八〔1939〕年四月三日子恺于桂林、两江、潘塘岭。

①本篇曾载1939年5月5日《中学生》战时半月刊。

②指《车厢社会》一书中《劳者自歌》（十三则）中的第六则。

③金鼠牌，为当时一种香烟的牌子。

还我缘缘堂①

二月九日天阴，居萍乡暇鸭塘萧祠已经二十多天了，这里四面是田，田外是山，人迹少到，静寂如太古。加之二十多天以来，天天阴雨，房间里四壁空虚，行物萧条，与儿相对枯坐，不啻囚徒。次女林先性最爱美，关心衣饰，闲坐时举起破碎的棉衣袖来给我看，说道：“爸爸，我的棉袍破得这么样了！我想换一件骆驼绒袍子。可是它在东战场的家里——缘缘堂楼上的朝外橱里——不知什么时候可以去拿得来。我们真苦，每人只有身上的一套衣裳！可恶的日本鬼子！”我被她引起很深的同情，心中一番惆怅，继之以一番愤懑。她昨夜睡在我对面的床上，梦中笑了醒来。我问她有什么欢喜。她说她梦中回缘缘堂，看见堂中一切如旧，小皮箱里的明星照片一张也不少，欢喜之余，不觉笑了醒来，今天晨间我代她作了一首感伤的小诗：

儿家住近古钱塘，也有朱栏映粉墙。
三五良宵团聚乐，春秋佳日嬉游忙。
清平未识流离苦，生小偏遭破国殃。
昨夜客窗春梦好，不知身在水萍乡。

平生不曾作过诗，而且近来心中只有愤懑而没有感伤。这首诗是偶被环境逼出来的。我嫌恶此调，但来了也听其自然。

邻家的洪恩要我写对。借了一枝破大笔来。拿着笔，我便想起我家里的一抽斗湖笔，和写对专用的桌子。写好对，我本能伸手向后面的茶几上去取大印子，岂知后面并无茶几，更无印子，但见萧家祠堂前的许多木主，蒙着灰尘站立在神祠里，我心中又起一阵愤懑。

晚快章桂从萍乡城里拿邮信回来，递给我一张明片，严肃地说："新房子烧掉了！"我看那明片是二月四日上海裘梦痕[②]寄发的。信片上有一段说"一月初上海新闻报载石门湾缘缘堂已全部焚毁，不知尊处已得悉否"，下面又说："近来报纸上常有误载，故此消息是否确凿不得而知。"此信传到，全家十人和三个同逃难来的亲戚，齐集在一个房间里聚讼起来，有的可惜橱里的许多衣服，有的可惜堂上新置的桌凳。一个女孩子说：大风琴和打字机最舍不得。一个男孩子说：秋千架和新买的金鸡牌脚踏车最肉痛。我妻独挂念她房中的一箱垫[③]锡器和一箱垫瓷器。她说：早知如此，悔不预先在秋千架旁的空地上掘一个地洞埋藏了，将来还可去发掘。正在惋惜，丙潮从旁劝慰道："信片上写着'是否确凿不得而知'，那么不见得一定烧掉的。"大约他看见我默默不语，猜度我正在伤心，所以这两句照着我说。我听了却在心中苦笑。他的好意我是感谢的。但他的猜度却完全错误了。我离家后一日在途中闻知石门湾失守，早把缘缘堂置之度外，随后陆续听到这地方四得四失，便想象它已变成一片焦土，正怀念着许多亲戚朋友的安危存亡，更无余暇去怜惜自己的房屋了。况且，沿途看报某处阵亡数千人，某处被敌虐杀数百人，像我们全家逃出战区，比较起他们来已是万幸，身外之物又何足惜！我虽老弱，但只要不转乎沟壑，还可凭五寸不烂之笔来对抗暴敌，我的前途尚有希望，我决不为房屋被焚而伤心，不但如此，房屋被焚了，在我反觉轻快，此犹破釜沉舟，断绝后路，才能一心向前，勇猛精进。丙潮以空言相慰，我感谢之余，略觉嫌恶。

然而黄昏酒醒，灯孤人静，我躺在床上时，也不免想起石门湾的缘缘堂来。此堂成于中华民国二十二年，距今尚未满六岁。形式朴素，不事雕斫而高大轩敞。正南向三开间，中央铺方大砖，供养弘一法师所书《大智度论·十喻赞》；西室铺地板为书房，陈列书籍数千卷。东室为饮食间，内通平屋三间为厨房、贮藏室及工友的居室。前楼正寝为我与两儿女的卧室，亦有书数千卷；西间为佛堂，四壁皆经书；东间及后楼皆家人卧室。五年以来，我已同这房屋十分稔熟。现在只要一闭眼睛，便又历历地看见各个房间中的陈设，连某书架中第几层第几本是什么书都看得见，连某抽斗（儿女们曾统计过，我家共有一百二十五只抽斗）中藏着什么东西都记得清楚。现在这所房屋已经付之一炬，从此与我永诀了！

我曾和我的父亲永诀，曾和我的母亲永诀，也曾和我的姐弟及亲戚朋友们永诀，如今和房子永诀，实在值不得感伤悲哀。故当晚我躺在床里所想的不是和房子永诀的悲哀，却是毁屋的火的来源。吾乡于中华民国二十六年十一月六日，吃敌人炸弹十二枚，当场死三十二人，毁房屋数间。我家幸未死人，我屋幸未被毁。后于十一月二十三日失守，失而复得，得而复失，失而复得，得而复失，……以至四进四出，那么焚毁我屋的火的来源不定；是暴敌侵略的炮火呢，还是我军抗战的炮火呢？现在我不得而知，但也不外乎这两个来源。

于是我的思想达到了一个结论：缘缘堂已被毁了。倘是我军抗战的炮火所毁，我很甘心！堂倘有知，一定也很甘心，料想它被毁时必然毫无恐怖之色和凄惨之声，应是蓦地参天，蓦地成空，让我神圣的抗战军安然通过、向前反攻的。倘是暴敌侵略的炮火所毁，那我很不甘心，堂倘有知，一定更不甘心。料想它被焚时，一定发出喑呜叱咤之声：“我这里是圣迹所在，麟凤所居。尔等狗彘豺狼胆敢肆行焚毁！亵渎之罪，不容于诛！应着尔等赶速重建，还我旧观，再来伏法！”

无论是我军抗战的炮火所毁，或是暴敌侵略的炮火所毁，在最后胜利之日，我定要日本还我缘缘堂来！东战场，西战场，北战场，无数同胞因暴敌侵略所受的损失，大家先估计一下，将来我们一起同他算账！

〔1938 年〕

①本篇曾载 1938 年 5 月 1 日《文艺阵地》第 1 卷第 2 期。原有副题："——避寇日记之一"。

②裘梦痕，系作者在立达学园执教时的同事（音乐教师）。

③箱垫，即搁箱子的柜子。

告缘缘堂在天之灵①

去年十一月中，我被暴寇所逼，和你分手，离石门湾，经杭州，到桐庐小住。后来暴寇逼杭州，我又离桐庐经衢州、常山、上饶、南昌，到萍乡小住。其间两个多月，一直不得你的消息，我非常挂念。直到今年二月九日，上海裘梦痕写信来，说新闻报上登着：石门湾缘缘堂于一月初全部被毁。噩耗传来，全家为你悼惜。我已写了一篇《还我缘缘堂》为你申冤（登在《文艺阵线》② 上）。现在离你的忌辰已有百日，想你死后，一定有知。故今晨虔具清香一支，为尔祷祝，并为此文告你在天之灵：

你本来是灵的存在。中华民国十五年，我同弘一法师住在江湾永义里租的房子里。有一天我在小方纸上写许多我所喜欢而可以互相搭配的文字，团成许多小纸球，撒在释迦牟尼画像前的供桌上。拿两次阄，拿起来的都是"缘"字，就给你命名曰"缘缘堂"。当即请弘一法师给你写一横额，付九华堂装裱，挂在江湾的租屋里。这是你的灵的存在的开始，后来我迁居嘉兴，又迁居上海，你都跟着我走，犹似形影相随，至于八年之久。

到了中华民国廿二年春，我方才给你赋形，在我的故乡石门湾的梅纱弄里，吾家老屋的后面，建造高楼三楹，于是你就堕地。弘一法师所写的横额太小，我另请马一浮先生为你题名。马先生给你写三个大字，并在后面题一首偈：

能缘所缘本一体，收入鸿蒙入双眦。
画师观此悟无生，架屋安名聊寄耳。
一色一香尽中道，即此××非动止。
不妨彩笔绘虚空，妙用皆从如幻起。

第一句把我给你的无意的命名加了很有意义的解释，我很欢喜，就给你装饰：我办一块数十年陈旧的银杏板，请雕工把字镌上，制成一匾。堂成的一天，我在这匾上挂了彩球，把它高高地悬在你的中央。这时候想你一定比我更加欢喜。后来我又请弘一法师把《大智度论·十喻赞》写成一堂大屏，托杭州翰墨林装裱了，挂在你的两旁。匾额下面，挂着吴昌硬绘的老梅中堂。中堂旁边，又是弘一法师写的一副大对联，文为《华严经》句："欲为诸法本，心如工画师。"大对联的旁边又挂上我自己写的小对联，用杜诗句："暂止飞乌才数子，频来语燕定新巢。"中央间内，就用以上这几种壁饰，此外毫无别的流俗的琐碎的挂物，堂堂庄严，落落大方，与你的性格很是调和。东面间里，挂的都是沈子培的墨迹和几幅古画。西面一间是我的书房，四壁图书之外，风琴上又挂着弘一法师写的长对，文曰："真观清净观，广大智慧观，梵音海潮音，胜彼世间音。"最近对面又挂着我自己写的小对，用王荆公之妹长安县君的诗句："草草杯盘供语笑，昏昏灯火话平生。"因为我家不装电灯（因为电灯十一时即熄，且无火表），用火油灯。我的亲戚老友常到我家闲谈平生，清茶之外，佐以小酌，直至上灯不散。油灯的暗淡和平的光度与你的建筑的亲和力，笼罩了座中人的感情，使他们十分安心，谈话娓娓不倦。故我认为油灯是与你全体很调和的。总之，我给你赋形，非常注意你全体的调和，因为你处在石门湾这个古风的小市镇中，所以我不给你穿洋装，而给你穿最合理的中国装，使你与环境调和。因为你不穿洋装，所以我不给你配置摩登家具，而亲绘图样，请木工特制最合理的中国式家具，使你内外完全调和。记得有一次，上海的友人要买一个木雕的捧茶盘的黑人送我，叫我放在室中的沙发椅子旁边。我婉言谢绝了。因为我觉得这家具与你的全身很不调和，与你的精神更相反对。你的全身简单朴素，坚固合理；这东西却怪异而轻巧。你的精神和平幸福，这东西以黑奴为俑，残忍而非人道。凡类于这东西的东西，皆不容于缘缘堂中。故你是灵肉完全调和的一件艺术品！我同你相处虽然只有五年，这五年的生活，真足够使我回想：

春天，两株重瓣桃戴了满头的花，在你的门前站岗。门内朱栏映着粉墙，蔷薇衬着绿叶。院中的秋千亭亭地站着，檐下的铁马丁东地唱着。堂前有呢喃的燕语，窗中传出弄剪刀的声音。这一片和平幸福的光景，使我永远不忘。

夏天，红了的樱桃与绿了的芭蕉在堂前作成强烈的对比，向人暗示“无常”的至理。葡萄棚上的新叶把室中的人物映成青色，添上了一层画意。垂帘外时见参差的人影，秋千架上常有和乐的笑语。门前刚才挑过一担“新市水蜜桃”，又挑来一担“桐乡醉李”。堂前喊一声“开西瓜了！”霎时间楼上楼下走出来许多兄弟姊妹。傍晚来一个客人，芭蕉荫下立刻摆起小酌的座位。这一种欢喜畅快的生活，使我永远不忘。

秋天，芭蕉的长大的叶子高出墙外，又在堂前盖造一个重叠的绿幕。葡萄棚下的梯子上不断地有孩子们爬上爬下。窗前的几上不断地供着一盆本产的葡萄。夜间明月照着高楼，楼下的水门汀好像一片湖光。四壁的秋虫齐声合奏，在枕上听来浑似管弦乐合奏。这一种安闲舒适的情况，使我永远不忘。

冬天，南向的高楼中一天到晚晒着太阳。温暖的炭炉里不断地煎着茶汤。我们全家一桌人坐在太阳里吃冬春米饭，吃到后来都要出汗解衣裳。廊下堆着许多晒干的芋头，屋角里摆着两三坛新米酒，菜橱里还有自制的臭豆腐干和霉千张。星期六的晚上，孩子们陪我写作到夜深，常在火炉里煨些年糕，洋灶上煮些鸡蛋来充冬夜的饥肠。这一种温暖安逸的趣味，使我永远不忘。

你是我安息之所。你是我的归宿之处。我正想在你的怀里度我的晚年，我准备在你的正寝里寿终。谁知你的年龄还不满六岁，忽被暴敌所摧残，使我流离失所，从此不得与你再见！

犹记得我同你相处的最后的一日：那是去年十一月六日，初冬的下午，芭蕉还未凋零，长长的叶子要同粉墙争高，把浓重的绿影送到窗前。我坐在你的西室中对着蒋坚忍著的《日本帝国主义侵略中国史》，一面阅读，一面札记，准备把日本侵华的无数事件——自明代倭寇扰海岸直至“八一三”的侵略战——一一用漫画写出，编成一册《漫画日本侵华史》，照《护生画集》的办法，以最廉价广销各地，使略识之无的中国人都能了解，使未受教育的文盲也能看懂。你的小主人们因为杭州的学校都迁移了，没有进学，大家围着窗前的方桌，共同自修几何学。你的主母等正在东室里做她们的缝纫。两点钟光景忽然两架敌机在你的顶上出现。飞得很低，声音很响，来而复去，去而复来，正在石门湾的上空兜圈子。我知道情形不好，立刻起身唤家人一齐站在你的墙下。忽然，砰的一声，你的数百块窗玻璃齐声叫喊起来。这分明是有炸弹投在石门湾的市内了，然我还是犹豫未信。我想，这小市镇内只有四五百份人家，都是无辜的平民，全无抗战的设备。即使暴敌残忍如野兽，炸弹也很费钱，料想他们是不肯滥投的，谁知没有想完，又是更响的两声，轰！轰！你的墙壁全部发抖，你的地板统统跳跃，桌子上的热水瓶和水烟筒一齐翻落地上。这两个炸弹投在你后门口数丈之外！这时候我家十人准备和你同归于尽了。因为你在周围的屋子中，个子特别高大，样子特别惹眼，是一个最大的目标。我们也想离开了你，逃到野外去。然而窗外机关枪声不断，逃出去必然是寻死的。

与其死在野外，不如与你同归于尽，所以我们大家站着不动，幸而炸弹没有光降到你身上。东市南市又继续砰砰地响了好几声。两架敌机在市空盘旋了两个钟头，方才离去。事后我们出门探看，东市烧了房屋，死了十余人；中市毁了凉棚，也死了十余人。你的后门口数丈之外，躺着五个我们的邻人。有的脑浆迸出，早已殒命。有的呻吟叫喊，伸起手来向旁人说：“救救我呀！”公安局统计，这一天当时死三十二人，相继而死者共有一百余人。残生的石门湾人疾首蹙额地互相告曰：“一定是乍浦登陆了，明天还要来呢，我们逃避吧！”是日傍晚，全镇逃避一空。有的背了包裹步行入乡，有的扶老携幼，搭小舟入乡。四五百份人家门户严扃，全镇顿成死市。我正求船不得，南沈浜[3]的亲戚蒋氏兄弟一齐赶到并且放了一只船来。我们全家老幼十人就在这一天的灰色的薄暮中和你告别，匆匆入乡。大家以为暂时避乡，将来总得回来的。谁知这是我们相处的最后一日呢？

我犹记得我同你诀别的最后的一夜，那是十一月十五日，我在南沈浜乡间已经避居九天了。九天之中，敌机常常来袭。我们在乡间望见它们从海边飞来，到达石门湾市空，从容地飞下，公然地投弹。幸而全市已空，他们的炸弹全是白费的。因此，我们白天都不敢出市。到了晚上，大家出去搬取东西。这一天我同了你的小主人陈宝，黑夜出市，回家取书，同时就是和你诀别。我走进你的门，看见芭蕉孤危地矗立着，二十余扇玻璃窗紧紧地闭着，全部寂静，毫无声息。缺月从芭蕉间照着你，作凄凉之色。我跨进堂前，看见一只饿瘦了的黄狗躺在沙发椅子上，被我用电筒一照，突然起身，给我吓了一跳。我走上楼梯，楼门边转出一只饿瘦了的老黑猫来，举头向我注视，发出数声悠长而无力的叫声，并且依依在陈宝的脚边，不肯离去。我们找些冷饭残菜喂了猫狗，然后开始取书。我把我所欢喜的，最近有用的，和重价买来的书选出了两网篮，明天饬人送到乡下。为恐敌机再来投烧夷弹，毁了你的全部。但我竭力把这念头遏住，勿使它明显地浮出到意识上来，因为我不忍让你被毁，不愿和你永诀的！我装好两网篮书，已是十一点钟，肚里略有些饥。开开橱门，发见其中一包花生和半瓶玫瑰烧酒，就拿到堂西的书室里放在“草草杯盘供语笑，昏昏灯火话平生”的对联旁边的酒桌子上，两人共食。我用花生下酒，她吃花生相陪。我发见她嚼花生米的声音特别清晰而响亮，各隆、各隆，各隆，各隆……好像市心里演戏的鼓声。我的酒杯放到桌子上，也戛然地振响，满间屋子发出回声。这使我感到环境的静寂，绝对的静寂，死一般的静寂，为我生以来所未有。我拿起电筒，同陈宝二人走出门去，看一看这异常的环境，我们从东至西，从南到北，穿遍了石门湾的街道，不见半个人影，不见半点火光。但有几条饿瘦了的狗躺在巷口，见了我们，勉强站起来，发出几声凄惨的愤懑的叫声。只有下西弄里一家铺子的楼上，有老年人的咳嗽声，其声为环境的寂静所衬托，异常清楚，异常可怕。我们不久就回家。我们在你的楼上的正寝中睡了半夜。天色黎明，即起身入乡，恐怕敌机一早就来。我出门的时候，回头一看，朱栏映着粉墙，樱桃傍着芭蕉，二十多扇玻璃窗紧紧地关闭着，在黎明中反射出惨淡的光辉。我在心中对你告别："缘缘堂，再会吧！我们将来再见！"谁知这一瞬间正是我们的永诀，我们永远不得再见了！

以上我说了许多往事，似有不堪回首之悲，其实不然！我今谨告你在天之灵，我们现在虽然不得再见，但这是暂时的，将来我们必有更光荣的团聚。因为你是暴敌的侵略的炮火所摧残的，或是我们的神圣抗战的反攻的炮火所焚毁的。倘属前者，你的在天之灵一定同我一样地愤慨，翘盼着最后的胜利为你复仇，决不会悲哀失望的。倘属后者，你的在天之灵一定同我一样地毫不介意；料想你被焚时一定蓦地成空，让神圣的抗战军安然通过，替你去报仇，也决不会悲哀失望的。不但不会悲哀失望，我又觉得非常光荣。因为我们是为公理而抗战，为正义而抗战，为人道而抗战。我们为欲歼灭暴敌，以维持世界人类的和平幸福，我们不惜焦土。你做了焦土抗战的先锋，这真是何等光荣的事。最后的胜利快到了！你不久一定会复活！我们不久一定团聚，更光荣的团聚！

〔1938年〕

①本篇曾载1938年5月1日《宇宙风》第67期。

②《文艺阵线》，系作者笔误，应为《文艺阵地》。

③指南深浜。亦作南沈浜、南圣浜。

桂林初面

汽车驶过了黄沙，山水渐渐美丽起来。有的地方一泓碧水，几树灌木，背后衬着青灰色的远山，令人错认为杭州。只是不见垂柳。行近桂林，山形忽然奇特。远望似犬齿，又如盆景中的假山石。我疑心这些山是桂林人用人工砌造起来的。不然，造物者当初一定在这地方闲玩过。他把石头一块块堆积起来，堆成了这奇丽的一圈。后人就在这圈子内建设起桂林城来。

进北门，只见宽广而萧条的市街，和穿灰色布制服的行人。我以为这是市梢，这些是壮丁。谁知直到市中心的中南街，老是宽广萧条的市街和灰色布制服的行人。才知道桂林市街并不繁华，桂林服装一概朴素。穿灰色布制服的，大都是公务人员。后来听人说：这种制服每套不过桂币八元，即法币四元。自省主席以下，桂林公务人员一律穿这种制服。我身上穿的也是灰色衣服，不过是质料较细的中山装。这套中山装是在长沙时由朋友介绍到一所熟识的服装店去定制的。最初老板很客气，拿出一种衣料来，说每套法币四十元，等于桂林制服十套。我不要，说只要十来块钱的。老板的脸孔立刻变色，连我的朋友都弄得没趣。结果定了现在这一套，计法币九元，等于桂林制服二又四分之一套。然而我穿着并不发见二又四分之一倍的功用，反而感觉惭愧：我一个人消耗了二又四分之一个人的衣服！

舍馆未定，先住旅馆。一问价，极普通单铺房间每天三元，普通客饭每客六角。我最初心中吓了一跳。这么高的生活程度，来日如何过去？后来才知道这是桂币的数目，法币又合半数。即房间每天一元五角，还有八折，即一元二角。客饭则每客三角。初到桂林这一天，为了桂币与法币的折算，我们受了许多麻烦。且闹了不少笑话。因为买物打对折习惯了，后来对于别的数目字也打起对折来。有人问旅馆茶房，这里到良丰多少路？茶房回答说四十里。那人便道："那末只有二十里了！"有人问一杭州人，到桂林多少时日了。杭州人答说三个月。那人便道："那末你来了一个半月了！"后来大家故意说笑，看见日历上写着六月廿四，故意说道："那么照我们算，今天是三月十二，总理逝世纪念！"租定了三间平屋，租金每月五十八元，照我们算就是二十九元。这租价比杭州贵，比上海廉。但是家徒四壁，毫无一件家具，倒是一大问题。我想租用。早来桂林的朋友忠告我，这里没有家具出租，只有买竹器，倒是价廉物美。我就跟他到竹器店。店甚陋，并无家具样子给你看，但见几个工人在那里忙着削竹。一问，床，桌，椅，凳，书架，大菜台……都会做。我们定制了十二人的用具，竹床，竹桌，竹椅，竹凳，应有尽有，共费法币三十余元。在上海，这一笔钱只能买一只沙发，而且不是顶上的。在这里我又替养尊处优的人惭愧。他们一人用的坐具就耗了十二人用的全套家具，他们一人用的全套家具应抵一百二十人的所费。他们对于人类社会的贡献，是否一百二十倍于常人呢？我家未毁时，家具本来粗陋，此种惭愧较少。现在用竹器，也觉得很满足。为了急用，我们分好几处竹器店定制。交涉中，我惊骇于广西民风的朴节。他们为了约期不误，情愿回报生意，不愿欺骗搪塞。三天以后，我们十二人的用具已送到。三间平屋里到处是竹，我们仿佛是"竹器时代"的人了。

我初进旅馆时，凭在楼窗栏上闲眺，看见楼下有一个青年走过，他穿着一件白布短衫，背脊上画一个黑色的大圈。又有一个人走过，也穿着白衣服，背脊上画着许多黑点，好似米派的山水画。"这是什么呢？"我心中很奇怪。问了早来桂林的朋友，才知道这两个是违犯防空禁令的人。桂林空袭，抗战以来共只三五次。以前不曾投弹。最近六月十五日的一次，敌人在城外数里的飞机场旁投下数弹，死七人，伤数人。此后桂林防空甚严，六月廿一日起，每日上午六时至下午五时半，路上行人不准穿白色或红色的衣服。违犯者由警察用墨水笔在其人背上画一圆圈，或乱点一下，据人说有时画一个乌龟。我到桂林这一天是六月廿四，命令才下了三天，市民尚未习惯，我所见的两人，便是违犯了这禁令而被处罚的。在这禽兽逼人的时代，防空与其过宽，孰若过严。但桂林的白衣禁令，真是过严了。因为桂林的空防已经办得很周到，为任何别的都市所不及。他们城外四周是奇形的石山，山下有广大的洞——天然防空壕。桂林当局办得很周密。他们估计各山洞的容量，调查各街巷住民人口数，依照路程远近，指定空袭时某街巷的住民避入某山洞。画了地图，到处张贴，使住民各自认明自己所属的山洞，空袭时可有藏身之地。假使人人遵行的话，敌机来时，桂林的全体市民都安居在山洞中。无论他们丢了几百个重磅炸弹，也只能破坏我们几间旧房子，不得毁伤中国人的一根汗毛。我所住的地方，指定的避难所为老人洞。我来桂林已六天。天气炎热，人事烦忙，敌机不来，还没有游玩山洞的机会。下次敌机来时，我可到老人洞去游玩一下。

廿七〔1938〕年六月卅日于桂林。

传闻与实际①

世间固然有“名不虚传”之事，但传闻往往不能全然符实，不可尽信。富有热情而缺乏经历的青年人，更容易轻信传闻，而受种种阻碍。

传闻之所以不能全然符实者，因为多数人传言的时候，往往带有三种习癖，故其言必不能完全符合实际。三种习癖为何？第一种是偏见，第二种是夸张，第三种是摸象。

所谓偏见者，即批评一事一物，拿个人特殊的好尚作标准。所以他的话是一人之偏见，非天下人之公言。我将到桂林的时候，有人告诉我，桂林的点心非常之好。我记在心里。到了桂林，去找点心，发见都是甜品。后来知道此君欢喜吃甜，平日在家常常泡糖汤吃的。我将到都匀的时候，有人告诉我，都匀地方坏得很，不宜卜居，我也记在心里。到了都匀，发见并无不可卜居的坏处。后来知道此君曾经同当地一个饭馆闹架儿，闹到公安局的。诸如此类，可名之曰偏见的传言。传言者，并不虚伪；但在听者，不尽受用。所以听人传言，不可尽信。同时又当自己反省：我过去曾否对人作此种偏见的传言？

所谓夸张者，即传述一种情形时，把事实放大，作文学的描写，以求动听。所以这种话须打折扣，不可十足听信。例如大家盛传昆明物价高。有人告诉我，昆明鸡蛋一块钱买三个，客饭每月四十元。我不胜惊奇。写信去问住在昆明的朋友，回音说并不如此之甚。客饭二十块钱也可以吃，鸡蛋一块钱可买十个。我知道传言者并非故意造谣，只因辗转相传，每过一关，夸张几成，故越传越大。譬如鸡蛋每个实际一毛钱。第一个传言者为欲极言其贵，不妨夸张地说“一二毛钱”。第二个人听了惊骇之余，再加夸张，便说“二三毛钱”。第三人倘也如此，说“三四毛钱”了。倘有许多此种人辗转相传，昆明鸡蛋可以涨到十块钱一个！又如大家盛传的行路难。我没有走过的时候，有人告诉我，汽车爬山而上，下临无地。车头歪出数寸，立刻坠入深渊。又有人告诉我：大雾中的羊肠坂道，司机只能望见前面二丈之地，此外一片白茫茫的！这描写的确动听。但后来亲自走过这条路，觉得虽然崎岖，并不如此其甚。“数寸”二字和“二丈”二字，至少须倒打几个折扣。“下临无地”与“羊肠坂道”更显然是文学的夸张，不符实际。这是“噫吁戏，危乎高哉！蜀道之难，难于上青天”，“大军徒涉水如汤，未过十人二三死”之类的描写法，并非写实。我们听时倘信以为真，便是上当。诸如此类，可名之曰夸张的传言。此种夸张并非撒谎造谣，乃感情作用使然。凡大惊大喜之时，说话总不免夸张以求尽情达意。要在自己分辨，折去其感情作用之部分，便得净数。自己对别人说话，当然也难免此种夸张。夸张适度，有修辞的效果；但倘过分，便迹近造谣，不可不诫。

所谓摸象者，即以局部概论全体，有类于盲子摸象。此种说话法，最不逻辑，最近造谣，最多诬妄，说者宜切戒，听者宜当心。凡思虑疏浅的人，眼光短狭的人，头脑不清的人，往往发散此种摸象的传言，以冤枉人的性行，惑乱人的视听。例如经行一地偶见有人吸鸦片，回来便对人说：“某地的人都吸鸦片的！”偶逢盗匪，回来便对人说：“某地都是强盗!”如此诬妄，最不应该。反之，赞美的话也不可如此诬妄。例如偶见几个学生很用功，就全称地说：“某校的学生都很用功。”偶见孩子很聪明，就全称地说：“某家的孩子都很聪明。”虽非毁坏，但亦不真实，故同为误传。有的新闻记者描写人的生活，往往用此种摸象的态度，偶然瞥见此人穿着布衣在江边散步，便在“某人在某地”的标题之下写道：“某某人常穿布衣。每日必赴江边散步。”偶然看见他案上放着一部《庄子》，便又写道：“案头常置《庄子》一部，每天诵读。”其实，也许此人因为绸衣洗了，故穿布衣；因为赶事，故经过江边；因为疑问，偶然拿出《庄子》来一查，亦未可知。但读者看了这篇文章，倘信以为真，对某人便发生种种误解了。这回逃难，我在途中常常遇到这种摸象的传言。颇有几次险些儿上当。譬如听说：“此路绝对不通!”我置若不闻，定要去走，结果一定走得通。又如听说：“交通工具绝对办不到!”我置若不闻，定要去办，结果一定办得到。又如听说：“房子绝对找不到!”我置若不闻，定要去找，结果也一定找到。事后调查，原有一部分地方或有几天之内，此路绝对不通，交通工具绝对办不到，房子绝对找不到，但在另一部分地方，或在过了几天之后，却是都可通、可办到、可找到的。故此等人并非造谣，却是放摸象的传言，但放摸象的谣言为害不亚于造谣。因为他用局部概括全体，好比盲子摸象：摸着象肚皮的说“象是同墙壁一样的东西”，摸着象脚的说“象是同柱子一样的东西”，摸着象尾巴的就说“象是同索子一样的东西”，这种话岂可相信？所以此种说话，最不逻辑，最近造谣，最多诬妄。说者宜切戒，听者宜当心。

多数人说话时有上述的三种习癖，所以传闻往往不能完全符合实际。富有热情而缺乏经历的青年人，最容易上当。我今提出这一点，希望大家戒备。我们处世行事，一方面需要他人的指示和忠告；他方面又要知道人言不可尽信，做人非“自力实行”不可。换言之，我们对于世事的观测，必须胸中自有尺度，不可人云亦云，随人起倒。用自己的尺度量得正确了，即使大家说不对，不去管他。昔者，曾子谓子襄曰：“子好勇乎？吾尝闻大勇于夫子矣：自反而不缩，虽褐宽博，吾不惴焉。自反而缩，虽千万人，吾往矣。”大意便是说：“自己反省一下看，觉得道理不对，即使对方只是一个平民反对我，我岂有不怕他之理？自己反省一下看，觉得道理很对，即使对方有千万人反对我，我就去同他们拼！”这才叫作“大勇”。吾人处世——尤其是处今之世——必须有这种勇气，必须有自己的尺度，不可人云亦云，随人起倒。

廿九〔1940〕年五月九日于遵义。

①本篇曾载1940年《中学生》战时半月刊第25期。

爱护同胞①

我们中华民族，现在虽受暴敌的残害，但内部因此而发生一种从来未有的好现象，就是同胞的愈加亲爱。这可使我们欣慰而且勉励。这好现象的制造者，大都是热情的少年。我现在就把我所亲见的两桩事告诉全国的少年们：

我于故乡失守的前一天，带了家族老幼十人和亲戚三人（自三岁至七十岁），离开浙江石门湾。转徙流离，备尝艰苦。三个多月之后，三月十二日，幸而平安地到了湖南的湘潭。本地并没有我的朋友。长沙的朋友代我在湘潭乡下觅得一间房子。所以我来到湘潭，预备把家眷在这房子里暂时安顿的。我到了湘潭，先住在一所小旅馆里。次晨冒着雪，步行到乡下去接洽那间房子。我以前没有到过湘潭，路头完全不懂。好容易走出市梢，肚子饿起来，就在一所小店里吃一碗面。面店里的人听我的口音不是本地人，同我攀谈起来。我一面吃面，一面把流离的经过和下乡的目的告诉他们。我的桌子旁边围集了许多人，对我发许多质问和许多太息。最后知道我下乡不懂得路，大家指手画脚地教我。内中有一位十三四岁的少年，身穿制服，似是学生，一向目不转睛地静听我讲，这时忽然立起来，对我说：“我陪你去！”旁的大人们都欢喜赞善。于是我就得了一位小向导，两人一同下乡去。

冒雪走了约半小时，小向导指着一所大屋对我说："前面就是你接洽房屋的地方，你自己去找人吧!"我谢了他，请他先回。他点点头，但不回身，站在雪中看我去敲门。

我走进屋子，找到长沙友人所介绍的友人，才知道所定的房屋，已于前几天被兵士占据，而附近再没有空的房子可给我住。那位朋友说："现在湘潭有人满之患，房屋很不易找，你须得在旅馆里住上十天八天，才有希望呢，一下子是找不到的。"言下十分惋惜，但是爱莫能助。我们又谈了些闲话，大约坐了半小时，我方告别。走出门，心中很焦灼。另找房屋，我没有本地的朋友可托，即使有之，我们十余人住在旅馆里等，每天要花八九块钱（每人每日连伙食六角），十天八天是开销不起的。不住旅馆，这一大群老幼怎么办呢?正在进退两难、踌躇满志的时候，抬起头来，看见我的小向导还是站在雪中，扬声问道："房子找到吗?"原来他替我担心，要等了回音才可安心回去。我只得对他直说。他连声说"怎么办呢?怎么办呢?"但也是爱莫能助。我十分感激他的爱护同胞的诚意，想安慰他，假意说道："我城里还有朋友，可以再托他们到别处去找，谢谢你的好意！我们一同回去吧。"这位少年始终替我担心。直到分别，他的眉头没有展开。后来我终于无法在湘潭找屋，当日乘轮赴长沙。轮船离开湘潭的时候，匆忙中还想起这位爱护同胞的少年，在心中郑重地向他告别。

还有一桩事，是在长沙所见的。初到长沙这几天，我在街上四处漫跑，借以认识这城市的面目。有一个下雨的下午，我跑到轮船埠附近，看见前面聚着一簇人，似乎发生什么事件。挤进去一看，但见许多人围着一个孩子，在那里谈论。探听一下，才知道这孩子是从上海附近的昆山逃出来的难民，今年才九岁。原来跟着父母同走，半途上父母都被敌人炸死，只剩他一个。幸有同乡人收领，带他到湘潭。但这同乡人自己的生活也很困难，最近而且生病了。这孩子自知难于久留，向同乡借了几毛钱，独自来长沙，做乞丐度日。他身上非常褴褛。一件夹袄经过数月的流离，已经破碎不堪。脚上的鞋子两头都已开花，脚趾都看见了。春寒料峭，他站在微雨中浑身发抖。周围都是湖南人，你一句我一声地盘问他。在他多半听不懂，不能回答。我两方面的话都懂得，就站出来当翻译。因此旁人得知其详，大家摸出铜板或角票来送他。我也送了他两毛钱。群众渐渐散去，我替他合计一下已得布施二元三角和数十铜板。九岁的孩子，言语不通，叫他怎样处置这钱呢？我正为他担忧，最后散去的四位少年就来替他设法。他们都是十四五至十六七岁的人，本来混在群众里观看，曾经出过钱，现在又出来替他处置这钱。有一位少年说；“他自己不会买物，我们替他代买吧。”另一位说：“先替他买一件棉袄。”又一位少年说：“再替他买一双鞋子。”又一位少年说：“一双球鞋就行。晴天雨天都可穿。”于是大家替他打算价钱，商量买的地方。更进一步，为他设法住的地方。有的说送他进难民收容所。有的说送他到某人家里。随后，四位少年就带他同走。我正惭愧无法帮忙，少年们举手对我告别，说道：“你老人家回去吧，我们会给他想法子的!”我目送这五个人转了弯，不见了，然后独自回寓。我以前曾给《爱的教育》画播图。今天所见的，真像是《爱的教育》中的插图之一。

上述的两桩事，可以证明我们中国人因了暴敌的侵凌，而内部愈加亲爱、愈加团结起来。我从浙江石门湾跑到长沙，走了三千里路。当初预想，此去离乡背井，举目无亲，一定不堪流离失所之苦。岂知不但一路平安无事，而且处处受到老百姓的同情和兵士的帮助。使我在离乡三千里外，毫无“异乡”之感。原来今日的中国，已无乡土之别，四百兆都是一家人了。我们本来分居各省，对于他省地理不甚熟悉。为了抗战，在报纸上习见各省的地名，常闻各地的情状，对于本国地理就很熟悉，视全国如一大厦，视各省如各房室了。我们本来各操土音，对于他省的方言不甚理解。为了流离，各地人民杂处，各种方言就互相混杂。浙江白迁就湖南白，湖南白迁就浙江白，到后来也不分彼此，互相理解了。况且同是受暴敌的侵凌，相逢何必曾相识?所以我国民族观念之深和团结力之强，于现今为最烈！这是很可庆慰的事，也是应该更加勉励的事。少年们富有热情，且出于天真，故其言行最易动人。希望大家利用这国难的机会，努力爱护同胞，团结内部。古语云："众志成城。"我们四百兆人团结所成的城，是任何种炮火所不得攻破的！

〔1938 年〕

①本篇曾载 1938 年《少年先锋》第 5 期。

归途偶感

在城里吃夜饭。归途中天还没有黑，看见公路旁边的空地上，有一簇人打着圈子，好像看戏法。这光景以前常见，常没有闲工夫与闲心情去察看。今天夜饭吃饱，归家无事，六月的晚凉天气使人快适，就学游闲少年，挤进人群中去看热闹。但见绳索圈子里头，地上陈列着许多碗、杯、香烟、肥皂、洋火。大约各物相距二三尺，均匀布置。有一个矮子手里拿着碗来大的许多细竹圈，好像雨伞上的套子，走来走去，监视地上的许多东西。圈子外面的人群中，有好几个人手里也拿着竹圈，正在屈着一膝，伸着一手，把竹圈投进圈子内，想套住地上陈列着的东西。我起初不懂他们的意思。参观了一会，方才知道这是一种赌博。这赌博有两条规约：一、无论何人皆得向那矮子租用竹圈，每十个租金一角。二、用此竹圈从圈外投入圈内，若能将地上某物全部套住，此物即归投者所得。我估量地上各物的价值，碗杯瓶每个价值约七八角。刀牌香烟每包五角。肥皂每块三角。洋火每匣一角。这样算来，倘投七八十个竹圈得一碗或一杯，投五十个竹圈得一包香烟，投三十个竹圈得一块肥皂，投十个竹圈得一包洋火，投的人并不损失，不过白费工夫。但人与物的距离不过四五尺，岂有投数十次统统失败之理？照理，投的人是稳便宜的。大概群众都作如是想，所以租竹圈的人很多。我看见他们把身子尽量靠紧圈子的绳索，用尽眼力和腕力，专心地投竹圈，想教它套住一件东西。但竹圈多不肯听话，滚到空地上就躺下了。或者碰到一匣香烟，在香烟旁边摆来摆去，似乎就要躺下来把香烟套住的样子，于是投的人和群众大声怂恿它，但它终于不听话，却在香烟身旁的空地上躺下了！所以那矮子很高兴。他脸上笑嘻嘻的，口里唱着一种歌，来来去去，忙着收拾失败的竹圈，收拾起来套在手臂上，再租给客人，每十个法币一角。我看了好一会，终于有人得胜了。他的竹圈正确地套住了一匣刀牌香烟，形似一个长方形孔的古钱。投的人十分得意地叫“好”，旁观者九分得意（借用鲁迅先生的文句）地叫“好”。于是矮子就收了竹圈，把香烟送给投的人，同时口中叫道：“五毛钱的香烟！只收你一毛七！”群众的目光集中在这幸福者身上。知道他共出两毛钱租二十个竹圈，果然手里还剩三个。旁人都代他庆幸。于是投的人慷慨地再摸出两毛钱来租二十个竹圈，豪爽地说：“即使不成功，四毛钱一包刀牌香烟，也便宜了一毛钱！”就更努力地奋斗了，这成功的影响很大。好比赏一劝百似的，使得其他投者愈加起劲；旁观者也摸出钱来买竹圈。不久，我旁边的人果然又投中了一块肥皂。所花的也不到两角钱。这人空丢了余剩的五个竹圈，起身就走。我也不再旁观，挤出人群，取道回家。恰好和得肥皂的人同路。我对他说：“你很幸运！”他回答道：“昨天投了六十个竹圈，一点也没到手。今天，那个瘌痢已经投了一块钱，洋火也不得一包！”说过，他就钻进路旁一间草屋里去了。

我在归途中想：这矮子的玩意和保火险同一算盘。开保险公司的估计该地方有几家保火险，一年可收入多少保险费；又调查该地方平均一年中有几处火灾，须付出多少保险费。收入的超过付出的，他才开张。表面上似乎两利，其实总是保险公司赚钱。现在这个矮子，想必仔细试验过投竹圈的性状。在统计上一定不中的多，偶中的少；在平均上各物的代价一定比市上的买价贵，所以敢摆这个阵图，而永久继续他的营业。矮子口里唱着：“五分钱一包刀牌香烟！三分钱一只金花大碗！”据说确有过五次投中香烟、三次投中大碗的事实，但是极少。多数是以高价换得物件，或者竟白白地费钱的。群众大家明知这内幕，然而来者不绝，弄得矮子生意兴隆，仿佛大家情愿合力供养这矮子似的。这是人类社会上一种奇怪的现象。造成这怪现象的原因在哪里呢？我想，无疑的，是群众“自私自利，不能团结”之故。明知成功者极少而失败者极多，但每个人都想自己侥幸而为极少的成功者之一，不管别人的失败。他们决不会召开一个大会，调查各人的得失，统计团体的利害。那矮子就是利用群众这个弱点，摆出这阵图来骗大家的钱！而且使得被骗者心服情愿，源源而来，合力地供养这个矮子。“自私自利，不能团结”，会演出这种怪现象来！岂不可怕？

廿九〔1940〕年六月十五日。

养　鸭①

除了例假日有长长大大的四个学生——两大学，一高中，一专科——回家来热闹一番之外，经常住在家里的只有三个半人：我们老夫妇二人、一个男工和一个五岁的男孩。但畜生倒有八口：两狗、两猫、两鸽和两鸭。有一位朋友看见了说：“人少畜生多。”

这许多畜生之中，我最喜欢的是两只鸭。狗是为了防窃贼设法讨来的；猫是为了抵抗老鼠出了四百多块钱买来的，都有实用性。并且狗的贪婪、无耻和势利，猫的凶狠和谄媚，根本不能使我喜欢。至于鸽子呢，新近友人送来的，养得不久；我虽久仰他们的敏捷和信义，但是交情还浅，尚未领教，也只得派在不欢喜之列。唯有两只鸭，我觉得有意思。

这一对鸭不是原配，是一个寡妇和一个第二后夫。来由是这样的：今年暮春，一吟（就是那专科学生）从街上买了一对小鸭回来。小得很，两只可以并排站在手掌上。白天在后门外水田游泳，晚上共睡在一只小篮里，挂在梁上：为的是怕黄鼠狼拖去吃。鸭子长得很快，不久小篮嫌挤，就改睡在一个字纸篓里，还是挂在梁上。有一天半夜里，我半睡中听见室内哗啦哗啦地响，后来是鸭子叫。连忙起身，拿电筒一照，只见字纸篓正在摇荡中，下面地上，一只小雄鸭仰卧在血泊中。仔细一看，头颈已被咬断，血如泉涌了。连忙探望字纸篓，小雌鸭幸而还在。环视室内，凶手早已不知去向了。这件血案闹得全家的人都起来。看看残生的小雌鸭，各人叹了好几口气。

后来一吟又买了一只小雄鸭来，大小和小雌鸭仿佛。几日来，小雌鸭形单影只，如今又鹣鹣鲽鲽了。自从那件血案发生以后，我们每晚戒备很严，这一对续弦的小鸭，安全地长大起来，直到七月初我们迁居新屋的时候，已经长成一对中鸭了。新屋四周没有邻居，却有篱笆围着一大块空地。我们在篱笆内掘一个小塘，就称为乳鸭池塘。一对鸭子尽日在篱笆内仰观俯察，逡巡游泳，在我的岑寂的闲居生活上增添了一种生趣。不知不觉之间，它们已长成大鸭，全身雪白，两脚大黄[②]，翅膀上几根羽毛，黑色里透着金光，很是美观。它们晚上睡在屋檐下一只箩子底下。箩子上面压上一块石板，也是为防黄鼠狼。谁知有一天的破晓，我睡醒来，听见连新——我们的男工，在叫喊。起来探问，才知道一只雄鸭又被拖去了，一道血迹从箩子边洒到篱笆的一个洞口，洞外也有些点滴，迤逦向荒山而去。查问根由，原来昨夜连新忘记在箩子上压石板，黄鼠狼就来启箩偷鸭了。既经的疏忽也不必责咎。只是以后的情景着实可怜。那雌鸭放出箩来，东寻西找，仰天长鸣，“轧轧”之声，竟日不绝。其声慌张、焦躁，而似乎含有痛楚，使闻者大为不安。所谓“行人驻足听，寡妇起彷徨”者，大约是类乎此的鸣声吧。以前小雄鸭被害了，她满不在乎，照旧吃食游水，我曾经笑她“她毕竟是禽兽！”但照如今看来，毕竟是人的同类，也是含识的、有情的众生。傍晚我偶然走到箩子旁边，看见早上喂的饭全没有动。

雌鸭“丧其所夫”之后，一连三四日“轧轧”地哀鸣，东张西望地寻觅。后来也就沉静了。但样子很异常，时时俯在地上叩头，同时“咯咯”地叫。从前的邻人周婆婆来，看见了，说她是需要雄鸭。我们就托周婆婆作媒。过了几天，周婆婆果然提了一只雄鸭来，身材同她一样大小，毛色比她更加鲜美。雄鸭一到地上，立刻跟着雌鸭悠然而逝，直到屋后篱角，花阴深处盘桓了。他们好像是旧相识的。

这一对鸭就是我现在所喜欢的畜生。我喜欢他们，不仅为了上述的一段哀史，大半也是为了鸭这种动物的性行。从前意大利的辽巴第

〔列奥巴尔迪〕(Leopardi)喜欢鸟，曾作“百鸟颂”。鸭也是鸟类，却没有被颂在里头，我实在要替鸭抱不平。许多人说，鸭步行的态度太难看。我以为不然，摇摇摆摆地走路，样子天真自然，另有一种“滑稽美”。狗走起路来惶惶如也，好像去赶公事；猫走起路来偷偷摸摸，好像去干暗杀，这才是真难看。但我之所以喜欢鸭子，主要是为了他们的廉耻。人去喂食的时候，鸭一定远远地避开。直到人去远了才慢慢地走近来吃。正在吃的时候，倘有人远远地走过来，一定立刻舍食而去，绝不留恋。虽然鸭子终吃了人们的饭，但其态度非常漂亮，绝不摇尾乞怜，绝不贪婪争食，颇有“履霜坚冰”之操，“不食嗟来”之志，比较之下，狗和猫实在可耻：狗之贪食，恐怕动物中无出其右了。喂食的时候，人还没有走到食盆边，狗已摇头摆尾地先到，而且把头向空盆里乱钻。所以倒下去的食物往往都倒在狗头上。猫是上桌子的畜生，其贪吃更属可怕。不管是灶头上、柜子里，乘人不备，到处偷吃。甚至于人们吃饭的时候，会跳上人膝，向人的饭碗里抢东西吃。一旦抢到了美味的食物，若有人追打，便发出一种吼声，其声的凶狠，可以使人想象老虎或雷电。足证它是用尽全身之力，为食物而拼命了。凡此种种丑态在我们的鸭子全然没有。鸭子，即使人们忘了喂食，仍是摇摇摆摆地自得其乐。这不是最可爱的动物吗？

这两只鸭，我决定养它们到老死。我想准备一只笼子，将来好关进笼里，带它们坐轮船，穿过巴峡巫峡，经过汉口南京，一同回到我的故乡。

一九四三年十一月十七日。

①本篇曾载1944年10月《中学生》战时半月刊第79期，署名：子恺。

②大黄，即橙黄。

蜀道奇遇记①

我旅游蜀地，途中曾经遇到一件奇事。这奇事并无关于四川，却是战争这件万恶的事所产生的畸形怪相。现在写出来，刊印出来，使我的读者知道，战争的结果，除了家破人亡之外，还有使人哭笑不得的副产物。

民国三十一（1942）年冬，我曾在蜀道中一个小县城投宿。滑竿夫把我扛进一家旅馆。照例，外面是茶店，许多白包头的人坐着吃茶，许多绿色的痰点缀在地上。里面是旅馆，没有窗，床头却有一个没有盖的粪桶，里面盛着半桶便溺。幸而是冬天，还闻不到气味。

么司（川人称茶房为么司）拿登记簿来要我登记姓名来历，我一一如实填写了。我洗了一个脸，叮嘱我的工友替我铺陈被褥，自己携了一根手杖，出去吃饭。看见门口旅客姓名牌上，已经用白粉笔写下我姓名了。

我初到一个地方，找饭吃是一件难事。我不吃荤，而饭店总是荤的。请他们不用猪油而用麻油烧菜，他们须得特地去买麻油，大都摇头。有几家认真的，还摇手忠告我："要不得，锅子是烧荤的。"其实我并不同一般佛徒一样认真，只是生来吃不进肉和猪油，荤锅子倒不在乎的。这一天我找了两家，碰了两个钉子。找到第三家，遇到老板娘，一个中年女人，是浙江人，言语畅通，就接受了我这主雇。我在这地方遇到同省人，觉得有点乡谊，吃饭时便同她谈话。知道她是嘉兴人，离我故乡不过数十里。她一家二十六年冬天从嘉兴逃难出来，到过衡阳、桂林、重庆，去年才到这地方来。我说："这铺子是你开的?"她说："是。"我想问"你的丈夫呢"，觉得不妥，改口说："你家里几个人?"她指着一个五六岁的孩子说："就是我们俩，我同这个孩子。"这才可问起她的丈夫，我就说："你的先生呢?""就在这里××

公司办事。这饮食店是我管的。”说时音调和脸色都带些不自然的样子。这样子只有我们同乡人可以看出。我想：人世之事，复杂万状。这妇人心中或许有难言之恸。但我这行旅之人，萍水相逢，谁管你们这些闲事呢？我搭讪着：“很好，你们两人挣钱，一定发财了。”起身就走。

回到旅馆，工友告诉我，有一个军友来访，留名片在此，过一小时他还要来的。原来是二十年前的美术学生王警华，我眼前立刻浮出一个笑嘻嘻的圆面孔来。这人爱漫画，与我最亲近，我至今还清楚记得。我就打发工友出去吃夜饭，自己歪在铺盖上休息，等候王警华来访。过了约半小时，果然走进一个军装的人来。我伸出右手，他却双手抱住了我的肩膀，表示握手还不够的意思。他口中连称：“老师，难得，老师，难得!”我也双手抱住了他的肩膀，看他面孔还是圆圆的，不过放大了些，苍老些，笑嘻嘻的表情还是有，不过不及二十年前的自然了。他的面孔从前好比一只生番茄，结实、玲珑，而有光彩；现在好比番茄煮熟了，和软、稳重，而沉着了。二十年来的世故辛酸、人事悲欢把一个青年改成壮夫，犹之烈火沸汤，油盐酱醋，把一只生番茄烧成熟番茄。我每逢阔别的人，常有此感。今天看见王警华，觉得这比方更是适当。

一番寒暄，彼此说明了别后的经过和到此的来由，便继之以慨叹。原来他在学校毕业后，不久就投笔从戎。抗战军兴，他随军辗转，一年前来到此地。他说在这个小县中，最苦的是缺少旧日师友。适才他到此吃茶，看见名牌上我的姓名，万料不到我会来此，以为必定是同姓名的。后来问我的工友，方才知道是本人。谈到这里，他模仿本地人对下江人的客套话：“要不是抗战，请也请不到这里！我们真要感谢鬼子，哈哈哈哈。”

寒暄过后，他定要我出去吃夜饭。我说吃过了，刚才出门便是吃夜饭。他不信，问我哪里吃的。我告诉他地方，并且说有一个嘉兴籍的中年妇人和一个小孩子的那一家。他脸上现出神秘的笑容，说道：“啊，老师怎么会找到那一家去？那是一个古今东西从来未有的奇女子啊！若把她的故事告诉老师，老师定有一篇动人的小说可写呢!”我正想问这故事，一个勤务兵立正在门口，大叫“报告”。他听了“报告”，便说：“我有些小事，去一去就来，今晚我陪老师宿在这里，可以长谈。”说着就走，一面大声喊：“么司，丰老师的房金不收！都是我的！”室中原有两张床。一张我原来准备给工友睡的。如今他要来陪我，我就吩咐工友另外去开个单房，把这床让给他睡。到了八点钟，他换穿便衣，欣然地来了，后面跟一个勤务兵，提着一只篮，篮内是酒、肴馔和一匣美国香烟，都放在桌上，勤务兵就去了。他便同我对酌对谈。我们把门关了，寒漏迢迢，旧话娓娓，这真是旅中难得的乐事啊！我忽想起他所提出的故事，就要他讲，他一面笑，一面摇头，烧起一支美国香烟，说道：

“这样的奇人，这样的奇事，古今东西，恐怕是独一无二的。老师要知道这奇，请慢慢地听我讲来：我初到这里时，租一间房子。某处一个三开的堂屋，我租了东边。西边早有租客，便是这女子和她的小丈夫、小儿子。为何称他小丈夫呢？因为比妻子小了十岁。”

我诧异地叫：“咦！”他说：“这并不算奇，奇文还在后面：我因和他们住在同一个屋里，又是大同乡，所以很亲热。我的女人同那奇女子更要好。因此便详知他们的奇事。这女子是嘉兴人，曾在故乡嫁过姓范的，生下一女，名叫玲姐。二十六年冬天，他们一家三口从嘉兴逃出，辗转流徙，到了衡阳。二十七年秋，武汉、广州吃紧，衡阳空袭很凶。一个炸弹把她的丈夫范某炸死，租的房子也烧光，只剩下范嫂母女二人，两双空手。不能糊口，便替人家当佣工，范嫂到了一家当汽车站员的人家做老妈子。这站员姓李，名侠，是南京人，也是逃难到衡阳的，那时不过二十余岁，家中只有一个太太和一个初生的婴孩。李太太是师范毕业生，在逃难途中做产后，身体太亏，需要人帮忙，得了范嫂，甚是欢喜。至于那女儿玲姐呢，那时年方十五岁，经人介绍，到某团长家当女仆，团长太太也待她很好。这样，寡妇孤女，大家有了托身之所，免于冻馁了。

“最初，母女二人工余往来，常常相见，倒也可以互相安慰。谁知战局变化，广州、武汉失守，衡阳的人事大有变迁。李侠夫妇先赴桂林，范嫂跟他们同走。她临别叮嘱女儿，好生做工，将来好好地拣个丈夫。

母女就分散了。听说起初还可通信，后来团长的军队开往他处，就音信不通。后来打听得那团长已经战死，就无法探问女儿的下落了。”

我插话道：“啊，孤儿寡妇，还要骨肉分离，真是人间惨事！不过这样的事，今日世间恐怕多得很，有什么奇呢？”他捧一支美国香烟敬我，续说道：“奇文还在后面，你听我说呀：且说李侠带了太太和范嫂迁桂林，时局暂定，倒也可以安住。李太太担任当地某女校教师。范嫂起初想念女儿，后来也置之度外。因为李氏夫妇，都待她很好。夫妻二人白天出门办公，家事及婴孩都交给范嫂。范嫂非常忠心，对婴孩尤其疼爱，喂牛奶代乳粉，是她一手包办的。后来孩子竟疏远母亲而亲近范嫂，晚上也跟范嫂睡了。李侠南京的家中原有父母二人。李侠夫妇逃出后，母亲就得病而死。父亲在南京，饮酒使气，豪侠好义。自母亲死后，父子音讯也很少通了。所以李侠常常说，范嫂好比我的母亲。李太太呢？对范嫂更好，后来竟订盟约，改称大姐。李侠也跟着改口。范嫂这时已经三十开头，但因生得年青，看上去只有二十四五。李侠和李太太都是二十开头。这三人并辈称呼，原是很自然的。”

说到这里，勤务兵又来“报告”。我趁空出去洗了一次手。回来勤务兵已走，他继续讲：“范嫂在李家做大姐，很是安乐。讵知不到数月，李太太染了流行病，一命呜呼。李侠哀悼逾常。大姐更是哭得泪人儿一般。”说到这里，他站起来转个圈圈，说：“那么你想，下文是什么？”我笑问：“大姐嫁了李侠？”他坐下来，敲着桌子说：“对啊，对啊！还是李太太的临终遗嘱。这时候李侠二十二岁，大姐已经三十二岁，女比男大了十岁。但因感情的投合，事实的趋势，加了爱妻的遗志，使他们自然地结合了。那孩子一向是跟范嫂的，死了母亲全不觉得，从此就叫范嫂做妈妈，就是你看见的那一个。后来李侠迁调到重庆，改业经商，辗转地到了这地方。我和他们结了半年邻。后来他们发了些财，自己开铺子，才和我们分手，迁到这店铺里头去。奇事奇文就发生在与我结邻的时代。

“李侠入川后，经济渐渐宽裕。本性孝友，便想起了沦落在南京的父亲。常常通信，汇款子去。太平洋战事发生后，李侠认为上海不妥，便写信去，劝父亲到后方来，走界首、洛阳、西安、宝鸡入川，路是畅通的。又说所娶继媳虽未拜见，但秉性贤淑，必能尽孝，请勿远虑。他父亲起初拒绝，来信说，上海还可住，他近来戒了酒，谋得一个小差使，生活也可过去，教儿子不必挂念。（后来才知道，这差使原来是替日本人当翻译。他父亲原是东洋留学生，通日本话的。）后来李侠再三去信劝驾，他父亲来信老实说：你母死后，家中无人照料，去年已经娶后母，所以不便独赴后方；若偕后母同来呢，又太费事云云。李侠接到信，笑对大姐说：原来我已有了后母了，不知是怎样的一个人。李侠这时手头很丰裕，夫妇二人又都是孝友存心的，便决计汇二人的盘费去，欢迎父亲和继母同来。又说生活一切由儿子供养；万一不安心，此地要找点安闲的差使也很容易云云。父亲回信说，即日动身。有一天，父亲果然到了，怪剧就发生了。那时我正在家，亲眼看见这一幕怪剧。儿子、媳妇对父亲表示欢迎后，就向初见的继母施礼。继母是一个很年轻的女人，看来不过二十开头，我和我的女人从窗洞里偷窥，私下惊奇地说：他后母的脸很像他的太太呢。没有说完，忽然看见新来的后母抢上前去，抱住了她的媳妇狂呼母亲，把头撞在她的怀里，号啕大哭起来。”

“原来这后母就是她的女儿？”我吃了一惊，立起身来。王警华也立起身来；用了手足姿势的帮助而演讲这故事的最精彩部分。“这一哭之后，全家沉默了，连我们偷看的两人也沉默了。约摸一二分钟之后，方有动静。他们四人如何，不得而知。我和我的女人，面面相觑，有时摇头，有时苦笑。好像多吃停了食，不能消化似的。你想：一家是母女二人，一家是父子二人。儿子娶了那母亲，父亲娶了那女儿。这不是古今东西从来未有的奇事么？”

“那女儿怎样会嫁给这父亲呢？”我问。他说道：“事后我女人从大姐处探听详情，原来是这样：当年的范嫂离开衡阳时，把女儿留在团长家里当女工。后来军队开拔，这女儿跟团长太太同走，住在江西某处。后来团长阵亡了。团长太太是南京人，就带了这女工回到沦陷的故乡南京。那时女儿已经十七八岁，自己觉得当女工没有出头，辞了团长太太到纱厂里做工。有一天，偶然晚上外出，行至冷静处，突被兽兵二人用手枪恐吓，拉着就走。女儿原有七八分姿色，何况暗夜碰着兽兵，自知难免受辱，一路呜咽。忽然弄里转出一人，正是李侠的父亲，做完了翻译工作回家。他本性豪侠好义，又是日本通，看见这情形，立刻上前叫声“女儿”，用日本话向两个兽兵说情，说这是我的女儿，找我来的。偶然冒犯，请求恕罪。并说明自己任职的机关，拿出证章来看。兽兵知道不是生意，便释放那女子而去。李老拉了这假女儿，恐被兽兵侦出破绽，一直拉回家中。问明她的住处，然后再送她回厂。李老是个义侠，原来光明正大，毫无私意。讵知玲姐自遭逢这次危险以后，痛惜自己的孤苦伶仃，又深感李老的英勇义侠，便常常拿纤手做出来的工资，买了礼物去报谢李老。后来知道李老鳏居，便起了依托终身的念头。这时李老年已四十二岁，但因生得年青，看来不过三十余岁。玲姐还只十九岁，实际上相差二十三岁，外形上倒并无不称。玲姐长年飘泊，深感一个弱女生在这万恶的社会里危险与苦痛。她决意找一个正直英雄来托付终身。年龄等事，在所不计了。这愿望果然立刻达到，不久她就做了李侠的继母。她也知道丈夫有个前妻的儿子名叫李连夫（李侠这名字是后来起的），在四川经商；但不知道就是她母亲的主人，衡阳的汽车站员李侠。又万万想不到李侠会娶了她的母亲！”讲到这里，大家默默无言了好久。王警华从袋里拿出一张纸来，用铅笔画四个人，用线把每二人连接起来，单线表示亲子关系，双线表示夫妻关系（我看出他的画技并未抛荒，虽然改业已经多年），然后按图说道：

“这两对，一方面都是天成佳偶，但在另一方面都是越礼背义，骇俗乱伦！推究这大错铸成的原因，无他，便是这万恶的战争！假使没有战争，哪里会有这种奇事呢？现在我们试来派派这四人的关系看，有更奇妙的情形。”他拿起铅笔，在图的旁边列表。“先就范嫂说：她的丈夫，同时又是她的外孙。她的公公，同时又是她的女婿。她的女儿，同时又是她的继婆婆。次就玲姐说：她的母亲，同时又是她的媳妇。再就李老说：他的儿子，同时又是他的岳父。最后就李侠说：他的妻，同时又是他的外婆；他的继母，同时又是他的干女儿；他的父亲，同时又是他的女婿。哈哈哈哈……”次日登程之前，王君陪我去吃早点，故意仍到那一家。我看见范嫂，又看见李侠，他们都向王君招呼。王君轻轻地告我：他父亲和玲姐另租房子住在那边，听说两家不往来的。食毕我就上滑竿，与王君握别。昨夜的奇谈与今晨的目击，就做了我滑竿上的冥想的题材。啊！万恶的战争！其结果除了家破人亡之外，还有这使人哭笑不得的副产物！

一九四六年作。

①本篇曾载1946年6月1日《导报》月刊第十三、十四期（合刊）。

狂欢之夜

处处响着爆竹声。我挤向一家卖炮竹的铺子，好容易挤到了铺子门口。我摸出钞票来，预备买两串爆竹。那铺子里的四川老板正在手忙脚乱地关店门，几乎把我推出门外。我连喊“买鞭炮，买鞭炮”，把手中的钞票高举送上。老板娘急忙收了钞票，也不点数，就从架上随便取了两包爆竹递给我，他们的门就关上了。我恍然想到：前几天报上登着，美国人预料胜利将至，狂欢之夜，店铺难免损失，所以酒吧，咖啡店等，已在及早防备。我们这四川老板急忙关门，便是要避免这种“欢喜的损失”。那老板娘嘴里咕噜咕噜，表示他们已经为这最后胜利的庆祝会尽过义务了。

挤得倦了，欢呼得声嘶力竭了，我拿着炮竹，转入小弄，带着兴奋，缓步回家。路上遇到许多邻人，他们也是欢乐得疲倦了，这才离开这疯狂的群众的。“丰先生，我们来讨酒吃了！”后面有几个人向我喊。这都是我们的邻人，他们与我，平日相见时非常客气。我们的交情的深度，距离“讨酒吃”还很远；若在平时，他们向我说这句话，实在唐突。但在这晚上，“唐突”两字已从中国词典里删去，无所谓唐突，只觉得亲热了。我热诚地招呼他们来吃酒。我回到家里到主母房里搜寻一下，发见两瓶茅台酒。这是贵州的来客带送我的，据说是真茅台酒，不易多得的。我藏久矣，今日不吃，更待何时？我把酒拿到院子里，许多邻人早已坐着笑谈；许多小孩正在燃放爆竹。不知谁买来的一大包蛋糕，就算是酒肴。不待主人劝酒大家自斟自饮。平日不吃酒的人，也豪爽地举杯。一个青年端着一杯酒，去敬坐在篱角里小凳上吃烟的老姜。这本地产的男工，素来难得开口，脸上从无笑容。这晚上他照旧默默地坐在篱角里的小凳上吃他的烟，“胜利”这件事在他似乎木知木觉。那个青年，不知是谁，我竟记不起了，他大约是闹得不够味，或者是怪那工人不参加狂欢，也许是敬慕他的宠辱不惊的修养功夫，恭敬地站在他面前，替他奉觞上寿。口里说：“老姜，恭喜恭喜！”那工人被他弄得莫名其妙，站起身来，从来不曾笑过的脸上，居然露出笑容来。他接了酒杯，一口饮尽。大家拍手欢呼。老姜瞠目四顾表示狼狈，口里说：“啥子吗?”照这样子看来，他的确是不知“胜利”的！他对于街上的狂欢，眼前的热闹，大约看作四川各地新年闹龙灯一样，每年照例一次，不足为奇，他也向不参加。他全不知道这是千载一遇的盛会！他全不知道这种欢乐与光荣在他是有份的！当时大家笑他，我却敬佩他的“不动心”，有“至人”风。到现在，胜利后一年多，我回想起他，觉得更可敬佩；他也许是个无名的大预言家，早知胜利以后民主非但不得幸福，反而要比战时更苦。所以他认为不值得参加这晚上的狂欢。他瞠目四顾，冷静地说：“啥子吗！”恐怕其意思就是说：“你们高兴啥子？胜利就是糟糕！苦痛就在后面！”幸而当晚他肯赏光，居然笑嘻嘻地接受了我们这青年所敬他的一杯茅台酒，总算维持了我们这一夜狂欢的场面。

酒醉之后，被街上的狂欢声所诱，我又跟了青年们去看热闹。带了满身欢乐的疲劳而返家的时候，已是后半夜两点钟了。就寝之后，我思如潮涌，不能成眠。我想起了复员东归的事，想起了八年前被毁的缘缘堂，想起了八年前仓皇出走的情景，想起了八年来生离死别的亲友，想起了一群汉奸的下场，想起了惨败的日本的命运，想起了奇迹地胜利了的中国的前途……无端的悲从中来。这大约就是古人所谓“欢乐极兮哀情多”，或许就是心理学家所谓“胜利的悲哀”。不知不觉之间，东方已经泛白。我差不多没有睡觉，一早起来，欢迎千古未有的光明的白日。

卅五〔1946〕年复员途中作。

第二辑　辞缘缘堂

辞缘缘堂

——避难五记之一[①]

民国二十六〔1937〕年十一月下旬，寇以迂回战突犯我故乡石门湾，我不及预防，仓促辞缘缘堂，率亲族老幼十余人，带铺盖两担，逃出火线，迤逦西行，经杭州、桐庐、兰溪、衢州、常山、上饶、南昌、新喻、萍乡、湘潭、长沙、汉口，以至桂林。当时这路上军输孔急，人民无车可乘。而况我家十余人中半是老弱，不堪爬跳，不能分班，乘车万无希望。于是只有坐船，浮家泛宅，到处登岸休息盘桓。因此在途有数月之久。许多朋友早已到了长沙、汉口，我独迟迟不至，消息全无。有的人以为我们全家覆没了。因此每到一处，所遇见的旧友新知，必定在寒暄中惊问我流亡的经过。我一一报告，有时一天反复数次，犹似开留声机片一般。家里的孩子们听得惯了，每当我对一新客重述的时候，必在背后窃笑，低声说道："又是一遍！"我自己也觉得可笑，又觉得舌敝唇焦，重复得实在可厌。然而因为温习的次数太多，每次修补整理，所以材料已经精选，措辞颇得要领。途中我就陆续把这些话记录在手册中。然而这是朋友垂询时所答复的话，不过是我们流亡经过的梗概而已。等到客人去了，我们这个流亡团体共聚在旅舍中，或者共坐在船舱里的时候，闲谈的资料便是流亡前后的种种细事。有时追谈战兴以前的生活，有时回顾仓皇出走的光景，有时详述各处所得的见闻，有时讨论今后避地的方针。感叹咨嗟，慷慨激昂，惊愕忧疑，轩渠笑乐，好比自然界的风雨晦明，变化无定。我们的家庭空气，从来没有这么多样的！于是我又把这些琐屑的谈话资料随时记在手册中。这手册就好比一个电影底片，放映出来的是我家流亡生活的全景。

民国二十八〔1939〕年春，我家离去桂林，迁居宜山。夏天又离开宜山，迁居思恩。思恩地在深山之中，交通阻滞。我们住在欧阳氏[②]榴园中的小楼上，几乎终日不闻世事。我偶在山窗下展开手册来，检点过去的流亡生活，觉得如同一场幻梦。这梦特别清晰，一切景象，历历在目。可用文章记述，也可用图画描写。于是乘兴握笔，拟把手册中的记载演成五篇记事。开头写第一记《辞缘缘堂》时，不胜感慨。“古者重去其乡，游宦不逾千里。”我为不得已而远离乡国。如今故园已成焦土，飘泊将及两年，在六千里外的荒山中重温当年仓皇辞家的旧梦，不禁心绪黯然，觉得无从下笔。然而环境虽变，我的赤子之心并不失却；炮火虽烈，我的匹夫之志决不被夺，它们因了环境的压迫，受了炮火的洗礼，反而更加坚强了。杜衡芳芷所生，无非吾土；青天白日之下，到处为乡。我又何必感慨呢？于是吟成两首七绝，用代小序：

秀水明山入画图，兰堂芝阁尽虚无。
十年一觉杭州梦，剩有冰心在玉壶。
江南春尽日西斜，血雨腥风卷落花。
我有馨香携满袖，将求麟凤向天涯。[③]

走了五省，经过大小百数十个码头，才知道我的故乡石门湾，真是一个好地方。它位在浙江北部的大平原中，杭州和嘉兴的中间，而离开沪杭铁路三十里。这三十里有小轮船可通。每天早晨从石门湾搭轮船，溯运河走两小时，便到了沪杭铁路上的长安车站。由此搭车，南行一小时到杭州；北行一小时到嘉兴，三小时到上海。到嘉兴或杭州的人，倘有余闲与逸兴，可屏除这些近代式的交通工具，而雇客船走运河。这条运河南达杭州，北通嘉兴、上海、苏州、南京，直至河北。经过我们石门湾的时候，转一个大弯。石门湾由此得名。无数朱漆栏杆玻璃窗的客船，麇集在这湾里，等候你去雇。你可挑选最中意的一只。一天到嘉兴，一天半到杭州，船价不过三五元。倘有三四个人同舟，旅费并不比乘轮船、火车贵。胜于乘轮船火车者有三：开船时间由你定，不像轮船、火车的要你去恭候。一也。行李不必用力捆扎，用心检点，但把被、褥、枕头、书册、烟袋、茶壶、热水瓶，甚至酒壶、菜榼……往船舱里送。船家自会给你布置在玻璃窗下的小榻及四仙桌上。你下船时仿佛走进自己的房间一样。二也。经过码头，你可关照船家暂时停泊，上岸去眺瞩或买物。这是轮船、火车所办不到的。三也。倘到杭州，你可在塘栖一宿，上岸买些本地名产的糖枇杷、糖佛手；再到靠河边的小酒店里去找一个幽静的座位，点几个小盆：冬笋、茭白、荠菜、毛豆、鲜菱、良乡栗子、熟荸荠……烫两碗花雕。你尽管浅斟细酌，迟迟回船歇息。天下雨也可不管，因为塘栖街上全是凉棚，下雨不相干的。这样，半路上多游了一个码头，而且非常从容自由。这种富有诗趣的旅行，靠近火车站地方的人不易做到，只有我们石门湾的人可以自由享受。因为靠近火车站地方的人，乘车太便；即使另有水路可通，没有人肯走；因而没有客船的供应。只有石门湾，火车不即不离，而运河躺在身边，方始有这种特殊的旅行法。然客船并非专走长路，往返于相距二三十里的小城市间，是其常业。盖运河两旁，支流繁多，港汊错综。倘从飞机上俯瞰，这些水道正像一个渔网。这个渔网的线旁密密地撒布无数城市乡镇，“三里一村，五里一市，十里一镇，廿里一县。”用这话来形容江南水乡人烟稠密之状，决不是夸张的。我们石门湾就是位在这网的中央的一个镇。所以水路四通八达，交通运输异常便利。我们不需要用脚走路。下乡，出市，送客，归宁，求神，拜佛，即使三五里的距离，也乐得坐船。倘使要到十八里（我们称为二九）远的崇德城里，每天有两班轮船，还有各种便船，决不要用脚走路。除了赤贫、大俭，以及背纤者之类以外，倘使你“走”到了城里，旁人都得惊讶，家人将怕你伤筋，你自己也要觉得吃力。唉！我的故乡真是安乐之乡！把这些话告诉每天挑着担子走一百几十里崎岖的山路的内地人，恐怕他们不会相信，不能理解，或者笑为神话！孟子曰：“生于忧患，死于安乐。”这回江南的空前浩劫，也许就是这种安乐的报应吧！

然而好逸恶劳，毕竟是人之常情。克服自然，正是文明的进步。不然，内地人为什么要努力造公路、筑铁路、治开垦呢？忧患而不进步，未必能生；安乐而不骄惰，决不致死。所以我对于我们的安乐的故乡，始终是心神向往的。何况天时胜如它的地利呢！石门湾离海边约四五十里，四周是大平原，气候当然是海洋性的。然而因为河道密布如网，水陆的调剂特别均匀，所以寒燠的变化特别缓和。由夏到冬，由冬到夏，渐渐地推移，使人不知不觉。中产以上的人，每人有六套衣服：夏衣、单衣、夹衣、絮袄（木棉④的）、小绵袄（薄丝绵）、大绵袄（厚丝绵）。六套衣服逐渐递换，不知不觉之间寒来暑往，循环成岁。而每一回首，又觉得两月之前，气象大异，情景悬殊。盖春夏秋冬四季的个性的表现，非常明显。故自然之美，最为丰富；诗趣画意，俯拾即是。我流亡之后，经过许多地方。有的气候变化太单纯，半年夏而半年冬，脱了单衣换棉衣。有的气候变化太剧烈，一日之内有冬夏，捧了火炉吃西瓜。这都不是和平中正之道，我很不惯。这时候方始知道我的故乡的天时之胜。在这样的天时之下，我们郊外的大平原中没有一块荒地，全是作物。稻麦之外，四时蔬菜不绝，风味各殊。尝到一物的滋味，可以联想一季的风光，可以梦见往昔的情景。往年我在上海功德林，冬天吃新蚕豆，一时故乡清明赛会：扫墓、踏青、种树之景，以及绸衫、小帽、酒旗、戏鼓之状，憬然在目，恍如身入其境。这种情形在他乡固然也有，而对故乡的物产特别敏感。倘然遇见桑树和丝绵，那更使我心中涌起乡思来。因为这是我乡一带特有的产物，而在石门湾尤为普遍。除了城市人不劳而获以外，乡村人家，无论贫富，春天都养蚕，称为“看宝宝”。他们的食仰给于田地，衣仰给于宝宝。所以丝绵在我乡是极普通的衣料。古人要五十岁才得衣帛，我们的乡人无论老少都穿丝绵。他方人出重价买了我乡的输出品，请“翻丝绵”的专家特制了，视为狐裘一类的贵重品；我乡则人人会翻，乞丐身上也穿丝绵。“人生衣食真难事”，而我乡人得天独厚，这不可以不感谢，惭愧而且惕励！我以上这一番缕述，并非想拿来夸耀，正是要表示感谢、惭愧、惕励的意思。读者中倘有我的同乡，或许会发生同感。

缘缘堂就建在这富有诗趣画意而得天独厚的环境中。运河大转弯的地方，分出一条支流来。距运河约二三百步，支流的岸旁，有一所染坊店，名曰丰同裕。店里面有一所老屋，名曰惇德堂。惇德堂里面便是缘缘堂。缘缘堂后面是市梢。市梢后面遍地桑麻，中间点缀着小桥、流水、大树、长亭，便是我的游钓之地了。红羊[5]之后就有这染坊店和老屋。这是我父祖三代以来歌哭生聚的地方。直到民国二十二年缘缘堂成，我们才离开这老屋的怀抱。所以它给我的荫庇与印象，比缘缘堂深厚得多。虽然其高只及缘缘堂之半，其大不过缘缘堂的五分之一，其陋甚于缘缘堂的柴间，但在灰烬之后，我对它的悼惜比缘缘堂更深。因为这好比是老树的根，缘缘堂好比是树上的枝叶。枝叶虽然比根庞大而美观，然而都是从这根上生出来的。流亡以后，我每逢在报纸上看到了关于石门湾的消息，晚上就梦见故国平居时的旧事，而梦的背景，大都是这百年老屋。我梦见我孩提时的光景：夏天的傍晚，祖母穿了一件竹衣[6]，坐在染坊店门口河岸上的栏杆边吃蟹酒。祖母是善于享乐的人，四时佳兴都很浓厚。但因为屋里太窄，我们姐弟众多，把祖母挤出在河岸上。我梦见父亲中乡试时的光景：几方丈大小的老屋里拥了无数的人，挤得水泄不通。我高高地坐在店伙祁官的肩头上，夹在人丛中，看父亲拜北阙。我又梦见父亲晚酌的光景：大家吃过夜饭，父亲才从地板间里的鸦片榻上起身，走到厅上来晚酌。桌上照例是一壶酒、一盏碗热豆腐干、一盆麻酱油和一只老猫。父亲一边看书，一边用豆腐干下酒，时时摘下一粒豆腐干来喂老猫。那时我们得在地板间里闲玩一下。这地板间的窗前是一个小天井，天井里养着乌龟，我们喊它为“臭天井”。臭天井的旁边便是灶间。饭脚水常从灶间里飞出来，哺养臭天井里的乌龟。因此烟气、腥气、臭气，地板间里时有所闻。然而这是老屋里最精华的一处地方了。父亲在室时，我们小孩子是不敢轻易走进去的。我的父亲中了举人之后就丁艰。丁艰后科举就废。他的性情又廉洁而好静，一直闲居在老屋中，四十二岁上患肺病而命终在这地板间里。我九岁上便是这老屋里的一个孤儿了。缘缘堂落成后，我常常想：倘得像缘缘堂的柴间或磨子间那样的一个房间来供养我的父亲，也许他不致中年病肺而早逝。然而我不能供养他！每念及此，便觉缘缘堂的建造毫无意义，人生也毫无意义！我又梦见母亲拿了六尺杆量地皮的情景：母亲早年就在老屋背后买一块地（就是缘缘堂的基地），似乎预知将来有一天造新房子的。我二十一岁就结婚。结婚后得了“子烦恼”，几乎年年生一个孩子。率妻糊口四方，所收入的自顾不暇。母亲带着我的次女住在老屋里，染坊店及数十亩薄田所入虽能供养，亦没有余裕，所以造屋这念头，一向被抑在心的底层。我三十岁上送妻子回家奉母。老屋覆育了我们三代，伴了我的母亲数十年，这时候衰颓得很，门坍壁裂，渐渐表示无力再荫庇我们这许多人了。幸而我的生活渐渐宽裕起来，每年多少有几叠钞票交送母亲。造屋这念头，有一天偷偷地从母亲心底里浮出来。邻家正在请木匠修窗，母亲借了他的六尺杆，同我两人到后面的空地里去测量一会，计议一会。回来的时候低声关照我：“切勿对别人讲！”那时我血气方刚，率然地对母亲说：“我们决计造！钱我有准备！”就把收入的预算历历数给她听。这是年轻人的作风，事业的失败往往由此，事业的速成也往往由此。然而老年人脚踏实地，如何肯冒险呢？六尺杆还了木匠，造屋的念头依旧沉淀在母亲的心底里。它不再浮起来。直到两年之后，母亲把这念头交付了我们而长逝。又三年之后，它方才成形具体，而实现在地上，这便是缘缘堂。

犹记得堂成的前几天，全家齐集在老屋里等候乔迁。两代姑母带了孩童仆从，也来挤在老屋里助喜。低小破旧的老屋里挤了二三十个人，肩摩踵接，踢脚绊手，闹得像戏场一般。大家知道未来的幸福紧接在后头，所以故意倾轧。老人家几被小孩子推倒了，笑着喝骂。小脚被大脚踏痛了，笑着叫苦。在这时候，我们觉得苦痛比欢乐更为幸福。低小破旧的老屋比琼楼玉宇更有光彩！我们住新房子的欢喜与幸福，其实以此为极！真个迁入之后，也不过尔尔，况且不久之后，别的渴望与企图就来代替你的欢乐，人世的变故行将妨碍你的幸福了！只有希望中的幸福，才是最纯粹、最彻底、最完全的幸福。那时我们全家的人都经验了这种幸福。只有最初置办基地，发心建造，而首先用六尺杆测量地皮的人，独自静静地安眠在五里外的长松衰草之下，不来参加我们的欢喜。似乎知道不久将有暴力来摧毁这幸福，所以不屑参加似的。

缘缘堂构造用中国式，取其坚固坦白。形式用近世风，取其单纯明快。一切因袭、奢侈、烦琐、无谓的布置与装饰，一概不入。全体正直。（为了这点，工事中我曾费数百元拆造过，全镇传为奇谈。）高大、轩敞、明爽，具有深沉朴素之美。正南向的三间，中央铺大方砖，正中悬挂马一浮先生写的堂额。壁间常悬的是弘一法师写的《大智度论·十喻赞》，和“欲为诸法本，心如工画师”的对联。西室是我的书斋，四壁陈列图书数千卷，风琴上常挂弘一法师写的“真观清净观，广大智慧观。梵音海潮音，胜彼世间音”的长联。东室为食堂，内连走廊、厨房、平屋。四壁悬的都是沈寐叟的墨迹。堂前大天井中种着芭蕉、樱桃和蔷薇。门外种着桃花。后堂三间小室，窗子临着院落，院内有葡萄棚、秋千架、冬青和桂树。楼上设走廊，廊内六扇门，通入六个独立的房间，便是我们的寝室。秋千院落的后面，是平屋、阁楼、厨房和工人的房间——所谓缘缘堂者，如此而已矣。读者或将见笑：这样简陋的屋子，我却在这里扬眉瞬目，自鸣得意，所见与井底之蛙何异？我要借王禹偁的话作答：“彼齐云落星，高则高矣。井干丽谯，华则华矣。止于贮妓女，藏歌舞，非骚人之事，吾所不取。”我不是骚人，但确信环境支配文化。我认为这样光明正大的环境，适合我的胸怀，可以涵养孩子们的好真、乐善、爱美的天性。我只费了六千金的建筑费，但倘秦始皇要拿阿房宫来同我交换，石季伦愿把金谷园来和我对调，我决不同意。自民国二十二年春日落成，以至二十六年残冬被毁，我们在缘缘堂的怀抱里的日子约有五年。现在回想这五年间的生活，处处足使我憧憬：春天，两株重瓣桃戴了满头的花，在门前站岗。门内朱楼映着粉墙。蔷薇衬着绿叶。院中秋千亭亭地立着，檐下铁马丁东地响着。堂前燕子呢喃，窗内有“小语春风弄剪刀”的声音。这和平幸福的光景，使我难忘。夏天，红了樱桃，绿了芭蕉，在堂前作成强烈的对比，向人暗示“无常”的幻相。葡萄棚上的新叶，把室中人物映成绿色的统调，添上一种画意。垂帘外时见参差人影，秋千架上时闻笑语。门外刚挑过一担“新市水蜜桃”，又来了一担“桐乡醉李”。喊一声“开西瓜了”，忽然从楼上楼下引出许多兄弟姊妹。傍晚来一位客人，芭蕉荫下立刻摆起小酌的座位。这畅适的生活也使我难忘。秋天，芭蕉的叶子高出墙外，又在堂前盖造一个天然的绿幕；葡萄棚上果实累累，时有儿童在棚下的梯子上爬上爬下。夜来明月照高楼，楼下的水门汀映成一片湖光。各处房栊里有人挑灯夜读，伴着秋虫的合奏，这清幽的情况又使我难忘。冬天，屋子里一天到晚晒着太阳，炭炉上时闻普洱茶香。坐在太阳旁边吃冬春米饭，吃到后来都要出汗解衣裳。廊下晒着一堆芋头，屋角里藏着两瓮新米酒，菜橱里还有自制的臭豆腐干和霉千张。星期六的晚上，儿童们伴着坐到深夜，大家在火炉上烘年糕，煨白果，直到北斗星转向。这安逸的滋味也使我难忘。现在飘泊四方，已经两年。有时住旅馆，有时住船，有时住村舍、茅屋、祠堂、牛棚。但凡我身所在的地方只要一闭眼睛，就看见无处不是缘缘堂。

平生不善守钱。余剩的钞票超过了定数，就壁立不安，非想法使尽它不可。缘缘堂落成后一年，这种钞票作怪，我就在杭州租了一所房子，请两名工人留守，以代替我游杭的旅馆。这仿佛是缘缘堂的支部。旁人则戏称它为我的“行宫”。他们怪我不在杭州赚钱，而无端去作寓公。但我自以为是。古人有言：“不为无益之事，何以遣有涯之生?”我相信这句话，而且想借庄子的论调来加个注解：益就是利。“吾生也有涯，而利也无涯，以有涯遣无涯，殆已！已而为利者，殆而已矣!”所以要遣有涯之生，须为无利之事。杭州之所以能给我优美的印象者，就为了我对它无利害关系，所见的常是它的艺术方面的缘故。那时我春秋居杭州，冬夏居缘缘堂，书笔之余，恣情盘桓，饱尝了两地的风味：西湖好景，尽在于春秋二季。春日浓妆，秋季淡抹，一样相宜。我最喜于无名的地方，游众所不会到的地方，玩赏其胜景，而把三潭印月、岳庙等大名鼎鼎的地方让给别人游。人弃我取，人取我与。这是范蠡致富的秘诀，移用在欣赏上，也大得其宜。西湖春秋佳日的真相，我都欣赏过了。夏天西湖上颇热，冬天西湖上颇冷。苏东坡[⑦]说：“毕竟西湖六月中，风光不与四时同。”某雅人说：“晴湖不及雨湖，雨湖不及雪湖。”言之或有其理，但我不敢附和。因为我怕热怕冷。我到夏天必须返缘缘堂。石门湾到处有河水调剂，即使天热，也热得缓和而气爽，不致闷人。缘缘堂南向而高敞，西瓜、凉粉常备，远胜于电风扇、冰淇淋。冬天大家过年，贺岁，饮酴酥酒，更非回乡参加不可。我常常往返于石门湾与杭州之间，被别人视为无事忙。那时我读书并不抛废，笔墨也相当地忙；而如此忙里偷闲地热心于游玩与欣赏，今日思之，并非偶然，我似乎预知江南浩劫之将至，故乡不可以久留，所以尽量欣赏，不遗余力的。

“八一三”事起，我们全家在缘缘堂。杭州有空袭，特派人把留守的女工叫了回来，把“行宫”锁闭了。城站被炸，杭州人纷纷逃乡，我又派人把“行宫”取消，把其中的书籍器具装船载回石门湾。两处的器物集中在一处，异常热闹，我们费了好几天的工夫，整理书籍，布置家具。把缘缘堂装潢得面目一新。邻家的妇孺没有坐过沙发，特地来坐坐杭州搬来的沙发。（我不喜欢沙发，因为它不抵抗。这些都是朋友赠送的。）店里的伙计没有见过开关热水壶，当它是个宝鼎。上海南市已成火海了，我们躲在石门湾里自得其乐。今日思之，太不识时务。最初，汉口的朋友写信来，说浙江非安全之地，劝我早日率眷赴汉口。四川的朋友也写信来，说战事必致扩大，劝我早日携眷入川。我想起了白居易的问友诗：“种兰不种艾，兰生艾亦生。根荄相交长，茎叶相附荣。香茎与臭叶，日夜俱长大，锄艾恐伤兰，溉兰恐滋艾。兰亦未能溉，艾亦未能除。沉吟意不决，问君合如何?”铲除暴徒，以雪百年来浸润之耻，谁曰不愿？糜烂土地，荼毒生灵，去父母之邦，岂人之所乐哉？因此沉吟意不决者累日。终于在方寸中决定了“移兰”之策。种兰而艾生于其旁，而且很近，甚至根荄相交，茎叶相附，可见种兰的地方选得不好。兰既不得其所，用不着锄或溉，只有迁地为良。其法：把兰好好地掘起，慎勿伤根折叶。然后郑重地移到名山胜境，去种在杜衡芳芷所生的地方。然后拿起锄头来，狠命地锄，把那臭叶连根铲尽。或者不必用锄，但须放一把火，烧成一片焦土。将来再种兰时，灰肥倒有用处，这“移兰锄艾”之策，乃不易之论。香山居士死而有知，一定在地下点头。

然而这兰的根，深固得很，一时很不容易掘起，况且近来根上又壅培了许多土壤，使它更加稳固繁荣了。第一：杭州搬回来的家具，把缘缘堂装点得富丽堂皇，个个房间里有明窗净几，屏条对画。古圣人弃天下如弃敝屣；我们真惭愧，一时大家舍不得抛弃这些赘累之物。第二：上海、松江、嘉兴、杭州各地迁来了许多人家。石门湾本地人就误认这是桃源。谈论时局，大家都说这地方远离铁路、公路，不会遭兵火。况且镇小得很，全无设防，空袭也决不会来。听的人附和地说道：“真的！炸弹很贵。石门湾即使请他来炸，他也不肯来的！”另一人根据了他的军事眼光而发表预言：“他们打到了松江、嘉兴，一定向北走苏嘉路，与沪宁路夹攻南京。嘉兴以南，他们不会打过来。杭州不过是风景地点，取得了没有用。所以我们这里是不要紧的。”又有人附和：“杭州每年香火无量，西湖底里全是香灰！这佛地是决不会遭殃的。只要杭州无事，我们这里就安。”我虽决定了移兰之策，然而众口铄金，况且谁高兴逃难？于是存了百分之一的幸免之心。第三：我家世居石门湾，亲戚故旧甚多。外面打仗，我家全部迁回了，戚友往来更密。一则要探听一点消息，二则要得到相互的慰藉。讲起逃难，大家都说：“要逃我们总得一起走。”但下文总是紧接着一句：“我们这里总是不要紧的。”后来我流亡各地，才知道每一地方的人，都是这样自慰的。呜呼！“民之秉夷，好是懿德。”普天之下，凡有血气，莫不爱好和平，厌恶战争。我们忍痛抗战，是不得已的。而世间竟有以侵略为事、以杀人为业的暴徒，我很想剖开他们的心来看看，是虎的，还是狼的？

阴历九月二十六日，是我四十岁的生辰。这时松江已经失守，嘉兴已经炸得不成样子。我家还是做寿。糕桃寿面，陈列了两桌；远近亲朋，坐满了一堂。堂上高烧红烛，室内开设素筵。屋里充满了祥瑞之色和祝贺之意。而宾朋的谈话异乎寻常；有一人是从上海南站搭火车逃回来的。他说：火车顶上坐满了人，还没有开。忽听得飞机声，火车突然飞奔。顶上的人纷纷坠下，有的坠在轨道旁，手脚被轮子碾断，惊呼号啕之声淹没了火车的开动声！又有一人怕乘火车，是由龙华走水道逃回来的。他说上海南市变成火海。无数难民无家可归，聚立在民国路法租界的紧闭的铁栅门边。日夜站着。落雨还是小事，没得吃真惨！法租界里的同胞拿面包隔铁栅抛过去。无数饿人乱抢。有的面包落在地上的大小便中，他们管自挣得去吃！我们一个本家从嘉兴逃回来。他说有一次轰炸，他躲在东门的铁路桥下，看见一个妇人抱着一个婴孩，躲在墙脚边喂奶。忽然车站附近落下一个炸弹。弹片飞来，恰好把那妇人的头削去。在削去后的一瞬间中，这无头的妇人依旧抱着婴孩危坐着，并不倒下，婴孩也依旧吃奶。我听了他的话，想起了一个动人的故事，就讲给人听：从前有一个猎人入山打猎，远远看见一只大熊坐在涧水边，他就对准要害发出一枪。大熊危坐不动。他连发数枪，均中要害，大熊老是危坐不动。他走近去察看，看见大熊两眼已闭，血水从颈中流下，确已命中。但是它两只前脚抱住一块大石头，危坐涧水边，一动也不动。猎人再走近去细看，才看见大石头底下的涧水中，有三匹小熊正在饮水。大熊中弹之后，倘倒下了，那大石头落下去，势必压死她的三个小宝贝。她被这至诚的热爱所感，死了也不倒。直待猎人掇去了她手中的石头，她方才倒下。猎人从此改业。（我写到这里，忽把“它”字改写为“她”，把“前足”改写为“手”。排字人请勿排错，读者请勿谓我写错。因为我看见这熊其实非兽，已经变人。而有些人反变了禽兽！）呜呼！禽兽尚且如此，何况于人。我讲了这故事，上述的惨剧被显得更惨，满座为之叹息。然而堂前的红烛得了这种惨剧的衬托，显得更加光明，仿佛在对人说：“四座且勿悲，有我在这里！炸弹杀人，我祝人寿。除了极少数的暴徒以外，世界上没有一个人不厌恶惨死而欢喜长寿，没有一个人不好仁而恶暴。仁能克暴，可知我比炸弹力强得多。目前虽有炸弹猖獗，最后胜利一定是我的！”坐客似乎都听见了这番话，大家欣然地散去了。这便是缘缘堂最后一次的聚会。祝寿后一星期，那些炸弹就猖獗到石门湾，促成了我的移兰之计。

民国廿六年十一月六日，即旧历十月初四，是无辜的石门湾被宣告死刑的日子。古人叹人生之无常，夸张地说：“朝为媚少年，夕暮成丑老。”石门湾在那一天，朝晨依旧是喧阗扰攘，安居乐业，晚快忽然水流云散，阒其无人。真可谓“朝为繁华街，夕暮成死市。”这“朝夕”二字并非夸张，却是写实。那一天，我早上起来，并不觉得什么异常。依旧洗脸，吃粥。上午照例坐在书斋里工作，我正在画一册《漫画日本侵华史》，根据了蒋坚忍著的《日本帝国主义侵略中国史》而作的。我想把每个事件描写为图画，加以简单的说明。一页说明与一页图画相对照，形似《护生画集》。希望文盲也看得懂。再照《护生画集》的办法，照印本贱卖，使小学生都有购买力。这计划是“八一三”以后决定的，这时候正在起稿，尚未完成。我的子女中，陈宝、林先、宁馨、华瞻四人向在杭州各中学肄业，这学期不得上学，都在家自修。上午规定是用功时间。还有二人，元草与一吟，正在本地小学肄业，一早就上学去。所以上午家里很静。只听得玻璃窗震响，我以为是有人在窗棂上碰了一下之故，并不介意。后来又是震响，一连数次。我觉得响声很特别：轻微而普遍。楼上楼下几百块窗玻璃，仿佛同时一齐震动，发出远钟似的声音。心知不妙，出门探问，邻居也都在惊奇。大家猜想，大约是附近的城市被轰炸了。响声停止了以后，就有人说：“我们这小地方，没有设防，决不会来炸的。”别的人又附和说：“请他来炸也不肯来的！”大家照旧安居乐业。后来才知道这天上午崇德被炸。

正午，我们全家十个人围着圆桌正在吃午饭的时候，听见飞机声。不久一架双翼侦察机低低地飞过。我在食桌上通过玻璃窗望去，可以看得清人影。石门湾没有警报设备。以前飞机常常过境，也辨不出是敌机还是自己的，大家跑出去，站在门口或桥上，仰起了头观赏，如同春天看纸鸢、秋天看月亮一样。“请他来炸也不肯来的”这一句话，大约是这种经验所养成的。这一天大家依旧出来观赏。那侦察机果然兜一个圈子给他们看，随后就飞去了。我们并不出去观赏，但也不逃，照常办事。我上午听见震响，这时又看见侦察机低飞，心知不妙。但犹冀望它是来侦察有无设防。倘发见没有军队驻扎，就不会来轰炸。谁知他们正要选择不设防城市来轰炸，可以放心地投炸弹，可以多杀些人。这侦察机盘旋一周，看见毫无一个军人，纯是民众妇孺，而且都站在门外，非常满意，立刻回去报告，当即派轰炸机来屠杀。

下午二时，我们正在继续工作，又听得飞机声，我本能地立起身，招呼坐在窗下的孩子们都走进来，立在屋的里面。就听见砰的一声，很近。窗门都震动，继续又是砰的一声。家里的人都集拢来，站在东屋的楼梯下，相对无言。但听得墙外奔走呼号之声，我本能地说：“不要紧！”说过之后，才觉得这句话完全虚空。在平常生活中遇到问题，我以父亲、家主、保护者的资格说这句话，是很有力的，很可以慰人的。但在这时候，我这保护者已经失却了说这句话的资格，地面上无论哪一个人的生死之权都操在空中的刽子手手里了！忽然一阵冰雹似的声音在附近的屋瓦上响过，接着沉重地一声震响。墙壁摆动，桌椅跳跃，热水瓶、水烟袋翻落地上，玻璃窗齐声大叫。我们这一群人集紧一步，挤成一堆，默然不语，但听见墙外奔走呼号之声比前更急。忽想起了上学的两个孩子没有回家，生死不明，大家担心得很。然而飞机还在盘旋，炸弹、机关枪还在远近各处爆响。我们是否可以免死，尚未可知，也顾不得许多了。忽然，九岁的一吟哭着逃进门来。大家问她“阿哥呢？”她不知道，但说学校近旁落了一个炸弹、响得很，学校里的人都逃光，阿哥也不知去向。她独自逃回来，将近后门，离身不远之处，又是一个炸弹，一阵机关枪。她在路旁的屋子下躲了一下，幸未中弹。等到飞机过了，才哭着逃回家来。这时候飞机声远了些，紧张渐渐过去，我看见自己跟一群人站在扶梯底下，头上共戴一条丝绵被（不知是何时何人拿来的），好似元宵节迎龙灯模样，觉得好笑；又觉得这不过骗骗自己而已，不是安全的办法。定神一想，知道刚才的大震响，是落在后门外的炸弹所发。一吟在路上遇见的也就是这个炸弹，推想这炸弹大约是以我家为目标而投的。因为在这环境中，我们的房子最高大、最瞩目，犹如鹤立鸡群，刽子手意欲毁坏它。可惜手段欠高明。但飞机还没离去，大有再来的可能，非预防不可。于是有人提议，钻进桌子底下，而把丝绵被覆在桌上。立刻实行。我在三十余年前的幼童时代，曾经作此游戏，以后永没有钻过桌底。现在年已过半，却效儿戏；又看见七十岁的老太太也效儿戏，这情状实在可笑。且男女老幼共钻桌底，大类穴居野处的禽兽生活，这行为又实在可耻。这可说是二十世纪物质文明时代特有的盛况！

我们在桌子底下坐了约一小时，飞机声始息。时钟已指四时，上学的孩子元草，这时候方始回来。他跟了人逃出学校，奔向野外，幸未被难。邻居友朋都来慰问。我也出去调查损失，才知道这两小时内共投炸弹大小十余枚，机关枪无算。东市炸毁一屋，全家四人压死在内，医生魏达三躲在晒着的稻穗下面，被弹片切去右臂，立刻殒命。我家后门外五六丈之处，有五人躺在地上，有的已死，脑浆迸出；有的还在喊“扶我起来!”(但我不忍去看，听人说如此。)其余各处都有死伤。后来始知当场炸死三十余人，伤无算。数日内陆续死去又三十余人。犹记那天我调查了回家的时候，途中被一个邻妇拉住。她告诉我，她的丈夫和儿子都被难。“小的不中用了，大的还可救。请你进去看。”她说时，脸孔苍白，语调异常，分明神经已是错乱了。我不懂医法又不忍看这惨状，终于没有进去看，也没有给她任何帮助。只是劝她赶快请医生，就匆匆回家。两年以来，我每念此事，总觉得异常抱歉。悔不当时代她去请医生，或送她药费。她丈夫是做小贩的，家里未必藏有医药费，以待炸弹的来杀伤。我虽受了惊吓，未被伤害，终是不幸中之幸者。

我的妹夫蒋茂春家在三四里外的村子——南沈浜——里。听见炸弹声，立刻同他的弟弟继春摇一只船来，邀我们迁乡。我们收拾衣物，于傍晚的细雨中匆匆辞别缘缘堂，登舟入乡。沿河但见家家闭户，处处锁门。石门湾顿成死市。河中船行如织，都是迁乡去的。我们此行，大家以为是暂避，将来总有一日回缘缘堂的。谁知其中只有四人再来取物一二次，其余的人都在这潇潇暮雨之中与堂永诀，而开始流离的生活了。

舟抵南沈浜，天已黑，雨未止，雪雪(我妹)擎了一盏洋油灯，一双小脚踮着湿地，到河岸上来迎接。我们十个人——岳老太太(此时适在我家作客，不料从此加入流亡团体，一直同到广西)、满哥(我姐)、我们夫妇，以及陈宝、林先、宁馨、华瞻、元草、一吟——闯入她家，这一回寒暄，真是有声有色。吾母生雪雪后患大病，不能抚育；雪雪从小归蒋家。虽是至戚，近在咫尺，我自雪雪结婚时来此“吊烟囱”(吾乡俗称阿舅望三朝为吊烟囱)之后，一直没有再访。一则为了茂春和雪雪常来吾家；二则为了我历年糊口四方，归家就懒于走动。这一天穷无所归，而夤夜投奔，我初见雪雪时脸上着实有些忸怩。这农家一门忠厚，一味殷勤招待，实使我更增愧感!后门外有新建楼屋两楹，乃其族人蒋金康家业。金康自有老屋，此新屋一向空着，仅为农忙时堆积谷物之用。这时候楼上全空，我们就与之暂租，当夜迁入。雪雪就像“嫁比邻”一样，大家喜不自胜。流亡之后，虽离故居，但有许多平时不易叙首的朋友亲戚得以相聚，不可谓非“因祸得福”。当夜我们在楼上席地而卧，日间的浩劫的回忆，化成了噩梦而扰每个人的睡眠。

次日大雨。僮仆昨天已经纷纷逃回家去。今后在此生活都得自理。诸儿习劳，自此开始。又次日，天晴。上午即见飞机两架自东来，至石门湾市空，又盘旋投弹。我们离市五里之遥，历历望见，为之胆战。幸市中已空，没有人再做它们的牺牲者，此后它们遂不再来。我家自迁乡后，虽在一方面对于后事忧心忡忡；但在他方面另有一副心目来享受乡村生活的风味，饱尝田野之趣，而在儿童尤甚。他们都生长在城市中，大部分的生活在上海、杭州度送。菽麦不辨，五谷不分。现在正值农人收稻、采茶菊的时候，他们跟了茂春姑夫到田中去，获得不少宝贵的经验。离村半里，有萧王庙。庙后有大银杏树，高不可仰。我十一二岁时来此村蒋五伯（茂春同族）家做客，常在这树下游戏。匆匆三十年，树犹如昔，而人事已数历沧桑，不可复识。我偃卧大树下，仰望苍天，缅怀今古。又觉得战争、逃难等事，藐小无谓，不足介意了。

访蒋五伯旧居，室庐尚在，圮坏不堪。其同族超三伯居之。超三伯亦无家族，孑然一身，以乞食为业。邮信不通，我久不看报，遂托超三伯走练市镇（离村十五里），向周氏姐丈家借报，每日给工资大洋五角。每次得报，先看嘉兴有否失守。我实在懒得去乡国，故抱定主意：嘉兴失守，方才出走；嘉兴不失，决计不走。报载我有重兵驻嘉兴，金城汤池，万无一虑。我很欢喜，每天把重要消息抄出来，贴在门口，以代壁报。镇上的人尽行迁乡，疏散在附近各村中。闻得我这里有壁报，许多人来看。不久，我的逃难所传遍各村，亲故都来探望。幼时业师沈蕙荪先生年老且病，逃避在离我一里许的村中，派他的儿子来探询我的行止。我也亲去叩访，慰藉。染坊店被炸弹解散，店员各自分飞，这时都来探望老板。这是百年老店，这些人都是数十年老友。十年以来，我开这店全为维持店员五人的生活，非为自己图利，但亦惠而不费。因此这店在同业中有“家养店”之名。我极愿养这店，因为我小时是靠这店养活的。然而现在无法维持了。我把店里的余金分发各人，以备不虞之需。若得重见天日，我一定依旧维持。我的族叔云滨，正直清廉，而长年坎坷，办小学维持八口之家。炸弹解散他的小学。这一天来访，皇皇如丧家之狗。我爱莫能助。七十余岁的老姑母也从崇德城中逃来。她最初客八字桥王蔚奎（我的姐丈）家，后来也到南沈浜来依我们。姑母适崇德徐氏，家富，夫子俱亡，朱门深院，内有寡媳孤孙。今此七十者于患难中孑然来归，我对她的同情实深于任何穷人！超三伯赴练市周氏姐丈家取报纸，带回镜涵的信。她说倘然逃难，要通知她，她要跟我们同走。我的二姐，就是她的母亲，适练市周氏，家中富有产业及骂声。二姐幸患耳聋，未尽听见，即已早死。镜涵有才，为小学校长；适张氏一年而寡。孑然一身，寄居父家。明知我这娘舅家累繁重，而患难中必欲相依，其环境可想而知。凡此种种，皆有强大的力系缠我心，使我非万不得已不去其乡。

村居旬日，嘉兴仍不失守。然而军队已开到了，他们在村的前面掘壕布防。一位连长名张四维的，益阳人，常来我的楼下坐谈。有一次他告诉我说；“为求最后胜利，贵处说不定要放弃。”我心中忐忑。晚快，就同陈宝和店员章桂三人走到缘缘堂去取物。先几天吾妻已来取衣一次。这一晚我是来取书。黑夜，像做贼一样，架梯子爬进墙去，揭开堂窗，一只饿狗躺在沙发上，被我们电筒一照，站了起来，给我们一吓。上楼，一只饿猫不知从哪里转出来，依着陈宝的脚边哀鸣。我们向菜橱里找些食物喂了它。室中一切如旧，环境同死一样静。我们向各书架检书，把心爱的、版本较佳的、新买而尚未读过的书，收拾了两网篮，交章桂明晨设法运乡。别的东西我都不拿，一则拿不胜拿；二则我心中，不知根据什么理由，始终确信缘缘堂不致被毁，我们总有一天回来的。检好书已是夜深，我们三人出门巡行石门湾全市，好似有意向它告别。全市黑暗、寂静，不见人影，但闻处处有狗作不平之鸣。它们世世代代在这繁荣的市镇中为人看家，受人给养，从未挨饿，今忽丧家失主，无所依归，是谁之咎？忽然一家店楼上发出一阵肺病者的咳嗽声，全市为之反响，凄惨逼人。我悄然而悲，肃然而恐，返家就寝。破晓起身，步行返乡。出门时我回首一望，看见百多块窗玻璃在黎明中发出幽光。这是我与缘缘堂最后的一面。

邮局迁在我的邻近，这时又要迁新市了。最后送来一封信，是马一浮先生从桐庐寄来的。上言先生已由杭迁桐庐，住迎薰坊十三号。下询石门湾近况如何，可否安居，并附近作诗一首。诗是油印的，笔致犹劲，疑是马先生亲自执钢笔在蜡纸上写的。不然，必是其门人张立民君所书。因为张的笔迹酷似其师。无论如何，此油印品异常可爱。自有油印以来，未有美于此者也。我把油印藏在身边，而把诗铭在心中，至今还能背诵：

礼闻处灾变，大者亡邑国。奈何弃坟墓，在士亦可式。妖寇今见侵，天地为改色。遂令陶唐人，坐饱虎狼食。伊谁生厉阶，讵独异含识？竭彼衣养资，殉此机械力。铿翟竟何裨，蒙羿递相贼。生存岂无道，奚乃矜战克？嗟哉一切智，不救天下惑。飞鸢蔽空下，遏者亡其魄。全城为之摧，万物就磔轹。海陆尚有际，不仁于此极。余生恋松楸，未敢怨逼迫。蒸黎信何辜，胡为罹锋镝？吉凶同民患，安得殊欣感？衡门不复完，书史随荡析。落落平生交，遁处各岩穴。我行自兹迈，回首增怆恻。临江多悲风，水石相荡激。逝从大泽钓，忍数犬戎陋？登高望九州，几地犹禹域？儒冠甘世弃，左衽伤耄及。甲兵甚终偃，腥膻如可涤。遗诗谢故人，尚相三代直。（将避兵桐庐，留别杭州诸友。）

这信和诗，有一种伟大的力，把我的心渐渐地从故乡拉开了。然而动身的机缘未到，因循了数日。十一月二十日下午，机缘终于到了：族弟平玉带了他的表亲周丙潮来，问我行止如何。周向我表示，他家有船可以载我。他和一妻一子已有经济准备，也想跟我同走。丙潮住在离此九里外，吴兴县属的悦鸿村。我同他虽是亲戚，一向没有见面过。但见其人年约二十余岁，眉目清秀，动止端雅。交谈之后，始知其家素封，其性酷爱书画，早是我的私淑者。只因往日我常在外，他亦难得来石门湾，未曾相见。我窃喜机缘的良好，当日商定避难的方针：先走杭州，溯江而上，至于桐庐，投奔马先生，再定行止。于是相约明日下午放船来此，载我家人到他家一宿，次日开船赴杭。丙潮去后，我家始见行色。先把这消息告知关切的诸亲友，征求他们的意见。老姑母不堪跋涉之苦，不愿跟我们走，决定明日仍回八字桥。雪雪有翁姑在堂，亦未便离去。镜涵远在十五里外，当日天晚，未便通知，且待明朝派人去约。章桂自愿相随，我亦喜其干练，决令同行。其实在这风声鹤唳之中，有许多人想同我们一样地走，为环境所阻，力不从心，其苦心常在语言中表露出来。这使我伤心！我恨不得有一只大船，尽载了石门湾及世间一切众生，开到永远太平的地方。

这晚上检点行物，发现走路最重要的东西没有准备：除了几张用不得的公司银行存票外，家里所余的只有数十元现款，奈何奈何！六个孩子说："我们有。"他们把每年生日我所送给的红纸包统统打开，凑得四百余元。其中有数十元硬币，我嫌笨重，给了雪雪。其余钞票共得四百元。不知从哪一年开始，我每逢儿童生日，送他一个红纸包，上写"长命康乐"四个字，内封银数如其岁数。他们得了，照例不拆。不料今日一齐拆开，充作逃难之费！又不料积成了这样可观的一个数目！我真糊涂：家累如此，时局如彼，会不乘早领出些存款以备万一，直待仓皇出走时才计议及此。幸有这笔意外之款，维持了逃难的初步，侥幸之至！平生有轻财之习，这种侥幸势将长养我这习性，永不肯改了。当夜把四百金分藏在各人身边，然后就睡。辗转反侧之间，忽闻北方震响，其声动地而来，使我们的床铺格格作声！如是者数次。我心知这是夜战的大炮声。火线已逼近了！但不知从哪里来的。只要明日上午无变，我还可免于披发左衽。这一晚不知如何睡去。

次日，十一月二十一日上午，阿康（染坊店的司务）从镇上奔来，用绍兴白仓皇报道："我家门口架机关枪，桥堍下摆大炮了！听说桐乡已经开火了！"我恍然大悟，他们不直接打嘉兴；却从北面迂回，取濮院、桐乡、石以湾，以包围嘉兴。我要看嘉兴失守才走，谁知石门湾失守在先。想派人走练市叫镜涵，事实已不可能；沿途要拉夫，乡下人都不敢去；昨夜的炮声从北方来，练市这一路更无人肯走，即使有人肯去，镜涵已迁居练市乡下，此去不止十五里路，况且还要摒挡，当天不得转回；而我们的出走，已经间不容发，势不能再缓一天，只得管自走了。幸而镜涵最近来信，在乡无恙。但我至今还负疚于心。

上午向村人告别。自十一月六日至此，恰好在这村里住了半个月。常与村人往来馈赠，情谊正好。今日告别，后会难知！心甚惆怅。送蒋金康房租四元，强而后受。又将所余家具日用品之类，尽行分送村人。丙潮的船于正午开到。我们胡乱吃了些饭，匆匆下船。茂春、雪雪夫妇送到船埠上。我此时心如刀割！但脸上强自镇定，叮嘱他们“赶快筑防空壕，后会不远”。不能再说下去了。

此去辗转流徙，曾歇足于桐庐、萍乡、长沙、桂林、宜山。为避空袭，最近又从宜山迁居思恩。不知何日方得还乡也。⑧

廿八〔1939〕年八月⑨六日下午三时脱稿于广西思恩。

①本篇曾载1940年1月《文学集林》第三辑：创作特辑。按作者在《教师日记》（〔重庆〕万光书局1944年6月初版）“原序”中所记，避难五记为《辞缘缘堂》《桐庐负暄》《萍乡闻耗》《汉口庆捷》《桂林讲学》。现仅发现前二篇，余三篇疑未成文，或后有变动。

②欧阳氏，为作者在桂林师范学校的学生，名欧阳同旺。

③从文首至此的几段，辑入《率真集》时被删去。现据最初发表稿予以恢复。

④木棉，指棉花。

⑤红羊，指洪秀全、杨秀清。

⑥竹衣，一种用细小竹枝编串而成的夏衣。

⑦苏东坡，系作者误写，应为杨万里。

⑧此段是作者在编入1957年版《缘缘堂随笔》时增加的。

⑨8月系9月之误，作者来到思恩是8月18日。

悼丏师①

我从重庆郊外迁居城中，候船返沪。刚才迁到，接得夏丏尊老师逝世的消息。记得三年前，我从遵义迁重庆，临行时接得弘一法师往生的电报。我所敬爱的两位教师的最后消息，都在我行旅倥偬的时候传到。这偶然的事，在我觉得很是蹊跷。因为这两位老师同样的可敬可爱，昔年曾经给我同样宝贵的教诲；如今噩耗传来，也好比给我同样的最后训示。这使我感到分外的哀悼与警惕。

我早已确信夏先生是要死的，同确信任何人都要死的一样。但料不到如此其速。八年违教，快要再见，而终于不得再见！真是天实为之，谓之何哉！

犹忆二十六〔1937〕年秋，芦沟桥事变之际，我从南京回杭州，中途在上海下车，到梧州路去看夏先生。先生满面忧愁，说一句话，叹一口气。我因为要乘当天的夜车返杭，匆匆告别。我说："夏先生再见。"夏先生好像骂我一般愤然地答道："不晓得能不能再见！"同时又用凝注的眼光，站立在门口目送我。我回头对他发笑。因为夏先生老是善愁，而我总是笑他多忧。岂知这一次正是我们的最后一面，果然这一别"不能再见"了！

后来我扶老携幼，仓皇出奔，辗转长沙、桂林、宜山、遵义、重庆各地。夏先生始终住在上海。初年还常通信。自从夏先生被敌人捉去监禁了一回之后，我就不敢写信给他，免得使他受累。胜利一到，我写了一封长信给他。见他回信的笔迹依旧遒劲挺秀，我很高兴。字是精神的象征，足证夏先生精神依旧。当时以为马上可以再见了，岂知交通与生活日益困难，使我不能早归；终于在胜利后八个半月的今日，在这山城客寓中接到他的噩耗，也可说是"抱恨终天"的事！

夏先生之死，使"文坛少了一位老将"，"青年失了一位导师"，这些话一定有许多人说，用不着我再讲。我现在只就我们的师弟情缘上表示哀悼之情。

夏先生与李叔同先生（弘一法师），具有同样的才调，同样的胸怀。不过表面上一位做和尚，一位是居士而已。

犹忆三十余年前，我当学生的时候，李先生教我们图画、音乐，夏先生教我们国文。我觉得这三种学科同样的严肃而有兴趣。就为了他们二人同样的深解文艺的真谛，故能引人入胜。夏先生常说："李先生教图画、音乐，学生对图画、音乐，看得比国文、数学等更重。这是有人格作背景的原故。因为他教图画、音乐，而他所懂得的不仅是图画、音乐；他的诗文比国文先生的更好，他的书法比习字先生的更好，他的英文比英文先生的更好……这好比一尊佛像，有后光，故能令人敬仰。”这话也可说是“夫子自道”。夏先生初任舍监，后来教国文。但他也是博学多能，只除不弄音乐以外，其他诗文、绘画（鉴赏）、金石、书法、理学、佛典，以至外国文、科学等，他都懂得。因此能和李先生交游，因此能得学生心悦诚服。

他当舍监的时候，学生们私下给他起个诨名，叫“夏木瓜”。但这并非恶意，却是好心。因为他对学生如对子女，率直开导，不用敷衍、欺蒙、压迫等手段。学生们最初觉得忠言逆耳，看见他的头大而圆，就给他起这个诨名。但后来大家都知道夏先生是真爱我们，这绰号就变成了爱称而沿用下去。凡学生有所请愿，大家都说：“同夏木瓜讲，这才成功。”他听到请愿，也许暗呜叱咤地骂你一顿；但如果你的请愿合乎情理，他就当作自己的请愿，而替你设法了。

他教国文的时候，正是“五四”将近。我们做惯了“太王留别父老书”“黄花主人致无肠公子书”之类的文题之后，他突然叫我们做一篇“自述”，而且说：“不准讲空话，要老实写。”有一位同学，写他父亲客死他乡，他“星夜匍伏奔丧”。夏先生苦笑着问他：“你那天晚上真个是在地上爬去的？”引得大家发笑，那位同学脸孔绯红。又有一位同学发牢骚，赞隐遁，说要“乐琴书以消忧，抚孤松而盘桓”。夏先生厉声问他：“你为什么来考师范学校？”弄得那人无言可对。这样的教法，最初被顽固守旧的青年所反对。他们以为文章不用古典，不发牢骚，就不高雅。竟有人说：“他自己不会做古文（其实做得很好），所以不许学生做。”但这样的人，毕竟是少数。多数学生，对夏先生这种从来未有的、大胆的革命主张，觉得惊奇与折服，好似长梦猛醒，恍悟今是昨非。这正是五四运动的初步。

李先生做教师，以身作则，不多讲话，使学生衷心感动，自然诚服。譬如上课，他一定先到教室，黑板上应写的，都先写好（用另一黑板遮住，用到的时候推开来）。然后端坐在讲台上等学生到齐。譬如学生还琴时弹错了，他举目对你一看，但说：“下次再还。”有时他没有说，学生吃了他一眼，自己请求下次再还了。他话很少，说时总是和颜悦色的。但学生非常怕他，敬爱他。夏先生则不然，毫无矜持，有话直说。学生便嬉皮笑脸，同他亲近。偶然走过校庭，看见年纪小的学生弄狗，他也要管："为啥同狗为难！"放假日子，学生出门，夏先生看见了便喊："早些回来，勿可吃酒啊！"学生笑着连说："不吃，不吃！"赶快走路。走得远了，夏先生还要大喊："铜钿少用些！"学生一方面笑他，一方面实在感激他，敬爱他。

夏先生与李先生对学生的态度，完全不同。而学生对他们的敬爱，则完全相同。这两位导师，如同父母一样。李先生的是"爸爸的教育"，夏先生的是"妈妈的教育"。夏先生后来翻译的《爱的教育》，风行国内，深入人心，甚至被取作国文教材。这不是偶然的事。

我师范毕业后，就赴日本。从日本回来就同夏先生共事，当教师，当编辑。我遭母丧后辞职闲居，直至逃难。但其间与书店关系仍多，常到上海与夏先生相晤。故自我离开夏先生的绛帐，直到抗战前数日的诀别，二十年间，常与夏先生接近，不断地受他的教诲。其时李先生已经做了和尚，芒鞋破钵，云游四方，和夏先生仿佛是两个世界的人。但在我觉得仍是以前的两位导师，不过所导的对象由学校扩大为人世罢了。

李先生不是"走投无路，遁入空门"的，是为了人生根本问题而做和尚的。他是真正的做和尚，他是痛感于众生疾苦愚迷，要彻底解决人生根本问题，而"行大丈夫事"的。世间一切事业，没有比做真正的和尚更伟大的了；世间一切人物，没有比真正的和尚更具大丈夫相的了。夏先生虽然没有做和尚，但也是完全理解李先生的胸怀的；他是赞善李先生的行大丈夫事的。只因种种尘缘的牵阻，使夏先生没有勇气行大丈夫事。夏先生一生的忧愁苦闷，由此发生。

凡熟识夏先生的人，没有一个不晓得夏先生是个多忧善愁的人。他看见世间的一切不快、不安、不真、不善、不美的状态，都要皱眉，叹气。他不但忧自家，又忧友，忧校，忧店，忧国，忧世。朋友中有人生病了，夏先生就皱着眉头替他担忧；有人失业了，夏先生又皱着眉头替他着急；有人吵架了，有人吃醉了，甚至朋友的太太要生产了，小孩子跌跤了……夏先生都要皱着眉头替他们忧愁。学校的问题，公司的问题，别人都当作例行公事处理的，夏先生却当作自家的问题，真心地担忧。国家的事，世界的事，别人当作历史小说看的，在夏先生都是切身问题，真心地忧愁、皱眉、叹气。故我和他共事的时候，对夏先生凡事都要讲得乐观些，有时竟瞒过他，免得使他增忧。他和李先生一样的痛感众生的疾苦愚迷。但他不能和李先生一样地彻底解决人生根本问题而行大丈夫事；他只能忧伤终老。在“人世”这个大学校里，这二位导师所施的仍是“爸爸的教育”与“妈妈的教育”。

朋友的太太生产、小孩子跌跤等事，都要夏先生担忧。那么，八年来水深火热的上海生活，不知为夏先生增添了几十万斛的忧愁！忧能伤人，夏先生之死，是供给忧愁材料的社会所致使，日本侵略者所促成的！

以往我每逢写一篇文章，写完之后，总要想：“不知这篇东西夏先生看了怎么说。”因为我的写文，是在夏先生的指导鼓励之下学起来的。今天写完了这篇文章，我又本能地想：“不知这篇东西夏先生看了怎么说。”两行热泪，一齐沉重地落在这原稿纸上。

卅五〔1946〕年五月一日于重庆客寓。

①本篇曾载1946年5月16日《川中晨报》“今日文艺”副刊第11期。编入1957年版《缘缘堂随笔》时，改名《悼夏丏尊先生》。

沙坪小屋的鹅①

抗战胜利后八个月零十天，我卖脱了三年前在重庆沙坪坝庙湾地方自建的小屋，迁居城中去等候归舟。

除了托庇三年的情感以外，我对这小屋实在毫无留恋。因为这屋太简陋了，这环境太荒凉了；我去屋如弃敝屣。倒是屋里养的一只白鹅，使我恋恋不忘。

这白鹅，是一位将要远行的朋友送给我的。这朋友住在北碚，特地从北碚把这鹅带到重庆来送给我。我亲自抱了这雪白的大鸟回家，放在院子内。它伸长了头颈，左顾右盼。我一看这姿态，想道：“好一个高傲的动物!”凡动物，头是最主要部分。这部分的形状，最能表明动物的性格。例如狮子、老虎，头都是大的，表示其力强。麒麟、骆驼，头都是高的，表示其高超。狼、狐、狗等，头都是尖的，表示其刁奸猥鄙。猪猡、乌龟等，头都是缩的，表示其冥顽愚蠢。鹅的头在比例上比骆驼更高，与麒麟相似，正是高超的性格的表示。而在它的叫声、步态、吃相中，更表示出一种傲慢之气。

鹅的叫声，与鸭的叫声大体相似，都是“轧轧”然的。但音调上大不相同。鸭的“轧轧”，其音调琐碎而愉快，有小心翼翼的意味；鹅的“轧轧”，其音调严肃郑重，有似厉声呵斥。它的旧主人告诉我：养鹅等于养狗，它也能看守门户。后来我看到果然：凡有生客进来，鹅必然厉声叫嚣；甚至篱笆外有人走路，也要它引吭大叫，其叫声的严厉，不亚于狗的狂吠。狗的狂吠，是专对生客或宵小用的；见了主人，狗会摇头摆尾，呜呜地乞怜。鹅则对无论何人，都是厉声呵斥；要求饲食时的叫声，也好像大爷嫌饭迟而怒骂小使一样。

鹅的步态，更是傲慢了。这在大体上也与鸭相似。但鸭的步调急速，有局促不安之相。鹅的步调从容，大模大样的，颇像平剧〔京剧〕里的净角出场。这正是它的傲慢的性格的表现。我们走近鸡或鸭，这鸡或鸭一定让步逃走。这是表示对人惧怕。所以我们要捉住鸡或鸭，颇不容易。那鹅就不然：它傲然地站着，看见人走来简直不让；有时非但不让，竟伸过颈子来咬你一口。这表示它不怕人，看不起人。但这傲慢终归是狂妄的。我们一伸手，就可一把抓住它的项颈，而任意处置它。家畜之中，最傲人的无过于鹅，同时最容易捉住的也无过于鹅。

鹅的吃饭，常常使我们发笑。我们的鹅是吃冷饭的，一日三餐。它需要三样东西下饭：一样是水，一样是泥，一样是草。先吃一口冷饭，次吃一口水，然后再到某地方去吃一口泥及草。这地方是它自己选定的，选的目标，我们做人的无法知道。大约泥和草也有各种滋味，它是依着它的胃口而选定的。这食料并不奢侈；但它的吃法，三眼一板，丝毫不苟。譬如吃了一口饭，倘水盆偶然放在远处，它一定从容不迫地踏大步走上前去，饮水一口，再踏大步走到一定的地方去吃泥、吃草。吃过泥和草再回来吃饭。这样从容不迫的吃饭，必须有一个人在旁侍候，像饭馆里的侍者一样。因为附近的狗，都知道我们这位鹅老爷的脾气，每逢它吃饭的时候，狗就躲在篱边窥伺。等它吃过一口饭，踱着方步去吃水、吃泥、吃草的当儿，狗就敏捷地跑上来，努力地吃它的饭。没有吃完，鹅老爷偶然早归，伸颈去咬狗，并且厉声叫骂，狗立刻逃往篱边，蹲着静候；看它再吃了一口饭，再走开去吃水、吃草、吃泥的时候，狗又敏捷地跑上来，这回就把它的饭吃完，扬长而去了。等到鹅再来吃饭的时候，饭罐已经空空如也。鹅便昂首大叫，似乎责备人们供养不周。这时我们便替它添饭，并且站着侍候。因为邻近狗很多，一狗方去，一狗又来蹲着窥伺了。邻近的鸡也很多，也常蹑手蹑脚地来偷鹅的饭吃。我们不胜其烦，以后便将饭罐和水盆放在一起，免得它走远去，让鸡、狗偷饭吃。然而它所必须的盛馔泥和草，所在的地点远近无定。为了找这盛馔，它仍是要走远去的。因此鹅的吃饭，非有一人侍候不可。真是架子十足的！

鹅，不拘它如何高傲，我们始终要养它，直到房子卖脱为止。因为它对我们，物质上和精神上都有贡献，使主母和主人都欢喜它。物质上的贡献，是生蛋。它每天或隔天生一个蛋，篱边特设一堆稻草，鹅蹲伏在稻草中了，便是要生蛋了。家里的小孩子更兴奋，站在它旁边等候。它分娩毕，就起身，大踏步走进屋里去，大声叫开饭。这时候孩子们把蛋热热地捡起，藏在背后拿进屋子来，说是怕鹅看见了要生气。鹅蛋真是大，有鸡蛋的四倍呢！主母的蛋篓子内积得多了，就拿来制盐蛋，炖一个盐鹅蛋，一家人吃不了的！工友上街买菜回来说："今天菜市上有卖鹅蛋的，要四百元一个，我们的鹅每天挣四百元，一个月挣一万二，比我们做工还好呢。哈哈哈哈。"大家陪他"哈哈哈哈"。望望那鹅，它正吃饱了饭，昂胸凸肚地，在院子里踱方步，看野景，似乎更加神气活现了。但我觉得，比吃鹅蛋更好的，还是它的精神的贡献。因为我们这屋实在太简陋，环境实在太荒凉，生活实在太岑寂了。赖有这一只白鹅，点缀庭院，增加生气，慰我寂寞。

且说我这屋子，真是简陋极了：篱笆之内，地皮二十方丈，屋所占的只六方丈，其余算是庭院。这六方丈上，建着三间“抗建式”平屋，每间前后划分为二室，共得六室，每室平均一方丈。中央一间，前室特别大些，约有一方丈半弱，算是食堂兼客堂；后室就只有半方丈强，比公共汽车还小，作为家人的卧室。西边一间，平均划分为二，算是厨房及工友室。东边一间，也平均划分为二，后室也是家人的卧室，前室便是我的书房兼卧房。三年以来，我坐卧写作，都在这一方丈内。归熙甫《项脊轩记》中说：“室仅方丈，可容一人居。”又说：“雨泽下注，每移案，顾视无可置者。”我只有想起这些话的时候，感觉得自己满足。我的屋虽不上漏，可是墙是竹制的，单薄得很。夏天九点钟以后，东墙上炙手可热，室内好比开放了热水汀。这时候反教人希望警报，可到六七丈深的地下室去凉快一下呢。

竹篱之内的院子，薄薄的泥层下面尽是岩石，只能种些番茄、蚕豆、芭蕉之类，却不能种树木。竹篱之外，坡岩起伏，尽是荒郊。因此这小屋赤裸裸的，孤零零的，毫无依蔽；远远望来，正像一个亭子。我长年坐守其中，就好比一个亭长。这地点离街约有里许，小径迂回，不易寻找，来客极稀。杜诗“幽栖地僻经过少”一句，这屋可以受之无愧。风雨之日，泥泞载途，狗也懒得走过，环境荒凉更甚。这些日子的岑寂的滋味，至今回想还觉得可怕。

自从这小屋落成之后，我就辞绝了教职，恢复了战前的闲居生活。我对外间绝少往来，每日只是读书作画、饮酒闲谈而已。我的时间全部是我自己的。这是我的性格的要求，这在我是认为幸福的。然而这幸福必需两个条件：在太平时，在都会里。如今在抗战期，在荒村里，这幸福就伴着一种苦闷——岑寂。为避免这苦闷，我便在读书、作画之余，在院子里种豆、种菜、养鸽、养鹅。而鹅给我的印象最深。因为它有那么庞大的身体，那么雪白的颜色，那么雄壮的叫声，那么轩昂的态度，那么高傲的脾气，和那么可笑的行为。在这荒凉岑寂的环境中，这鹅竟成了一个焦点。凄风苦雨之日，手酸意倦之时，推窗一望，死气沉沉；惟有这伟大的雪白的东西，高擎着琥珀色的喙，在雨中昂然独步，好像一个武装的守卫，使得这小屋有了保障，这院子有了主宰，这环境有了生气。

我的小屋易主的前几天，我把这鹅送给住在小龙坎的朋友人家。送出之后的几天内，颇有异样的感觉。这感觉与诀别一个人的时候所发生的感觉完全相同，不过分量较为轻微而已。原来一切众生，本是同根，凡属血气，皆有共感。所以这禽鸟比这房屋更是牵惹人情，更能使人留恋。现在我写这篇短文，就好比为一个永诀的朋友立传，写照。

这鹅的旧主人姓夏名宗禹，现在与我邻居着。

卅五〔1946〕年四月二十五日于重庆。

①本篇曾载1946年8月1日《导报》月刊第1卷第1期。编入1957年版《缘缘堂随笔》时，改名《白鹅》。

“艺术的逃难”①

那年日本军在广西南宁登陆，向北攻陷宾阳。浙江大学正在宾阳附近的宜山，学生、教师扶老携幼，仓皇向贵州逃命。道路崎岖，交通阻塞，大家吃尽千辛万苦，才到得安全地带。我正是其中之一人，带了从一岁到七十二岁的眷属十人，和行李十余件，好容易来到遵义。看见比我早到的张其昀先生，他幽默地说：“听说你这次逃难很是‘艺术的’?”我不禁失笑，因为我这次逃难，的确是受艺术的帮忙。

其实与其称为“艺术的逃难”，不如称为“宗教的逃难”。因为如果没有“缘”，艺术是根本无用的。且让我告诉你这逃难的经过：②那时我还在浙江大学任教。因为宜山每天两次警报，不胜奔命之苦，我把老弱者六人送到百余里外的思恩县的学生家里。自己和十六岁以上的儿女四人（三女一男）住在宜山；我是为了教课，儿女是为了读书。敌兵在南宁登陆之后，宜山的人，大家忧心悄悄，计划逃难。然因学校当局未有决议，大家无所适从。我每天逃两个警报，吃一顿酒，迁延度日。现在回想，真是糊里糊涂！

不久宾阳沦陷了！宜山空气极度紧张。汽车大敲竹杠。“大难临头各自飞”，不管学校如何，大家各自设法向贵州逃。我家分两处，呼应不灵，如之奈何！幸有一位朋友③，代我及其他两家合雇一辆汽车，竹杠敲得不重，一千二百元（廿八〔1939〕年的）送到都匀。言定经过离此九十里的德胜站时，添载我在思恩的老弱六人。同时打长途电话到思恩，叫他们连夜收拾，明晨一早雇滑竿到四十里外的德胜站，等候我们的汽车来载。岂知到了开车的那一天，大家一早来到约定地点，而汽车杳无影踪。等到上午，车还是不来，却挂了一个预报球！行李尽在路旁，逃也不好，不逃也不好，大家捏两把汗。幸而警报不来，但汽车也不来！直到下午，始知被骗。丢了定洋一百块钱（1939年的），站了一天公路。这一天真是狼狈之极！

找旅馆住了一夜。第二日我决定办法：叫儿女四人分别携带轻便行李，各自去找车子，以都匀为目的地。谁先到目的地，就在车站及邮局门口贴个字条，说明住处，以便相会。这样，化整为零，较为轻便了。我惦记着在德胜站路旁候我汽车的老弱六人，想找短路汽车先到德胜。找了一个朝晨，找不到。却来了一个警报，我便向德胜的公路上走。息下脚来，已经走了数里。我向来车招手，他们都不睬，管自开过。一看表还只八点钟，我想，求人不如求己，我决定徒步四十五里到怀远站，然后再找车子到德胜。拔脚迈进，果然走到了怀远。

怀远我曾到过，是很热闹的一个镇。但这一天很奇怪：我走上长街，店门都关，不见人影。正在纳罕，猛忆“岂非在警报中？”连忙逃出长街，一口气走了三四里路，看见公路旁村下有人卖团子，方才息足。一问，才知道是紧急警报！看表，是下午一点钟。问问吃团子的两个兵，知道此去德胜，还有四十里，他们是要步行赴德胜的。我打听得汽车滑竿都无希望，便再下一个决心，继续步行。我吃了一碗团子，用毛巾填在一只鞋子底里，又脱下头上的毛线帽子来，填在另一只鞋子底里。一个兵送我一根绳，我用绳将鞋和脚扎住，使不脱落。然后跟了这两个兵，再上长途。我准拟在这一天走九十里路，打破我平生走路的记录。

路上和两个兵闲谈，知道前面某处常有盗匪路劫。我身上有钞票八百余元（1939年的），担起心来。我把八百元整数票子从袋里摸出，用破纸裹好，握在手里。倘遇盗匪，可把钞票抛在草里，过后再回来找。幸而不曾遇见盗匪，天黑，居然走到了德胜。到区公所一问，知道我家老弱六人昨天一早就到，住在某伙铺里。我找到伙铺，相见互相惊讶，谈话不尽。此时我两足酸痛，动弹不得。伙铺老板原是熟识的，为我沽酒煮菜。我坐在被窝里，一边饮酒，一边谈话，感到特殊的愉快。颠沛流离的生活，也有其温暖的一面。

次日得宜山友人电话，知道我的儿女四人中，三人已于当日找到车子出发。啊！原来在我步行九十里的途中，他们三人就在我身旁驶过的车子里，早已疾行先长者而去了！我这里有七十二岁的老岳母、我的老姐、老妻、十一岁的男孩、十岁的女孩，以及一岁多的婴孩，外加十余件行李。这些人物，如何运往贵州呢？到车站问问，失望而回。又次日，又到车站，见一车中有浙大学生。蒙他们帮忙，将我老姐及一男孩带走，但不能带行李。于是留在德胜的，还有老小五人和行李十余件，这五人不能再行分班，找车愈加困难。而战事日益逼近，警报每天两次。我的头发便是在这种时光不知不觉地变白的！

在德胜空住了数天，决定坐滑竿，雇挑夫，到河池，再觅汽车。这早上来了十二名广西苦力，四乘滑竿，四个脚夫，把人连物，一齐扛走。迤逦而西，晓行夜宿，三天才到河池。这三天的生活竟是古风。旧小说中所写的关山行旅之状，如今更能理解了。

河池地方很繁盛，旅馆也很漂亮。我赁居某旅馆，楼上一室，镜台、痰盂、茶具、蚊帐，一切俱全，竟像杭州的二三等旅馆。老板是读书人，知道我的“大名”，招待得很客气；但问起向贵州的汽车，他只有摇头。我起个大早，破晓就到车站去找车子，但见仓皇、拥挤、混乱之状，不可向迩，废然而返。第二天又破晓到车站，我手里拿了一大束钞票而找司机。有的看看我手中的钞票，拖歉地说，人满了，搭不上了！有的问我有几个人，我说人三个，行李八件（其实是五个，十二件），他好像吓了一跳，掉头就走。如是者凡数次。我颓唐地回旅馆。站在窗前怅望，南国的冬日，骄阳艳艳，青天漫漫；而予怀渺渺，后事茫茫，这一群老幼，流落道旁，如何是好呢？传闻敌将先攻河池，包围宜山、柳州。又传闻河池日内将有大空袭。这晴明的日子，正是标准的空袭天气。一有警报，我们这位七十二岁的老太太怎样逃呢？万一突然打到河池来，那更不堪设想了！

这样提心吊胆地过了好几天，前途似乎已经绝望。旅馆老板安慰我说："先生还是暂时不走，在这里休息一下，等时局稍定再说。"我说："你真是一片好心！但是，万一打到这里来，我人地生疏，如之奈何？"他说："我有家在山中，可请先生同去避乱。"我说："你真是义士！我多蒙照拂了。但流亡之人，何以为报呢？"他说："若得先生到乡，趁避乱之暇，写些书画，给我子孙世代宝藏，我便受赐不浅了！"在这样交谈之下，我们便成了朋友。我心中已有七八分跟老板入山，二三分还想觅车向都匀走。

次日，老板拿出一副大红闪金纸对联来，要我写字。说："老父今年七十，蛰居山中。做儿子的糊口四方，不能奉觞上寿，欲乞名家写联一副，托人带去，聊表寸草之心，可使蓬荜生辉！"我满口答允。就到楼下客厅中写对。墨早磨好，浓淡恰到好处，我提笔就写。普通庆寿的八言联，文句也不值得记述了。那闪金纸是不吸水的，墨沛堆积，历久不干。门外马路边太阳光作金黄色。他的管账提议：抬出门外去晒，老板反对，说怕被人踏损了。管账说："我坐着看管！"就由茶房帮同，把墨迹淋漓的一副大红对联抬了出去。我写字时，暂时忘怀了逃难。这时候又带了一颗沉重的心，上楼去休息，岂知一线生机，就在这里发现。

老板亲自上楼来，说有一位赵先生要见我。我想下楼，一位穿皮上衣的壮年男子已经走上楼来了。他握住我的手，连称"久仰""难得"。我听他的口音，是无锡、常州之类，乡音入耳，分外可亲。就请他在楼上客间里坐谈。他是此地汽车加油站的站长，来得不久。适才路过旅馆，看见门口晒着红对子，是我写的，而墨迹未干，料想我一定在旅馆内，便来访问。我向他诉说了来由和苦衷，他慷慨地说："我有办法。也是先生运道太好：明天正有一辆运汽油的车子开都匀。所有空位，原是运送我的家眷，如今我让先生先走。途中只说我的眷属是了。”我说：“那么你自己呢？”他说：“我另有办法。况且战事尚未十分逼近，我是要到最后才好走的。”讲定了，他起身就走，说晚上再同司机来看我。

我好比暗中忽见灯光，惊喜之下，几乎雀跃起来。但一刹那间，我又消沉、颓唐，以至于绝望。因为过去种种忧患伤害了我的神经，使它由过敏而变成衰弱。我对人事都怀疑。这江苏人与我萍水相逢，他的话岂可尽信？况在找车难于上青天的今日，我岂敢盼望这种侥幸！他的话多分是不负责的。我没有把这话告诉我的家人，免得她们空欢喜。

岂知这天晚上，赵君果然带了司机来了。问明人数，点明行李，叮嘱司机。之后，他拿出一卷纸来，要我作画。我就在灯光之下，替他画了一幅墨画。这件事我很乐愿，同时又很苦痛。赵君慷慨乐助，救我一家出险，我写一幅画送他留个永念，是很乐愿的。但在作画这件事说，我一向欢喜自动，兴到落笔，毫无外力强迫，为作画而作画，这才是艺术品，如果为了敷衍应酬，为了交换条件，为了某种目的或作用而作画，我的手就不自然，觉得画出来的笔笔没有意味，我这个人也毫无意味。故凡笔债——平时友好请求的，和开画展时重订的——我认为一件苦痛的事。为避免这苦痛，我把纸整理清楚，叠在手边。待兴到时，拉一张来就画。过后补题上款，送给请求者。总之，我欢喜画的时候不知道为谁而画，或为若干润笔而画，而只知道为画而画。这才有艺术的意味。这掩耳盗铃之计，在平日可行，在那时候却行不通。为了一个情不可却的请求，为了交换一辆汽车，我不得不在疲劳忧伤之余，在昏昏灯火之下，用恶劣的纸笔作画。这在艺术上是一件最苦痛最不合理的事！但我当晚勉力执行了。④

次日一早，赵君亲来送行，汽车顺利地开走。下午，我们老幼五人及行李十二件，安全地到达了目的地都匀。汽车站壁上贴着我的老姐及儿女们的住址，他们都已先到了。全家十一人，在离散了十六天之后，在安全地带重行团聚，老幼俱各无恙。我们找到了他们的时候，大家笑得合不拢嘴来。正是“人世难逢开口笑，茅台须饮两千杯！”这晚上十一人在中华饭店聚餐，我饮茅台酒大醉。

一个普通平民，要在战事紧张的区域内舒泰地运出老幼五人和十余件行李，确是难得的事。我全靠一副对联的因缘，居然得到了这权利。当时朋友们夸饰为美谈。这就是张其昀先生所谓“艺术的逃难”。但当时那副对联倘不拿出去晒，赵君无由和我相见，我就无法得到这权利，我这逃难就得另换一种情状。也许更好；但也许更坏：死在铁蹄下，转乎沟壑……都是可能的事。人真是可怜的动物！极微细的一个“缘”，例如晒对联，可以左右你的命运，操纵你的生死。而这些“缘”都是天造地设，全非人力所能把握的。寒山子诗云：“碌碌群汉子，万事由天公。”人生的最高境界，只有宗教。所以我说，我的逃难，与其说是“艺术的”，不如说是“宗教的”。人的一切生活，都可说是“宗教的”。

赵君名正民，最近还和我通信。

三十五〔1946〕年四月二十九日于重庆[5]。

①本篇曾载1946年8月1日《导报》月刊第1卷第1期。

②从本段开始至此的数行，编入1957年版《缘缘堂随笔》时被删去。

③一位朋友。指浙大教育系心理学教授黄翼（黄羽仪）。

④从“故凡笔债……”至此的数行，编入1957年版《缘缘堂随笔》时有删改。

⑤在作者自编的1957年版《缘缘堂随笔》中，篇末误署为：1946年9月于沙坪坝。

谢谢重庆[1]

胜利前一年，民国三十三〔1944〕年的中秋，我住在重庆沙坪坝的“抗建式”小屋内。当夜月明如昼，我家十人团聚。我庆喜之余，饮酒大醉，没有赏月就酣睡了。次晨醒来，在枕上填一曲打油词。其词曰：

七载飘零久。喜中秋巴山客里，全家聚首。去日孩童皆长大，添得娇儿一口。都会得奉觞进酒。今夜月明人尽望，但团圉骨肉几家有？天于我，相当厚。　　故园焦土蹂躏后。幸联军痛饮黄龙，快到时候。来日盟机千万架，扫荡中原暴寇。便还我河山依旧。漫卷诗书归去也，问群儿恋此山城否？言未毕，齐摇手。（贺新郎）

我向不填词，这首打油词，全是偶然游戏；况且后半夸口狂言，火气十足，也不过是“抗战八股”之一种而已，本来不值得提及。岂知第二年的中秋，我国果然胜利。我这夸口狂言竟成了预言。我高兴得很，三十四年八月十日后数天内，用宣纸写这首词，写了不少张，分送亲友，为胜利助喜。自己留下一张，贴在室内壁上，天天观赏。

起初看看壁上的词，读读后面一段，觉得心情痛快。后来越读越不快了。过了几个月，我把这张字条撕去，不要再看了！为什么原故呢？因为最后几句，与事实渐渐发生冲突，使我读了觉得难以为情。

最后几句是“漫卷诗书归去也，问群儿恋此山城否？言未毕，齐摇手。”岂知胜利后数月内，那些“劫收”的丑恶，物价的飞涨，交通的困难，以及内战的消息，把胜利的欢喜消除殆尽。我不卷诗书，无法归去；而群儿都说：“还是重庆好。”在这情况之下，我重读那几句词句，觉得无以为颜。我只得苦笑着说，我填错了词，应该说：“言未毕，齐点首。”

做人倘全为实利打算，我是最应该不复员而长作重庆人的。因为一者，我的故乡石门湾，二十六〔1937〕年冬天就被敌人的炮火改成一片焦土。我的缘缘堂以及其他几间老屋和市房，全部不存，我已无家可归。而在重庆的沙坪坝，倒有自建的几间“抗建式”小屋，可蔽风雨。二者，我因为身体不好，没有担任公教职员，多年来闲居在重庆沙坪坝的小屋里卖画为生，没有职业的牵累，全无急急复员的必要。我在重庆，在上海，一样的是一个闲人。何必钻进忙人里去赶热闹呢？三者，我的子女当时已有三个人成长，都在重庆当公教人员。他们没有家室，又不要担负父母的生活，所得报酬，尽可买书买物，从容自给。况且四川当局曾有布告，欢迎下江教师留渝，报酬特别优厚。为他们计，也何必辛苦地回到“人浮于事”的下江去另找饭碗呢？——从上述这三点打算，我家是最不应该复员而最应该长作重庆人的。

不知遭一种什么力，终于使我厌弃重庆，而心向杭州。不知道一种什么心理，使我决然地舍弃了沙坪坝的衽席之安，而走上东归的崎岖之路。明知道今后衣食住行，要受一切的困苦；明知道此次复员，等于再逃一次难；然而大家情愿受苦，情愿逃难，拼命要回杭州。这是什么原故？自己也不知道。想来想去，大约是“做人不能全为实利打算”的原故吧。全为实利打算，换言之，就是只要便宜。充其极端，做人全无感情，全无意气，全无趣味，而人就变成枯燥、死板、冷酷、无情的一种动物。这就不是“生活”，而仅是一种“生存”了。古人有警句云：“不为无益之事，何以遣有涯之生？”（清项忆云语）这句话看似翻案好奇，却含有人生的至理。无益之事，就是不为利害打算的事，就是由感情、意气、趣味的要求而做的事。我的去重庆而返杭州，正是感情、意气、趣味的要求，正是所谓“无益之事”。我幸有这一类的事，才能排遣我这“有涯之生”。

“漫卷诗书归去也，问群儿恋此山城否？言未毕，齐摇手。”其实并非厌恶这山城，只是感情、意气、趣味所发生的豪语而已。凡人都爱故乡。外国语有 nostalgia 一语，译曰“怀乡病”。中国古代诗文中，此病尤为流行。“去国怀乡”，自古叹为不幸。今后世界交通便捷，人的生活流动，“乡”的一个观念势必逐渐淡薄，而终至于消灭；到处为家，根本无所谓“故乡”。然而我们的血管里，还保留着不少“怀乡病”的细菌。故客居他乡，往往要发牢骚，无病呻吟。尤其是像我这样，被敌人的炮火所逼，放逐到重庆来的人，发点牢骚，正是有病呻吟。岂料呻吟之后，病居然好了，十年不得归去的故乡，居然有一天可以让我归去了！因此上，不管故园已成焦土，不管交通如何困难，不管下江生活如何昂贵，我一定要辞别重庆，遄返江南。

重庆的临去秋波，非常可爱！那正是清和的四月，我卖脱了沙坪坝的小屋，迁居到城里凯旋路来等候归舟。凯旋路这名词已够好了，何况这房子站在山坡上，开窗俯瞰嘉陵江，对岸遥望海棠溪。水光山色，悦目赏心。晴朗的重庆，不复有警报的哭声，但闻“炒米糖开水”“盐茶鸡蛋”的节奏的叫唱。这真是一个可留恋的地方。可惜如马一浮先生赠诗所说：“清和四月巴山路，定有行人忆六桥。”我苦忆六桥，不得不离开这清和四月的巴山而回到杭州去。临别满怀感谢之情！数年来全靠这山城的庇护，使我免于披发左衽。谢谢重庆！

一九四七年元旦脱稿。

①本篇曾载1947年1月《新重庆》月刊第1卷第1期。

沙坪的酒[①]

胜利快来到了。逃难的辛劳渐渐忘却了。我辞去教职，恢复了战前的闲居生活。住在重庆郊外的沙坪坝庙湾特五号自造的抗建式小屋中的数年间，晚酌是每日的一件乐事，是白天笔耕的一种慰劳。

我不喜吃白酒，味近白酒的白兰地，我也不要吃。巴拿马赛会得奖的贵州茅台酒，我也不要吃。总之，凡白酒之类的，含有多量酒精的酒，我都不要吃。所以我逃难中住在广西、贵州的几年，差不多戒酒。因为广西的山花、贵州的茅台，均含有多量酒精，无论本地人说得怎样好，我都不要吃。

自从由贵州茅台酒的产地遵义迁居到重庆沙坪坝，我开始恢复晚酌，酌的是“渝酒”，即重庆人仿造的黄酒。

富有风趣的一位朋友讥笑我说：“你不吃白酒，而爱吃黄酒，我知道你的意思了：吃白酒是不出钱的，揩别人的油。你不用人间造孽钱，笔耕墨稼，自食其力，所以讨厌白酒两字。黄酒是你们故乡的特产，你身窜异地，心念故乡，所以爱吃黄酒。对不对？”我说：“其然，岂其然欤？”这朋友的话颇有诗意，然而并没有猜中我不爱白酒爱黄酒的原因。揩别人的油，原是我所不欲的；然而吃酒揩油，我觉得比其他的揩油好些。古人诗云："三杯不记主人谁。"吃酒是兴味的，是无条件的，是艺术的。既然共饮，就不必斤斤计较酒的所有权；吝情去留，反而煞风景，反而有伤生活的诗趣。我倒并不绝对不吃"白酒"（不出钱的酒）。至于为了怀乡而吃黄酒，也大可不必。我住在大后方各省各地的时候，天天嘴上所说的是家乡土白。若要怀乡，这已尽够，不必再用吃黄酒来表示了。②

我所以不喜白酒而喜黄酒，原因很简单：就为了白酒容易醉，而黄酒不易醉。"吃酒图醉，放债图利"，这种功利的吃酒，实在不合于吃酒的本旨。吃饭，吃药，是功利的。吃饭求饱，吃药求愈，是对的。但吃酒这件事，性状就完全不同。吃酒是为兴味，为享乐，不是求其速醉。譬如二三人情投意合，促膝谈心，倘添上各人一杯黄酒在手，话兴一定更浓。吃到三杯，心窗洞开，真情挚语，娓娓而来。古人所谓"酒三昧"，即在于此。但决不可吃醉，醉了，胡言乱道，诽谤唾骂，甚至呕吐、打架。那真是不会吃酒，违背吃酒的本旨了。所以吃酒决不是图醉。所以容易醉人的酒决不是好酒。巴拿马赛会的评判员倘换了我，一定把一等奖给绍兴黄酒。

沙坪的酒，当然远不及杭州、上海的绍兴酒。然而"使人醺醺而不醉"，这重要条件是具足了的。人家都讲究好酒，我却不大关心。有的朋友把从上海坐飞机来的真正"陈绍"送我。其酒固然比沙坪的酒气味清香些，上口舒适些；但其效果也不过是"醺醺而不醉"。在抗战期间，请绍酒坐飞机，与请洋狗坐飞机有相似的意义。这意义所给人的不快，早已抵消了其气味的清香与上口的舒适了。我与其吃这种绍酒，宁愿吃沙坪的渝酒。

"醉翁之意不在酒"，这真是善于吃酒的人说的至理名言。我抗战期间在沙坪小屋中的晚酌，正是"意不在酒"。我借饮酒作为一天的慰劳，又作为家庭聚会的助兴品。在我看来，晚餐是一天的大团圆。我的工作完毕了；读书的、办公的孩子们都回来了；家离市远，访客不再光临了；下文是休息和睡眠，时间尽可从容了。若是这大团圆的晚餐只有饭菜而没有酒，则不能延长时间，匆匆地把肚皮吃饱就散场，未免太功利的，太少兴趣。况且我的吃饭，从小养成一种快速习惯，要慢也慢不来。有的朋友吃一餐饭能消磨一两小时，我不相信他们如何吃法。在我，吃一餐饭至多只花十分钟。这是我小时从李叔同先生学钢琴时养成的习惯。那时我在师范学校读书，只有吃午饭后到一点钟上课的时间，和吃夜饭后到七点钟上自修的时间，是教弹琴的时间。我十二点吃午饭，十二点一刻须得到弹琴室；六点钟吃夜饭，六点一刻须得到弹琴室。吃饭，洗碗，洗面，都要在十五分钟内了结。这样的数年，使我养成了快吃的习惯。后来虽无快吃的必要，但我仍是非快不可。这就好比反刍类的牛，野生时代因为怕狮虎侵害而匆匆地把草吞入胃内，急忙回到洞内，再吐出来细细地咀嚼，养成了反刍的习惯；做了家畜以后，虽无快吃的必要，但它仍是要反刍。如果有人劝我慢慢吃，在我是一件苦事。因为慢吃违背了惯性，很不自然，很不舒服。一天的大团圆的晚餐，倘使我以十分钟了事，岂不太草草了？所以我的晚酌，意不在酒，是要借饮酒来延长晚餐的时间，增加晚餐的兴味。

沙坪的晚酌，回想起来颇有兴味。那时我的儿女五人，正在大学或专科或高中求学，晚上回家，报告学校的事情，讨论学业的问题。他们的身体在我的晚酌中渐渐地高大起来。我在晚酌中看他们升级，看他们毕业，看他们任职，就差一个没有看他们结婚。在晚酌中看成群的儿女长大成人，照一般的人生观说来是“福气”，照我的人生观说来只是“兴味”。这好比饮酒赏春，眼看花草树木，欣欣向荣；自然的美，造物的用意，神的恩宠，我在晚酌中历历地感到了。陶渊明诗云：“试酌百情远，重觞忽忘天。”我在晚酌三杯以后，便能体会这两句诗的真味。我曾改古人诗云：“满眼儿孙身外事，闲将美酒对银灯。”因为沙坪小屋的电灯特别明亮。

还有一种兴味，却是千载一遇的：我在沙坪小屋的晚酌中，眼看抗战局势的好转。我们白天各自看报，晚餐桌上大家报告讨论。我在晚酌中眼看东京的大轰炸，莫索里尼〔墨索里尼〕的被杀，德国的败亡，独山的收复，直到波士坦〔波茨坦〕宣言的发出，八月十日夜日本的无条件投降。我的酒味越吃越美。我的酒量越吃越大，从每晚八两增加到一斤。大家说我们的胜利是有史以来的一大奇迹。我更觉得奇怪。我的胜利的欢喜，是在沙坪小屋晚上吃酒吃出来的！所以我确认，世间的美酒，无过于沙坪坝的四川人仿造的渝酒。我有生以来，从未吃过那样的美酒。即如现在，我已“胜利复员，荣归故乡”；故乡的真正陈绍，比沙坪坝的渝酒好到不可比拟。我也照旧每天晚酌，然而味道远不及沙坪坝的渝酒。因为晚酌的下酒物，不是物价狂涨，便是盗贼蜂起，不是贪污舞弊，便是横暴压迫！沙坪小屋中的晚酌的那种兴味，现在了不可得了！唉，我很想回重庆去，再到沙坪小屋里去吃那种美酒。

卅六〔1947〕年二月于杭州。

①本篇曾载1947年3月31日《天津民国日报》。编入1957年版《缘缘堂随笔》时，作者曾加以修饰删改，并改名为《沙坪的美酒》。现采用其修饰之处。删节的段落仍予恢复，并加注说明。

②从“富有风趣的一位朋友……”至此的一段，编入1957年版《缘缘堂随笔》时被删去。

我的烧香癖[①]

《论语》出这个题目要我作文。我初接到邵洵美先生的信的时候，决定不能作。因为我想，我的生活平淡无奇，与普通人无异，并无癖好可说。我把征稿启事和信札塞在抽斗里，准备置之不理。我坐在案前，预备做别的写作。忽然觉得缺乏一种条件。原来是案头的炉香已经熄灭，眼睛看不见篆缕，鼻子闻不到香气，我的笔就提不起来。于是开开香炉盖，把香灰推平，把梅花架子装上，把香末添进，用铜帚细细地塑制。正在这时候，我忽然觉悟了：这不是一种癖好吗？为什么写作一定要点香呢？这样一想，就发见我自己原有癖好，我的生活并不平淡，与普通人并不相同。同时我又发生一种警惕之感，即主观的蒙蔽的可怕。凡有嗜好的人，因为主观的感情作用，往往认为这嗜好是最合理的，最有意义的，是人人应该有的，不是我一人的偏好。

于是就不认为这是一种癖好。我刚才的初感，便是由主观的蒙蔽而生。此事虽小，可以喻大，我安得不警惕呢！

于是我就来写自己的癖好，以应《论语》的雅嘱。抗战以前，我闲居石门湾缘缘堂时，癖好最多。首屈一指的是烧香。我烧的是“寿字香”。寿字香者，就是在一铜制的香炉中，用香末依寿字形的模型塑成的香。这模型普通是一篆文寿字。从头至尾，一气连贯。也有不取寿字而取别种形式的；但因多数为寿字，故统称为寿字香。这种香炉，大都分两层，上层底下盛香灰，寿字香末就塑在这层香灰上面。下层是盛香末以及工具的地方。工具共有四件：一是铜模，模中雕出弯弯曲曲一个寿字，从头至尾，一气连贯。二是铜片，乃和香炉同样大小的一片铜，寿字香点过以后欲重制时，先拿这铜片将香灰压平，然后重新塑制于香灰之上。三是铜瓢，形似小铲刀，用以取香末的。四是铜帚，用以括平香末，完成塑制的。这种香炉我家共有八九只之多。有方形的，有圆形的，有梅花形的，有如意形的。我每次到杭州上海，必赴旧货店找寻此物，找到了我家所未有的形式，便买回来。因此积聚了八九只之多。我的书案上，不断地供着这种香炉。看厌了，换一只。所点的香末，也分数种，常常调换，有檀香末、降香末、麝香末，以及福建香末，都是托药店定制的。我当时生活很普罗[②]，布衣，蔬食，不慕奢侈；独于点香一事，不惜费用。每月为香所费的，比吃饭贵得多！这正是一种癖好。为什么有这种癖好？我爱它有两种好处：第一是香的气味的美。香气使鼻子的嗅觉发生快感。美学者言，人的感觉，分高等、下等两种，视觉与听觉，对精神发生关系的，称为高等感觉。味觉、触觉等，对肉体发生关系的，称为下等感觉。其实这也不能绝对分别。只是视觉与听觉不须接触身体，隔着距离即可摄受，故认为高等耳。味觉与触觉必须接触身体，不能隔开距离，故认为下等耳。照这说法，嗅觉应该称为中等感觉。因为它可以隔着距离，凭香气的接触而摄受。欣赏艺术品，如看画、听乐，是用高等感觉的。吃饭、穿衣，是用下等感觉的。其中间还有一种闻香，是用中等感觉的。因为它不接不离，若接若离，介乎高等与下等之间。我们爱好艺术的人，常常追求高等感觉的快美。所以欢喜看画，欢喜读书，欢喜听乐，欢喜看戏。但好画、好书、好戏，是不能常得的。所以高等感觉常被闲却。这是一件憾事。我所以欢喜点香，就是为了要利用中等感觉的快感来补充美欲的不满足。吃烟，也是与嗅觉发生关系的。但它必须通过嘴巴深入肺腑，而且有瘾，近于饮酒、吃饭，与美欲相去太远。故吃烟不是完全属于中等感觉的。惟有点香，完全属于中等感觉，其品位还在吃饭穿衣之上，而仅次于看画、读书、听乐、看戏。古人对于这中等感觉，早已注意。所以"炉香""篆缕""沉水""金鸭"等字眼，屡见于诗词。我常觉得，古人的事不一定可取法。但烧香这件事，大可效仿。我效仿了多年，居然成了一种癖好。鼻子闻不到香气时，意懒懒的提不起笔来，展不开书来。

其次，我的爱点香，是为了香的烟缕的形象的美。我们所居的房屋中，所陈列的物件，都是静止的。好画满壁，好花满瓶，好书满架，都是不动的。久居在静止的房间内，有沉闷、单调之感。有的人爱养鸟，大概是欢喜它的动。窗前挂一个鸟笼，听听鸟的鸣声，看看鸟在樊笼内跳来跳去的动作，可以打破静的沉闷与单调。但我不爱这办法。把天空遨翔的动物禁锢在立方尺内，让它哀鸣挣扎，而认为乐事，到底不是好办法。与其养鸟，远不如点香。香烟缭绕，在空中画出万千种美妙的形状，实在是可以赏心悦目的。古人称之为"篆缕""篆烟"，以其飘曳的形状颇像篆文。又有"心字香"之称。考据者说是古人的线香制成篆文心字的形，故名。但我以为不一定要线香制成心字形，香的烟气的形状，也常绕成篆文心字形状，一切香都不妨称为"心字香"。而且还有一种意义。香烟缭绕之形，象征着人心的思想。思想也是缥渺无定的东西，与烟气的随风飘荡，委婉曲折，十分相似。故静看炉烟，可助思想。或思入风云变态中，或想入非非，或成独笑，或做昼梦。烟缕有启发思想之功。龚定庵诗云："瓶花贴妥炉烟定，觅我童心四十年。"炉烟的飘曳，可以教人怀旧，引人回忆，促人反省，助人收回失去的童心。

点香对我固有上述的好处，就成了我的癖好。但这是抗战以前，故国平居时的话。抗战军兴，我弃家西窜，流离迁徙，深入不毛。有时连香烟都缺乏，谈不到炉烟。有时连吃饭都成问题，谈不到点香。重庆的四年，生活比较安定；但是抗战未了，生灵涂炭未已，我哪有闲情逸致去点香呢？所以这癖好一直戒除了九年。去年秋天，我复员返沪。回到故乡石门湾去看看，故居缘缘堂不是焦土，而早已变成草地，昔日供炉烟的地方，已有很高的野生树木在欣欣向荣了。我到杭州来找住处。杭州住屋亦不易得，我先住在功德林的旅馆内。住了几天，找不到房子，就借住在和尚寺内。我一进和尚寺，就到梅花碑[③]去找旧货店，想买一只香炉，恢复我旧时的癖好。岂知十年战乱之后，民生凋敝，此物自知无人顾问，都已消形灭迹，无处寻访了。好容易在一处旧货店内找到一只梅花形的寿字香。出一万块钱[④]买了回来，供在寺内的案头。香末更难访到，我就向香烛铺去买檀香末，聊以代替。檀香末是粗粒的，实在不宜于点寿字香。但在十年战乱之后，能恢复我这小小的癖好，已经心满意足了。我得了这东西，好比失恋的人恢复了旧欢。我正想与它订白头之盟，从此永不分离。只是内乱方殷，民生还在涂炭，使我这炉烟的香气的美，与篆缕的形状的美，都大打折扣，不知何日方得全部恢复也。

卅六〔1947〕年三月三日于杭州。

①本篇曾载1947年3月16日《论语》半月刊第125期“癖好专号”。编者保存有此文的手稿，作者在这手稿上用毛笔删去第一段及第二段首句，改题名为《炉烟》。

②普罗，英文proletarian（无产阶级的）译音的简化，在这里是朴实的意思。

③梅花碑，是当时杭州旧货店集中的地方。

④一万块钱，是当时的“法币”。

桂林的山[①]

“桂林山水甲天下”，我没有到桂林时，早已听见这句话。我预先问问到过的人，“究竟有怎样的好？”到过的人回答我，大都说是“奇妙之极，天下少有”。这正是武汉疏散人口，我从汉口返长沙，准备携眷逃桂林的时候。抗战节节失利，我们逃难的人席不暇暖，好容易逃到汉口，又要逃桂林去。对于山水，实在无心欣赏，只是偶然带便问问而已。然而百忙之中，必有一闲。我在这一闲的时间想象桂林的山水，假定它比杭州还优秀。不然，何以可称为“甲天下”呢？

我们一家十人，加了张梓生先生家四五人，合包一辆大汽车，从长沙出发到桂林，车资是二百七十元。经过了衡阳、零陵、邵阳，入广西境。闻名已久的桂林山水，果然在二十七〔1938〕年六月二十四日下午展开在我的眼前。初见时，印象很新鲜。那些山都拔地而起，好像西湖的庄子内的石笋，不过形状庞大，这令人想起古画中的远峰，又令人想起“天外三峰削不成”的诗句。至于水，漓江的绿波，比西湖的水更绿，果然可爱。我初到桂林，心满意足，以为流离中能得这样山明水秀的一个地方来托庇，也是不幸中之大幸。开明书店的陆联棠经理，替我租定了马皇背（街名）的三间平房，又替我买些竹器。竹椅、竹凳、竹床，十人所用，一共花了五十八块桂币。桂币的价值比法币低一半，两块桂币换一块法币。五十八块桂币就是二十九块法币。我们到广西，弄不清楚，曾经几次误将法币当作桂币用。后来留心，买物付钱必打对折。打惯了对折，看见任何数目字都想打对折。我们是六月二十四日到桂林的。后来别人问我哪天到的，我回答“六月二十四”之后，几乎想补充一句：“就是三月十二日呀！”

汉口沦陷、广州失守之后，桂林也成了敌人空袭的目标，我们常常逃警报。防空洞是天然的，到处皆有，就在那拔地而起的山的脚下。因了逃警报，我对桂林的山愈加亲近了。桂林的山的性格，我愈加认识清楚了。我渐渐觉得这些不是山，而是大石笋。因为不但拔地而起，与地面成九十度角，而且都是青灰色的童山，毫无一点树木或花草。久而久之，我觉得桂林竟是一片平原，并无有山，只是四围种着许多大石笋，比西湖的庄子里的更大更多而已。我对于这些大石笋，渐渐地看厌了。庭院中布置石笋，数目不多，可以点缀风景；但我们的“桂林”这个大庭院，布置的石笋太多，触目皆是，岂不令人生厌？我有时遥望群峰，想象它们是一只大动物的牙齿；有时望见一带尖峰，又想起小时候在寺庙里的十殿阎王的壁画中所见的尖刀山。假若天空中掉下一个巨人来，掉在这些尖峰上，一定会穿胸破肚，鲜血淋漓，同十殿阎王中所绘的一样。这种想象，使我渐渐厌恶桂林的山。这些时候听到“桂林山水甲天下”这句盛誉，我的感想与前大异：我觉得桂林的特色是“奇”，却不能称“甲”，因为“甲”有十全十美的意思，是总平均分数。桂林的山在天下的风景中，决不是十全十美。其总平均分数决不是“甲”。世人往往把“美”与“奇”两字混在一起，搅不清楚，其实奇是罕有少见，不一定美。美是具足圆满，不一定需要奇。三头六臂的人，可谓奇矣，但是谈不到美。天真烂漫的小孩，可为美矣，但是并不稀奇。桂林的山，奇而不美，正同三头六臂的人一样。我是爱画的人。我到桂林，人都说“得其所哉”，意思是桂林山水甲天下，可以入我的画。这使我想起了许多可笑的事：有一次有人报告我：“你的好画材来了，那边有一个人，身长不满三尺，而须长有三四寸。”我跑去一看，原来是做戏法的人带来的一个侏儒。这男子身体不过同桌子面高，而头部是个老人。对这残废者，我只觉得惊骇与怜悯，哪有心情欣赏他的“奇”，更谈不到美与画了。又有一次到野外写生，遇见一个相识的人，他自言熟悉当地风物，好意引导我去探寻美景，他说：“最美的风景在那边，你跟我来！”我跟了他跋山涉水，走得十分疲劳，好容易走到了他的目的地。原来有一株老树，不知遭了什么劫，本身横卧在地，而枝叶依旧欣欣向上。我率直地说：“这难看死了！我不要画。”其人大为扫兴，我倒觉得可惜。可惜的是他引导我来此时，一路上有不少平凡而美丽的风景，我不曾写得。而他所谓美，其实是奇。美其所美，非吾所谓美也。这样的事，我所经历的不少。桂林的山，便是其中之一。

篆文的山字，是三个近乎三角形的东西。古人造象形字煞费苦心，以最简单的笔划，表出最重要的特点。像女字、手字、木字、草字、鳥字、馬字、山字、水字等，每一个字是一幅速写画。而山因为望去形似平面，故造出的象形字的模样，尤为简明。从这字上，可知模范的山，是近于三角形的，不是石笋形的；可知桂林的山，不是模范的山，只是山之一种——奇特的山。古语说：“仁者乐山，智者乐水”，则又可知周围山水对于人的性格很有影响。桂林的奇特的山，给广西人一种奇特的性格，勇往直前，百折不挠，而且短刀直入，率直痛快。广西省政治办得好，有模范省之称，正是环境的影响；广西产武人，多名将，也是拔地而起山的影响。但是讲到风景的美，则广西还是不参加为是。

“桂林山水甲天下”，本来没有说“美甲天下”。不过讲到山水，最容易注目其美。因此使桂林受不了这句盛赞。若改为“桂林山水天下奇”则庶几近情了。

卅六〔1947〕年三月七日于杭州。

①本篇曾载1947年5月19日《天津民国日报》。

胜利还乡记①

避寇西窜，流亡十年，终于有一天，我的脚重新踏到了上海的土地。我从京沪火车上跨到月台上的时候，第一脚特别踏得重些，好比同它握手。北站除了电车轨道照旧之外，其余的都已不可复识了。

我率眷投奔朋友家。预先函洽的一个楼面，空着等我们去息足。息了几天，我们就搭沪杭火车，在长安站下车，坐小舟到石门湾去探望故里。

我的故乡石门湾，位在运河旁边。运河北通嘉兴，南达杭州，在这里打一个弯，因此地名石门湾。石门湾属于石门县（即崇德县），其繁盛却在县城之上。抗战前，这地方船舶麇集，商贾辐辏。每日上午，你如果想通过最热闹的寺弄，必须与人摩肩接踵，又难免被人踏脱鞋子。因此石门湾有一句专用的俗语，形容拥挤，叫作“同寺弄里一样”。

当我的小舟停泊到石门湾南皋桥堍的埠头上的时候，我举头一望，疑心是弄错了地方。因为这全非石门湾，竟是另一地方。只除运河的湾没有变直，其他一切都改样了。这是我呱呱坠地的地方。但我十年归来，第一脚踏上故乡的土地的时候，感觉并不比上海亲切。因为十年以来，它不断地装着旧时的姿态而入我的客梦；而如今我所踏到的，并不是客梦中所惯见的故乡！

我沿着运河走向寺弄。沿路都是草棚、废墟，以及许多不相识的人。他们都用惊奇的眼光对我看，我觉得自己好像伊尔文 Sketch Book 中的 Rip Van Winkle[②]。我感情兴奋，旁若无人地与家人谈话："这里就是杨家米店。""这里大约是殷家弄了！""喏喏喏，那石埠头还存在！"旁边不相识的人，看见我们这一群陌生客操着遭地的石门湾土白谈话，更显得惊奇起来。其中有几位父老，向我们注视了一会，和旁人窃窃私语，于是注目我们的更多，我从耳朵背后隐约听见低低的话声："丰子恺。""丰子恺回来了。"但我走到了寺弄口，竟无一个认识的人。因为这些人在十年前大都是孩子，或少年，现在都已变成成人，代替了他们的父亲。我若要认识他们，只有问他的父亲叫什么了。"儿童相见不相识，笑问客从何处来"，这两句诗从前是读读而已，想不到自己会做诗中的主角！

"石门湾的南京路[③]"的寺弄，也尽是草棚。"石门湾的市中心"的接待寺，已经全部不见。只凭寺前的几块石板，可以追忆昔日的繁荣。在寺前，忽然有人招呼我。一看，一位白须老翁，我认识是张兰墀。他是当地一大米店的老主人，在我的缘缘堂建筑之先，他也造一所房子。如今米店早已化为乌有，房子侥幸没有被烧掉。他老人家抗战至今，十年来并未离开故乡，只是在附近东躲西避，苟全性命。石门湾是游击区，房屋十分之八九变成焦土，住民大半流离死亡。像这老人，能保留一所劫余的房屋和一掬健康的白胡须，而与我重相见面，实在难得之至，这可说是战后的石门湾的骄子了。这石门湾的骄子定要拉我去吃夜饭。我尚未凭吊缘缘堂废墟，约他次日再见。

从寺弄转进下西弄，也尽是茅屋或废墟，但凭方向与距离，走到了我家染坊店旁的木场桥。这原来是石桥。我生长在桥边，每块石板的形状和色彩我都熟悉。但如今已变成平平的木桥，上有木栏，好像公路上的小桥。桥堍一片荒草地，染坊店与缘缘堂不知去向了。根据河边石岸上一块突出的石头，我确定了染坊店墙界。这石岸上原来筑着晒布用的很高的木架子。染坊司务站在这块突出的石头上，用长竹竿把蓝布挑到架上去晒的。我做儿童时，这块石头被我们儿童视为危险地带。只有隔壁豆腐店里的王囡囡，身体好，胆量大，敢站到这石头上，而且做个“金鸡独立”。我是不敢站上去的。有一次我央另一个人拉住了手，上去站了一会，下临河水，胆战心惊。终被店里的人看见，叫我回来，并且告诉母亲，母亲警戒我以后不准再站。如今百事皆非，而这块石头依然如故。这一带地方的盛衰沧桑，染坊店、缘缘堂的兴废，以及我童年时的事，这块石头一一亲眼看到，详细知道。我很想请它讲一点给我听。但它默默不语，管自突出在石岸上。只有一排墙脚石，肯指示我缘缘堂所在之处。我由墙脚石按距离推测，在荒草地上约略认定了我的书斋的地址。一株野生树木，立在我的书桌的地方，比我的身体高到一倍。许多荆棘，生在书斋的窗的地方。这里曾有十扇长窗，四十块玻璃。石门湾沦陷前几日，日本兵在金山卫登陆，用两架飞机来炸十八里外的石门县，这十扇玻璃窗都震怒，发出愤怒的叫声。接着就来炸石门湾，一个炸弹落在书斋窗外五丈的地方，这些窗曾大声咆哮。我躲在窗内，幸免于难。这些回忆，在这时候一一浮出脑际。我再请墙脚石引导，探寻我们的灶间的地址。约略找到了，但见一片荒地，草长过膝。抗战后一年，民国二十七〔1938〕年，我在桂林得到我的老姑母的信，说缘缘堂虽毁，烟囱还是屹立。这是“烟火不断”之象。老人对后辈的慰藉与祝福，使我诚心感动。如今烟囱已不知去向。而我家的烟火的确不断。我带了六个孩子（二男四女）逃出去，带回来时变了六个成人，又添了一个八岁的抗战儿子。倘使缘缘堂存在，它当日放出六个小的，今朝收进六个大的，又加个小的作利息，这笔生意着实不错！它应该大开正门，欢迎我们这一群人的归来。可惜它和老姑母一样作古，如今只剩一片蔓草荒烟，只能招待我们站立片时而已！大儿华瞻，想找一点缘缘堂的遗物，带到北平去作纪念。寻来寻去，只有蔓草荒烟，遗物了不可得。后来用器物发掘草地，在尺来深的地方，掘得了一块焦木头。依地点推测，大约是门槛或堂窗的遗骸。他髫龄的时候，曾同它们共数晨夕。如今他收拾它们的残骸，藏在火柴匣里，带它们到北平去，也算是不忘旧交，对得起故人了。这一晚我们到一个同族人家去投宿。他们买了无量的酒来慰劳我，我痛饮数十盅，酣然入睡，梦也不做一个。次日就离开这销魂的地方，到杭州去觅我的新巢了。

一九四七年五月十日于杭州作。

①本篇曾载1947年6月24日《天津民国日报》。当时题名《还乡记》。现据作者自编的1957年版《缘缘堂随笔》所收编入。

②《Rip Van Winkle》（《瑞普·凡·温克尔》）是美国作家华盛顿·欧文的《见闻杂记》中的篇名，亦即该篇中的主人公名。

③南京路是上海最热闹的一条路，这里是借喻。

白　象①

白象是我家的爱猫，本来是我的次女林先家的爱猫，再本来是段老太太家的爱猫。

抗战初，段老太太带了白象逃难到大后方。胜利后，又带了它复员到上海，与我的次女林先及吾婿宋慕法邻居。不知为了什么原因，段老太太把白象和它的独子小白象寄交林先、慕法家，变成了他们的爱猫。我到上海，林先、慕法又把白象寄交我，关在一只无锡面筋的笼里，上火车，带回杭州，住在西湖边上的小屋里，变成了我家的爱猫。

白象真是可爱的猫！不但为了它浑身雪白，伟大如象，又为了它的眼睛一黄一蓝，叫作“日月眼”。它从太阳光里走来的时候，瞳孔细得几乎没有，两眼竟像话剧舞台上所装置的两只光色不同的电灯，见者无不惊奇赞叹。收电灯费的人看见了它，几乎忘记拿钞票；查户口的警察看见了它，也暂时不查了。

白象到我家后，慕法、林先常写信来，说段老太太已迁居他处，但常常来他们家访问小白象，目的是探问白象的近况。我的幼女一吟，同情于段老太太的离愁，常常给白象拍照，寄交林先转交段老太太，以慰其相思。同时对于白象，更增爱护。每天一吟读书回家，或她的大姐陈宝教课回家，一坐倒，白象就跳到她们的膝上，老实不客气地睡了。她们不忍拒绝，就坐着不动，向人要茶，要水，要换鞋，要报看。有时工人不在身边，我同老妻就当听差，送茶，送水，送鞋，送报。我们是间接服侍白象。

有一天，白象不见了。我们侦骑四出，遍寻不得。正在担忧，它偕同一只斑花猫，悄悄地回来了，大家惊喜。女工秀英说，这是招贤寺里的雄猫，说过笑起来。经过一个短促的休止符，大家都笑起来。原来它是到和尚寺里去找恋人去了，害得我们急死。

此后斑花猫常来，它也常去，大家不以为奇。我觉得白象更可爱了。因为它不像鲁迅先生的猫，恋爱时在屋顶上怪声怪气，吵得他不能读书写稿，而用长竹竿来打。后来它的肚皮渐渐大起来了。约摸两三个月之后，它的肚皮大得特别，竟像一只白象了。我们用一只旧箱子，把盖拿去，作为它的产床。有一天，它临盆了，一胎五子，三只雪白的，两只斑花的。大家称庆，连忙叫男工樟鸿到岳坟去买新鲜鱼来给它调将。女孩子们天天冲克宁奶粉给它吃。

小猫日长夜大，二星期之后，都会爬动。白象育儿耐苦得很，日夜躺卧，让五个孩子纠缠。它的身体庞大，在五只小猫看来，好比一个丘陵。它们恣意爬上爬下，好像西湖上的游客爬孤山一样。这光景真是好看！

不料有一天，一只小花猫死了。我的幼儿新枚，哭了一场，拿一条美丽牌香烟的匣子，当作棺材，给它成殓，葬在西湖边的草地中。余下的四只，就特别爱惜。我家有七个孩子，三个在外，四个在杭州，他们就把四只小猫分领，各认一只。长女陈宝领了花猫，三女宁馨、幼女一吟、幼儿新枚，各领一只白猫。这就好比乡下人把孩子过房给庙里的菩萨一样，有了“保佑”，“长命富贵”。大约因为他们不是菩萨，不能保佑，过一会，一只小白猫又死了。剩下三只，一花二白，都很健康，看看已能吃鱼吃饭，不必全靠吃奶了。白象的母氏劬劳，也渐渐减省。它不必日夜躺着喂奶，可以随时出去散步，或跳到女孩子们的膝上去睡觉了。女孩子们笑它："做了母亲还要别人抱？"它不理，管自睡在人家怀里。

有一天，白象不回来吃中饭。"难道又到和尚寺里去找恋人了？"大家疑问。等到天黑，终于不回来。秀英当夜到寺里去寻，不见。明天，又不回来。问题严重起来，我就写二张海报："寻猫：敝处走失日月眼大白猫一只。如有仁人君子觅得送还，奉酬法币十万元。储款以待，决不食言。××路××号谨启。"过了两天，有邻人来言，"前几天看见一大白猫死在地藏庵与复性书院之间的水沼里，恐怕是你们的。"我们闻耗奔丧，找不到尸体。问地藏庵里的警察，也说不知；又说，大概清道夫取去了。我们回家，大家沉默志哀，接着就讨论它的死因。有的说是它自己失脚落水，有的说是顽童推它下水，莫衷一是。后来新枚来报告，邻家的孩子曾经看见一只大白猫死在水沼上的大柳树根上。后来被人踢到水沼里。孩子不会说谎，此说大约可靠。且我听说，猫不肯死在家里，自知临命终了，必远行至无人处，然后辞世。故此说更觉可靠。我觉得这点"猫性"，颇可赞美。这有壮士风，不愿死户牖下儿女之手中，而情愿战死沙场，马革裹尸。这又有高士风。不愿病死在床上，而情愿遁迹深山，不知所终。总之，白象确已不在"猫间"了！

白象失踪的第二天，林先从上海来杭。一到，先问白象。骤闻噩耗，惊惶失色。因为她原是受了段老太太之托，此番来杭将把白象带回上海，重归旧主的。相差一天，天缘何悭！然而天实为之，谓之何哉。所幸它还有三个遗孤，虽非日月眼，而壮健活泼，足以承继血统。为防损失，特把一匹小花猫寄交我的好友家。其余两匹小白猫，常在我的身边。每逢我架起了脚看报或吃酒的时候，它们爬到我的两只脚上，一高一低，一动一静，别人看见了都要笑。我倒已经习以为常，似觉一坐下来，脚上天生成有两只小猫的。

一九四七年五月二十七日于杭州作。

①本篇曾连载于1947年5月30日、31日、6月1日《申报·自由谈》。

宴会之苦①

复员返杭后数月，杭州报纸上给我起了一个诨名，叫作“三不先生”。那记者说，我在战前是“三湾先生”，因为住过石门湾、江湾、杨柳湾（嘉兴）；胜利后变了“三不先生”，因为不教书、不讲演、不宴会。（见卅六〔1947〕年五月某日《正报》）

“三不先生”这诨名，字面上倒也很雅致，好比欧阳修的六一居士之类。但实际上很苦，决不如欧阳修的“书一万卷，金石一千卷，琴一张，棋一局，酒一壶，人一个”的风雅。我的不教书、不讲演，实在是为了流亡十年之后，身体不好，学殖荒芜，不得已而如此。或有人以为我已发国难财或胜利财，看不起薪水，所以不屑教书，那更不然。我有子女七人，四人已经独立，我的担负较轻；而版税画润所入，暂时足以维持简朴的生活，不必再用薪水，所以暂不教书，这是真的。至于不宴会，我实在是生怕宴会之苦。希望我今生永不参加宴会。

宴会，不知是谁发明的、最不合理的一种恶剧！突然要集许多各不相稔的人，在指定的地方，于指定的时间，大家一同喝酒，吃饭，而且抗礼或谈判。这比上课讲演更吃力，比出庭对簿更凶！我过去参加过多次，痛定思痛，苦况历历在目。

接到了请帖，先要记到时日与地点，写在日历上，或把请帖揭在座右，以防忘记。到了那一天早晨，我心上就有一件事，好比是有一小时教课，而且是最不欢喜教的课。好比是欠了人钱，而且是最大的一笔债。若是午宴，这上午就忐忑不安；若是夜宴，这整日就瘟头瘟脑，不能安心做事了。到了时刻，我往往准时到场。并非励行新生活，却是俗语所说，“横竖要死，早点爬进棺材里。”可是这一准时，就把苦延长了。我最初只见主人，贵客们都没有到。主人要我坐着，遥遥无期地等候。吃了许多茶、许多烟，吃得舌敝唇焦，饥肠辘辘，贵客们方始陆续降临。每来一次，要我站起来迎迓一次，握手一次，寒暄一次。他们的手有的冰冷的，有的潮湿的，有的肉麻的，还有用力很大，捏得我手痛的。他们的寒暄各人各样，意想不到。我好比受许多试官轮流口试，答话非常吃力。最吃力的，还是硬记各人的姓。主人介绍“这是王先生”的时候，我精神十分紧张，用尽平生的辨别力和记忆力，把“王”字和这脸孔努力设法联系。否则后来忘记了，不便再问“你到底姓啥?”若不再问，而用“喂，喂”“你，你”，又觉得失敬。这种时候，我希望每人额上用毛笔写一个字。姓王的就像老虎一样写一王字。这便可省却许多脑力。一桌十二三人之中，往往有大半是生客。一时要把八九个姓和八九只脸孔设法联系，实在是很伤脑筋的一件苦工！我在广西时，这一点苦头吃得少些。因为他们左襟上大家挂一个徽章，上面写出姓名。忘记了的时候，只要假装同他亲昵，走近去用眼梢一瞥，又记得了。但入席之后，围坐在大圆桌的四周的时候，此法又行不通，因为字太小了。若是忘记对座的人的姓，距离大圆桌的直径，望去看不清楚，又不便离席绕道到对面去检阅襟章。若是忘记了邻座的人的姓，距离虽近而方向不好，也不便弯转头去看他的胸部。故广西办法虽好，总不及额上写字的便利。

入席以后，恶剧的精彩节目来了。例如午宴，入席往往是下午两点钟，肚子饿得很了。但不得吃菜吃饭。先拿起杯来，站起身来，谢谢主人，喝一杯空肚酒，喝得头晕眼花。然后“请，请”，大家吃菜。这在我是一件大苦事。因为我平生不曾吃过肉。猪肉、牛肉、羊肉一概不吃。抗战前十年是吃净素的。逃难后开戒吃了鱼，但猪油烧的鱼仍不能下咽。因为我有一种生理的习惯，怕闻猪油及肉类的气味。这点，主人大都晓得，特为我备素菜。两三盆素菜，香菇竹笋之类，价格最高而我所最不欢喜吃的素菜，放在我的面前。“出力不讨好”这一念已经使我不快，何况各种各样的荤腥气味，时时来袭我的嗅觉。——这原是我个人因了特殊习惯而受的苦，不可算在“宴会之苦”的公账上。但我从旁参观其他的人吃菜的表演，设身处地，我相信他们也有种种苦难。圆桌很大，菜盆放在中央，十二三只手臂辐辏拢来，要各凭两根竹条去攫取一点自己所爱吃的东西来吃，实在需要最高的技术！有眼光，有腕力，看得清，夹得稳，方才能出手表演。这好比一种合演的戏法！“戏法人人会变，各有巧妙不同。”我看见有几个人，技术非常巧妙。譬如一盆虾仁，吃到过半以后，只剩盆面浅浅的一层。用瓢去取，虾仁不肯钻进瓢里，而被瓢推走，势将走出盆外。此时最好有外力帮助，从反对方向来一股力，把虾仁推入瓢中。但在很客气的席上，自己不便另用一手去帮，叫别人来帮，更失了彬彬有礼的宴会的体统。于是只得运用巧妙的技术。大约是先下观察功夫，看定了哪处有一丘陵，就对准哪处，用迅雷不及掩耳的势力，将瓢一攫。技术高明的，可以攫得半瓢；技术差的，也总有二三粒虾仁入瓢，缩回手去的时候不伤面子。因为此种表演，为环桌二十余只眼睛所共睹，而且有人替你捏两把汗。如果你技术不高明，空瓢缩回，岂不是在大庭广众之中，颜面攸关呢！

我在宴会席上，往往呆坐，参观各人表演吃菜。我常常在心中惊疑：请人吃饭，为什么一定要取这种恶作剧的变戏法的方式呢？为什么数千年来没有人反对或提倡改革呢？至此我又发生了一个大疑问：“食色性也。”“饮食男女，人之大欲也。”圣贤把这两件事体并称，足证它们在人生具有同等的性状与地位。何以人生把“色”隐秘起来，而把“食”公开呢？要隐秘，大家隐秘；要公开，大家公开！如果大家公开办不到，不如大家隐秘。因为这两件事，从其丑者而观之，两者都是丑态。吃饭一事，假如你是第一次看见，实在难看得很；张开嘴巴来，露出牙齿来，伸出舌头来，把猪猡的肾肠、鸡鸭的屁股之类的东西拼命地塞进去，“结格结格”地咀嚼，淋淋漓漓的馋涎。这实在是见人不得的事！何以大家非但不隐秘，又且公开表演呢？

“不以人废言”，我不忘记周作人的两句话：“人是由动物‘进化’的。”“人是由‘动物’进化的。”前句强语气在“进化”二字，所以人“异于禽兽”。后句强语气在“动物”二字，所以人与动物一样有食欲性欲。这是天经地义。但在习惯上，前者过分地隐秘，甚至说也说不得；后者过分地公开，甚至当作礼节，称为“宴会”。这实在是我生一大疑问。隔壁招贤寺里的弘伞法师，每天早晨吃一顿开水，正午吃一顿素饭。一天的饮食问题就解决了。他到我家来闲谈的时候，不必敬烟，不必敬茶，纯粹的谈话。我每逢看到这位老和尚，常常作这样的感想：人是由“动物”进化的，“动物欲”当然应该满足，做和尚的只有一种“动物欲”，也当然要满足。但满足的方式，越简单越好，越隐秘越好。因为这便是动物共通的下等欲望，不是进化的文明人的特色，所以不值得公开铺张的。做和尚的能把唯一的动物欲简单迅速地满足，而致全力于精神生活，这正是真的和尚，也正是最进化的人。和尚原作别论，不必详说。总之，两种“动物欲”的“下等”程度即使有高低之差，不能如我前文所说“要隐秘大家隐秘，要公开大家公开”。但饮食一事，不拘它下等得如何高尚，至少不值得大事铺张，公开表演。根据这理论，我反对宴会，嫌恶宴会。

“三不先生”的资格，我也许不能永久保有。但至少，不宴会的“一不先生”的资格，我是永远充分具备的。

卅六〔1947〕年五月卅一日于杭州作。

①本篇曾载1947年7月1日《论语》第132期（吃的专号）。编入1957年版《缘缘堂随笔》时，作者曾加以修饰删改，改题为《宴会》。现采用其修饰之处。余处据最初发表稿。

访梅兰芳①

复员返沪后不久，我托友介绍，登门拜访梅兰芳先生。次日的《申报》自由谈中曾有人为文记载，并登出我和他合摄的照片来，我久想自己来写一篇访问记：只因意远言深，几次欲说还休。今夕梅雨敲窗，银灯照壁；好个抒情良夜，不免略述予怀。

我平生自动访问素不相识的有名的人，以访梅兰芳为第一次。阔别十年的江南亲友闻知此事，或许以为我到大后方放浪十年，变了一个“戏迷”回来，一到就去捧“伶王”。其实完全不然。我十年流亡，一片冰心，依然是一个艺术和宗教的信徒。我的爱平剧（京剧）是艺术心所追，我的访梅兰芳是宗教心所驱，这真是意远言深，不听完这篇文章，是教人不能相信的。

我的爱平剧，始于抗战前几年缘缘堂初成的时候，我们新造房子，新买一架留声机。唱片多数是西洋音乐，略买几张梅兰芳的唱片点缀。因为“五四”时代，有许多人反对平剧，要打倒它，我读了他们的文章，觉得有理，从此看不起平剧。不料留声机上的平剧音乐，渐渐牵惹人情，使我终于不买西洋音乐片子而专买平剧唱片，尤其是梅兰芳的唱片了。原来“五四”文人所反对的，是平剧的有封建毒素的陈腐的内容，而我所爱好的是平剧的夸张的象征的明快的形式——音乐与扮演。

西洋音乐是“和声的”（harmonic），东洋音乐是“旋律的”（melodic）。平剧的音乐，充分地发挥了“旋律的音乐”的特色。试看：它没有和声，没有伴奏（胡琴是助奏），甚至没有短音阶（小音阶），没有半音阶，只用长音阶（大音阶）的七个字（独来米法扫拉西），能够单靠旋律的变化来表出青衣、老生、大面等种种个性。所以听戏，虽然不熟悉剧情，又听不懂唱词，也能从音乐中知道其人的身份、性格及剧情的大概。推想当初创作这些西皮二黄的时候，作者对于人生情味，一定具有异常充分的理解；同时对于描写音乐一定具有异常敏捷的天才，故能抉取世间贤母、良妻、忠臣、孝子、莽夫、奸雄等各种性格的精华，加以音乐的夸张的象征的描写，而造成洗练明快的各种曲调，颠扑不破地沿用到今日。抗战以前，我对平剧的爱好只限于听，即专注于其音乐的方面，故我不上戏馆，而专事收集唱片。缘缘堂收藏的百余张唱片中，多数是梅兰芳唱的。廿六〔1937〕年冬，这些唱片与缘缘堂同归于尽；胜利后重置一套，现已近于齐全了。

我的看戏的爱好，还是流亡后在四川开始的。有一时我旅居涪陵，当地有一平剧院，近在咫尺。我旅居无事，同了我的幼女一吟，每夜去看。起初，对于红袍进、绿袍出，不感兴味。后来渐渐觉得，这种扮法与演法，与其音乐的作曲法同出一轨，都是夸张的、象征的表现。例如红面孔一定是好人，白面孔一定是坏人，花面孔一定是武人，旦角的走路像走绳索，净角的走路像拔泥脚……凡此种种扮演法，都是根据事实加以极度的夸张而来的。盖善良正直的人，脸色光明威严，不妨夸张为红；奸邪暴戾的人，脸色冷酷阴惨，不妨夸张为白；好勇斗狠的人，其脸孔峥嵘突厄，不妨夸张为花。窈窕的女人的走相，可以夸张为一直线。堂堂的男子的踏大步，可以夸张得像拔泥足。……因为都是根据写实的，所以初看觉得奇怪，后来自会觉得当然。至于骑马只要拿一根鞭子，开门只要装一个手势等，既免啰唆繁冗之弊，又可给观者以想象的余地。我觉得这比写实的明快得多。

从此，我变成了平剧的爱好者；但不是戏迷，不过欢喜听听看看而已。戏迷的倒是我的女孩子们。我的长女陈宝、三女宁馨、幼女一吟，公余课毕，都热衷于唱戏。就中一吟迷得最深，竟在学校游艺会中屡次上台扮演青衣，俨然变成了一个票友。因此，我家中的平剧空气很浓。复员的时候，我们把这种空气当作行李之一，从四川带回上海。到得上海，适逢蒋主席六十诞辰，梅兰芳演剧祝寿。我们买了三万元一张的戏票，到天蟾舞台去看。抗战前我只看过他一次，那时我不爱京戏，印象早已模糊。抗战中，我得知他在上海沦陷区坚贞不屈，孤芳自赏；又有友人寄到他的留须的照片。我本来仰慕他的技术，至此又赞佩他的人格，就把照片悬之斋壁，遥祝他的健康。那时胜利还渺茫，我对着照片想：无常迅速，人寿几何，不知梅郎有否重上氍毹之日，我生有否重来听赏之福！故我坐在天蟾舞台的包厢里，看到梅兰芳在《龙凤呈祥》中以孙夫人之姿态出场的时候，连忙俯仰顾盼，自拊其背，检验是否做梦。弄得邻座的朋友莫名其妙，怪问"你不欢喜看梅兰芳的?"后来他到中国大戏院续演，我跟去看，一连看了五夜。他演毕之后，我就去访他。

我访梅兰芳的主意，是要看看造物者这个特殊的杰作的本相。上帝创造人，在人类各部门都有杰作，故军政界有英雄，学术界有豪杰。然而他们的法宝，大都全在于精神，而不在于身体。即全在于运筹、指挥、苦心、孤诣的功夫上，而不在于声音笑貌上。(所以常有闻名向往，而见面失望的。)只有"伶王"，其法宝全在于身体的本身上。美妙的歌声，艳丽的姿态，都由这架巧妙的机器——身体——上表现出来。这不是造物者的"特殊"的杰作吗？故英雄豪杰不值得拜访，而

“伶王”应该拜访，去看看卸妆后的这架巧妙的机器的本相看。

一个阳春的下午，在一间闹中取静的洋楼上，我与梅博士对坐在两只沙发上了。照例寒暄的时候，我一时不能相信这就是舞台上的“伶王”。只从他的两眼的饱满上，可以依稀仿佛地想见虞姬、桂英的面影。我细看他的面孔，觉得骨子的确生得很好，又看他的身体，修短肥瘠，也恰到好处。西洋的标准人体是希腊的凡奴司（维纳斯）(Venus)，在中国也有她的石膏模型流行。我想：依人体美的标准测验起来，梅郎的身材容貌大概近于凡奴司，是具有东洋标准人体的资格的。他很高兴和我说话，他的本音宏亮面带粘润。由此也可依稀仿佛地想见“云敛晴空，冰轮乍涌”和“孩儿舍不得爹爹”的音调。

从他的很高兴说话的口里，我知道他在沦陷期中如何苦心地逃避，如何从香港脱险。据说，全靠犯香港的敌兵中，有一个军官，自言幼时曾由其母亲带去看梅氏在东京的演戏，对他有好感，因此幸得脱险。又知道他的担负很重，许多梨园子弟都要他赡养，生活并不富裕。这时候他的房东正在对他下逐客令，须得几根金条方可续租。他慨然地对我说：“我唱戏挣来的钱，哪里有几根金条呢！”我很惊讶，为什么他的话使我特别感动。仔细研究，原来他爱用两手的姿势来帮助说话；而这姿势非常自然，是普通人所做不出的！

然而当时使我感动最深的，不是这种细事，却是人生无常之恸。他的年纪比我大，今年五十六[②]了。无论他身体如何好，今后还有几年能唱戏呢？上帝手造这件精妙无比的杰作十余年后必须坍损失效；而这坍损是绝对无法修缮的！政治家可以奠定万世之基，使自己虽死犹生；文艺家可以把作品传之后世，使人生短而艺术长。因为他们的法宝不是全在于肉体上的。现在坐在我眼前的这件特殊的杰作，其法宝全在这六尺之躯；而这躯壳比这茶杯还脆弱，比这沙发还不耐用，比这香烟罐头（他请我吸的是三五牌）还不经久！对比之下，使我何等地感慨，何等地惋惜？于是我热忱地劝请他，今后多灌留声片，多拍有声有色的电影，唱片与电影虽然也是必朽之物，但比起这短短的十余年来，永久得多，亦可聊以慰情了。但据他说，似有种种阻难，亦未能畅所欲为。引导我去访的，是摄影家郎静山先生和身带镜头的陈惊聩、盛学明两君。两君就在梅氏的院子里替我们留了许多影。摄影毕，我告辞。他和我握手很久。手相家说："男手贵软，女手贵硬。"他的手的软，使我吃惊。

与梅先生等分手之后，我独自在归途中想：依宗教的无始无终的大人格看来，艺术本来是昙花泡影，电光石火，霎时幻灭，又何足珍惜！独怪造物者太无算计；既然造得这样精巧，应该延长其保用年限；保用年限既然死不肯延长，则犯不着造得这样精巧；大可马马虎虎草率了事，也可使人间减省许多痴情。

唉！恶作剧的造物主啊！忽然，黄昏的黑幕沉沉垂下，笼罩了上海市的万千众生。我隐约听得造物主之声："你们保用年限又短一天！"

卅六〔1947〕年六月二日于杭州作。

①本篇曾连载于1947年6月6日、7日、8日、9日《申报·自由谈》。

②梅兰芳生于1894年，当时应为53岁。

第三辑　端阳忆旧

端阳忆旧①

我写民间生活的漫画中，门上往往有一个王字。读者都不解其意。有的以为这门里的人家姓王。我在重庆的画展中，有人重订一幅这类的画，特别关照会场司订件的人，说："请他画时在门上改写一个李字。因为我姓李。"这买画人把画当作自己家里看，其欣赏态度可谓特殊之极！而我的在门上写王字，也可说是悖事之至！因为这门上的王字原是端五日正午用雄黄酒写上的。我幼时看见我乡家家户户如此，所以我画如此。岂知这办法只限于某一地带；又只自限于我幼时，现在大家懒得行古之道了。许多读者不懂这王字的意思，也是难怪的。

我幼时，即四十余年前，我乡端午节过得很隆重：我的大姐一月前头就制"老虎头"，预备这一天给自家及亲戚家的儿童佩带。染坊店里的伙计祁官，端午的早晨忙于制造蒲剑：向野塘采许多蒲叶来，选取最像宝剑的叶，加以剑柄，预备正午时和桃叶一并挂在每个人的床上。我的母亲呢，忙于"打蚊烟"和捉蜘蛛：向药店买一大包苍术、白芷来，放在火炉里，教它发出香气，拿到每间房屋里去熏。同时，买许多鸡蛋来，在每个的顶上敲一个小洞，放进一只蜘蛛去，用纸把洞封好，把蛋放在打蚊烟的火炉里煨。煨熟了，打开蛋来，取去蜘蛛的尸体，把蛋给孩子们吃。到了正午，又把一包雄黄放在一大碗绍兴酒里，调匀了，叫祁官拿到每间屋的角落里去，用口来喷。喷剩的浓雄黄，用指蘸了，在每一扇门上写王字；又用指捞一点来塞在每个孩子肚脐眼里。据说，老虎头、桃叶、蒲剑可以驱邪；蜘蛛煨蛋可以祛病；苍术、白芷和雄黄可以驱除毒虫及毒气。至于门上的王字呢，据说是消毒药的储蓄；日后如有人被蜈蚣、毒蛇等咬了，可向门上去捞取一点端午日午时所制的良药来，敷上患处，即可消毒止痛云。

世相无常，现在这种古道已经不可多见，端阳的面目全非昔比了。

我独记惦门上这个王字。并非要当作 DDT 用，却是为了画中的门上的点缀。光裸裸的画一扇门，怪单调的；在门上画点东西呢，像是门牌，又不好看。唯有这个王字，既有装饰的效果，又有端阳的回想与纪念的意味。从前日本废除纸伞而流行“蝙蝠伞”（就是布制的洋伞）的时候，日本的画家大为惋惜。因为在直线形过多的市街风景中，圆线的纸伞大有对比作用，有时一幅市街风景画全靠一顶纸伞而生色；而蝙蝠伞的对比效果，是远不及纸伞的。现在我的心情，正与当时的日本画家相似。用实利的眼光看，这事近于削足适履。这原是“艺术的非人情”。

〔1947 年〕

①本篇曾载 1947 年 6 月 23 日《申报・自由谈》。

重庆觅屋记①

三十一〔1942〕年的重庆，房荒的程度比胜利复员后的京、沪、杭更高。那时我不顾一切，冒昧地从遵义移家到重庆。现在回想，着实替当时的自己担心。但在当时，铤而走险已成习惯，满不在乎的。

那时候，我家的大儿女们，已都住宿学校，家里只剩两个小儿女，连我夫妇，一共四人。四人还不敢一同走，分作两批，把我妻及一幼儿暂留在遵义，我带一小女孩和行李先赴重庆，住在朋友人家，着手觅屋。

这朋友住在重庆郊外，因为来得早，优先地租得房屋，竟有一间空室可暂借我住。不过他们去晒衣服，必须走过我们的住室。

不久，我在附近找到了一间楼面，楼底下是店铺，楼上划分两间，后楼已有一家租住，我就住了前楼。到这时候，才写信去叫其余的两人来归。大小四口，住一方丈半的前楼，在当时的重庆，已经算得其所哉了。可是楼矮得很，站在楼窗前，额骨上面就是屋檐。这已是四月中。重庆夏日的炎威，到处闻名。旁人忠告我，再过一个月，此屋如火坑，即使你不怕热，恐要发痧生病。我着急得很，四处托人物色，终于在五月初找到了附近一间坟庄屋，如获至宝。

这坟庄屋位在重庆的郊外。附近荒坟累累，墓木森森。房子倒有两起。一起是房东自己住的，另一起是三开间平屋。中间供着牌位，死气沉沉，非人所居；东间另有一家租住，我就住了西间。泥墙很厚，足有二尺。四周并无窗子，只有三十二开本大小的一个天窗。因此室中幽暗阴凉。介绍人说，在这屋里过夏，倒是好的。这无异一个山洞，我不惯穴居，而且要求光明。我在屋上添开了一排天窗，好比装了日光灯，皆大欢喜。

我在重庆开个画展，得了五万多法币。就拿出四万元来，在附近租地造两间小屋。屋快造好，方始和房东来往。我知道他有一个儿子在中学读书，他的家教很严。他家的工人说，他教儿子，常把儿子吊在树上，用鞭子抽。

不久，我的小屋落成，我乔迁了。我向房东和邻家告别。邻家也是一个文化人，分手以后，互相往还，反比邻居时亲近了。这正是盛夏，重庆的太阳大肆炎威的时候。街上发生了一件命案，是儿子毒死了老子。据说，最近有一家，老子重伤风，到医院里看，医生给他一包药粉，叫他次日早晨空肚里用开水送下。他拿了药粉回家，放在床前桌上。儿子偷将毒药调换。这毒药是以前儿子腿上生疮时医生给他洗疮用的。次日早晨老子醒来，倒一杯开水，将药送下。忽然四肢发痉，不省人事。赶速叫滑竿抬到医院里看。没有抬到医院门口，病人已经在滑竿上气绝了。

我家的人听了这新闻，当作报上看见的一样，评论一回，叹息一回而已。后来又知道了死者的姓名，才惊奇起来。原来死者就是我们以前的房东！过了三天，我冒了太阳，去访我的邻居。走到门口，看见许多人正在进进出出，大家以手掩鼻。我起初不解其意，走到了门口，忽然闻着一阵臭气，倒退了几步。这种臭气的滋味，我们的笔难以形容：好像粪臭，但比粪臭新鲜；好比屁臭，但比屁臭得浓烈；好比咸鲞臭，但比咸鲞臭更入味；好比绍兴人常吃的霉千张臭，但比霉千张臭得更动人；好比臭豆腐干臭，但比臭豆腐干臭得更腥气——总之，把粪、屁、咸鲞、霉千张、臭豆腐干五种东西放在一起，嗅它们的总和，大约可以懂得我那时所闻到的那种臭气了。我恍然大悟，这是死人臭！我想一定是打官司，尸体还停在屋中。我连忙向后转。我十分同情于我的邻居，不知他们一家是否与尸为邻。重庆的炎夏的太阳晒在头上，异味的臭气进入鼻孔，我头晕眼花起来。我在路上走进一个做医生的朋友人家去休息。医生给我吃几颗仁丹。

后来我才知道，那人家的亲族，有的主张告官，有的反对，争论了好几天，终于没有告官，私自买棺成殓。但尸体停了数天，烂得面目模糊，身上遍是蛆虫。屋里烧了好几炉檀香，仍是不可向迩。而停尸的屋，正是我以前所住的屋的中央一间，供牌位的一间。我的邻居竟是与尸为邻。在房荒严重的重庆，他虽欲暂避，竟无可投奔，只得密密地关闭了与中间相通的门，从后门进出。幸而如我以前所说，这屋泥墙有二尺多厚，四周没有窗子而开天窗，故那种臭气，没有侵入他的室中。但生受了好几天的嫌恶与恐怖。

我想假如我的小屋迟一点落成，又如房东家的命案早一点发生，我也必须与尸为邻。我又想：虽说逃难中颠沛流离，我比前线上的兵士究竟好得多。战场上尸横遍野，夏日臭气熏天。兵士们倘得饱尝那种“五味调和”的臭气，而自己不变成尸体，还是极大的幸福呢！

一九四七年作。

①本篇曾载 1947 年 9 月 8 日《天津民国日报》。当时题名为《陪都觅屋记》。现据作者自编的 1957 年版《缘缘堂随笔》。

防空洞所闻①

南宁将失守的前两个月，宜山的警报像课程表一样排定：上午八时起一次，下午二时起一次。我在浙江大学教课。我的课，艺术欣赏与艺术教育，排在下午二时。这一学期中，我只上过一次课，其余的都被警报放假了。放假是先生的幸福。尤其是我，从家里到学校，要走三四里崎岖不平的路，走到时气喘汗流，讲不得课。放假在我应是很大的幸福。但在那时候，这幸福并不大。因为不上教室，就得上防空洞，防空洞的路也很崎岖。只是上教室要唱独脚戏，讲自己并不高兴讲的话；而上防空洞，没有这种苦处，倒可选几个相识或不相识的人，随意谈天，自得其乐。有时“联络感情，交换知识”，有时“奇文共欣赏，疑义相与析”，那时我想：上防空洞比上教室更有意义。

警报规定来，而飞机难得来。因此我进洞以后，恐怖的心情少，而谈天的兴味多。在最初，有许多胆大的人，经验了这情形，便懒得上防空洞，而冒险住在家里。结果便宜了他们，他们便自豪。后来有一次，飞机真个来了，而且炸死了许多人。从此以后，自豪的人便不敢再豪，警报一响，大家按时入洞。因此入洞一事，渐渐成了定规，竟同上课一样。有时大家诧异：“今天皮包小姐为什么还不来？”话未说完，那小姐果然挟了那皮包姗姗而来。“今天大块头一家为什么还不来？”东张西望，“啊，原来大块头一家今天坐在里面的洞里！”

我入防空洞，最初带一册书，后来废止了。因为我觉得和同洞人闲谈，比读死书有意思得多。我不欢喜找熟识的同洞人谈天，而欢喜找不相识的同洞人谈天。在洞内，不比在路上，素不相识的人，都可以随便招呼，而且一招呼就很亲热。我往往选定一个对象，预先估量这人是什么路道，有过怎样的生涯的，然后去同他攀谈。

我虽然没有学过相面，然而我的估量，大都近似。有一次，我在同洞的人中注意到了一个瘦长的中年人。他的脸色特别忧愁，他的态度特别严肃。入洞他总是最早，出洞他总是最迟。在洞中，有一次他忽然站起来摇手，制止别人谈话：“静些，静些！外面好像有飞机的声音呢！”其实是旁边一个胖子躺在石上打眠鼾的声音。有一次，他旁边一位国文教师，手里捧着一册唐诗，用鼻音扯起了调子哼诗。他愁眉不展了好久，终于向他开口：“啊呀，你不要这样念诗呀！这声音很像飞机呢！”我看中了这位中年人，同他攀谈起来。我料量他一定有着恐怖的经验，受过很大的刺激。结果不出我之所料，他告诉我这样的故事：

他是江西人，在广州营商的，家中原有一妻一子。子三岁的时候，广州警报频仍，而且炸得很凶。每天，他担了被头和食篮，他的夫人背了三岁的儿子，逃进防空洞去。

有一天，警报发得迟了一点．他们没有进洞，炸弹已经下来。响声震地，烟雾漫天！许多人在入洞的路上被炸死了，血肉横飞，溅到他们的身上和脸上，而他们俩幸未吃着弹片，九死一生地逃进了洞中，他们俩到得洞中，一面喘息，一面揩拭脸上、衣上的别人的血肉。幸而洞中黑暗，看不出形色，免得惨不忍睹。他忽然想起了他夫人背上的娇儿，料他身上也有别人的血肉，就用手去摸。不摸则已，一摸，啊呀！娇儿的头哪里去了？旁人用电筒来照，一个无头的孩子紧紧地缚住在他母亲的背上！

他夫妇二人哭得晕去。幸赖旁人救护劝慰，得在警报解除后担了被头和食篮，背了无头的孩子，啼啼哭哭地出洞。他们想回家去殓葬这娇儿。岂知走近门巷，但见一片烟火，家已不知去向了！他们俩只得跟了许多无家可归的人，到临时避难所去息足。他的夫人，至此眼泪已经哭完，不知所云了。幸有一条被头，铺在檐下，给夫人坐了。他从夫人背上解下无头的娇儿。他夫人看了，不哭而笑，足见她已经变成痴子了！他不忍抛弃这娇儿的身体，而又无法殓葬，就把它塞在佛像的座下。这临时避难所，原是一所庙宇，供着佛像的。他回到檐下，看见夫人已经躺在被上入睡了。他坐在她旁边，定一定神，他想：完了！幸而夫妻两人还在，而且大家年纪还轻。不怕，重新来过！他一告奋勇，便觉得肚饥。他想起食篮里还有冷饭和肉。他就向篮里去找。篮上粘满了血肉，篮面上的遮布变成了红布。他撩开红布去探饭团，摸着一个软软的、湿湿的东西，拿出来一看，啊呀！原来是娇儿的半个脑袋！他惊叫一声，他的夫人坐了起来，旁的避难者也都来看。他的夫人一见这东西，长号一声，倒在地上，从此不再醒来了！……这样，他就变成了一个光棍，以后设法埋葬了妻和儿，流亡到宜山地方来。

我听他讲完，觉得浑身发冷。最“动人”的是后来在饭篮里发见孩子的半个脑袋。料想是路上被弹片切下，偶然落入自家的饭篮中的。

这个“偶然”实在太残忍了，太恶作剧了！

我自从探得了这人的惨史以后，每次入洞，对他特别亲热。我同情他，勉励他，并且表示愿意尽我的能力帮助他。他在一个机关里当收发，我曾经亲自去访他。那机关长是认识我的，见我去访他的门吏，甚是惊奇。后来对我说：“这人神经异常，只能管收发。”我就把这段惨史告诉他，而且要求他照拂。当时他也表示感动，答允我的要求。后来南宁失守，大家各自分飞，我也顾不得他，下文就没有了。

一九四六年作。[②]

①本篇曾载1947年9月1日《天津民国日报》。

②文末写作时间为1957年版《缘缘堂随笔》中所署。疑为1947年之误。

新年小感[①]

我自从有知以来，已经过了四十几个新年。我觉得新年之乐，好像一支蜡烛，越点越短。点了四十几年，只剩下一段蜡烛芯子，横卧在一摊蜡烛油里，明灭残光，眼见得就要消逝了！

我儿时，新年是一年中最快乐的时期。快乐的原因，在于个个人闲，个个人新，个个人快乐。从元旦起，真好比天上换了一个新太阳，人间换了一种新的空气。

我家是开染坊店的。一年四季，早上拔开店板，晚上装上店板；白天主顾来往，晚上店员睡觉，不容我们儿童去打扰的。只有到了元旦，店板白天也不开，只在中间拔去一块板，使天光照进店堂，店堂就变了儿童和大人们的游戏场了。店员个个空闲，吃饱了饭，和我们儿童一起游戏，打年锣鼓，掷骰子，推牌九，踢毽子，放炮竹，捉迷藏……邻家的人，亲戚家的人，大大小小，都可参加，来者不拒。从这天起，人与人之间的关系似乎另换了一套：一向板脸的管账先生，如今也把嘴巴拉开，来同我们掷骰子了。一向拒绝小孩子到店堂里来的伙计，如今也卷起袖子，来帮我们放爆竹了。甚至一向要骂小孩子的隔壁的老爹爹，也露出了两三颗牙齿，来和我们打锣鼓了。这样的狂欢，一直延续半个月。

走到街上，家家闭户，店店关门，好似紧急警报中。但见满街穿新衣的人，红红绿绿，花花样样，大大小小，男男女女，没有一个人的嘴巴不拉开，没有一个人的袋里没有钱。茶馆里，酒店里，烧卖摊上，拥挤着许多新衣服，望过去好像油画家的调色板。老头子都穿着闪亮的天青缎子马褂，在街上踱方步。老太婆都穿红绸绵袄，上面罩一件翠蓝短衫，底下露出一大段红绸，招摇过市。乡村里的女人，这一天全体动员，浮出在大街上；个个身上裹着折印很明显的新衣裳，脸上的香粉涂得同戏台上的曹操一样白。青年小伙子们穿着最时髦的一字襟背心，花缎袍子，游蜂浪蝶似的东来西去，贪看粉白黛绿，评量环肥燕瘦。女人们在这一天特别大方，“目眙不禁，握手无罚。”总之，所有的人，在元旦这一天，不是做人而是做戏了。这样的做戏，一直延续半个月。

一年一度，这样的戏剧性狂欢，在人生实在是很需要的。好比一支乐曲，有了节奏，有了变化，趣味丰富得多。可惜四十年来，因了政治不清明，社会组织不良，弄得民不聊生。新年的欢乐，到现在已经不绝如缕了。我不想开倒车，回到古昔；我但望有另一种合于现代人生的新的节奏、新的变化，来调剂我们年中生活的沉闷。目前的人的生活，尤其是都会人的生活，实在太枯燥了，太缺乏戏剧的成分了。三百六十六日，天天同样，孜孜矻矻，一直到死，这人生岂不太单调，太机械，太不像“人生”吗？

然而人生总是人生。人生的幸福可由人自己制造出来。物极必反。人生苦到了极点，必定会得福。好比长夜必定会天亮一样。新年之乐的蜡烛已经快点完了。不要可惜已经点去的部分，还是设法换一枝新的更长大的蜡烛：最好换一盏长明灯，光明永远不熄。

卅六〔1947〕年十二月廿五日于杭州。

①本篇曾载《大美晚报》。

贪污的猫①

我家养了五只猫。除了一只白猫是已故的老白猫“白象”所生以外，其余四只都是别人送我们的。就因为我在《自由谈》上写了那篇悼白象的文章，读者以为我喜欢猫，便你一只、我一只地送来。其实我并不喜欢真猫，不过在画中喜欢画猫而已；喜欢猫的，倒是我的女孩子们。因为她们喜欢，就来者不拒，只只收养。客人偶然来访，看见这许多猫围着炭火炉睡觉，洗脸，捉尾巴，厮打，互相舐面孔，都说“好玩!”“有趣!”殊不知主人养这五只猫，麻烦透顶，讨气之极！客人们只在刹那间看到其光明的一面，而不知其平时的黑暗生活；好比只看见团体照相的冠冕堂皇，而不悉机关内容的腐败丑恶，自然交口赞誉。若知道了这群猫的生活的黑暗方面，包管你们没有一人肯收养的！原来它们讨气得很：贪嘴，偷食，而且把烂污撒在每人的床脚底下，竟是一群“贪污的猫”。

有一天，大司务买菜回来，把菜篮向厨房的桌上一放，去解一个溲。回来时篮内一条大鳜鱼不翼而飞了。东寻西找，遍觅不得。忽听见后面篱笆内有猫吼声，原来五只猫躲在那里分赃，分得不均，正在那里吵架！大司务把每只猫打一顿，以示惩戒，然而赃物已大半被吞，狼藉满地，收不回来了。

后来又有一天，因为市上猫鱼常常缺乏，大司务一次买了一万元猫鱼来囤积。好在天冷，还不致变坏。他受了上次的教训，把囤积的猫鱼放在菜橱的最高层。这天晚上，厨房里“砰澎括拉”，闹个不休。大司务以为猫在捉老鼠，预备明天对猫明令嘉奖。岂知第二天早上起来一看，橱门已经洞开，囤积在上层的猫鱼被吃得精光，还把鱼骨头零零落落地掉在下层的菜碗里。大司务照例又把五只猫各打一顿，并且饿它们一天，以示惩戒。自今以后，橱门上加了锁，每晚锁好，以防贪污。

猫在一晚上吃了一万元猫鱼，隔夜饱了，次日白天，不吃无妨。但到了晚快，隔夜吃的早已消化，肚子饿起来，就向大司务叫喊。大司务不但不喂，又给一顿打。诸猫无奈，就向食桌上转念头。这晚上正好有一尾大鱼。老妈子端齐了菜蔬碗，叫声大家吃饭，管自去了。偏偏这晚上大家事忙，各人躲在房间里，工作放不下手，迟了一二分钟出来。一看，桌上有一只空盆，盆底上略有些汤。我以为今晚大司务做了一样别致的菜了。再看，桌上一道淋漓点滴的汤，和几个猫脚印。这正是猫的贪污的证据了，我连忙告发。大家到处通缉，迄无着落。后来听得厢房内有猫叫声，连忙打开电灯一看，五只猫麇集在客人床里吃一条大鱼，鱼头、鱼尾、鱼汤，点缀在刚从三友实业社出三十万元买来的白床毯上！这回大加惩罚；主母打一顿，老妈子和大司务又打一顿。打过之后，也不过大家警戒，以后有鱼，千万当心，谨防贪污。而这天的晚餐，大家没得鱼吃了。

以后，鱼的贪污，因为防范甚严，没有发生。岂知贪污不一定为鱼，凡有油水有腥气的东西，皆为猫所觊觎。昨天耶稣圣诞，有人送我一个花蛋糕，像帽笼这么一匣。客人在座，我先打开来鉴赏一下，赞美一下，但见花花绿绿的，甜香烘烘的，教人吞唾液。客人告辞，大家送出门去，道谢道别。不过一二分钟，回转来一看，五只猫围着蛋糕，有的正在舐食上面的糖花，有的咬了一口蛋糕，正在歪着头咀嚼。连忙大喊‘打猫”，五猫纷纷跳下桌子，扬长而去。而蛋糕已被弄得一塌糊涂，不堪入目了。我们只得把五猫吃剩的蛋糕上面削去一层，把下面的大家分食了。下令通缉，诸猫均在逃，终无着落。

上面所举，只是著名的几件大案子。此外小小案件，不可胜计，我也懒得一一呈报了。更有可恶的，贪吃偷食之外，又要撒烂污在每人的床底下。就如昨夜，我睡在床里，闻得猫屎臭，又腥又酸的，令人作呕。只得冒了夜寒，披衣起床，用电筒检查。但见枕头底下的地上，赫然一堆猫屎！我房间中，本来早已戒严，无论昼夜不准贪污的猫入内。但是这些东西又小又滑，防不胜防。我们无法杜绝贪污，只得因循姑息下去。大小贪污案件，都只在发生的当初轰动一时，过后渐渐冷却，大家不提，就以不了了之。因此诸猫贪污如旧。

今天，我忽发心，要彻底查究猫的贪污，以根绝后患。我想，猫的贪污，定是由于没有吃饱之故；倘把只只猫喂饱，它们食欲满足，就各自去睡觉，洗脸，捉尾巴，厮打，或互相舐面孔，不致作恶为非了。于是我叫大司务来，问他“每日喂几顿？每顿多少分量？”大司务说：“每日规定三顿，每顿规定一千元猫鱼，拌一大碗饭。”我说：“猫有五只，这一点点怎么吃得饱呢？”大司务说：“它们倾轧得厉害。有时大猫把小猫挤开，先拣鱼来吃光，然后让小猫吃。有时小猫先落手为强，轮到大猫就没得吃。吃是的确吃不饱的。”我说：“为什么不多买点猫鱼，多拌点饭呢？”大司务说：“……”过了一会，又说：“太太规定如此的。”我说：“你去。”就去找太太，讨论猫的待遇问题。我说：“这许多猫，怎么每天只给一千元猫鱼呢？待遇这样薄，难怪它们要贪污了！”太太满不在乎地回答：“并没有薄，一向如此呀！”我说：“物价涨了呀！从前一千元猫鱼很多，现在一千元猫鱼只有一点点了！你这办法，正是教唆诸猫贪污！你想，它们吃不饱，只有东钻西钻，偷偷摸摸，狼狈为奸，集团贪污。照过去估计，猫的贪污，使我们损失很大！你贪小失大，不是办法。依我之见，不如从今大加调整。以物价指数为比例：米三十万元的时候每天给一千元猫鱼，如今米九十万了，应给三千元猫鱼。这样，它们只只吃饱，贪污事件自然减少起来。”太太起初不肯。后来我提及了三友实业社的三十万元的床毯被猫集团贪污而弄脏的事件，太太肉痛起来，就答允调整，立刻下手令给大司务，从明天起每日买三千元猫鱼。料想今后，我家猫的贪污案件，一定可以减少了。

一九四七年十二月二十六日于杭州。

①本篇曾载 1948 年 1 月 5 日《天津民国日报》。

博士见鬼①

林博士，是研究数学的人。他曾经留学西洋，发明一个数学定理，得到国际学术研究会的奖。回国以后，他在国立大学当理学院院长，一方面继续研究。他是一个光明正大的科学家。然而他曾经看见鬼，而且吃了鬼的许多苦头。你们倘不相信，请听我讲来。

林博士回国后，就同一位王女士结婚。这王女士也是研究数学的，曾在大学数学系毕业，成绩十分优良。两人志同道合，夫妻爱情比海更深。博士曾对他的太太说："倘没有了你，我不能继续研究。"太太也说："倘没有了你，我不能做人！"两人爱情之深，由此可以想见。

哪里晓得结婚的后一年，林太太忽然生病，是一种伤寒症，非常沉重，百计求医，毫无效果。眼见得生命危在旦夕了。有一天，林博士坐在病床上摸她的脉搏，觉得异常微弱，吃惊之下，掉下泪来。王女士看见了，心知绝望，悲伤之余，紧握林博士的手，呜咽起来。林博士安慰她。她和泪说道："我这病不会好了……我死后，你……"说不下去了。林博士感动之极，接着说："你一定会好的。假定你真个死了，我永远不再结婚。"两人默默地哭泣。不久之后，林太太果然一命呜呼，与林博士永别了。林博士抱着林太太的尸体，号啕大哭，他用嘴巴贴着林太太的耳朵，哀哀地告道："我永远为你守节！我永不再和别人结婚，请你安眠在地下等候我吧！"旁边的人都揩眼泪。

林太太死时，正是阴历年底。林博士忙着办丧葬，一直忙到开年，方始了结。林博士鳏居，起初很悲伤，后来渐渐忘情，哀悼也淡然了。过了一二个月，独行独坐，独起独卧，觉得非常寂寞。他渐渐感到没有太太的苦痛了。后来，觉得饮食起居，一切日常生活，都非常不便。他渐渐感到没有太太的不合理了。他不免向亲戚朋友诉说独居的苦处。亲戚朋友就劝他续弦。他想起了王女士临终时他所发的誓言，起初坚决否定。后来他想，人已经死了，对她守信，于她毫无益处，而于我却实在有碍。这可说是愚笨的、不合理的行为。况且她生前如此爱我，死而有知，一定也不愿意叫我独居受苦。我死守信用，反而使她在地下不安。……他的心念一转，就决意续弦。其实他是科学家，根本不相信有鬼的。

亲戚朋友介绍亲事的很多，他终于爱上了一位李女士。清明过后，就是他的前太太王女士死后约三个月，他就和李女士结婚。李女士是大学教育系毕业的，循规蹈矩，非常贤淑，当一个著名学者的太太，是最合格的。两人情爱，又是很深。但在林博士方面，对后妻的爱，终不似对前妻的爱那样纯全。他每逢欢喜的时候，往往忽然敛住笑容，陷入沉思；或者颦眉闭目，若有所忧。晚上睡梦中，他又常常呓语，语音悲哀、沉痛，甚至呜咽。李女士推他醒来，问他做什么噩梦，他总笑着说："没有做噩梦，不知怎的会梦呓。"

林博士这种忧愁和梦呓，后来越发增多，使得李女士惊奇。李女士屡次盘问他有何心事。他起初总是推托没有心事，后来自己觉得太苦，就坦白地说了出来："不瞒你说，我的前妻临终时，我曾对她起誓：永不再娶。后来我背了誓约，和你结婚。我想起此事心甚抱歉。最近的忧愁和梦呓，便是为此。"

李女士是十分贤淑的人，一听此话，大为惊骇。她是循规蹈矩的人，以为失信背约，是一大罪恶。她又是半旧式女子，不能完全破除迷信，就疑心林博士的忧愁和梦呓，是前太太的鬼在作祟。她就后悔，自己不该和林博士结婚。因此想起，前太太的鬼对她一定也很妒恨。她怕极了！从此，她也常常忧愁，常常梦中哭喊。从此，林博士夫妇二人，常常见鬼。有一天晚上，李女士看见门角落里仿佛有一只面孔，正与王女士的遗像相似。有一天晚上，电灯熄了，她仿佛看见一个女人走上楼梯，忽然不见了。又有一天半夜里，她同林博士共同听见一个女子的啜泣声，林博士说声音很像他的前妻的。又有一天半夜里，二人同时从梦中惊醒，因为大家梦见王女士披头散发，血流满面，来拉他们二人同到阴司去。……幸福的家庭，变成了忧愁苦恨的牢狱！

年关到了。王女士逝世，已经周年。冬至那一天晚上，林博士夫妇二人，请和尚来诵经；在灵座前，二人虔诚地膜拜。李女士拜下去，口中喃喃有词，意思是向死者道歉，请她原谅她误嫁林博士的罪过。林博士默默祷告，请死者原谅他的背约。和尚诵经到夜深始散。

次日早晨，李女士走到灵前，“啊哟!”惊叫一声，全身发抖，倒在椅上。林博士追出来看，李女士用手指着灵座，不作一声。一看，原来灵座上的纸牌位，已经反身，写着“先室王某某女士之灵位”的一面向着墙壁了！这在李女士看来，明明是死者的显灵，表示痛恨他们，不受他们的道歉，不要看他们。终于两人恭敬地将牌位反过来，点上香烛，又是虔诚地膜拜。

谁知第二天早晨，纸牌位又是面向墙壁了！毕生研究科学而不信鬼的林博士，这回也信心动摇起来。他小心地将纸牌位旋转，然后上香烛，二人双双跪下，一拜，再拜。

岂料第三天早晨，纸牌位又是面向墙壁了！二人又把它扶正，又是焚香礼拜。此时林博士已确信有鬼，李女士更不消说。从此以后，二人见鬼更多，一切黑暗的地方，都有王女士的脸孔，而且相貌狰狞。李女士忧惧过度，寝食不调，不久竟成了病。医生说是心脏病，只要营养好，可以康复。但李女士在病床上日夜见鬼，吓也吓饱了，哪有胃口去吃参药粥饭？因此，身体越弄越瘦，病势越来越重。病了一春一夏，病到这一年的秋末冬初，李女士又是一命呜呼！临终时连声地喊：“来讨命了，来讨命了!”

前妻的灵座还没有撤除，第二妻又死。林博士堂前设了两个灵座，两个纸牌位。这一年又到冬至，照例又祭祀。和尚经忏散后，林博士独自在灵堂前，看看两个灵座，觉得这两年来好似一场恶梦，现在方始梦醒。他想，我毕生研究学术，读破万卷，从未知道鬼神存在的理由。难道世间真有鬼吗？他发一誓愿：我今晚不睡，在两妻的灵前坐守一夜。倘真有鬼，即请今晚显灵，当面旋牌位给我看！

他正襟危坐在灵前荧荧的烛光之下，注视两个纸牌位，目不转睛。夜深了，鸦雀无声，但闻邻家农夫打米的声音。这地方农夫很勤谨，利用冬日的夜长，冬至前后必做夜工。林博士耳闻打米“砰，砰”之声，眼看两个牌位。他忽然兴奋，立起身来。因为他亲眼看见两个纸牌位在桌上一跳一跳地转动。每一跳与打米的每一“砰”相合拍；而转动的速度很小，与时表上长针转动的速度相似。于是他明白了：原来邻家打米，使地皮震动；地皮影响到桌子，使桌子也震动；桌子影响到纸牌位，使纸牌位跟着跳动。又因桌子稍有点儿倾斜，故纸牌位每一跳动，必转变其方向；转得很微，每次不过一度的几分之一。然而打米继续数小时，振动不止千百次；纸牌位跳了千百次，正好旋转一百八十度，便面向墙壁了。

林博士恍然大悟，他拍着灵座，大声地独自：“鬼！鬼！原来逃不出物理！”继续又慨叹道：“倘使去年就发见这物理，我的后妻是不会死的！她死得冤枉！”

〔1947 年〕

①本篇曾载 1947 年 4 月《儿童故事》第 4 期。

一篑之功①

古人有一句话，叫作“为出九仞，功亏一篑”。就是说造一座山，已经造到九仞（八尺）高了，再加一篑泥土，山就成功。一篑就是一畚箕，缺乏这一点就不成山。故凡事差一点点就不成功，叫作“功亏一篑”。譬如小学六年毕业，你读了五年半不读了，便是“功亏一篑”，这一篑之功，是很大的！

我逃难到大后方，曾经听见一件“一篑之功”的故事，现在讲给小朋友们听听：

四川省西部，有一个地方，叫作自流井。这地方产盐有名。我曾经去参观过自流井的盐井。我们海边上的人，从海水中取盐。他们山乡的人，从井中取盐。但这井不是随地可开的，只有自流井等地方可开。这井的口，不是同普通井这么大的，只有饭碗口大小。但是深得很，有数十丈的，有数百丈的。用一个长竹筒，吊下井去。吊到井底，竹筒里便灌满了盐水。拉起竹筒来，把盐水放出，用火烧干，便成为盐。竹筒数分钟上下一次，每天每井出产的盐，很多很多！自流井地方共有数百口盐井。所以盐的产量，非常之大！抗战期间海边被敌人封锁，没有盐进来。大后方的大部分人民的食盐，是全靠自流井等处供给的。每个盐井上面，建立一个很高的架子，是挂竹筒用的。自流井地方有几百个架子，远望风景很好看。

在讲故事之前，我们必须先讲盐井的掘法。要掘盐井，先须请内行专家来看地皮，同看风水一样。专家说：这地下有盐，就可以开掘。但他的话不一定可靠。因为多少深的地方有盐水，是说不定的。究竟有没有盐水，也是说不定的。所以掘盐井竟是一桩冒险的事业。你要晓得，掘井的工夫很大：饭碗大小的一个洞，要打下数十百丈深，必需许多人，用许多工具，费许多日子，慢慢地打下去。打几个月，然后有分晓。如果打了几个月，果然有了盐水，那功就是成了。如果打了几个月，毫无盐水，这工夫就白费！自流井的地底下虽然多盐水，但并非可以到处开盐井。白费工夫的实在不少！

我到自流井游玩，本地的友人陪我去参观各大盐井。其中有一个产量最大的盐井，叫作“金钗井”。我问本地人为什么叫“金钗井”，他们就告诉我一个奇离的故事。现在我转述给诸位小朋友听：

从前，自流井有一位寡妇。她的家境并不好，却有许多子女。她为子女打算，决定把所有财产变卖了，去请掘井专家来掘盐井。她想，如果掘得成功，子孙世世代代，吃用不尽。于是她实行了：先请专家来看地；看定了地，再请掘井工人来动手。她每天供给工人工钱和饮食。掘了数十天，掘出来的只是石屑，并没有盐水。再掘下去，仍是石屑！掘了一百多天，总是不见盐水！工人告诉寡妇：“老板娘，这工作没有成功的希望了，还是作罢，免得再白费金钱了！”老板娘不甘心，回答说：“你们再掘三天吧。如果再掘三天没有盐水，我甘心作罢。因为我还有几匹布，可以卖脱了当作三天的工本。”工人依她的话，再掘三天。但盐水仍是没有。工人们再要求老板娘罢手。老板娘说：“请你们再掘三天吧。我还有几担谷，可以卖脱了当作工本。”工人也依她的话，再掘三天。掘出来的依然是石屑，却没有盐水。

其实最后一天，老板娘卖谷的钱已经用完，伙食开不成了。但这寡妇是很仁慈而慷慨的。她觉得工人们很辛苦，最后一天非款待不可。于是她拔下头上的金钗来，典质了钱，去买酒和肉，来答谢工人们的辛苦。她说："掘井不成功，是我的命运不好之故，与你们无关。我仍要答谢你们的辛苦。"工人们吃了她金钗换来的酒肉之后，大家觉得感激和抱歉。这晚上，工头同工人们商量："我们替老板娘掘了几个月井，毫无成功。她白费了许多钱，又典金钗来请我们吃酒肉，实在太客气了。我的意思，我们从明天起，替她再掘三天，不要工钱，作为奉送。如果掘出盐水，大家欢喜；如果依然没有盐水，我们也对得起她了。你们意思如何？"工人们一致赞成。

于是工人们尽义务，再掘三天。第一天没有盐水，第二天又没有盐水。到了第三天的傍晚，忽然大量的盐水来了！工人们大家欢呼："老板娘万岁！"老板娘也欢呼："老司务万岁！"于是皆大欢喜。原来因为三天三天地延长，这井掘得特别的深，已经掘通了盐水的大源泉。所以盐水的产量特别的大。自流井所有的盐井，都比不上它。于是这井就变成了自流井最大的一个盐井。这寡妇和她的子女，因此发了大财，现在还是当地的一大财主呢。

因为寡妇典质金钗来款待工人，所以工人奉送三天。因为奉送三天，所以掘井成功。因此这井就称为"金钗井"。假使寡妇不典金钗来买酒肉款待工人，不会再延长三天。那么这盐井就变成"功亏一篑"了！由此可知一篑之功，非常伟大！

有人说："这是善的报应。因为老板娘良心好，待人好，所以天公给她一个好的报应。"但我不喜欢这样说，我以为这完全是科学的问题，与毅力的结果。假如地下真个没有盐水，即使工人们奉献十天，也是不成功的。地下真有盐水，人们真有毅力，就自然会成功了。小朋友们大概都赞成我的话吧。人类文明的进步，全靠科学，全靠毅力！

卅五〔1946〕年十月十八日在杭州作。

①本篇曾载 1947 年 2 月《儿童故事》第 2 期。

夏天的一个下午①

暑假中，上午温课，下午休息。休息，在孩子们是一件苦事。赤日当空，阳光满室，索然地枯坐一个下午，在孩子们看来真像一年有期徒刑呢！

小妹先喊无聊，向午睡起来的爸爸诉苦。二男大男就附和。爸爸一想，说："我有一种游戏，教你们玩。"他就取纸笔，写出一首六言诗来：

公子章台走马，老僧方丈参禅。
少妇闺阁刺绣，屠夫市井挥拳。
妓女花街卖俏，乞儿古墓酣眠。

三个孩子嚷道："读诗上午读过了，有什么好玩？不要！"爸爸说："且慢，这是很好玩的，看我来做。"他向抽斗里寻出三粒大骰子来，用白纸把每粒骰子的六面糊上。然后用笔在每粒的每面上写字：在第一粒的六面上，写"公子"、"老僧"、"少妇"、"屠夫"、"妓女"、"乞儿"，六个人物。在第二粒的六面上，写"章台"、"方丈"、"闺阁"、"市井"、"花街"、"古墓"六处地方。在第三粒的六面上，写"走马"、"参禅"、"刺绣"、"挥拳"、"卖俏"、"酣眠"六个动作。写好以后，就去拿一只碗来，把三粒骰子放在碗里，教三个孩子来掷，爸爸说："你们轮流掷，看哪个掷得好，我来评定分数。"

小妹抢先，掷出来一看，是"公子闺阁酣眠。"爸爸说："还好还好。公子原来是在章台走马的。如今闺阁里来酣眠，也许这闺阁就是他的夫人的房间，也就无妨。小妹是及格的，定六十分。二男掷！"

二男兴味津津地一掷，一看，是"少妇古墓参禅。"爸爸想一想说："这太奇怪了！参禅就是静坐念佛。这少妇怎么到古墓里去参禅呢?"二男说："这是她的祖母的坟呀!"大家笑起来。爸爸说："倒也说得通，不过很稀有，不及格，只能定三十分。"

大男很有把握地掷骰子。爸爸最先看到，就说："哼！岂有此理!"大家去看，原来是"妓女方丈走马!"爸爸说："方丈是和尚的房间，妓女怎么可去？况且方丈是小房间，根本不能走马！这句话是不通的，只有零分!"就在纸上大男的名下画一个大烧饼。小妹高兴得很，翘起大拇指说："我分数最高！我第一，大哥押尾!"

大男失败之后，要求再来。仍旧从小妹掷起，小妹乘兴一掷，展出的文句是"老僧市井卖俏!"大家笑得弯腰。小妹张大了眼睛，莫明其妙，反抗道："难道老和尚卖不得俏的?"大家笑得更响，小妹却要哭出来了。爸爸就替她解说："卖俏，就是妆粉，点胭脂，烫头发，穿了很摩登的衣服，给男人们看，向他们笑，引他们去爱她。你看老和尚能不能?"小妹也笑了，说："我以为是卖硝磺，或者卖一种纱布。"大家又笑起来。爸爸说："小妹零分！二男再掷。"

二男掷出来的是"屠夫花街刺绣。"这回小妹要先问明白了："屠夫是什么人?"爸爸就把它翻作白话："杀猪屠在妓女们所住的街上绣花。"说罢大家笑起来。妈妈从房里洗好澡走出来，听了这句话，也来参加这笑的团体，她说："这杀猪屠大约是妓女的哥哥吧?"爸爸说："就算是哥哥吧，杀猪的人怎么会绣花呢?"小妹拍手说："零分，零分!"二男辩道："隔壁的黄木匠自己拿针线补衣服，昨天我看见的。杀猪屠难道一定不会绣花的?"爸爸说："勉强讲得通，不过又太奇怪了，也算你三十分吧。"二男说："我两次都是三十分。"

最后大男来掷。掷出来的是"乞儿章台挥拳。"爸爸解释说："一个叫花子在京城的大街上打拳头。"大家说："很好，很好。"爸爸就定他六十分。

小妹在分数单上看了一回，大声喊道："咦，奇怪，掷了两回，每人共得六十分，平均大家都是三十分!"她就把碗捧到妈妈前面，要她掷一把看。妈妈一掷，居然掷出原句"公子章台走马"来。大家拍手喊"妈妈一百分!"爸爸说："既然妈妈手运好，让她同你们玩吧!"就把三个孩子和一碗骰子移交给妈妈，自己走到廊下，躺在藤椅里看报了。

妈妈同三个孩子掷骰子，一直掷到晚凉。闷热的一个下午，就在笑声中爽快地过去了。这天晚上，三个孩子又从这骰子游戏中想出另一种新的游戏。这新的游戏是怎样的？以后有机会再讲吧。

卅六〔1947〕年七月二日于杭州作。

①本篇曾载1947年10月《儿童故事》第10期。

赌的故事①

我做小孩子的时候，每逢新年，镇上开放赌博四天。无论大街小巷，到处都有赌场。公然地赌博，警察看见了也不捉。非但不提，警察自己参加也不要紧。因为这四天是一年一度人人同乐的日子，而警察也是人做的。那是前清末年的事，大家用阴历，警察局叫作团防局。警察叫作团丁。

后来民国光复，废止阴历，改用阳历。公开赌博也废止，虽然人家家里及冷僻的地方，仍有偷偷地赌博的。我向大后方逃难，去了十年。我重归故乡，今年过第一个新年，我很奇怪：胜利后的阴历新年，比抗战前的阴历新年过得更加隆重，好比是倒退了十年。记得抗战以前，阴历新年虽然没有尽废，但除了十分偏僻的地方以外，大都已经看轻，淡然处之。岂知胜利以后，反而看重起来：公然地休市，公然地拜年，有几处小地方，竟又公然地赌博。这显然是沦陷区遗留下来的腐败相，这便是战争的罪恶。

我好比返老还童，今年在乡间的朋友家里（我自己已无家可归）过了一个隆盛的阴历年。在炉边吃糖茶年糕的时候，听别人谈赌经，想起了儿时不知从哪里听来的一个故事。我讲了一遍，围炉的人听了都很纳罕。我现在就写出来，再在纸上谈给诸位小朋友听。

赌博之中，有一种叫作“打宝”。其赌法是这样：有一只有盖的四方匣子，匣子里面有一块四方的木片，木片的一边上有一个“宝”字。摆赌的主人秘密地将木片放入匣中，使“宝”字向着一边，然后将匣子盖好，拿出来放在桌上，叫人猜度“宝”字在哪一边。赌客中有的猜度“宝”字在东面，就在东面打一笔钱；有的猜度在南面，就在南面打一笔钱；有的猜度在西面、北面，就在西面、北面打一笔钱。打齐了，主人把匣子的盖揭开，一看，“宝”字在南面。于是打在南面的人就赢了，主人加三倍配他，例如他打十个铜板，主人要配他三十个铜板。打在东面、西面、北面的钱，都归主人没收。——但我所讲的，不过是一种原理。因为我不懂得赌，所以只能讲个原理。他们有种种名称，什么天门、地门、青龙、白虎……我都弄不清楚。久住在沦陷区的乡间的小朋友，看惯赌博的，也许比我内行，要笑我讲不清楚。但我情愿被笑，而且希望大家不要把这种东西弄清楚。因为这是低级的而且有害的玩耍，我们不可参加。我们现在的兴味，在于一个奇离的故事。

有一个人想靠赌发财。他借了一笔大款子作本钱。在新年里大规模地摆宝。在一个大房间里设一张大桌子，桌子上放着宝匣，许多人围着匣子打宝。大房间里面还有个小房间，小房间与大房间之间的壁上开一个窗洞，他自己住在小房间里做宝。他雇用一个伙计，叫他住在大房间里大桌子旁边开宝，收付银钱。开赌的时候，他先在小房间内把宝做好（就是把匣内的术片上的宝字旋向某一边）。把盖盖上，把宝匣放在窗洞缘上。窗洞的外面挂一个布幕。伙计撩开布幕，取出宝匣，放在桌上，让赌客们大家来打。打齐了，伙计嘴里唱着，把宝匣的盖揭开。一看，宝字在哪一边，打在哪一边的钱都要加配三倍；打在其他三边的钱一概吃进。收付完毕，伙计再撩开布幕，把宝匣还放在窗洞缘上，让主人去做宝。主人自己不出来对付赌客，但他可从布幕里静听赌场的情形，知道赢输的消息。

这一天开赌，主人运气不好，连输了三次。到第四次上，有两个大赌客，拿一笔大钱来打在“天门”上，数目我已忘记，总之是很多的，比方是现在的几千万或几万万。主人从幕里听见这情形，大吃一惊。因为这回的宝正做在“天门”上！他听见伙计开宝，他听见一片欢呼声，他听见伙计把他所有的钱配给这两大赌客还不够，又亏欠了一笔大债，而他的赌本完全是借来的，他这一急，非同小可！他急得发晕了！

伙计照常办事：他借债来配了钱，仍旧撩开布幕，把宝匣放在窗缘边，让主人去做。过了一会，又撩开布幕，把宝匣取出，再叫赌客们来打宝。赌客们一想，上次“天门”上庄家大输，这次决不再在“天门”，大家打其余的三门。谁知伙计开出宝来，宝字又在“天门”上！于是庄家统统吃进，上次所负的债，还清了一半。

伙计又撩开布幕，把宝匣放在窗缘上，让主人去做。过了一会，又撩开布幕，取出宝匣来赌。赌客们想：“天门”上一连两次，如今决不再在天门上了。于是大家坚决地打其余三门。谁知伙计开宝，第三次又是“天门”！大批银钱全部吃进，庄家还清了债，还赢了不少。

伙计又撩开布幕，把宝匣放在窗缘上，让主人去做。过了一会，又撩开布幕，取出宝匣来赌。这回赌客想：“天门”上一连三次了，决不会再联第四次。于是更坚决地打其他三门，而且打的钱数更多。有许多人同时打三门，因为他们计算，吃两门，配一门，还是赢的。谁知伙计开宝，第四次又是“天门”！更大批的银钱全部吃进，庄家发了财！

伙计又撩开布幕，把宝匣放在窗缘上，让主人去做。过了一会，又撩开布幕，取出宝匣来赌。赌客们看见过去四次都是“天门”，料想他赌五次决不敢再做“天门”。于是大家打其他三门，一人同时打三门的比前次更多。谁知伙计开宝，第五次又是天门！赌客们大声地喧嚣起来，但也无可奈何，只是惊讶庄家好大胆而已。庄家又发了一笔财。

到了第六次，赌客们纷纷议论了。有人说：“恐怕第六次又是天门？”但多数赌客不相信，说：“从来没有这样的戆大[②]。”于是大家又打其他三门。结果开出宝来，第六次又是“天门”。大批的钱，又归庄家吃进。

如此下去，一连十次，统统是天门。庄家发了大财，银钱堆了两大桌子。赌客们大嚷起来，都说“从来没有这种赌法”，一定要叫主人出来讲话。伙计也被弄得莫名其妙，就推进门去看主人。但见主人躺在榻上，一动不动，手足冰冷，早已气绝了！

原来第一次天门上大输的时候，主人心里一急，竟急死了！后来伙计每次撩开布幕，把宝匣放在窗缘上的时候，主人早已死去，并未拿宝匣去从新做过。所以一连十次，都是“天门”。这无心的奇计，竟能使主人大赢；只可惜赢来的这笔大财，主人已经享用不着了！

卅六〔1947〕年二月九日于西湖招贤寺。

①本篇曾载1947年5月《儿童故事》第5期。

②戇大，江南一带方言，意即愚蠢的人。

姚晏大医师[①]

从前，在一个城市里，有一家报馆。这报馆每日出一张大报，所记载的新闻，一向非常公正，非常确实，全城的民众都爱读，而且信赖。

有一天，报馆的编辑接到某一市民的一封信，信里面说：

近来民国路一带的小孩子，发生了一种很可怕的病。这病的来势很轻微，不易注目；但日子长久了，不可救药，心碎肠断而死。染到这病的人，口中多唾液，常常想吐口水，或者背脊上发痒，常常想搔。或者手拿了东西容易发抖。病的时候，就是这三件事，此外一点也看不出。但日久以后，其人忽然心痛，肚痛，痛不可当，终于心碎肠断而死。该处门牌某号某姓家等，已有儿童患此病而死者两人，传染此病而未死者不少。因为病的征候轻微，不易注目，故病者忽略求医。即使求医，医生亦看不出病，没有药可给他。这事对于公众卫生，祸害甚大，为此函请报馆，将这事在报上公布，使市民大家注意，当局设法防止。

编者看了信，一想，这决不是造谣，造这谣有什么好处呢？况且即使不确，关于公众卫生的事，预防越周到越好。有则赶快医治，无则岂不顶好！他就把这信在报上发表了。

民国路一带的市民，看了这新闻，大为惊骇。有几个人特地到某号某姓家去问。果然，数日前有两小孩患急病而死，死得很惨、很快，医生也说不出是什么病。问他们的家人，“死前是否有上述三种征候？”家人们回想一下，都说“似乎对的”。有几个女人惊愕地说：“对了！我原觉得奇怪，为什么这孩子常常吐馋唾[②]。”有的说：“我似乎记得，他睡着时常常转侧不安。”

又有的说：“这孩子拿碗时，手似乎的确有点发抖。”于是一传二，二传三，不到一日，街上的人个个知道，大家不知道这叫什么病，就称它作“心病”。

大家恐怕传染这心病，惧怕得很。这街上最热闹的地方，有一家姓哀的人家，兄弟三个，都在学校上学。父母亲钟爱他们，天天用包车送上学，用包车接回家。他们听到有可怕的传染病，便叫三儿停学，把他们关在家里，不准出门。父母的意思，读书事小，性命事大。三儿的性情都像父母，个个同意，情愿牺牲学业。哀先生和哀太太都是胆小的，时时刻刻地留心，查看三儿的举动。有一次看见大男吐一朵口涎，便大惊失色，扼开他的嘴来查看，是否唾液过多。又有一次看见二男拿木手插进衣领里，在背脊上搔痒，又大惊失色，脱开他的衣服来查看，背上有否异样。又有一次，看见七岁的三男提起茶壶来倒茶，抖抖曳曳的，又大惊失色，便教他试拿种种东西，是否规定要抖。一天之内，要查问数次，察看数次。母亲和父亲，一天到晚眉头紧皱，提心吊胆。外面来一个人，父母两人首先便问“心病是否蔓延？”回答多数是有，“某家的小姑娘传染了，两手抖得厉害”，“某家的男孩子也传染了，一天到晚搔痒”，“某家的婴儿也传染了，一天到晚流口水”。……这种消息，报上也天天登载。

大男、二男和三男，自己也着急。吐出一朵口涎，好似吐出一口血，吓了一跳。舌头连忙在嘴里打滚，看看还有唾液生出来没有。果然又生出唾液来，又吐了一朵。于是悲观起来，疑心自己确已染上“心病”。背脊上呢，感觉更是异样，似乎常常有蚤虫在爬，爬到后来咬你一口，就痒起来，不得不弯过手去抓。越抓越痒，越痒越抓，于是又悲观起来，疑心自己确已染上“心病”。手拿东西呢，拼命用劲，防它发抖。越是用劲，越是要抖。悲观和疑心，一天一天地大起来。后来，三个孩子都躺在床上，不能起身，变成正式的心病患者了。远近知道这事，宣传开去，报上也登出来，“民国路某号哀姓家三男孩，同时患心病，起初出口水，背脊痒，两手发抖。近来病势加重，卧床不起，医生皆束手。”第二天，第三天，同类的消息陆续登出，眼见得病势蔓延，全城充满了恐怖的空气。政府当局，召集全城中西医生，开会讨论。医生们毫无办法，大家说，从来没有见过这种病，实在没有药可医。有几个医生，家里也有子女患这种病，都在那里等死呢。

有一天，救星到了。报上登出大字广告来：“姚晏大医师专治心病”，下面小字说：“本医师亲赴四川峨嵋山，采取灵药，专治心病，保证痊愈，不灵还洋。”远近病家，闻知这消息，争先恐后，来请教这姚医生。姚医生看病不须按脉，但用两拳将病人全身敲打，好像剃头人的敲背。敲过之后，给你一点药，嗅入鼻孔，打了无数的喷嚏。然后给药三包，收费三十元。病人走出姚医生的诊所，似乎觉得病已霍然。回家去吃了一包药，果然口里唾液减少了；再吃一包药，背脊上也不痒了；吃过第三包药，手也不抖了，病完全好了。

哀先生和哀太太，用小包车载了三男孩，来请姚晏医生诊病。每人被敲了一顿，打了无数的喷嚏，拿了九包药，付了九十块钱。回到家里病已好了一半。各人吃完三包药，就变成了健康的孩子，依旧上学去了。不消多天，满城的病人个个痊愈，“心病”从此绝迹。政府当局，褒奖姚晏医生的功劳，想聘他做市立医院的院长。全城的医师佩服姚晏医师的妙技，想推他做公会的会长。哀先生哀太太感谢姚晏医师的再造之恩，想替他上一块匾。但他们去访问姚晏医师时，看见屋中空空如也，并无一人。问邻近的人，方才知道姚医生昨夜迁出，不知去向了。追问过去，邻人们说，这医生租住这屋，一共不过半个月，不知从何处来，也不知向何处去。大家惊诧得很。有的人说：恐怕这是蛾嵋山的修道者，下山来救我们的？有的人说：恐怕这是天上的仙人，下凡来救我们的？又有人怀疑：这很像是一个骗子。因为姚晏医生这几天之内，收了上千上万的钱。但他的确医好了无数人的病，又不能说是骗子。究竟这是怎么一回事呢？新闻记者们大伤脑筋，弄得莫名其妙。

姚晏医生突然失踪之后，满城议论纷纷。大家说这医生来得神秘。又有人说，这“心病”也来得神秘。曾经患病的人听了这些话，觉得自己从前所患的病，的确神秘；到底是不是一种病，还是问题。哀先生从茶楼上听到这种消息和议论，回家来对太太和三男儿说了，三男儿也都怀疑。大男说：“我现在只要心里想口水，口中也会生水。”二男说：“对啦，我现在只要疑心背上痒，果真会痒起来。”三男更直率，他说：“我的手拿重的东西，本来要抖，现在也要抖，你看！”他就拿起一方砚子来，当场表演。果然两手抖抖曳曳，同从前患病时一样。三男又说：“我实在没有病，因为二哥说病了，我也病了。”大男说：“我实在也没有病，因为爸爸妈妈说我病，我就病了。”哀先生说：“我因为看见别家的孩子都患病，所以怕你们病呀！”三男说：“我只吃一包药呢。我觉得自己已经好了，我就懒得吃了。”他就把偷藏在袋里的两包药拿出来。哀先生打开药包来看，见的是白色的粉末，他就包好了，藏在自己袋里。

第二天，哀先生上茶楼，茶桌上都在讨论“心病”和“姚晏大医师”的事。大家细心研究，怀疑没有这病，都是谣言造成。哀先生就把三男儿的话讲出来，又拿出两包药来供大众研究。座上一位医生，立刻拿去化验。回来报告，这两包都是苏打粉！饭后吃了助消化的苏打粉！这消息传播开去，曾经患病的人听见了，细心研究，发觉是心理作用——吐口涎、身发痒、手发抖，都会因为疑心而加剧的。原来是上当啦！报馆的记者听见了，要知道他的究竟，就回到报馆里，找出第一次寄来的新闻的原稿来，又找出姚晏医生的广告的原稿来。两下一对，笔迹相同，所用的纸也相同。于是恍然大悟，这原来是一个人造成的骗局！无风起浪，使得许多孩子冤枉生病，许多家长冤枉操心，又冤枉花钱。姚晏大医师原来是个谣言大家！原来是个骗子！

①本篇曾载1948年1月《儿童故事》第2卷第1期。

②馋唾，作者家乡话，意即唾液。

斗火车龙头[①]

这是我小时候听人讲的故事。三十多年前的事，现在讲给小朋友们听。

火车龙头，其实应该称为“机关车”。那时的中国人对龙有兴味，曾把邮票称为龙头，又把机关车称为龙头。现在我讲的是斗，称为龙头，有趣一点。火车龙头，是钢铁制造的一架大机器，我想多数小朋友是见过的；即使没有见过，在常识书中，一定是大家读到过，而且大约知道其构造和作用的。

话说：某大都市铁道辐辏，比我们的上海复杂得多。他们所用的龙头，也比我们多得多。有一年，铁路局里的人发现有四个火车龙头用得太久，已经很旧；再用几个月，就不能用了。龙头虽然用钢铁制成，但天下没有不坏的物质，龙头用得太久了，寿命也会告终的。铁路局就须得另造四个新龙头来代替它们。但是，造新龙头工本浩大。铁路局觉得有点肉痛。他们就用心思，动脑筋，希望不费一文，而拿四个旧龙头去调换四个新龙头；最好呢，调换之后再倒贴一笔钱。他们真是死要便宜。

但是小朋友们不要笑，他们死要便宜，果然能够达到目的。非但四个旧龙头换得四个新龙头，又赚了一笔钱；却又不是偷来的，不是抢来的。你们想，用什么方法得来？其方法便是“斗火车龙头”，这真是挖空了心思而想出来的玩意儿。

他们在郊外选一块广大的空地。在这空地上，临时造起铁路来。

铁路长六十里。在六十里的中点的轨道两旁，临时搭起竹篱笆来。竹篱笆是圆形的，把铁路圈在里头。也就是铁路穿过这圆形，成了这圆形的直径。竹篱笆很大，其直径大约有两里长。这场子的情状，小朋友们大约可以想象：就是六十里的铁轨的正中央，造一个直径两里的圆竹篱，其直径上造着铁轨，铁轨的两端，各自圆外延长二十九里。因为铁轨的共长为六十里。

于是在圆篱笆内、铁轨两旁，离开铁轨两旁各半里的地方，用绳索拦成界线。表明界线以内，看客不可进去。再去借些木梢木板来，在竹篱和界线之间，临时造起几排长凳来。后面一排最高，前面的几排逐渐减低，好像马戏场内的座位。不过坐在这座位上看的，不是马戏，而是斗火车龙头。

于是大登广告。标题：

请看斗火车龙头！

轰轰烈烈，天下伟观！

破天荒大表演！

广告里详细说道：火车龙头，有世间最大的力，可抵七万匹马力。因此，又有世间最高的速度，开足速率时，每秒钟可行××里。故火车，一方面使交通便利，为人类造福；另一方面危险性极大，非当心管理不可。因此，铁路各站，对于行车，管理非常认真。一不小心，设有两车互撞，一定死伤许多人命，毁坏许多物资，其结果之残惨，不可想象。

但人类是万物之灵，既有伟大的创造力来创造火车，又有伟大的好奇心，想要看看火车互撞而不残惨的奇景。为满足人类这好奇心起见，本局不惜工本，情愿牺牲四个火车龙头。并且在郊外某处特辟车场，铺设铁轨六十里，专为表演斗车。今定于某月某日，星期日，下午二时，在该场举行。四个龙头，分两次表演。两龙头相隔六十里，开足最大速率，相对而来，在场的中央互相猛撞。一刹那间，轰声震地，山鸣谷应；火光烛天，烟气冲霄。真是轰轰烈烈的天下奇观，破天荒的大表演。同时经物理专家仔细研究，对看客保证绝无危险。今世科学昌明，机械万能！机械的建设力伟大，早为吾人所目睹；而机械破坏力的伟大，世人实难得看到。欲广眼界，请到××处预购入场券，每位五元，可看两次斗车。座位无多，欲购从速，万勿坐失良机！

那时那地方的五元，大约与中国抗战前的五元相近。照现在物价指数五万倍算，就是廿五万元一看。梅兰芳演戏，票子卖到五十万、一百万，外加买不到票，有人出加倍钱买黑市票。倘使现在有斗火车龙头，肯出廿五万元看一看的人，一定也很多。况且那时那地方的人的生活比我们安定得多，谁都拿得出五块钱。所以这广告登出之后，买票的人非常拥挤。十个人五十元，一百个人有五百元，一千个人有五千元，一万个人有五万元。十万个人有五十万元。那场子很大，能容不止十万人！铁路局的收入，也不止五十万，那时的五十万，照物价指数五万倍算，就是现在的二百五十亿。造龙头工本虽然浩大，四个龙头总要不到二百五十亿。造了四个新龙头，铁路局还有很多钱可赚。

这表演，我虽然没有亲眼看见，但听人说，的确是很好看的。那天下午，人山人海，手持入场券挤进竹篱笆的入口去，霎时间把场中的座位都占满。四个旧火车龙头，远远地放在六十里铁轨的两端，起初是看不到的。龙头里的煤，特别加得足，好比给处死刑的犯人吃最后一餐酒肉，特别丰富。煤燃透了，火力大极了。司机走下龙头来，等候发车。沿着六十里轨道，临时装着电话。轨道两端的司机，随时可与轨道中央篱笆内斗车场上的司令部通电话。两端的龙头都已准备，司令部就用电话接洽，以炮声为号，叫两个龙头同时出发。“砰”的一炮，两个司机就将预先布置的机关开动，司机不必在车头内，车头自己会开出了。从出发到相遇，有三十里之遥。这龙头由于特别装置，会越开越快起来。走第一个十里时，已经比寻常载客的特别快车快得多了；走第二个十里时，又快一倍。场内观众万头攒动，遥见两个龙头相向而来的时候，其速度实在异乎寻常。

从观众望见龙头，到双龙相斗，其间不过二三十秒钟！忽然霹雳一声，惊心动魄！但见火光一团，五色缤纷，惊地动天，满天烟雾迷漫，金光闪烁，好比放一个极大的万花筒；又好比照片上见到的原子弹爆炸。真是天下之伟观！天空中的烟雾，据说要过二十分钟方才散尽。天空散下来的，都只是细小的碎片，没有整块的铁；更找不到轮盘、螺旋等机件的痕迹。这两个龙头真是粉身碎骨，化作灰尘！这冲击的猛烈，实在使人不能想象！

这样表演两次。十万观众紧张两次，兴奋两次，拍手欢呼两次；然后带了满足的心情和欢乐的疲劳，而缓缓地回家去。次日，铁路局把这铁轨和斗车场拆去，拿了大笔的收入，去造四个新的火车龙头。

〔1947—1948 年〕

①本篇曾载 1948 年 2 月《儿童故事》第 2 卷第 2 期。

骗　子①

这回讲一个骗子的故事给小朋友们听。骗子是下流人。但我讲的骗子，表面上是上流人，实际上却是做骗子的。你们将来长大了，到社会里做人，说不定会碰到这样的坏人。大家留心，不要受他的骗。

我所讲的骗子，是一个当地有名的大画家。事情是这样：

有一处地方，很大的城市里，有一个富翁。他家里钱很多。但他从小不曾读书，他的家财，是做生意运气好而赚来的。他既然不读书，便无知识。但他有很多的钱，一定要装作有知识的富翁，好在别人面前作威风。他便拿出一大笔钱来，造大房子。他的房子非常高大，非常讲究，同王宫差不多。房子里面的设备，更是富丽堂皇。红木的桌子椅子、大理石的屏风、高贵的地毡、画栋、雕梁、朱栏、长廊，无所不有。只是缺少一样东西：堂前最好挂一幅名笔的古画，这才古色古香，高雅之极了。他的房子非常之高大，堂前的古画，必须要八尺长的中堂。小的画就不配挂。于是他到处托人，找求这幅八尺长的名笔的古画。

话说当地有个大画家。他的名气非常之大，不但本地人知道，外埠的人也都仰慕他，常有人远道而来．拿很多的钱送他，求他作画的。

这大画家很有研究，他看见过许多古画，明朝的、元朝的、宋朝的、甚至唐朝的古画，他都见过，家中还藏着不少古画。因此他学得古人的画法，画出来的非常古雅，有人称赞他说："画法直追古人。"凡是爱好古画的人，要买一幅古画，一定去请他看定，是真是假。他说真，人就买了。他说假，人就不要买了。人们对他的"法眼"，是十分信仰的。

富翁到处托人访求八尺长的名笔的古画。有一天，有一个"掮客"，果然替他找到了一幅。（掮客，就是代人买卖的人。譬如我有古画想卖掉，就托掮客去找买的人。卖脱之后，譬如卖一百万块钱，我就拿出十万或廿万来送给掮客，酬谢他的辛苦。）这一天，这掮客替富翁找到的，是一幅八大山人画的八尺大中堂。"八大山人"这名字，小朋友们也许在茶碗、花瓶等瓷器上面看见过。这是清朝初年的人，姓朱，名字很奇怪，"大"字底下一个"耳"字，即"耷"，读作"答"。他原是明朝皇帝的本家，所以姓朱。后来明朝亡了，他做了和尚。他这和尚，专门吃酒、作画。他的别名叫作"八大山人"。他的画粗枝大叶，笔力非常强大，气势非常雄浑。当时就很有名，死后名气更大。他的遗作变成了宝贝，卖得非常之贵。有钱的人都想收藏，当作传家之宝。烧窑的人也知道他名气大，在碗上、花瓶上画画的时候，借用他的大名，写"八大山人"四字，假作这碗上、花瓶上的画是大名鼎鼎的"八大山人"画的。这明明是假的。我看一半是为了"八大山人"这几个字笔划简单，都是两笔、三笔的，写起来容易，所以烧窑的人爱借用他。这些闲话不必多说。且讲那一天，那掮客拿了八大山人的八尺大中堂去给富翁看，说："这是中国最有名的大画家的真笔，我好容易从某县某姓人家访来的。"富翁毫无知识，对画更看不懂。他哪里晓得"八大山人""七大山人"呢？他一看，果然纸色黄焦焦，笔致很粗大的一幅古画，便问价钱多少。掮客说："八大山人的东西，因为年代太古了，世界上流传的已经不多。小小的一幅，也要一两亿。（那时的价钱数目，我已经忘记了，现在假定这数目，是照最近物价。）这幅八尺大中堂，更加难得，至少需价四亿元，不能再少了。"富翁有的是金条，四亿元也不在乎。但他也不肯上当，要查一查这画是真笔还是假造的。他自己没有眼睛，要请别人看。他说："放在这里，等我去请大画家看一看。若是假的，我不要；若是真的，就出四亿元同你买。"掮客高兴得很，连连点头，说："很好，很好，请大画家看，再好没有。他说真便真，假便假，是不会错的。"掮客就把画交给富翁。

富翁办了一桌酒，请大画家来吃，同时请他鉴定这幅八大山人的画。画家果然到了。酒筵非常丰盛，主人非常客气。吃到半酣，主人立起身来，双手一拱，对大画家说："今天大画家光临，小弟有一幅八大山人的古画要法眼鉴别，是真是假。这是别人拿来卖的。若是真笔，便可收买。费心了！"大画家满口答允："便当，便当！八大山人的画，兄弟见过不知多少，家里收藏的也不少。是真是假，一看就可看出，容易得很，便当，便当！"于是画家叫两个二爷[②]，把画挂起来。大画家戴上眼镜，站起身来，先立在远处一望，再走近去看各部，再退回远处，向画一望，他就哈哈大笑，连忙回到他的座位里去，喝他的酒。富翁问："怎么样？怎么样？"大画家不说话，只是哈哈大笑。富翁再问："到底是真的，是假的？"大画家摇摇头，干脆地说："假！假！假之至了！这不必细看，一望而知是假的！买不得，买不得。"他又哈哈大笑，喝酒，大说八大山人的真笔的好处。他的话都是专门的术语，都是有古典的。富翁张大了嘴巴静听，一点也不懂，只懂得"这画是假的"一句话。他决定不买这假画。他向大画家表示感谢："亏得法眼鉴定！不然，我大上其当了。"吃过之后，大画家就告辞，富翁送到门口，千谢万谢。

第二天，掮客来了。富翁把画交还他，决然地对他说："这画我不要。大画家说是假的。你拿回去吧！"掮客吓了一跳，诧异地说："怎么是假的？大画家怎么会说假的？你老人家不要开玩笑！"富翁说："谁同你开玩笑。假的硬是假的，不要硬是不要。你不相信，去问大画家就是了。"富翁说过就回进内房去。掮客只好掮了那幅八尺长的八大山人大中堂，垂头丧气地回去。

这回富翁虽然靠了大画家的指点而没有上当，但画始终没有买到，大厅的壁上仍是空荡荡的。他总想买到一幅真的。他又到处托人，定要访到一幅八尺长的名笔的古画。但是，古画一定要名笔的，而且要八尺的，实在很难得。过了个把月，他仍未买到画。他想："还是再叫那个掮客来问问看。他那幅虽然是假的，但也许还有真的。别人连假的都没有拿来，万一没有真的，我就暂时买了那幅假的，挂挂再说。价钱要打大折扣。"于是他又派人去叫掮客来。掮客来了，他问："我要真的古代名人的大画，你有没有办到?"掮客说："老爷，这样大的古代名画，我其实办不到了。我只有那天办到的那一幅。"富翁说："那天的那一幅现在还在吗？你真个办不到，就是那一幅假画吧；不过价钱要打大折扣。"掮客说："老爷，没有了！那天的那一幅，你说不要，早已被别人买去了!"富翁说："哦！哪个买去的？出多少钱?"掮客说："是大画家买去的，出四亿元，一个少不得呀！他说这是真的，他并没有对你老人家说这是假的。你老人家被欺骗了!"掮客表示愤慨而得意的样子，又说："那幅画卖四亿，我到手四千万，有得用了，不想再做生意了。你老人家托别人去找吧!"说过，转身就走。富翁想了一想，一把拉住他，说："不行，他欺骗我了！他明明对我说是假的，劝我切不可买；原来是他自己要买！他用欺骗手段来抢我的古董！不行，不行，我定要收回那幅画来。你替我去拿回来，我多给些钱你亦可。不然我要同他打官司!"掮客惊诧地说："原来如此？是他要抢买你老人家的？我一定去说，不过他既已买去，能不能拿回来，我不敢负责。"掮客匆匆地去了。富翁愤愤地走进内房，口中自言自语："真真岂有此理，这家伙抢我的宝贝。我非取回不可。我有的是钱!"他老人家气得发昏了。

第二天掮客又来了，讲了一大套话："昨天我从这里走出，立刻去向大画家说，要赎回画来。岂知他对我说：'我是出四亿元买来的！他不要买，我买了。我并不犯法，有什么官司好打?'我说：'你骗他这是假画，所以他不买。你就抢买了去。这明明是欺骗罪。如果打官司，你名誉损失。我劝你还是让给他买吧。'我说过后，他脸上有点儿红。迟疑了一会，被我逼不过了，他才对我说：'他要买，拿出八亿元来，我卖给他。少一个我不肯卖，让他同我打官司吧。'我再三辩解，要他照原价卖给你，他无论如何也不肯，说了许多'打官司吧'。我看，真个打起官司来，你老人家不见得赢。因为他骗你是没有凭据的，谁叫你相信他的话呢？况且为一张画打官司，也不好听。我看，你老人家是大富翁，只要画是真的，多出三四亿元不在乎此。就出八亿买它回来吧。”富翁听了这一大套话，觉得有理，就出八亿元向大画家买了那幅八大山人的八尺大中堂，又赏了掮客二千万元。

故事好像完结了，其实还没有，小朋友们，以为我讲的骗子故事就是用欺骗手段抢买一幅古画这件事么？不然！不然！骗子的故事还在下文呢。原来这幅画是大画家假造的。大画家看过许多古画，他手法很巧，能够照样画一幅来冒充古画。起初，富翁托掮客访求八尺长的有名的古画时，掮客就去告诉大画家。大画家就用一张八尺长的旧纸来假造古画。造好了，叫掮客拿去。富翁请客时，大画家故意哈哈大笑，说是假的，劝他切不可买。次日，富翁把画退回掮客，说大画家说是假画所以不要，掮客弄得莫名其妙。他想：“怎么你自己假造出来的画，对人老实说是假的？莫非自己不要生意？”后来去问大画家，大画家把奸计告诉他，叫他静静地等候，富翁再来叫他时，就说大画家买去了。如此，富翁一定确信这画是真笔，一定要买回去。那时就好敲他一倍的竹杠。结果，富人果然中了大画家的奸计，出八亿元买了一张假画。倘然当初出四亿买了，富翁疑心是假画，心中不高兴。如今出八亿元买了，富翁确信是真笔，心中很高兴了。

〔1948 年〕

①本篇曾载 1948 年 4 月《儿童故事》第 2 卷第 4 期。
②二爷，作者家乡话，指高级侍者。

银　窖①

江南有个镇，抗战时是游击区。日本鬼同我们的游击队打进打出，打了四五次，打得镇上的房屋全都变为焦土！胜利后，居民无法还乡，都迁居到他处。这镇就变成一片荒土，只有拾荒的贫民，常常到瓦砾堆中去翻垦。有时垦出一把铜茶壶，有时垦出一把火钳，有时垦出一个秤锤。……

有一次，一群贫民，在一处石墙脚的旁边，竟垦出一只银窖来。石板底下，有一只铁箱子，箱子里尽是银洋钿。共有七大麻布包，每包内有皮纸封好的十封，每一封内有银洋一百块。就是每封一百元，每包一千元。一共是七千元。贫民们大家抢银洋，一会儿就抢光了。

七千元，在现在只能买三根半油条。但在从前，是可以造一所大房子的，这是谁埋在地下的？人们都不知道。我却是知道的。

三十多年以前，我做青年的时候，这镇上有一家杂货店，就开在那石墙脚的地方。店主人姓王，人都叫他王老板。王老板在民国初年就死去。他的老板娘比他先一年死。只剩一个儿子，是没淘剩[②]的，滥吃滥用，把店和房子都卖了。买房子的人，抗战以后不知去向了。这荒地就没有主人。银窖呢，正是王老板做的。这七千块银洋，便是王老板一生节省下来的，他看见儿子没淘剩，竟没有告诉他地下有财产。买屋的人，也不知道地下有银窖。因此，王老板遗产就被这群贫民分得了。

王老板怎样积得这七千块钱的？我知道的，现在讲给小朋友们听听。这真是很可怜的一个故事！

王老板是非常会当家的人。吃的也省，穿的也省，用的也省。他等青菜最便宜的时候，买许多来，做成咸菜，一年的菜蔬就有了。鱼、肉，他是从来舍不得买来吃的。他买最粗最牢的布来做衣服，一件衣可穿一世。他不游玩，不看戏，不喝酒。他的唯一的“靡费”，是每天吸几筒烟。他买最便宜、最凶的老烟，（最凶的烟，容易过瘾，每天可以少吃几筒，就节省了。）装在一支毛竹烟筒里，每天饭后吸几筒。这是他平生唯一的享乐。另外，他还有一件更大的乐事，便是积钱。

他的积钱，真是用尽心血，一个一个地积起来的。那时候还没有钞票，只有铜板、银角子和银洋钱。读这故事的小朋友们，恐怕都是没有见过的。我告诉你们：三十个铜板换一个银角子。十二个银角子换一块银洋钱。（大约如此。有时多些，有时少些，没有一定。）王老板的杂货店很小，每天赚的钱不多。但他一天一天地积存起来，积了三十个铜板，就去换一个银角子。积了十二个银角子，就去换一块银洋钱。他身上有两只袋，一只在大褂上，一只在衬衣上。他规定：铜板藏在大褂袋里，银角子藏在衬衣袋里。大褂袋里的铜板积满了三十个，他就拿出来，去换一个银角子，藏在衬衣袋里，大褂袋就空了。衬衣袋里的银角子积满了十二个，他就拿出来，去换一块银洋钱，藏在枕头底下，衬衣袋就空了。枕头底下的银洋钱积满了十块，他就拿出来，用纸包好，藏在箱子里，枕头底下就空了。箱子里的银洋钱积满了十包，就是一百元，他就用皮纸封好，藏在地窖里，箱子里就空了。地窖里的皮纸包积满了十包，就是一千元，他就用麻布包好，叫作“丁包”。丁包就是一千块银洋钱的包。那些贫民在荒地的石墙脚旁边掘出来的，便是七个“丁包”，就是七千块钱。这七千块钱，都是王老板在几十年间由铜板、角子、洋钱，一个一个地积存起来的。可怜他自己省吃省用，苦苦地把钱藏在地窖里，如今白白地送给素不相识的人！然而这样还算是幸运的。因为分得这些银洋的人都是拾荒的贫民，他们本来饥寒交迫；如今得了这些钱，也可以暂时安乐一下；他们虽然不认识王老板，他们的心里大家感谢这位藏银洋的人的。假如永没有人去发掘这地窖，让这些银洋在地下埋了几千万年，变作泥土，那时王老板的心血才真是冤枉呢！这样说来，王老板并不可怜。但是，在他生前，为了积钱，确是受了不少的苦。你听我说来：

他的大褂里，铜板最多是二十九个。这是他铜板最多的时候，有时看见糖担挑过，也许买一两个铜板糖吃。但一到了积满三十个的时候他就等于没有铜板了。因为三十个如数取出，换成银角子，藏在衬衣袋里，他决舍不得再拿出来兑作铜板而买糖吃了。夏天日子长，王老板中午吃了两碗咸菜下饭，到下午肚子里“各鹿各鹿”地响。他看见茴香豆卖过，心里想买几个铜板茴香豆来充充饥。但是这一天他正好积满三十个铜板，早已换成银角子，藏在衬衣袋里，大褂袋里空空如也，一个铜板也没有了。他只得忍着饥饿，看一看茴香豆篮，吞一口唾液。

有时街上羊肉上市，乡下人杀了羊掮了羊肉到街上来卖。王老板天天吃咸菜饭，几个月不吃油水了，看见了羊肉口中生津。他指着一只羊腿问问价钱，那人说八角银洋。但这一天，王老板的衬衣里正好积满十个银角子，早已换成一块银洋，藏在枕头底下，他的衬衣袋里只积得两只角子，不够买羊肉了。他只得向那人摇摇手，反背了两手走开了。

有一年冬天特别冷。王老板的棉袍已经穿过十多年，像木板一样硬了。他扛起两肩，缩拢两手，站在店门口的西北风里发抖。他很想买一件新的棉袍。探听价钱，大约要七八块银洋。但这时候，正好他枕头底下的银洋积满十块，早已包成小包，藏在箱子里，他的枕头底下空空如也，一块钱也没有了。他只得忍着寒冷，早些儿钻在被里睡觉了。等到他枕头底下再积到七八块银洋的时候，冬天已经过去，他就舍不得再买新棉袍了。

有一次，王老板生病了。生的是伤寒病，病势非常沉重。王老板这人家，舍不得请有名的良医，舍不得买贵重的药。他起初只叫老板娘到庙里去求求菩萨，拿点“仙方”（就是香灰）来吃吃。后来旁人劝不过，只得请个医生来开方吃药。医生说，这病很重，须得吃贵重的药，大约要六七十元。但这时候，王老板的箱子早已积满十小包，即一百块银洋，用皮纸封好，藏在地窖里，箱子里所剩的只有两个小包，即二十块钱了。王老板对老板娘说：“请医，买药，只能尽此二十块钱，再多我拿不出了。你看我的箱子里，不是只有二十块钱了吗?”老板娘知道他的老脾气，不劝他开地窖。因为银洋一进地窖就等于没有了。但是二十块钱请不到好医生，买不出好药，王老板只得任他生病。总算侥幸，没有病死。他在床里躺了两个多月，起来的时候骨瘦如柴，从此身体就变坏了。但他仍旧省吃省用，把铜板积成银角子，银角子积成银洋钱，银洋钱满了十块藏进箱子里，满了一百块藏进地窖里。

后来有一年，老板娘生病死了。王老板要买棺材，请和尚道士，做丧事，安葬，大约一共要花四五百块钱。地窖本来是不开的，因为王老板平常决没有上一百块钱的用度。如今死了人，用度非上百不可，只得忍痛打开地窖，取出皮纸封的银包来用。但这时候，王老板的地窖中共有七个丁包，和两个皮纸小包。这就是七千元，和二百元。王老板看见丁包，同没有看见一样，因为他认为丁包是“无论如何不可动用的”。他就关了地窖，哭丧着脸对人说：“我只有这两百块钱！老太婆的丧葬，只能尽两百元为度，不能再多用了。”于是只得去买一个最薄的棺材，和尚道士也省了，草草的安葬。这样已经用了两百元。王老板从来没有这样肉痛的！王老板死了老婆，又花了两百块，悲伤而且肉痛。他把他的不长进的儿子逐出门外，让他去讨饭，免得多花家里的钱。但他终于年纪老了，身体坏了。杂货店的生意又难做，他不能多赚钱了。等到箱子里积到九小包（就是九十元）的时候，他就死了。他的儿子回来了，打开箱子一看，只有九十块钱，就统统拿了。他拿三十块钱去买一个最薄的棺材，把老子的尸体装进，叫人扛到义冢上，就无事了。他先把店中家中所有的东西变卖，拿卖来的钱去喝酒，赌钱，嫖妓女。一会儿花完，就把店和房子统统卖光，拿到钱流荡到他处，不知下落了。那藏着七个丁包的地窖，只有老头子和老太婆两人知道。现在两人都死去，世间就没有人知道。所以他的儿子没有去掘，买屋的人也没有去掘。直到日本鬼子打进来，全镇变成焦土之后，才让拾荒的贫民无意中发掘出来，而给他们受用。故事就这样完了。

〔1948 年〕

①本篇曾载 1948 年 5 月《儿童故事》第 2 卷第 5 期。

②没淘剩，作者家乡话，意即没出息。

毛厕救命①

大约是一九三九年的事，日本打中国打得正凶，天天用几十架飞机来轰炸重庆。他们想我们被炸得害怕，向他们无条件投降。这时候我不在重庆，我住在广西的深山里。有一天有一位朋友从重庆逃到广西来，一看见我，就说：“我的性命是毛厕救得的！”我笑道：“怎么毛厕会救命呢？”他就把他的故事讲给我和我家的人听。下面的话是他说的。

重庆天天放警报，天天有几十架日本飞机来轰炸。住在重庆的人，每天一早吃饱了饭，把门锁好，带了午饭，到山洞里去过一天，晚上才回来。天天如此。因为每天上午、下午都有一次轰炸。免得临时仓皇，大家一早先逃，好像天天全家去“野餐”。

我在公司做事。公司在江边上，离市区远。日本飞机炸的地方，常在市区里，我住的一带地方，从来没有被炸过。我一向胆子很大，从来不逃警报。公司里的人大家逃，我独不逃。他们笑我冒险，我笑他们胆小。我并非看轻自己的生命，实因我有一个道理：敌机虽然多，究竟重庆地方大，我的身体不过五尺，哪里一定炸到我身上？况且我们江边这带地方，房屋稀少，东一间，西一间，零零落落的。投下一个炸弹，不过炸坏一间房子，不会影响别的房子。炸弹的价钱比房子大得多。日本人很小气，一定不肯在这里浪费炸弹的。我因为确信这个道理，所以一向不逃警报。

有一天晚上，他们逃警报回来，带了一只蹄膀来。是一家肉店被炸，猪肉四处飞散，这只蹄膀飞在一道小巷里的地上，被他们拾得的。他们本来不走这小巷，第一天因为有一位同事的手表交一家钟表店在修理，而那家钟表店正在那小巷口头。这位同事想去看看钟表店有没有被炸，因此穿走这条小巷，拾得了这蹄膀。我拿来一嗅，果然新鲜。我说：“你们有蹄膀，我有老酒。今晚你们请我吃蹄膀，我请你们喝老酒。”就把藏着的一瓮渝酒（就是重庆人仿造的绍兴酒）拿出来请客。这晚上大家吃得烂醉。我喝了两斤酒，睡在床上，好困得很。

哪晓得日本鬼子坏得很，这一天后半夜有月亮，天没有亮，他们就来轰炸。警报一发，同事们大家逃走。我照例不逃，管自睡觉。但是飞机声、炸弹声很大，扰得我睡不着。忽然肚痛起来，肚里咕噜咕噜地响，好像养着许多青蛙。原来昨夜蹄膀吃得太多，把肚子吃坏了。我们的毛厕在后院中，我只得披了一件大衣，急忙下楼，走了大约一百步，到后院去蹲坑。

我正在坑上肚痛，忽听见“豁朗”一响，好像山崩地裂。同时一阵热的灰尘，冲进毛厕房来。毛厕房里的四根柱子动摇起来，墙壁豁裂，掉下许多石灰和瓦片来，把我的头和背脊打得很痛。一块瓦正好打在我的屁股上，皮都打开！（讲到这里，听的人笑煞了。）我的眼睛被灰尘所迷，张不开来。我连忙起身，屁股也不揩了。（听的人又笑。）这时东方已白，天快亮了。我连忙逃出毛厕门外，一看，烟雾迷漫，看不清楚。过了一会，才看见：我住的房子已经没有了，变成了一片瓦砾场！敌机还在我头上盘旋，别的地方还在丢炸弹。我怕起来，附近没有山洞，我索性回进毛厕里去躲避。（听的人又大笑。）

躲了很久，警报解除了。我走出毛厕，去看我们的房子的地方，但见砖石瓦砾，楼板门窗，桌面凳脚，横七竖八，一塌糊涂！墙脚还在，我依墙脚认识了我所睡的床铺的地方，但见一个深坑，足有一丈多深。原来炸弹正炸在我的床铺的地方！假如我睡在床上，现在早已粉身碎骨，化作灰尘了！（听的人的嘴巴和眼睛都张大了。）

你看，我的性命不是毛厕救得的吗？（大家又大笑。）

*　　*　　*

这朋友讲完了他的故事之后，大家静了一会。因为大家在想象他那时的情状。我先说话了：“其实，你讲的不是毛厕救命，应该说是蹄膀救命。倘使你上一晚不吃蹄膀，你不会坏肚子。倘使不坏肚子，轰炸的时候你一定躺在床上，不会到毛厕里去。这不是蹄膀救命吗？”

这朋友想了一想，说：“那么，也不能说蹄膀救命。应该说逃警报救命。因为这蹄膀是我的同事们逃警报而拾来的。假使他们不逃警报，不会拾得蹄膀。没有蹄膀，那天晚上我不会吃坏肚子。我不坏肚子，不会上毛厕去；我不上毛厕去，一定被炸死。这不是逃警报救命吗？”

我说：“不对！你说过，你的同事们逃警报，一向不走这条小巷；这天因为有一位同事的手表交巷口的钟表店修理，想去看看那店有没有被炸，所以穿走小巷，拾得蹄膀，使你吃坏肚子，清早起床登坑，因此救了你的性命。假如你的同事不修表，他们就不走这小巷，就没有蹄膀；没有蹄膀，你不会吃坏肚子；不吃坏肚子，你不去蹲坑；不去蹲坑，你一定被炸死了！这样说来，这不是手表救命吗？”

我的朋友想了一想，笑笑，说：“这样说来，也不是手表救命，而是乒乓球救命。因为这同事有一天晚上和我打乒乓球。他的习惯，是用左手发球的。打得起劲，把左腕向柱上一碰，手表上的玻璃碰破，长短针都不见，因此拿去修的。假如不打乒乓球，手表不必修；手表不修，不必走小巷；不走小巷，不会拾蹄膀；不拾蹄膀，不会吃坏肚子；不坏肚子，不会蹲坑；不蹲坑，我一定被炸死。——这不是乒乓球救命吗?”

我问：“你们是不是天天晚上打乒乓球的?”他说：“不，难得玩玩的。”我说：“那么，那一天晚上打乒乓球，是谁发起的呢?”他想了一想说：“是我发起的。我欢喜打乒乓球，他也喜欢这个。我一发起，他就赞成了。”我说：“那么，也不是乒乓球救命，却是你自己救自己的命。假如你不发起，他不会打破手表；手表不打破，不会去修；不修手表，不会走小巷；不走小巷，不会拾蹄膀；没有蹄膀，不会吃坏肚子；不坏肚子，你不会蹲坑；不蹲坑，你一定被炸死——这不是自己救自己吗!”我的朋友和旁听的人，大家大笑。

这朋友想了一想，又说：“也不是我自己救自己，却是老天救命。因为那天晚上下雨，闷坐无聊，因此我发起打乒乓球。要是老天不下雨，我们的同事们一定三五成群地到山城夜市中去散步，不会关在屋子里打乒乓球的。这不是老天救命吗?”

我拍手称赞：“对啦对啦！老天救命，这才对啦！我们刚才那种追究，其实都靠不住。因为还有许多旁的原因，我们没有顾到。譬如说，假使你的朋友没有用左手打球的习惯，手表也不会碰破。假使你的朋友的手表不交付小巷口的钟表店修，而交别的店修，也不会走小巷而拾蹄膀。假使那家肉店的蹄膀不飞到这小巷里，你们也不会拾得。假使日本鬼的炸弹不丢在肉店上，蹄膀也不会飞出来。假使你不爱吃或少吃些蹄膀，也不会坏肚子。……旁的原因，追究起来就无穷尽。所以我的意思，说‘老天救命’最为不错。一个人的生死，都操在‘运命之神’手里。‘运命之神’就是老天呀!”

我的朋友若有所思，后来决然地说：“你的说法果然很对。但是太笼统，太玄妙了。我看还是大家不要向上面追究，讲最近的一个原因：‘毛厕救命’吧!”

我又拍手赞善：“好极，好极！要追究，一直追到老天。不追究，就讲最近一原因，这是最不错的。‘毛厕救命’就是‘老天救命’。”

一九四八年万愚节于杭州作。

①本篇曾载1948年7月《儿童故事》第2卷第7期。

为了光明①

有一个人姓万，名叫夫，家住在乡村里。他家的房子造得很坚固，每个窗子都有三层：外面玻璃，中间铁纱，里面板窗。板窗上又有铁锁，晚上锁好，教偷儿爬不进来。早上开锁开窗，放光明进来。

有一天晚上，万夫锁好了窗，把钥匙藏在衣袋里，到附近朋友家去吃喜酒。吃得烂醉，由别人扶着回家，倒在床上就睡。第二天起来，想打开窗子，放光明进来，找来找去，找不到钥匙。这一定是昨夜吃酒醉了，把钥匙掉在外头。万夫连忙到做喜事的人家去问，“有没有在地上捡到钥匙？”人都说“没有”。他在归家的路上仔细寻找，哪里找得到呢？他的钥匙是很特别的，不能向别人借钥匙来开。为了他的卧室里要光明，他只得去请铜匠师傅来开锁。

村里没有铜匠，须得坐了船，摇十里路，到镇上去请。万夫自家没有船。他到隔壁航船户家去借船。航船户说：“这只小船是空的，可是篙子被人借去了。只有一把橹，没有篙子，怎么办呢？”原来这十里水路很曲折，又很浅，非用篙子撑不能行船。万夫说：“那么，让我到竹林里去砍一支竹竿来，就有篙子了。”

为了要砍竹竿，万夫先到灶房里去找柴刀。找来找去找不到。他问他的太太：“我们的柴刀哪里去了？”太太皱着眉头说：“真糟糕，昨天我在井边上削一根木柄，一个失手，把柴刀掉在井里了！我正要想法子拿它出来呢。”万夫想了一想，说：“我有办法。东村李先生家里有一块大吸铁石。我去把它借来，用长绳缚牢了，挂到井底里，柴刀被吸铁石吸牢，就好拉出来了。”他的太太说：“好极，好极，你去借吧。”

为了要取井里的柴刀，万夫走到东村李先生家去借吸铁石。李先生对万夫说：“真不巧，我那块吸铁石掉在地板洞里，还没有取出来呢。因为昨天我的太太把一只绣花针掉在地上，寻来寻去寻不着，想是落在地板缝里了，就用吸铁石去吸。谁知绣花针没有吸到，一个失手，反把吸铁石掉进地板洞里了。这洞虽然很大，可以伸手进去，可是地板下面非常之深，手臂摸不到底，因此无法取出。你要借用只有请木匠来，把地板拆开，取出吸铁石来。我本来早想请木匠来把这个洞修补呢。”万夫说：“那么，我到西村去把王木匠请来。”

为了要拆地板取吸铁石，万夫走到西村去请王木匠。刚走进门，不见王木匠，只看见王大嫂坐着，正在发愁。万夫问道：“王大嫂，王司务在家吗?”王大嫂说：“他今天老毛病又发作，好端端的倒在地上，我刚把他扶到床上，现在还没有醒呢。”原来王木匠有一种老毛病，叫做羊癫风，一年之中，要发好几次。发的时候，突然倒在地上，不省人事，口中吐出白沫来，须得别人把他抬到床上，躺着静养，半天之后，方可起身。倘使要他早醒，须得到北村去请老郎中来，替他按摩一下，便起身了。万夫晓得他这老毛病，便说：“那么，我到北村去请老郎中来。”

为了要医好王木匠的羊癫风，万夫走到北村去请老郎中。刚走进老郎中家的门，天下起雨来。万夫说：“老郎中，王木匠又发羊癫风了！请你劳驾，去救救他!”老郎中说：“我一定去的。但是天下雨了，我家的雨伞被客人借去，没有还来；须得到邻家去借一把伞来，方可出门去看病。”万夫说：“是的是的，我到隔壁人家去借，借一顶大伞，我们两人合用吧。”

为了要请老郎中出门去看病，万夫傍着屋檐，走到邻家去借伞。隔壁的老婆婆正在念阿弥陀佛，看见万夫进来，站起来说：“万夫哥冒雨来！坐坐，躲雨吧。”万夫说：“我是从隔壁老郎中家过来的，想请老郎中出门去看病，没有伞，想请你老人家借我们一顶，大一点的。”老婆婆说：“伞吗？有是有的，很大的一顶；可是放在阁楼上，那梯子昨天被泥水司务借了去，不能爬上去拿，怎么办呢?”万夫看看阁楼，果然很高，非用梯子爬不上去。他想了一想说："那么，我去借把梯子来吧。"

为了要上阁楼去取伞，万夫穿过田塍，到对面的土地庙里去借梯子。土地庙里的小和尚看见万夫进来，就请他坐。万夫说："不坐了，我要借一把梯子，用一用就拿来还的。"小和尚说："梯子吗？有是有的，放在后院子里。后院子的大门锁着，钥匙放在老师父身边，老师父到小桥头张家去念经了。张家的老太太今天断七[②]呢！"万夫搔搔头，想一想，说："那么，我到小桥头张家去找你的老师父拿钥匙吧！"他就走出土地庙，向小桥头去。其实这时候天早已晴了，用不着伞了。但是万夫只顾目前的需要，从不追究根本的意义，所以管自奔向小桥头去。

为了取土地庙后院大门的钥匙，万夫辛辛苦苦地跑到小桥头张家，找到了老和尚。老和尚正在念经，万夫不便打扰，只得坐着等他念完。等了一个钟头，老和尚还没有念完。其实这时候，王木匠的羊癫风早已发完，早已起来了。但是万夫只顾目前的需要，从不追究根本的意义，所以管自坐着等候。约莫等了两个钟头，老和尚方才念完经。万夫就告诉他，要借庙里的梯，请他把后院大门的钥匙拿出来，好去开门拿梯。老和尚一口答允。但是，他在他的衲裰衣里摸来摸去，摸了半个钟头，摸不到钥匙。后来把和尚衣解开来，细细寻找，连裤子腰里、袜统里，都寻到，寻不见钥匙。老和尚说："啊哟！我老昏了，把钥匙都掉到不知哪里去了！怎么办呢！"万夫说："你也许放在庙里没有放在身上？你念经已经念好了，我和你一同回去找找看吧。"老和尚说："没有放在庙里，一向放在身上这个袋里的。"但是没有办法，姑且答应他回庙去找。老和尚收拾经书袈裟，交庙祝背了，又算了张家的经忏钱，然后同万夫一同走回土地庙去。走到庙里，就寻找钥匙。寻来寻去，终于寻不到。老和尚说："我这铁锁很坚牢，要扭也扭不断；又很特别，没处去借钥匙。只有请铜匠司务来开了。但是，村里没有铜匠，只有到镇上去请。镇上去，有十里水路，向你们隔壁的航船户家去借一只小船吧。"万夫说："好的，好的，我就去借。"

为了要请铜匠开土地庙后院大门的铁锁，取梯，上阁楼拿伞，陪老郎中去医好王木匠的羊癫风，请王木匠去拆开李先生家的地板，取出吸铁石，吸起井底里的柴刀，到竹林里去砍竹竿，当作篙子，撑船到镇上去请铜匠，来开万夫卧室板窗上的锁，使卧室光明，——万夫又走到航船户家去借船。航船户笑着说："我早上对你说过了：这只小船是空的，可是没有篙子。你不是说，去砍根竹竿来当篙子吗？你竹竿砍来了没有？"到这时候，万夫方才想起他这一天的种种行动的根本意义。他似乎恍然大悟了一下。但是过了一会，他又把根本意义忘却，而努力追求目前的需要了。他毅然决然说："是的，是的，我去砍竹吧！"说过，就回家去找柴刀。……

一九四八年五月六日于杭州。

①本篇曾载1948年8月《儿童故事》第2卷第8期。

②按照作者家乡风俗，人死之后七七四十九天，谓之"断七"，要为死者诵经念佛。

义　齿[①]

我行年五十，口中只剩十七枚牙齿，而且多半动摇了。但我胃口很好，还想在这世间吃些东西。于是找到一位当牙医师的读者易昭雪，请他把这十七枚没用的牙齿拔光，装了全口的假牙齿。"假"字我嫌不好，就称它为"义齿"。自己没有儿子，养一个螟蛉子。这儿子称为"义子"。自己没有牙齿，装一副假牙齿，这牙齿当然也可以称为"义齿"。

易昭雪牙医师在十一天内拔光了我口中的十七颗牙齿。我一点也不觉得痛苦，就写一副四言联送他："技进于道，人造胜天。"上联已经证实了；下联是我的希望，尚未证实。过了一个月，我的牙肉收缩了，就去打模型，造义齿。元旦早晨，我的义齿果然装上了，整齐洁白，非常美观。照照镜看，年纪轻了二十岁！

但是口中很是难过。衔着两大块东西，好像是暂时的，常常想把它们吐出来。舌头往上一舔，不是自己的肉，而是一块石板，更不自然；说起话来呢，发音不清，好像舌头肿大了。尤其是吃起东西来，不能嚼紧，嚼紧了上下的牙肉非常之痛。比饭更硬的东西就嚼不动，都是生吞囫囵咽的。有时想练习，吃早粥时硬把一粒花生米交与右边的臼齿，忍痛用力一嚼，花生米没有碎，而左边的臼齿一齐跷起。跷起之后，口中的粥粒便走进了牙肉与义齿的中间，再嚼的时候痛得更凶。于是只得停止了吃粥，把义齿取下来洗；又用水漱过口，然后再装上去。自从元旦装上之后，约摸一个月之内，我的义齿，只好看而不好用。其间隔一二天必访问易昭雪一次。因为牙肉常常作痛，请他修改义齿。这部分修过，果然不痛了；但到了明天，别的部分又作痛，于是再去请他修。自从开始拔牙，直到装上之后一个月，其间约有八九十天之内，我访问易昭雪不下数十次。我好比在易昭雪的学校里当了教师，隔一二天，坐黄包车去上一次课。从我家到易家，路上的风景、房屋、店铺，都被我看得烂熟。招牌上的字都背得出了。拐角上一家人家的两个孩子，一男一女，男的大约五岁，女的大约三岁，怪可爱的。我的车子每次从他们门前拉过，我必留意看这两个孩子。他们有时在玩耍；有时在吃番薯；有时小的在哭，大的在骂她；有时两人在打架……都很好看。记得有一次我修牙回来，大的一个不见了，只剩小的一个独坐在门槛上，撅起小嘴唇发愁。我很怀疑，很担心，想停车问问她："你的哥哥哪里去了？""你为什么发愁？"又觉得这太唐突，太多事，太非人情，终于没有问。但这一天我始终怀疑，始终担心。直到第二次去修牙时，看见这两个孩子依旧在一起玩，方才放了心。现在，我的义齿早已得用，不需去修，久不访问易昭雪了，不知这两个孩子无恙否。颇想专诚去看一次。但这岂非更唐突，更多事，更非人情吗？不去也罢！

说话走入歧途了！赶快回来说我的义齿。说也奇怪，装上之后大约一个月，这义齿渐渐变好了。口中全然不觉难过，说话发音很正确，牙肉一点也不痛，东西什么都可嚼，总之，可以说同"亲齿"一样了。我仔细体味，变好的原因有两个：一者，牙肉被石板压了个把月，压得皮肤老了，抵抗力也强了。从前我有“亲齿”的时候，嚼东西由牙根用力抵抗，牙肉一向不负责的。所以牙肉很嫩，没有抵抗力，难怪它初装的时候吃不消重压而要作痛。如今压惯了，嚼惯了，它知道此后要它出力，努力锻炼，居然也能成功，从此牙肉代理牙根的职务了。二者，我装义齿，好比一向用手指拿东西吃的原始人一朝用了筷子。起初拿筷的技术很笨拙，觉得用这两根竹棒取食物，何等隔膜，何等不便！用手指直接去取，何等便利而痛快！但你一定要他用筷，绝不许他用手指。经过训练之后，他居然也会用惯。到后来，用筷的技术大大进步，可以夹，可以拌，可以拉，可以挑，可以切，可以撕……同手指一样直接痛快，敏捷便利了。我装义齿，全同这原始人用筷子一样，初装的时候这边用力咀嚼时，那边要跷起来；吃糯米圆子时义齿要被粘脱；咬瓜子时上下齿对不准；食物的碎屑要钻进义齿与牙肉中间去。……都是技术不高明之故。经过一个月训练之后，技术高明了，上述的缺憾完全没有了。易昭雪诊所里挂着我送他的四言联“技进于道，人造胜天”。以前我去修牙时，看到下联四个字很不舒服。我想“人造”实在不能“胜天”！我夸奖了！我颂扬得太过分了！我用撒谎替他做广告！这是多么无聊而难为情的事呀！我着实后悔。但是，前天，我无端去访他，又看见这副四言联，我非常高兴。我没有夸奖他，我没有撒谎，我的希望果然实现了！前几天，开明书店的章雪村先生来和我共饮。谈起了这副联，他敏捷地替我再做一副：“易牙能知味，凿齿信多才。”我为这天造地设的五言联，浮一大白。这比我的四言联高明得多，确切得多，巧妙得多。易昭雪不妨更名为易牙。他的诊所扩充的时候，我想再把这副五言联写了送他。

一九四八年三月二十八日于西湖。

①本篇曾载1948年《申报·自由谈》。

第四辑　湖畔夜饮

湖畔夜饮[①]

前天晚上，四位来西湖游春的朋友，在我的湖畔小屋里饮酒。酒阑人散，皓月当空。湖水如镜，花影满堤。我送客出门，舍不得这湖上的春月，也向湖畔散步去了。柳荫下一条石凳，空着等我去坐。我就坐了，想起小时在学校里唱的春月歌："春夜有明月，都作欢喜相。每当灯火中，团团清辉上。人月交相庆，花月并生光。有酒不得饮，举杯献高堂。"觉得这歌词温柔敦厚，可爱得很！又念现在的小学生，唱的歌粗浅俚鄙，没有福分唱这样的好歌，可惜得很！回味那歌的最后两句，觉得我高堂俱亡，虽有美酒，无处可献，又感伤得很！三个"得很"逼得我立起身来，缓步回家。不然，恐怕把老泪掉在湖堤上，要被月魄花灵所笑了。

回进家门，家中人说，我送客出门之后，有一上海客人来访，其人名叫 CT[②]，住在葛岭饭店。家中人告诉他，我在湖畔看月，他就向湖畔去找我了。这是半小时以前的事，此刻时钟已指十时半。我想，CT 找我不到，一定已经回旅馆去歇息了。当夜我就不去找他，管自睡觉了。第二天早晨，我到葛岭饭店去找他，他已经出门，茶役正在打扫他的房间。我留了一张名片，请他正午或晚上来我家共饮。正午，他没有来。晚上，他又没有来。料想他这上海人难得到杭州来，一见西湖，就整日寻花问柳，不回旅馆，没有看见我留在旅馆里的名片。我就独酌，照例倾尽一斤。

黄昏八点钟，我正在酩酊之余，CT 来了。阔别十年，身经浩劫，他反而胖了，反而年轻了。他说我也还是老样子，不过头发白些。"十年离乱后，长大一相逢，问姓惊初见，称名忆旧容。"这诗句虽好，我们可以不唱。略略几句寒暄之后，我问他吃夜饭没有。他说，他是在湖滨吃了夜饭，——也饮一斤酒，——不回旅馆，一直来看我的。我留在他旅馆里的名片，他根本没有看到。我肚里的一斤酒，在这位青年时代共我在上海豪饮的老朋友面前，立刻消解得干干净净，清清醒醒。我说："我们再吃酒！"他说："好，不要什么菜蔬。"窗外有些微雨，月色朦胧。西湖不像昨夜的开颜发艳，却有另一种轻颦浅笑、温润静穆的姿态。昨夜宜于到湖边步月，今夜宜于在灯前和老友共饮。"夜雨剪春韭"，多么动人的诗句！可惜我没有家园，不曾种韭。即使我有园种韭，这晚上也不想去剪来和 CT 下酒。因为实际的韭菜，远不及诗中的韭菜的好吃。照诗句实行，是多么愚笨的事呀！

女仆端了一壶酒和四只盆子出来，酱鸭、酱肉、皮蛋和花生米，放在收音机旁的方桌上。我和 CT 就对坐饮酒。收音机上面的墙上，正好贴着一首我写的数学家苏步青的诗："草草杯盘共一欢，莫因柴米话辛酸。春风已绿门前草，且耐余寒放眼看。"有了这诗，酒味特别的好。我觉得世间最好的酒肴，莫如诗句。而数学家的诗句，滋味尤为纯正。因为我又觉得，别的事都可有专家，而诗不可有专家。因为做诗就是做人。人做得好的，诗也做得好。倘说做诗有专家，非专家不能做诗，就好比说做人有专家，非专家不能做人，岂不可笑？因此，有些"专家"的诗，我不爱读。因为他们往往爱用古典，蹈袭传统，咬文嚼字，卖弄玄虚；扭扭捏捏，装腔做势；甚至神经过敏，出神见鬼，而非专家的诗，倒是直直落落，明明白白，天真自然，纯正朴茂，可爱得很。樽前有了苏步青的诗，桌上酱鸭、酱肉、皮蛋和花生米，味同嚼蜡；唾弃不足惜了！

我和 CT 共饮，另外还有一种美味的酒肴！就是话旧。阔别十年，身经浩劫。他沦陷在孤岛上，我奔走于万山中。可惊可喜、可歌可泣的话，越谈越多。谈到酒酣耳熟的时候，话声都变了呼号叫啸，把睡在隔壁房间里的人都惊醒。谈到二十余年前他在宝山路商务印书馆当编辑，我在江湾立达学园教课时的事，他要看看我的子女阿宝、软软和瞻瞻——《子恺漫画》里的三个主角，幼时他都见过的。瞻瞻现在叫做丰华瞻，正在北平北大研究院，我叫不到，阿宝和软软现在叫丰陈宝和丰宁馨，已经大学毕业而在中学教课了，此刻正在厢房里和她们的弟妹们练习平剧〔京剧〕！我就喊她们来“参见”。CT 用手在桌子旁边的地上比比，说：“我在江湾看见你们时，只有这么高。”她们笑了，我们也笑了。这种笑的滋味，半甜半苦，半喜半悲。所谓“人生的滋味”，在这里可以浓烈地尝到。CT 叫阿宝“大小姐”，叫软软“三小姐”。我说：“《花生米不满足》《瞻瞻新官人，软软新娘子，宝姐姐做媒人》《阿宝两只脚，凳子四只脚》等画，都是你从我的墙壁上揭去，制了锌板在《文学周报》上发表的。你这老前辈对她们小孩子又有什么客气？依旧叫‘阿宝’‘软软’好了。”大家都笑。人生的滋味，在这里又浓烈地尝到了。我们就默默地干了两杯。我见 CT 的豪饮，不减二十余年前。我回忆起了二十余年前的一件旧事，有一天，我在日升楼[3]前，遇见 CT。他拉住我的手说：“子恺，我们吃西菜去。”我说“好的。”他就同我向西走，走到新世界[4]对面的晋隆西菜馆楼上，点了两客公司菜，外加一瓶白兰地。吃完之后，仆欧[5]送账单来。CT 对我说：“你身上有钱吗？”我说“有！”摸出一张五元钞票来，把账付了。于是一同下楼，各自回家——他回到闸北，我回到江湾。过了一天，CT 到江湾来看我，摸出一张拾元钞票来，说：“前天要你付账，今天我还你。”我惊奇而又发笑，说：“账回过算了，何必还我？更何必加倍还我呢？”我定要把拾元钞票塞进他的西装袋里去，他定要拒绝。坐在旁边的立达同事刘薰宇，就过来抢了这张钞票去，说：“不要客气，拿到新江湾小店里去吃酒吧！”大家赞成。于是号召了七八个人，夏丏尊先生、匡互生、方光焘[6]都在内，到新江湾的小酒店里去吃酒。吃完这张拾元钞票时，大家都已烂醉了。此情此景，憬然在目。如今夏先生和匡互生均已作古，刘薰宇远在贵阳，方光焘不知又在何处，只有 CT 仍旧在这里和我共饮。这岂非人世难得之事！我们又浮两大白。

夜阑饮散，春雨绵绵。我留 CT 宿在我家，他一定要回旅馆。我给他一把伞，看他的高大的身子在湖畔柳荫下的细雨中渐渐地消失了。我想：“他明天不要拿两把伞亲还我！”

卅七〔1948〕年三月廿八日夜于湖畔小屋。

①本篇曾载1948年4月16日《论语》第151期。

②CT，指郑振铎。

③日升楼，当时上海一家有名的茶馆，位于南京路浙江路口。（由于这一带十分繁华，后来人们往往以“日升楼”泛指这一地带。）

④新世界，当时上海一个游乐场的名称。

⑤仆欧，英文boy的译音，意即侍者。

⑥夏丏尊、匡互生、方光焘，皆作者在立达学园的同事，其中夏丏尊又是作者在浙江省立第一师范的老师，匡互生为立达学园创办人。

再访梅兰芳①

去年梅花时节，我从重庆回上海不久，就去访梅博士，曾有照片及文章刊登《申报》。今年清明过后，我同长女陈宝、四女一吟，两个爱平剧〔京剧〕的女儿，到上海看梅博士演剧，深恐在演出期内添他应酬之劳，原想不去访他。但看了一本《洛神》之后，次日到底又去访了。因为陈宝和一吟渴望瞻仰伶王的真面目。预备看过真面目后，再看这天晚上的《贩马记》。

这回不告诉外人，不邀摄影记者同去，但托他的二胡师倪秋平君先去通知，然后于下午四时，同了两女儿悄悄地去访。刚要上车，偏偏会在四马路上遇见我的次女的夫婿宋慕法。他正坐在路旁的藤椅里叫人擦皮鞋，听见我们要去访梅先生，擦了半双就钻进我们的车子里，一同前去了。陈宝和一吟说他，“天外飞来的好运气!”因为他也爱好平剧，不过不及陈宝、一吟之迷。在戏迷者看来，得识伶王的真面目，比“瞻仰天颜”更为光荣，比“面见如来”更多法悦。所以我们在梅家门前下车，叩门，门内跑出两只小洋狗来的时候，慕法就取笑她们，说：“你们但愿一人做一只吧?”

坐在去春曾经来坐过的客室里，我看看室中的陈设，与去春无甚差异。回味我自己的心情，也与去春无甚差异。“青春永驻”，正好拿这四字来祝福我们所访问的主人。主人尚未下楼，琴师倪秋平先来相陪。这位琴师也颇不寻常：他在台上用二胡拉皮黄，在台下却非常爱好西洋音乐，对朔拿大〔奏鸣曲〕，交响乐的蓄音片〔唱片〕，爱逾拱璧。他的女儿因有此家学，在国立音乐院为高才生。他的爱好西洋音乐，据他自己说是由于读了我的旧著《音乐的常识》（亚东图书馆版）。因此他常和我通信，这回方始见面。我住在天蟾舞台斜对面的振华旅馆里。他每夜拉完二胡，就抱了琴囊到旅馆来和我谈天，谈到后半夜。谈的半是平剧，半是西乐。我学西乐而爱好皮黄，他拉皮黄而爱好西乐，形相反而实相成，所以话谈不完。这下午他先到梅家来等我们。我白天看见倪秋平，这还是第一次。我和他闲谈了几句，主人就下来了。

握手寒暄之间，我看见梅博士比去春更加年轻了。脸面更加丰满，头发更加青黑，态度更加和悦了。又瞥见陈宝、一吟和慕法，目不转睛地注视他，一句话也不说，一动也不动，好像城隍庙里的三个菩萨，我觉得好笑。不料他们的视线忽从主人身上转到我身上，都笑起来。我明白这笑的意思了：我年龄比这位主人小四岁，而苍颜白发，老相十足；比我大四岁的这位老兄，却青发常青，做我的弟弟还不够。何况晚上又能在舞台表演美妙的姿态！上帝如此造人，真是欠通欠通！怎不令人发笑呢？

我提出关于《洛神》的舞台面的话，希望能摄制有声有色的电影，使它永远地普遍地流传。梅先生说有种种困难，一时未能实现。关于制电影，去春我也向他劝请过。我觉得这事在他是最重要的急务。我们弄书画的人，把原稿制版精印，便可永远地普遍地流传；唱戏的人虽有蓄音片，但只能保留唱工；要保留做工，非制电影不可。科学发达到这原子时代，能用萝卜大小的一颗东西来在顷刻之间杀死千万生灵，却不肯替我们的“旷世天才”制几个影片。这又是欠通欠通，怎不令人长叹呢！

话头转入了象征表现的方面。梅先生说起他在莫斯科所见投水的表演：一大块白布，四角叫人扯住，动荡起来，赛是水波；布上开洞，人跳入洞中，又钻出来，赛是投水。他说，我们的《打渔杀家》则不然，不需要布，就用身子的上下表示波浪的起伏。说这话时，他就坐在沙发里穿着西装而略作桂英儿的身段，大家发出特殊的笑声。这使我回想起以前我在某处讲演时，无意中在黑板上画了一个人头而在听众中所引起的笑声。对于平剧的象征的表现，我很赞善，为的是与我的漫画的省略的笔法相似之故。我画人像，脸孔上大都只画一只嘴巴，而不画眉目。或竟连嘴巴都不画，相貌全让看者自己想象出来。（因此去年有某小报拿我取笑，大字标题曰“丰子恺不要脸”，文章内容，先把我恭维一顿，末了说，他的画独创一格，寥寥数笔，神气活现，画人头不画脸孔云云。只看标题而没有工夫看文章的人，一定以为我做了不要脸的事。这小报真是虐谑！）这正与平剧的表现相似：开门，骑马，摇船，都没有真的门、马与船，全让观者自己想象出来。想象出来的门、马与船，比实际的美丽得多。倘有实际的背景，反而不讨好了。好比我有时偶把眉目口鼻一一画出；相貌确定了，往往觉得不过如此，一览无余，反比不画而任人自由想象的笨拙得多。

想起他晚上的《贩马记》，我觉得要让他休息，不该多烦扰他了，就起身告辞。但照一个相是少不得的。我就请他依旧到外面的空地上去。这空地也与去年一样，不过多了一只小山羊。这小山羊向人依依，怪可爱的。因为不邀摄影记者，由陈宝、一吟自己来拍。因为不带三脚架，不能用自动开关，只得由二人轮流司机，各人分别与伶王合摄一影。这两个戏迷的女孩子，不能同时与伶王合摄一影，过后她们引为憾事。在辞别出门的路上，她们絮絮叨叨地说了许多“悔不该”。〔编者②按：为了想弥补这个“悔不该”，我踌躇了好久。丰先生寄给我的两张照片，章法全同，实在无法全登，登一张又觉得不痛快，于是和本报负责制版的陆先生（丰先生的学生）商量，结果是现在刊出的一张。为 Poeticjustice〔——富有诗意的、公平的处理〕着想，我看这样也不要紧吧。〕

我却耽入沉思。我这样想：

我去春带了宗教的心情而去访梅兰芳，觉得在无常的人生中，他的事业是戏里戏，梦中梦；昙花一现，可惜得很！今春我带了艺术的心情而去访梅兰芳，又觉得他的艺术具有最高的社会的价值，是最应该提倡的。艺术种类繁多，不下一打：绘画，书法，金石，雕塑，建筑，工艺，音乐，舞蹈，文学，戏剧，电影，照相。这一打艺术之中，最深入民间的，莫如戏剧中的平剧！山农野老，竖子村童，字都不识，画都不懂，电影都没有看见过的，却都会哼几声皮黄，都懂得曹操的奸，关公的忠，三娘的贞，窦娥的冤……而出神地欣赏，热诚地评论。足证平剧（或类似平剧的地方剧）在我国历史悠久，根深蒂固，无孔不入，故其社会的效果最高。书画也是具有数千年历史的古艺术，何以远不及平剧的普遍呢？这又足证平剧不但历史悠久，而且在其本质上具有一种吸引人情、深入人心的魔力，故能如此普遍、如此大众化的。只可惜过去流传的平剧，有几出在内容意义上不无含有毒素，例如封建思想、重男轻女、迷信鬼神等。诚能取去这种毒素，而易以增进人心健康的维他命，则平剧的社会的效能，不可限量，拿它来治国平天下，也是容易的事。那时我们的伶王，就成为王天下的明王了！

前面忘记讲了：我去访梅先生的时候，还送他一把亲自书画的扇子。画的是曼殊上人的诗句“满山红叶女郎樵”。写的是弘一上人在俗时赠歌郎金娃娃的《金缕曲》。其词曰：

“秋老江南矣。忒匆匆，春余梦影，樽前眉底。陶写中年丝竹耳，走马胭脂队里。怎到眼都成余子？片玉昆山神朗朗，紫樱桃浸把红情系。愁万斛，来收起。

泥他粉墨登场地。领略那英雄气宇，秋娘情味。雏凤声清清几许，销尽填胸荡气。笑我亦布衣而已。奔走天涯无一事，问何如声色将情寄？休怒骂，且游戏。”

书画都是在一个精神很饱满的清晨用心写成的。因为这个人对于这样广大普遍的艺术负有这样丰富的天才，又在抗战时代表示这样高尚的人格，——我对他真心的敬爱，不得不“拜倒石榴裙下”。（别人讥笑我的话。）我其实应该拜倒。“名满天下”“妇孺皆知”（别人夸奖我的话）的丰子恺，振华旅馆的茶房和账房就不认识。直到第二天梅先生到旅馆来还访了我，茶房和账房们吃惊之下，方始纷纷去买纪念册来求我题字。

卅七〔1948〕年五月二十二日，
梅兰芳停演之日，作于杭州。

①本篇曾载1948年5月26日《申报·自由谈》。
②系本文所载报刊《申报·自由谈》的编者。

海上奇遇记[①]

破晓，我被房舱外面的旅客的嘈杂声所惊醒。起来，向圆形的窗洞中一望，但见天色已明，台湾岛的海岸清楚可见。参参差差的建筑物，隐隐约约的山林，装在圆形的窗洞内，好像一件壁上装饰画，怪好看的。我睡的是下铺。睡在上铺中的是我的女儿一吟。圆窗洞就在上铺的旁边。我叫醒一吟来："台湾岛在迎接你了！快起来和它相见！"她坐起身来，面孔正好装在圆窗洞里。我就向自己铺旁的盥洗盆里去洗脸了。

和我们的小房舱相连通的较大的房舱，是同行的章先生[②]一家住的。我们两人，他们四人：章先生、章太太、章姑太太和章小姐阿宓。他们这时候也都已起身。一吟洗过脸就出去看热闹；我坐在两个房舱交界的门口，点一支烟，和太太小姐们闲谈。章先生就走进我的房舱来洗脸。他把上衣脱去，又把手表除下，放在一吟睡的上铺上，然后从事盥洗。我偶尔站起身来，向上铺旁边的圆窗洞里望望，但见海岸越来越近，我们的船快要和台湾岛握手了。我是初次到此，预想这海岸后面的市街、人物、山川、草木，不禁悠然神往了几分钟。我从圆窗洞里收回视线，看见上铺的垫被上放着一只手表。数十年的尘劳世智，使我本能地感到这件物资的所有权的安全问题。它和圆窗洞之间，约有两只手臂长短的距离；从窗外无法取得手表。我就毫不介意，仍旧坐下来和她们闲谈。其实，我上面所说的那种本能的感觉，非常模糊，绝不曾具体地想到从窗洞中伸手取表的事实。好比平时拿起茶杯来喝一口茶，把茶杯还放到桌子上的时候，本能地放在离开桌边稍远的地方，以求茶杯的安全；但决不具体地想到茶杯翻落地上而打破的事实。况且，我是以抗战胜利国的国民的身份，来此探望我们的失而复得的台湾岛的；兴奋之情和沧桑之感充塞了胸怀，谁还想到“偷表”这些猥琐的事呢？

岂料这只表果然不见了。章先生盥洗毕，穿好衣服，戴了他那副深度近视眼镜，把上铺的垫被到处地嗅。“我的表阿宓拿去了吗？”章小姐说“没有”。于是大家来寻。上下铺的毛毯和垫被都翻过；章太太又拿出电筒来，向下铺的底下探照。遍觅不得，外面又无人进来过，于是确定这手表是被人从圆窗洞中扒去了。我们努力回忆手表放置的地点，以确定其对窗洞的距离。我们起初惊讶偷表者的手臂的长，后来确信他用钩子钩取。经过了数分钟的喧骚之后，大家对这手表表示绝望，坐了下来。一向被人称为“达观”而自己称为“糊涂”的章先生，早已置之度外；烧起卷烟，高谈阔论他去年在香港买得这表的经过。他买这表出港币七十五元。我说：“港币七十五元，约合金圆[3]四五十元，即一张船票的代价。譬如你家再多一人来游吧。”他说：“多一人来游，还要替他买回来的船票呢！”我说：“那么，你再丢一枝自来水笔就差不多了。”满舱的人哈哈大笑。

茶房进来了。这茶房非常客气，临别请我们吃牛奶咖啡。因为前晚账房先生在旅客名册上看到了我的姓名，将来访问。请喝汽水，要我画画。今天茶房也如法炮制。谈话之中，不免说起了刚才失表的事。此君非常愤慨，定要查究。我们再三阻止，他不答允。他说：“这轮船的特甲三号房间失脱手表，与我茶房名誉有关，非查不可！”这样一说，我们就不便阻止，只得听他去查了。他报告了账房，会同许多人，在舱外走来走去，东侦西探。在我想来，在这样大的轮船，这样稠杂的人群之中，要侦探这样小的一只手表的下落，真同海底捞针，是不可能的事。他们是敷衍我们，表示好意而已。

约摸十分钟之后，茶房面红气喘地跑进来，拿着一只手表说："是这只表吗？"向章先生原物奉还，又说："妈的，一个穿雨衣的年青人，终于被我查到了。已经打脱几个耳光，就要送警察局。"这时候船已靠岸，乘客已在开始登陆，圆窗洞外人影渐稀。但见一只粗而黑的脸装在圆窗洞内对我们得意地笑。茶房指着这脸说："是他告发的！他看见那年青人用钩子扒去。我们一查，果然查到这手表，还有一打毛巾，是别人的，……"章先生摸出两张五元金圆券来交与茶房，茶房就从窗洞中交与那脸。那脸一笑就不见了。据说这是一个走单帮的。茶房便咆哮地把侦查的经过向我们反复讲了几遍，最后翘起一根拇指得意地说："我是福尔摩斯！"他旋转身来，指着门口说："你看，这样一个家伙，不要脸的！"

港警已把那年青人和他的三件行李带进大菜间来，等候乘客上陆完毕，然后押送警察局。这大菜间做了他的临时拘留所。我走出房舱，站在角落里偷看那人：穿着蜜色雨衣、雨帽、西装裤、黑皮鞋；脸色光润，眉清目秀，轩昂地坐在大菜桌边的靠臂椅子里。我怕他难为情，所以站在角落里偷看他；他却旋转头来堂皇地看我，反而使我难为情起来。这个人相貌堂堂、衣冠楚楚，原来具有养成英雄豪杰、贤良圣哲的可能性。只因千丑万恶的社会环境逼他堕入暴弃，造成了眼前这畸形的结果——相貌堂堂、衣冠楚楚的一个窃贼！

茶房从他身上搜出文件来，交章先生看。我听见章先生不断地"啊哟，啊哟"，也挨过去看。啊哟，啊哟，原来其人是某地某望族的后裔，曾在有名的某学院肄业，经一位正直的某教育家的介绍，到某地某高级中学去担任训导主任兼史地教师的！这意外的消息，倒使我们十分为难了。区区一只手表，想不到会惹出这样的一个大问题来的！章先生就向船上人要求，请勿送局，顾全教育界脸面。但是港务局的警察为了责任所在，一定不肯放走这窃贼。章先生要求替他把三件行李带去保管，待他放释后来领。这以德报怨的请求，警察也就答允了。我们六个人，自己有七八件行李。这位"训导主任"的三件行李便加入其中，一同登陆，运送我们的住处。我是以抗战胜利国的国民的身份，来访问我们的失而复得的台湾岛的。我的脚最初踏上这土地的时候，照理应该十分愉快，现在只得九分！下文我也懒得再写了。

一九四八年十月十日在台北作。

①本篇曾载1948年11月1日《论语》第164期。

②章先生，指章锡琛（雪村），开明书店的创办人，作者的好友。

③金圆，指1948年8月19日发行的金圆券（以代替当时的法币）。

嫁给小提琴的少女[①]

我乘船到香港。经过汕头海关人员来检查。那人员查到我的房间，和我握手，口称“久仰”“难得”。他并不检查，却和我谈诗说画，谈得非常起劲。隔壁房间的客人和茶房们大家挤进来看，还道是查出了禁品，正在捉人了。海关人员辞去之后，邻室的客人方始知道我的姓名，大家耳语，像看新娘一般到门边来窥看我。茶房们亦窃窃私语。可惜讲的闽南话我一句也不懂。

挤进来看的人群中，有一个垂髫女郎，不过十八九岁模样，面圆圆的，眼睛很大，盯着我炯炯发光。海关人员走后，此人也就不见了。开船，吃夜饭之后，我独坐房舱中（我的房两铺，但客人少，对铺空着，我独占一房）看当日的《星岛日报》。有人叩门。开门一看，正是那个大眼睛女郎。她忸怩地说：“我是先生的读者，先生的文集画集我都读过。景仰多年，今日得在船中见到，真是大幸，所以特来拜访。打扰了！”一口国音，正确清脆，十足表示她是个聪明伶俐的女孩子。我留她坐，问她姓名籍贯，以及往何处去。她告诉我姓Y，是W城人，某专科学校毕业，随她姐姐乘船到香港去谋事。就住在我的隔壁房中。接着她就问我《子恺漫画》中的阿宝、瞻瞻、软软（我的子女，现在都比她大了）的近状；又慰问我在大后方十年避寇的辛苦。足证她的确都读过我的书，知道得很清楚。我发现她在听我答话的时候，常常忽然把大眼睛沉下，双眉颦蹙；忽然又强颜作笑，和我应酬。我心中猜疑：这个人恐有难言之恸。

忽然她严肃地站起来，郑重地启请："丰老先生，我有一个大疑问要请教，不知先生肯不肯教我？"说着，两点眼泪突然从两只大眼睛里滚出，在莲花瓣似的腮上画了两条垂直线，在电灯下闪闪发光。这是丹青所画不出的一个情景。突如其来，使我狼狈周章。我立刻诚恳地回答她："什么疑问？凡我所知道的，一定肯回答你，你说吧。"她说："先生，世间到底有没有'纯洁的恋爱'？"我说："你所谓'纯洁'，是什么意思？"她断然地说："永不结婚。"我呆住了，心中十分惊奇。后来我说："有是有的，不过很少很少。西洋古代曾经有一位大哲学家柏拉图，提倡这种恋爱，Platonic love〔柏拉图式的爱〕。但我没有见到过实例。你为什么问我这个呢？"她凄凉地说："啊，你没有见到过？那么，世间所谓'纯洁的恋爱'，都是骗人！都是骗我们女人！啊，我上当了！"她竟在我房中呜咽地哭起来。

我更是狼狈周章了。等她哭过一阵，我正色地说："你不必伤心，说不定你所遇到的确是柏拉图恋爱主义者。我所见狭小，岂能确定你是受骗呢？你究竟是怎么一回事？不妨对我说。也许我能慰藉你。"因了我的催促和探诱，她断断续续吞吞吐吐地把她的恋爱故事告诉我。原来是这样的一回事！

她出身于书香人家。她的父亲是当地很有名的文人。她从小爱好文艺，尤其是诗词。她今年十九岁半，性格十分天真，近于儿童。她憧憬于诗词文艺中所描写的人生的"美"与"光明"，而不知道又不相信人生还有"丑"与"黑暗"的一面。她只欢喜唯美的浪漫主义，而不欢喜暴露的写实主义。她注意灵的要求，而看轻肉的要求。我猜想，养成她这种性情的，半由于心理，即文艺诗词的感染，而半由于生理，即根本没有结婚的要求，亦即没有性欲。古人说"食色性也"。"没有性欲"这句话似乎不通，除非是残疾的人，况且她的体格很好，年龄也已及笄，我岂可这样武断呢？但我相信"性欲升华"之说，而且见过许多实例（历史上独身的伟人不少）。故我料她的性欲已经升华，因而在世间追求"纯洁的恋爱"。据她说，她和她的姐姐很亲爱，大家抱独身主义，本来不再需要异性的爱。但因她迷信了“纯洁的恋爱”，觉得除姐姐以外，再有一个异性纯洁的爱人，更可增加她的人生的“美”与“光明”。于是她的恋爱故事发生了。她的一个男同学追求她。起初她拒绝。后来因为合演话剧的关系，渐渐稔熟起来。那男同学就向她献种种的殷勤和非常的真诚。据说，他是住校的，她是通学，每天回家吃午饭的。而他每天到半路上接她两次，送她两次，风雨无阻。她说：“教我怎么不感动呢?”但她很审慎，终未明白表示“爱”他，因此他失望、绝食、生病了。别的同学来拉拢，大家恨她太忍心。她逼不得已，同时真心感动，便到病床前去慰问，并且明白表示了“我爱你”。但附带一个条件：“纯洁的爱永不结婚。”男的一口答允，病就好了。她说，从此以后，她的确过了两个月的“美”的“光明”的恋爱生活。但是两个月后，男的便隐隐地同她计划结婚了。屡次向她宣传“结婚的神圣”，解说“天下没有不结婚的恋爱”之理，抨击“独身主义”的不人道。她愤愤地对我说：“到此我才知道受骗呀!”她又哭了，我忍不住笑起来。我想：“真是一个傻孩子!”又想：“这天真烂漫而奇特的女孩子，真真难得!”

她个性很强，决心和他分手。但因长时间的旅伴和感情的夹缠，未便突然一刀两断。她就拖延，想用拖延来冲淡两个人的爱情，然后便于分手。她说：“这拖延的几星期，是我最苦痛的时间。”但男的只管紧紧地追求，死不放松。她急煞了。幸而她已毕业，就写了一封绝交信寄他，突然离开 W 城，投奔在远方当教师的姐姐。至今已将一年。幸而那男子没有继续来追她。并且，传闻他已另有爱人。因此她也放心了。但她还有疑心，常常怀疑：世间究竟有没有“永不结婚的恋爱”?因此不怕唐突，来“请教”萍水相逢的我。她恭维我说：“丰老先生，你是我们孩子们的心灵的理解者、润泽者、爱护者。惟有你能够医好我心头的创伤。”我听了又很周章。我虽然曾经写过许多关于儿童生活的文和书，但不曾研究过柏拉图爱。对眼前这个痴疑天真的少女的特殊的恋爱问题，实在无法解答。我只劝她：“你爱你的姐姐。你用功研究你的学问。倘是欢喜音乐的话，你最好研究音乐。因为音乐最能医疗心的创伤。”她破涕为笑，说：“我正在学小提琴，已经学到 Hohmann〔霍曼〕第二册了。”我说：“那是再好没有了！你不必再找理想的爱人，你就嫁给小提琴吧！”她欢喜信受，笑容满面地向我告辞。

一九四九年儿童节之夜记于丰祥轮一等十七号房舱中。

①本篇曾载1949年4月9日香港《星岛日报》。

梅兰芳不朽①

立秋日的傍晚，我正在饮酒的时候，女儿一吟神色沮丧地递给我一张新到的晚报，上面载着一个惊人的消息：梅兰芳今晨逝世！这仿佛青天一个霹雳，使我停止了饮酒。

这才华盖世的一代艺人，现在已经长逝了！我深为悼惜，因为我十分敬仰他。我之所以敬仰他，不仅为了他是一个才艺超群的大艺术家，首先为了他是一个光明磊落的爱国志士：

抗战期间，我避寇居重庆沙坪小屋。这小屋简陋之极，家徒四壁，毫无装饰，墙上只贴着一张梅兰芳留须照片，是上海的朋友从报纸上剪下来寄给我的。我十分宝爱这张照片，抗战期间一直贴在墙上，胜利后带回江南，到现在还保藏在我的书橱中。

我欣赏这张照片，觉得这个留须的梅兰芳，比舞台上的西施、杨贵妃更加美丽，因而更可敬仰。在那时候，江南乌烟瘴气，有些所谓士大夫者，卖国求荣，恬不知耻，梅先生在当时只是一个所谓“戏子”、所谓“优伶”，独有那么高尚的气节，安得不使我敬仰？况且当时梅先生已负盛名，早为日本侵略者所注目，想见他住在上海沦陷区中是非常困苦的。但他能够毅然决然地留起须来，拒绝演戏，这真是“威武不能屈”的大无畏精神，安得不使我敬仰？胜利回乡后，我特地登门拜访了两次，每次都有颂扬的文章登载在当时的《申报》“自由谈”上。

现在，梅兰芳已经长逝了。然而他的美妙的艺术永远保留在唱片和电影片中，永远为人民大众所宝爱；他的爱国精神，永远给我们以教育。梅兰芳不朽！

一九六一年立秋之夜记于上海日月楼。

①本篇曾载1961年8月14日《解放日报》。

扬州梦①

在格致中学高中三年级肄业的新枚患了不很重的肺病，遵医嘱停学在家疗养。生活寂寞，自己发心乘此机会读些诗词，我就做了他的教师，替他讲解《唐诗三百首》和《白香词谱》，每星期一二次。暮春有一天，我教他读姜白石的《扬州慢》：

淮左名都，竹西佳处，解鞍少驻初程。过春风十里，尽荠麦青青。自胡马窥江去后，废池乔木，犹厌言兵。渐黄昏，清角吹寒，都在空城。杜郎俊赏，算而今，重到须惊。纵豆蔻词工，青楼梦好，难赋深情。二十四桥仍在，波心荡冷月无声。念桥边红药，年年知为谁生。

这孩子兴味在于词律，一味讲究平平仄仄。我却怀古多情，神游于古代的淮扬胜地，缅想当年烟花三月，十里春风之盛。念到“二十四桥仍在”，我忽然发心游览久闻大名而无缘拜识的扬州，立刻收拾《白香词谱》，叫他到八仙桥去买明天到镇江的火车票。傍晚他拿了三张火车票回来。同去的是他和他的姐姐一吟。当夜各自准备行囊。

第二天下午，一行三人到达镇江。我们在镇江投宿，下午游览了焦山寺，认识了镇江的市容。下一天上午在江边搭轮船，渡江换乘公共汽车，不消两小时已经到达扬州。向车站里的人问询，他们介绍我们一所新开的公园旅馆。我们乘车投奔这旅馆，果然看见一所新造房子，里面的家具和被褥都是新的。盥洗既毕，斟一杯茶，坐下来休息一下。定神一想：现在我身已在扬州，然而我在一路上所见和在旅馆中所感，全然没有一点古色；但觉这是一个精小的近代都市，清静整洁；男女老幼熙攘往来，怡然操作，悉如他处；其中并无李白、张祜、杜牧、郑板桥、金冬心之类的面影。旅馆的招待员介绍我们到富春去吃中饭。富春是扬州有名的茶点酒菜馆，深藏在巷子里，而入门豁然开朗，范围甚广。点心和肴馔都极精美，虽然大都是荤的，我只能用眼睛来欣赏，但素菜也做得很好，别有风味。我觉得扬州只是一个小上海、小杭州，并无特殊之处。这在我似乎觉得有些失望，我决定下午去访问大名鼎鼎的二十四桥。我预期这二十四桥能够满足我的怀古欲。

到大街上雇车子，说“到二十四桥”。然而年青的驾车人都不知道，摇摇头。有一个年纪较大的人表示知道，然而他忠告我们：“这地方很远，而且很荒凉，你们去做什么?”我不好说“去凭吊”，只得撒一个谎，说“去看朋友”。那人笑着说：“那边不大有人家呢!”我很狼狈，支吾地回答他：“不瞒你说，我们就想看看那个桥。”驾车的人都笑起来。这时候旁边的铺子里走出一位老者来，笑着对驾车人说：“你们拉他们去吧，在西门外，他们是来看看这小桥的。”又转向我说：“这条桥从前很有名，可是现在荒凉了，附近没有什么东西。”我料想这位老者是读过唐诗，知道“二十四桥明月夜”的。他的笑容很特别，隐隐地表示着：“这些傻瓜!”

车子走了半小时以上，方才停息在田野中间跨在一条沟渠似的小河上的一爿小桥边。驾车人说：“到了，这是二十四桥。”我们下车，大家表示大失所望的样子，除了“啊哟!”以外没有别的话。一吟就拿出照相机来准备摄影。驾车的人看见了，打着土白交谈：“来照相的。”“要修桥吧?”“要开河吧?”我不辩解，我就冒充了工程师，倒是省事。驾车人到树荫下去休息吸烟了。我有些不放心：这小桥到底是否二十四桥？为欲考证确实，我跑到附近田野里一位正在工作的农人那里，向他叩问：“同志，这是什么桥?”他回答说：“二十四桥。”我还不放心，又跑到桥旁一间小屋子门口，望见里面一位白头老婆婆坐着做针线，我又问：“请问老婆婆，这是什么桥?”老婆婆干脆地说：“廿四桥。”这才放心，我们就替二十四桥拍照。桥下水涸，最狭处不过七八尺，新枚跨了过去，嘴里念着“波心荡冷月无声”，大家不觉失笑。

车子背着夕阳回城去的时候，我耽于冥想了。我首先想到李白“烟花三月下扬州”的名句，觉得正是这个时候。接着想起杜牧的诗：“青山隐隐水迢迢，秋尽江南草未凋；二十四桥明月夜，玉人何处教吹箫?”“落魄江湖载酒行，楚腰纤细掌中轻。十年一觉扬州梦，赢到青楼薄幸名。”“娉娉袅袅十三余，豆蔻梢头二月初；春风十里扬州路，卷上珠帘总不如。”又想起徐凝的诗句：“天下三分明月夜，二分无赖是扬州。”又想起王建的诗词：“夜市千灯照碧云，高楼红袖客纷纷。”又想起张祜的诗：“十里长街市井连，月明桥上看神仙；人生只合扬州死，禅智山光好墓田。”我在吟哦之下，梦见唐朝时候扬州的繁华。我又想起清人所作的《扬州画舫录》，这书中记述着乾隆年间扬州的繁盛景象，十分详尽。我又记起清朝的所谓“扬州八怪”，想象郑板桥、金冬心、罗聘、李方膺、汪士慎、高翔、黄悟、李鲜等潇洒不羁的文人画家寓居扬州时的风流韵事。最后想到描写清兵屠城的《扬州十日记》，打一个寒噤，不再想下去了。

回到旅馆里，询问账房先生，知道扬州有素菜馆。我们就去吃夜饭。这素菜馆名叫小觉林，位在电影院对面。我们在一个小楼上占据了一个雅座。一吟和新枚吃饱了饭，到对面看电影去了。我在小楼中独酌，凭窗闲眺，“十里长街”，“夜市千灯”，却全无一点古风。只见许多穿人民装的男男女女，熙攘往来，怡然共乐，比较起上海的市街来，特别富有节日的欢乐气象。这是什么原故呢？我想了好久，恍然大悟：原来扬州市内晚上没有汽车，马路上很安全，所有的行人都在马路中央幢幢往来，和上海节日电车停驶时的光景相似，所以在我看来特别富有欢乐的气象。我一方面觉得高兴，一方面略感失望。因为我抱着怀古之情而到这淮左名都来巡礼，所见的却是一个普通的现代化城市。

晚餐后我独自在街上徜徉了一会，回到旅馆已经九点多钟。舟车劳顿，观感纷忙，心身略觉疲倦，倒身在床，立刻睡去。

忽然听见有人敲门。拭目起床，披衣开门，但见一个端庄而壮健的中年妇人站在门口，满面笑容，打起道地扬州白说："扰你清梦，非常抱歉！"我说："请进来坐，请教贵姓大名。"她从容地走进房间来，在桌子旁边坐下，侃侃而言："我姓扬名州，号广陵，字邗江，别号江都，是本地人氏。知道你老人家特地来访问我，所以前来答拜。我今天曾经到火车站迎接你，又陪伴你赴二十四桥，陪伴你上酒楼，不过没有让你察觉。你的一言一动，一思一想，我都知道。我觉得你对我有些误解，所以特地来向你表白。你不远千里而枉驾惠临，想必乐于听取我的自述吧？"我说："久慕大名，极愿领教！"她从容地自述如下：

"你憧憬于唐朝时代，清朝时代的我，神往于'烟花三月'，'十里春风'的'繁华'景象，企慕'扬州八怪'的'风流韵事'，认为这些是我过去的光荣幸福，你完全误解了！我老实告诉你：在一九四九年以前，一千多年的长时期间，我不断地被人虐待，受尽折磨，备尝苦楚，经常是身患痼疾，体无完肤，畸形发育，半身不遂；古人所赞美我的，都是虚伪的幸福、耻辱的光荣、忍痛的欢笑、病态的繁荣。你却信以为真，心悦神往地吟赏他们的诗句，真心诚意地想象古昔的盛况，不远千里地跑来凭吊过去的遗迹，不堪回首地痛惜往事的飘零。你真大上其当了！我告诉你：过去千余年间，我吃尽苦头。他们压迫我，毒害我，用残酷的手段把我周身的血液集中在我的脸面上，又给我涂上脂粉，加上装饰，使得我面子上绚焕灿烂，富丽堂皇，而内部和别的部分百病丛生，残废瘫痪，贫血折骨，臃肿腐烂。你该知道：士大夫们在二十四桥明月下听玉人吹箫，在月明桥上看神仙，干风流韵事，其代价是我全身的多少血汗！

"我忍受苦楚，直到一九四九年方才翻身。人民解除了我的桎梏，医治我的创伤，疗养我的疾病，替我沐浴，给我营养，使我全身正常发育，恢复健康。我有生以来不曾有过这样快乐的生活，这才是我的真正的光荣幸福！你在酒楼上看见我富有节日的欢乐气象，的确，七八年来我天天在过节日似的欢乐生活，所以现在我的身体这么壮健，精神这么愉快，生活这么幸福！你以前没有和我会面，没有看到过我的不幸时代，你也是幸福的人！欢迎你多留几天，我们多多叙晤，你会更了解我的光荣幸福，欢喜满足地回上海去，这才不负你此行的跋涉之劳呢！时候不早，你该休息了。我来扰你清梦，很对不起！”她说着就站起身来告辞。

我听了她的一番话，恍然大悟，正想慰问她，感谢她，她已经夺门而出，回头对我说一声“明天会！”就在门外消失了。

我走出门去送她，不料在门槛上绊了一下，跌了一跤，猛然醒悟，原来身在旅馆里的簇新的床铺上的簇新的被窝里！啊，原来是一个“扬州梦”！这梦比元人乔梦符的《扬州梦》和清人嵇留山的《扬州梦》有意思得多，不可以不记。

一九五八年春日作。

①本篇曾载1958年5月1日《新观察》杂志第9期。

西湖春游[①]

我住在上海，离开杭州西湖很近，火车五六小时可到，每天火车有好几班。因此，我每年有游西湖的机会，而时间大都是春天。因为春天是西湖最美丽的季节。我很小的时候在家乡从乳母口中听到西湖的赞美歌：“西湖景致六条桥，间株杨柳间株桃。……”就觉得神往。长大后曾经在西湖旁边求学，在西湖上作客，经过数十寒暑，觉得西湖上的春天真正可爱，无怪远离西湖的穷乡僻壤的人都会唱西湖的赞美歌了。

然而西湖的最美丽的姿态，直到解放之后方才充分地表现出来。解放后每年春天到西湖，觉得它一年美丽一年，一年漂亮一年，一年可爱一年。到了解放第九年的春天，就是现在，它一定长得十分美丽，十分漂亮，十分可爱。可惜我刚从病院出来，不能随众人到西湖去游春；但在这里和读者作笔谈，亦是“画饼充饥”，聊胜于无。

西湖的最美丽的姿态，为什么直到解放后才充分表现出来呢？这是因为旧时代的西湖，只能看表面（山水风景），不能想内容（人事社会）。换言之，旧时代西湖的美只是形式美丽，而内容是丑恶不堪设想的。

譬如说，你悠闲地坐在西湖船里，远望湖边楼台亭阁，或者精巧玲珑，或者金碧辉煌，掩映出没于杨柳桃花之中，青山绿水之间。这光景多么美丽，真好比“海上仙山”！然而你只能用眼睛来看，却切不可用嘴巴来问，或者用头脑来想。你倘使问船老大“这是什么建筑？”“这是谁的别庄？”因而想起了它们的主人，那么你一定大感不快，你一定会叹气或愤怒，你眼前的“美”不但完全消失，竟变成了“丑”！因为这些楼台亭阁的所有者，不是军阀，就是财阀；建造这些楼台亭阁的钱，不是贪污来的，便是敲诈来的、剥削来的！于是你坐在船里远远地望去，就会隐约地看见这些楼台亭阁上都有血迹！隐约地听见这些楼台亭阁上都有被压迫者的呻吟声——这真是大煞风景！这样的西湖有什么美？这样的西湖不值得游！西湖游春，谁能仅用眼睛看看而完全不想呢？

旧时代的好人真可怜！他们为了要欣赏西湖的美，只得勉强屏除一切思想，而仅看西湖的表面，仿佛麻醉了自己，聊以满足自己的美欲。记得古人有诗句云：“小亭闲可坐，不必问谁家。”我初读这诗句时，认为这位诗人过于浪漫疏狂。后来仔细想想，觉得他也许怀着一片苦心：如果问起这小亭是谁家的，说不定这主人是个坏蛋，因而引起诗人的恶感，不屑坐他的亭子。旧时代的人欣赏西湖，就用这诗人的办法，不问谁家，但享美景。我小时候的音乐老师李叔同先生曾经为西湖作一首歌曲。且不说音乐，光就歌词而论，描写得真是美丽动人！让我抄录些在这里：

看明湖一碧，六桥锁烟水。
塔影参差，有画船自来去。
垂杨柳两行，绿染长堤。
飏晴风，又笛韵悠扬起。

看青山西围，高峰南北齐。
山色自空濛，有竹木媚幽姿。
探古洞烟霞，翠扑须眉。
霅暮雨，又钟声林外起。
大好湖山如此，独擅天然美。
明湖碧，又青山绿作堆。
漾晴光潋滟，带雨色幽奇。
靓妆比西子，尽浓淡总相宜。

这歌曲全都，刊载在最近出版的《李叔同歌曲集》中。我小时候求学于杭州西湖边的师范学校时，曾经在李先生亲自指挥之下唱这歌曲的高音部（这歌曲是四部合唱）。当时我年幼无知，只觉得这歌词描写西湖景致，曲尽其美，唱起来比看图画更美，比实地游玩更美。现在重唱一遍，回味一下，才感到前人的一片苦心：李先生在这长长的歌曲中，几乎全部是描写风景，绝不提及人事。因为那时候西湖上盘踞着许多贪官污吏，市侩流氓；风景最好的地位都被这些人的私人公馆、别庄所占据。所以倘使提及人事，这西湖的美景势必完全消失，而变成种种丑恶的印象。所以李先生作这歌词的时候，掩住了耳朵，停止了思索，而单用眼睛来观看，仅仅描写眼睛所看见的部分。这样，六桥烟水、塔影垂杨、竹木幽姿、古洞烟霞、晴光雨色，就形成一种美丽的姿态，好比靓妆的西施活美人了。这仿佛是自己麻醉，自己欺骗。采用这种办法，虽然是李先生的一片苦心，但在今天看来，实在是不足为训的！

然而李先生在这歌曲中，不能说绝不提及人事。其中有两处不免与人事有关：即“有画船自来去”，“笛韵悠扬起”。坐在这画船里面的是何等样人？吹出这悠扬的笛声的是何等样人？这不可穷究了。李先生只能主观地假定坐在画船里的是一群同他一样风流潇洒的艺术家，吹笛的是同他一样知音善感的音乐家；或者坐在画船里的是一群天真烂漫的游客，吹笛的是一位冰清玉洁的美人。这样，才可以符合主观的意旨，才可以增加西湖的美丽。然而说起画船和笛，在我回忆中的印象很不好。记得有一次我和几个朋友买舟游湖。天朗气清，山明水秀，心情十分舒适。忽然邻近的一只船上吹起笛来，声音悠扬悦耳，使得我们满船的人都停止了说话而倾听笛韵。后来这只船载着笛声远去，消失在烟波云水之间了。我们都不胜惋惜。船老大告诉我们：这船里载着的是上海来的某阔少和本地的某闻人，他们都会弄丝弦，都会唱戏，他们天天在湖上游玩……原来这些阔少和闻人，都是我们所“久闻大名”的。我听到这些人的“大名”，觉得眼前这“独擅天然美”的“大好湖山”忽然减色；而那笛声忽然难听起来、丑恶起来，终于变成了恶魔的啸嗷声。这笛声亵渎了这“大好湖山”，污辱了我的耳朵！我甩手撩起些西湖水来洗一洗我的耳朵。——这是我回忆旧时代西湖上的“画船”和“笛韵”时所得的印象。

我疏忽了，李先生的西湖歌中涉及人事的，不止上述两处，还有一处呢，即“又钟声林外起”。打钟的是谁？在李先生的主观中大约是一位大慈大悲、大智大慧的高僧，或者面壁十年的苦行头陀，或者三戒具足的比丘。然而事实上恐怕不见得如此。在那时候，上述的那些高僧、头陀和比丘极少住在西湖上的寺院里。撞钟的可能是以做和尚为业的和尚，或者是公然不守清规的和尚。

李先生作那首西湖歌时，这些人事社会的内情是不想的，是不敢想的。因为一想就破坏西湖风景的美，一想就煞风景。李先生只得屏绝了思索和分辨，而仅用眼睛来看；不谈西湖的内容情状，而仅仅赞美西湖的表面形式。我同情李先生的苦心。我想，如果李先生迟生三十年，能够躬逢解放后的新时代，能够看到人民的西湖，那么他所作的西湖歌一定还要动人得多！

在这里我不免要讲几句题外的话：我记得资本主义社会的美学中，有一个术语叫做“绝缘”，英文是 isolation。所谓绝缘，就是说看到一个物象的时候，断绝了这物象对外界（人事社会）的一切关系，而孤零零地欣赏这物象本身的姿态（形状色彩）。他们认为“美感”是由于“绝缘”而发生的。他们认为：看见一个物象时，倘使想起这物象的内容意义，想起这物象对人类社会的关系、作用和意义，就看不清楚物象本身的姿态，就看不到物象的“美”。必须完全不想物象对人类社会的关系、作用和意义，而仅用视觉来欣赏它的形状和色彩，这才能够从物象获得“美感”。——这种美学学说的由来，现在我明白了：只因为在旧社会中，追究起事物的内容意义来，大都是卑鄙龌龊、不堪闻问的，因此有些御用的学者就造出这种学说来，教人屏绝思索，不论好坏，不分皂白，一味欣赏事物的外表，聊以满足美欲，这实在是可笑、可怜的美学！

闲话少说，言归本题。旧时代的西湖春游，还有一种更切身的苦痛呢。上述那种苦痛还可以用主观强调、自己麻醉等方法来暂时避免，而另有一种苦痛则直接袭击过来，使你身心不安，伤情扫兴，游兴大打折扣。这便是西湖上的社会秩序的混乱。游西湖的主要交通工具是游船，即杭州人所谓“划子”。这种划子一向入诗、入词、入画，真是风雅不过的东西；从红尘万丈的都市里来的人，坐在这种划子里荡漾湖中，真有“春水船如天上坐”的胜概。于是划划子的人就奇货可居，即杭州人所谓“刨黄瓜儿”。你要坐划子游西湖，先得鼓起勇气来，同划划子的人作一场斗争，然后怀着余怒坐到划子里去“欣赏”西湖景致。划划子的人本来都是清白的劳动者，但因受当时环境的压迫和恶劣作风的影响，一时不得不如此以求生存了。上船之后，照例是在各名胜古迹地点停船：平湖秋月、中山公园、西泠印社、岳坟、三潭印月、雷峰夕照、刘庄、汪庄……这些名胜古迹的确是环肥燕瘦，各有其美，然而往往不能畅游，不能放心地欣赏。因为这些地方的管理者都特别“客气”，一看到游客，立刻端出茶盘来；倘使看到派头阔绰的游客，就端出果盒来。这种“盛情”，最初领受一二，也还可以；然而再而三，三而四，甚至而五、而六、而七……游客便受宠若惊，看见茶盘连忙逃走，不管后面传来奚落的、讥讽的叫声。若是陪着老年人游玩，处处要坐下来休息，而且逃不快，那就是他们所最欢迎的游客了，便是最倒霉的游客了。

游西湖要会斗争，会逃走——这是我数十年来的“宝贵”经验。直到最近几年，解放后几年，这“宝贵”经验忽然失却了效用。解放后有一年我到杭州，突然觉得西湖有些异样：湖滨栏杆旁边那些馋涎欲滴的划子手忽然不见了，讨价还价的斗争也没有了，只看见秩序井然的买票处和和颜悦色的舟子。名胜古迹中逐客的茶盘也不见了，到处明山秀水，任你逍遥盘桓。这一次我才十足地享受了西湖春游的快美之感！

“西子蒙不洁，则人皆掩鼻而过之。”解放前数十年间，我每逢游湖，就想起这两句话。路过湖滨的船埠头时，那种乌烟瘴气竟可使人“掩鼻”。解放之后，这西子“斋戒沐浴”过了。“大好湖山如此”，不但“独擅天然美”，又独擅“人事美”，真可谓尽善尽美了！写到这里，我的心已经飞驰到六桥三竺之间，神游于山明水秀、桃红柳绿之乡，不能再写下去了。

一九五八年春日作。

①本篇曾载1958年《旅行家》杂志第4期。

杭州写生

我的老家在离开杭州约一百里的地方，然而我少年时代就到杭州读书，中年时代又在杭州作“寓公”，因此杭州可说是我的第二故乡。

我从青年时代起就爱画画，特别喜欢画人物，画的时候一定要写生，写生的大部分是杭州的人物。我常常带了速写簿到湖滨去坐茶馆，一定要坐在靠窗的栏杆边，这才可以看了马路上的人物而写生。湖山喜雨台最常去，因为楼低路广，望到马路上同平视差不多。西园少去，因为楼高路狭，望下来看见的有些鸟瞰形，不宜于写生。茶楼上写生的主要好处，就是被写的人不得知，因而姿态很自然，可以入画。马路上的人，谁仰起头来看我呢？

为什么喜欢在茶馆楼上画呢？因为在路上画有种种不便：第一，被画的人看见我画他，他就戒备，姿态就不自然。如果其人是开通的，他就整一下衣服，装一个姿势，好像坐在照相馆里的镜头面前一样。那时画出来就像一尊菩萨，不是我所需要的画材。画好之后他还要走过来看，看见寥寥数笔就表示不满，仿佛损害了他的体面。如果其人是不开通的，看见我画他，他简直表示反对，或竟逃脱。因为那时（四五十年前）有一种迷信，说拍照伤人元气，使人倒霉。写生与拍照相似，也是这些顽固而愚昧的人所嫌忌的。当时我有一个画同志，到乡下去写生，据说曾经被夺去速写簿，并且赶出村子外，差一点儿没有被打。我没有碰到这种情况，然而类乎此的常常碰到。有一次我看见一老妇和一少妇坐在湖滨，姿态甚好，立刻摸出速写簿来写生。岂知被老妇瞥见，她一把拉住少妇就跑，同时嘴里喃喃地骂。少妇临去向我白一眼，并且“呸”地吐一口唾沫，仿佛我“调戏”了她。诸如此类……

第二种不方便，是在地上写生时，往往有许多闲人围着我看画。起初一二个人，后来越聚越多，同看戏法一样。而这些人有时也竟把我当作变戏法：有的站在我面前，挡住视线；有的挤在我左右，碰我的手臂；有的评长说短，向我提意见；有的小孩子大叫“看画菩萨头!”（他们称画人物为画菩萨头。）这些时候我往往没有画完就走，因为被画的人，看见一堆人吵吵闹闹，他也跑过来看了！我走了，还有几个小孩子或闲人跟着我走，希望我再“表演”，简直同看戏法一样。

为了有这种种不方便，所以我那时最喜欢在茶楼上写生。延龄大马路[①]上车水马龙，行人如织，都是很好的写生模特儿！——这是我青年时代的事。

最近，我很少写生。主要原因之一，是眼力差了，老花眼看近处必须戴眼镜，看远处必须除去眼镜。写生时必须远处看一眼，近处看一眼，这就使眼镜戴也不好，不戴也不好。有些老花眼镜是两用的，上面是平光，下面是老光。然而老光只有小小一部分，只能看一小块，不能看全面，而画画必须顾到纸张全面。这种眼镜只宜于写字，不宜于画画。因此，我老来很少写生了。一定要写，只有把眼镜搁在眼睛底下鼻孔上面，好像滑稽画中的老头子。但这很不舒服，并且要当心眼镜落地。

然而我最近到杭州游玩时，往往故态复萌，有时不免要摸出笔记簿子来画几笔。这一半是过去习惯所使然，好像一到杭州就“返老还童”了。

使我吃惊的，是解放后在人民的西湖上写生，和从前在旧西湖上写生情形显然不同，上述的两种不方便大大地减少了。被画的人知道这是“写生”，不讨厌我，女人决不吐唾沫。反之，他们有的肯迁就我，给我方便。有一次我坐在湖滨的石凳上，看见一个老舟子坐在船头上吸烟，姿态甚佳，我就对他写生。他衔着旱烟筒悠然地看山水，似乎没有发觉我在画他。忽然一个女小孩子跑来，大叫一声“爷爷!”那老舟子并不向她回顾，却哼喝她：“不要叫我！他在画我!”原来他早已发觉我画他了。这固然是一个特殊的例子，然而一般地说，人都开通了。这在写生者是一大方便。

围着看的人当然也有，然而态度和从前不同了。大都知道这是“写生”，就不用看戏法的态度对待我了。大都肃静地站在我后面，低声地互相说话：“壁报上用的。”“上海去登报的。”（他们从我同游的人身上看得出我们是上海来的。）有时几个青年还用“观摩”的态度看我作画，低声地说“内行”的话；倘有小孩子吵闹，他们代我阻止，给我方便。这些青年大概也会作画。现在作画的不一定是美术学校学生，一般机关团体里都有画家，壁报上和黑板报上不是常常有很好的画出现吗？

由此可知解放后人民知识都增加了，思想都进步了，态度都变好了。在“写生”这一件小事情中，也可以分明地看出。

一九五九年六月九日于上海记。

①延龄路，即今杭州延安路。

伯牙鼓琴①

我们中国在三千年之前音乐早已非常发达。只因乐谱失传，所以我们不能听到古代的乐曲。但是从古书的记载里，可以想见古代音乐发达的盛况。有一个小故事为证。

周朝时候，有一个学者叫做列御寇的，后人称他为列子。他告诉我们这样的一个音乐故事：有一个人叫做伯牙的，善于弹琴。他有一个好朋友，叫做钟子期，善于欣赏音乐。有一天，伯牙在琴上弹一个即兴曲，即临时作曲而演奏。他的作曲的主题是“高山”。他在琴上用音乐来描述他对于高山的感想。钟子期听他弹完了说：“你这乐曲峨峨然若泰山!”这就是说，曲趣雄伟，好像泰山一般峨峨巍巍，高不可仰。后来伯牙又弹一个即兴曲，用音乐来描述他对于流水的感想。钟子期听他弹完了说：“你这乐曲洋洋然若江河!”这就是说，曲趣流畅，好像江河滔滔洋洋，一泻千里。这两个人，一个是优秀的作曲家，一个是高明的音乐鉴赏家，所以是好朋友。后来钟子期死了，伯牙从此不再弹琴，因为没有“知音”了，即没有人能够欣赏他的作曲了。

这故事的意思，是说“知音难得”。后人常常拿伯牙和钟子期来比方互相深切了解的知心朋友。但在我们爱好音乐的人，另有一种看法：这里说明着我国古代音乐发达的盛况。西洋十九世纪初才盛行的“标题音乐”，在我们中国周朝时候，即纪元前几世纪，早已发达了。

所谓“标题音乐”，像字面上所表示，就是在乐曲上标明一个题目，而用一种特殊的作曲法来描写题目所表示的事象。这种作曲法，在西洋是十九世纪初才发达的，即德国大音乐家贝多芬所首先提倡的。在贝多芬以前，西洋音乐界盛行的是“绝对音乐”，又名“纯音乐”。所谓绝对音乐，就是用音符来表达一种纯粹的抽象的感情，而不叙述或描写某种客观事象。像中世纪的宗教音乐和贝多芬以前的室内乐等，都是绝对音乐。贝多芬开始把音乐从绝对音乐的象牙塔中解放出来，即开始用音符来叙述描写客观事象，使音乐变得同文学或绘画一样，可以叙述事件，可以描写风景，当然可以抒发感情。这是音乐艺术的进步，所以贝多芬以后，西洋许多大音乐家都致力于标题音乐的创作。他们所作的乐曲叫做“音诗”“音画”，或“交响诗”。

贝多芬的标题音乐中，描写技术最高妙而最著名的，是他的《第三交响乐》，即《英雄交响乐》，和《第六交响乐》，即《田园交响乐》。《英雄交响乐》本来是为赞颂法国革命英雄拿破仑作的。后来拿破仑自己做了皇帝，贝多芬大怒，把乐谱撕破，丢在地上。但他的朋友把破乐谱拾起来保存了，因为这是一首表现英雄精神的名曲。第一乐章描写英雄的力量，英雄的活动。第二乐章描写英雄临到危机，因此得切磋磨炼，完成其圆满的人格。第三乐章描写战胜了悲哀的英雄的快乐。第四乐章描写英雄一生的总体。《田园交响乐》开头描写田园风景的优美和愉快的印象。其次描写静静地流着的小川两旁的自然风景，其中常常听见鸟声。又其次描写乡村的农民的飨宴和舞蹈，狂欢的情景如在目前。接着描写飨宴之后忽然雷电交作，大雨滂沱。最后描写雨收云散，天色放晴，遥闻牧童的歌声和村人庆幸雷雨过去的欢笑声。

贝多芬以后，许多著名的标题音乐作品中，最脍炙人口的是俄国的柴科夫斯基的《一八一二年序曲》。一千八百十二年，就是拿破仑进攻俄京莫斯科，遭逢大火和大雪，又被剽悍的哥萨克军所袭击，这盖世英雄终于大败的一年。《一八一二年序曲》就是描写这经过的。乐曲的开始，描写俄国人民对拿破仑来袭的恐怖，奏出俄国正教的赞美歌。其次描写拿破仑军队长驱直入和可怕的战争。起初法国国歌《马赛曲》歌声很响亮，后来渐渐地低沉下去，表示法军的败北；而俄罗斯国歌的声音渐渐地高起来。于是听见莫斯科寺院的钟声和对胜利的欢呼感谢声。最后在嘹亮的俄罗斯国歌声中，响出堂皇的胜利进行曲。一场大战的描写于是告终。这种剧的描写，可说是标题音乐的登峰造极！

我想，我国二三千年前伯牙在古琴上演奏的“高山”和“流水”，大概也是《英雄交响乐》《田园交响乐》《一八一二年序曲》之类的标题音乐吧。不然，为什么钟子期听得出“峨峨然若泰山”“洋洋然若江河”呢？可惜乐谱失传，我们无法欣赏了。

〔1957 年〕

①本篇曾载 1957 年《音乐生活》8 月号。

庐山游记之一[①]

江行观感

译完了柯罗连科的《我的同时代人的故事》第一卷三十万字之后，原定全家出门旅行一次，目的地是庐山。脱稿前一星期已经有点心不在稿；合译者一吟的心恐怕早已上山，每天休息的时候搁下译笔（我们是父女两人逐句协商，由她执笔的），就打电话探问九江船期。终于在寄出稿件后三天的七月廿六日清晨，父母子女及一外孙一行五人登上了江新轮船。

胜利还乡时全家由陇海路转汉口，在汉口搭轮船返沪之后，十年来不曾乘过江轮。菲君（外孙）还是初次看见长江。站在船头甲板上的晨曦中和壮丽的上海告别，乘风破浪溯江而上的时候，大家脸上显出欢喜幸福的表情。我们占居两个半房间：一吟和她母亲共一间，菲君和他小娘舅新枚共一间，我和一位铁工厂工程师吴君共一间。这位工程师熟悉上海情形，和我一见如故，替我说明吴淞口一带种种新建设，使我的行色更壮。

江新轮的休息室非常漂亮：四周许多沙发，中间好几副桌椅，上面七八架电风扇，地板上走路要谨防滑跤。我在壁上的照片中看到：这轮船原是初解放时被敌机炸沉，后来捞起重修，不久以前才复航的。一张照片是刚刚捞起的破碎不全的船壳，另一张照片是重修完竣后的崭新的江新轮，就是我现在乘着的江新轮。我感到一种骄傲，替不屈不挠的劳动人民感到骄傲。

新枚和他的捷克制的手风琴，一日也舍不得分离，背着它游庐山。手风琴的音色清朗像竖琴，富丽像钢琴，在云山苍苍、江水泱泱的环境中奏起悠扬的曲调来，真有“高山流水”之概。我呷着啤酒听赏了一会，不觉叩舷而歌，歌的是十二三岁时在故乡石门湾小学校里学过的、沈心工先生所作的扬子江歌：

长长长，亚洲第一大水扬子江。
源青海兮峡瞿塘，蜿蜒腾蛟蟒。
滚滚下荆扬，千里一泻黄海黄。
润我祖国千秋万岁历史之荣光。

反复唱了几遍，再教手风琴依歌而和之，觉得这歌曲实在很好；今天在这里唱，比半世纪以前在小学校里唱的时候感动更深。这歌词完全是中国风的，句句切题，描写得很扼要；句句叶音，都叶得很自然。新时代的学校唱歌中，这样好的歌曲恐怕不多呢。因此我在甲板上热爱地重温这儿时旧曲。不过在这里奏乐、唱歌，甚至谈话，常常有美中不足之感。你道为何：各处的扩音机声音太响，而且广播的时间太多，差不多终日不息。我的房间门口正好装着一个喇叭，倘使镇日坐在门口，耳朵说不定会震聋。这设备本来很好：报告船行情况，通知开饭时间，招领失物，对旅客都有益。然而报告通知之外不断地大声演奏各种流行唱片，声音压倒一切，强迫大家听赏，这过分的盛意实在难于领受。我常常想向轮船当局提个意见，希望广播轻些、少些。然而不知为什么，大概是生怕多数人喜欢这一套吧，终于没有提。

轮船在沿江好几个码头停泊一二小时。我们上岸散步的有三处：南京、芜湖、安庆。好像有一根无形的绳索系在身上，大家不敢走远去，只在码头附近闲步闲眺，买些食物或纪念品。南京真是一个引人怀古的地方，我踏上它的土地，立刻神往到六朝、三国、春秋吴越的远古，阖闾、夫差、孙权、周郎、梁武帝、陈后主……都闪现在眼前。望见一座青山。啊，这大约就是诸葛亮所望过的龙蟠钟山吧！偶然看见一家店铺的门牌上写着邯郸路，邯郸这两个字又多么引人怀古！我买了一把小刀作为南京纪念，拿回船上，同舟的朋友说这是上海来的。

芜湖轮船码头附近没有市街，沿江一条崎岖不平的马路旁边摆着许多摊头。我在马路尽头的一副担子上吃了一碗豆腐花就回船。安庆的码头附近很热闹。我们上岸，从人丛中挤出，走进一条小街，逶迤曲折地走到了一条大街上，在一爿杂货铺里买了许多纪念品，不管它们是哪里来的。在安庆的小街里许多人家的门前，我看到了一种平生没有见过的家具，这便是婴孩用的坐车。这坐车是圆柱形的，上面一个圆圈，下面一个底盘，四根柱子把圆圈和底盘连接；中间一个座位，婴儿坐在这座位上；底盘下面有四个轮子，便于推动。坐位前面有一个特别装置：二三寸阔的一条小板，斜斜地装在座位和底盘上，与底盘成四五十度角，小板两旁有高起的边，仿佛小人国里的儿童公园里的滑梯。我初见时不解这滑梯的意义，一想就恍然大悟了它的妙用。记得我婴孩时候是站立桶的。这立桶比桌面高，四周是板，中间有一只抽斗，我的手靠在桶口上，脚就站在抽斗里。抽斗底上有桂圆大的许多洞，抽斗下面桶底上放着灰箩，妙用就在这里。然而安庆的坐车比较起我们石门湾的立桶来高明得多。这装置大约是这里的子烦恼的劳动妇女所发明的吧？安庆子烦恼的人大约较多，刚才我挤出码头的时候，就看见许多五六岁甚至三四岁的小孩子。这些小孩子大约是从子烦恼的人家溢出到码头上来的。我想起了久不见面的邵力子先生。②

轮船里的日子比平居的日子长得多。在轮船里住了三天两夜，胜如平居一年半载，所有的地方都熟悉，外加认识了不少新朋友。然而这还是庐山之游的前奏曲。踏上九江的土地的时候，又感到一种新的兴奋，仿佛在音乐会里听完了一个节目而开始再听另一个新节目似的。

①本篇曾载1956年10月1日上海《文汇报》。

②邵力子先生曾提倡节育。

庐山游记之二[①]

九江印象

九江是一个可爱的地方，虽然天气热到九十五度[②]，还是可爱。我们一到招待所，听说上山车子挤，要宿两晚才有车。我们有了细看九江的机会。

“家临九江水，来去九江侧。同是长干人，生小不相识。”（崔颢）“浔阳江头夜送客，枫叶荻花秋瑟瑟。”（白居易）常常替诗人当模特儿的九江，受了诗的美化，到一千多年后的今天风韵犹存。街道清洁，市容整齐；遥望岗峦起伏的庐山，仿佛南北高峰；那甘棠湖正是具体而微的西湖。九江居然是一个小杭州。但这还在其次。九江的男男女女，大都仪容端正。极少有奇形怪状的人物。尤其是妇女们，无论群集在甘棠湖边洗衣服的女子，提着筐挑着担在街上赶路的女子，一个个相貌端正，衣衫整洁，其中没有西施，但也没有嫫母。她们好像都是学校里的女学生。但这也还在其次。九江的人态度都很和平，对外来人尤其客气。这一点最为可贵。二十年前我逃难经过江西的时候，有一个逃难伴侣告诉我：“江西人好客。”当时我扶老携幼在萍乡息足一个多月，深深地感到这句话的正确。这并非由于萍乡的地主（这地主是本地人的意思）夫妇都是我的学生的原故，也并非由于“到处儿童识姓名”（马一浮先生赠诗中语）的原故。不管相识不相识，萍乡人一概殷勤招待。如今我到九江，二十年前的旧印象立刻复活起来。我们在九江，大街小巷都跑过，南浔铁路的火车站也到过。我仔细留意，到处都度着和平的生活，绝不闻相打相骂的声音。向人问路，他恨不得把你送到了目的地。我常常惊讶地域区别对风俗人情的影响的伟大。萍乡和九江，相去很远。然而同在江西省的区域之内，其风俗人情就有共通之点。我觉得江西人的“好客”确是一种美德，是值得表扬、值得学习的。我说九江是一个可爱的地方，主要点正在于此。

九江街上瓷器店特别多，除了瓷器店之外还有许多瓷器摊头。瓷器之中除了日用瓷器之外还有许多瓷器玩具：猫、狗、鸡、鸭、兔、牛、马、儿童人像、妇女人像、骑马人像、罗汉像、寿星像，各种各样都有，而且大都是上彩釉的。这使我联想起无锡来。无锡惠山等处有许多泥玩具店。也有各种各样的形象，也都是施彩色的。所异者，瓷和泥质地不同而已。在这种玩具中，可以窥见中国手艺工人的智巧。他们都没有进过美术学校雕塑科，都没有学过素描基本练习，都没有学过艺用解剖学，全凭天生的智慧和熟练的技巧，刻划出种种形象来。这些形象大都肖似实物，大多姿态优美，神气活现。而瓷工比较起泥工来，据我猜想，更加复杂困难。因为泥质松脆，只能塑造像坐猫、蹲兔那样团块的形象。而瓷质坚致，马的四只脚也可以塑出。九江瓷器中的八骏，最能显示手艺工人的天才。那些马身高不过一寸半，或俯或仰，或立或行，骨胳都很正确，姿态都很活跃。我们买了许多，拿回寓中，陈列在桌子上仔细欣赏。唐朝的画家韩干以画马著名于后世。我没有看见过韩干的真迹，不知道他的平面造型艺术比较起江西手艺工人的立体造型艺术来高明多少。韩干是在唐明皇的朝廷里做大官的。那时候唐明皇有一个擅长画马的宫廷画家叫做陈闳。有一天，唐明皇命令韩干向陈闳学习画马。韩干不奉诏，回答唐明皇说：“臣自有师。陛下内厩之马，皆臣师也。”我们江西的手艺工人，正同韩干一样，没有进美术学校从师，就以民间野外的马为师，他们的技术是全靠平常对活马观察研究而进步起来的。我想唐朝时代民间一定也不乏像江西瓷器手艺工人那样聪明的人，教他们拿起画笔来未必不如韩干。只因他们没有像韩干那样做大官，不能获得皇帝的赏识，因此终身沉沦，湮没无闻；而韩干独侥幸著名于后世。这样想来，社会制度不良的时代的美术史，完全是偶然形成的。

我们每人出一分钱，搭船到甘棠湖里的烟水亭去乘凉。这烟水亭建筑在像杭州西湖湖心亭那样的一个小岛上，四面是水，全靠渡船交通九江大陆。这小岛面积不及湖心亭之半，而树木甚多。树下设竹榻卖茶。我们躺在竹榻上喝茶，四面水光艳艳，风声猎猎，九十度以上的天气也不觉得热。有几个九江女郎也摆渡到这里的树荫底下来洗衣服。每一个女郎所在的岸边的水面上，都以这女郎为圆心而画出层层叠叠的半圆形的水浪纹，好像半张极大的留声机片。这光景真可入画。我躺在竹榻上，无意中举目正好望见庐山。陶渊明“采菊东篱下，悠然见南山”，大概就是这种心境吧。预料明天这时光，一定已经身在山中，也许已经看到庐山真面目了。

①本篇曾载1956年10月3日上海《文汇报》。

②九十五度，指华氏度。

庐山游记之三①

庐山面目

“咫尺愁风雨，匡庐不可登。只疑云雾里，犹有六朝僧。”（钱起）这位唐朝诗人教我们“不可登”，我们没有听他的话，竟在两小时内乘汽车登上了匡庐。这两小时内气候由盛夏迅速进入了深秋。上汽车的时候九十五度，在汽车中先藏扇子，后添衣服，下汽车的时候不过七十几度了。赴第三招待所的汽车驶过正街闹市的时候，庐山给我的最初印象竟是桃源仙境：土地平旷，屋舍俨然；有茶馆、酒楼、百货之属；黄发垂髫，并怡然自乐。不过他们看见了我们没有“乃大惊”，因为上山避暑休养的人很多，招待所满坑满谷，好容易留两个房间给我们住。庐山避暑胜地，果然名不虚传。这一天天气晴明。凭窗远眺，但见近处古本参天，绿阴蔽日；远处岗峦起伏，白云出没。有时一带树林忽然不见，变成了一片云海；有时一片白云忽然消散，变成了许多楼台。正在凝望之间，一朵白云冉冉而来，钻进了我们的房间里。倘是幽人雅士，一定大开窗户，欢迎它进来共住；但我犹未免为俗人，连忙关窗谢客。我想，庐山真面目的不容易窥见，就为了这些白云在那里作怪。

庐山的名胜古迹很多，据说共有两百多处。但我们十天内游踪所到的地方，主要的就是小天池、花径、天桥、仙人洞、含鄱口、黄龙潭、乌龙潭等处而已，夏禹治水的时候曾经登大汉阳峰，周朝的匡俗曾经在这里隐居，晋朝的慧远法师曾经在东林寺门口种松树，王羲之曾经在归宗寺洗墨，陶渊明曾经在温泉附近的栗里村住家，李白曾经在五老峰下读书，白居易曾经在花径咏桃花，朱熹曾经在白鹿洞讲学，王阳明曾经在舍身岩散步，朱元璋和陈友谅曾经在天桥作战……古迹不可胜计。然而凭吊也颇伤脑筋，况且我又不是诗人，这些古迹不能激发我的灵感，跑去访寻也是枉然，所以除了乘便之外，大都没有专诚拜访。有时我的太太跟着孩子们去寻幽探险了，我独自高卧在海拔一千五百公尺的山楼上看看庐山风景照片和导游之类的书，山光照槛，云树满窗，尘嚣绝迹，凉生枕簟，倒是真正的避暑。我看到天桥的照片，游兴发动起来，有一天就跟着孩子们去寻访。爬上断崖去的时候，一位挂着南京大学徽章的教授告诉我："上面路很难走，老先生不必去吧。天桥的那条石头大概已经跌落，就只是这么一个断崖。"我抬头一看，果然和照片中所见不同：照片上是两个断崖相对，右面的断崖上伸出一根大石条来，伸向左面的断崖，但是没有达到，相距数尺，仿佛一脚可以跨过似的。然而实景中并没有石条，只是相距若干丈的两个断崖，我们所登的便是左面的断崖。我想：这地方叫做天桥，大概那根石条就是桥，如今桥已经跌落了。我们在断崖上坐看云起，卧听鸟鸣，又拍了几张照片，逍遥地步行回寓。晚餐的时候，我向管理局的同志探问这条桥何时跌落，他回答我说，本来没有桥，那照相是从某角度望去所见的光景。啊，我恍然大悟了：那位南京大学教授和我谈话的地方，即离开左面的断崖数十丈的地方，我的确看到有一根不很大的石条伸出在空中，照相镜头放在石条附近适当的地方，透视法就把石条和断崖之间的距离取消，拍下来的就是我所欣赏的照片。我略感不快，仿佛上了资本主义社会的商业广告的当。然而就照相术而论，我不能说它虚伪，只是"太"巧妙了些。天桥这个名字也古怪，没有桥为什么叫天桥？

含鄱口左望扬子江，右瞰鄱阳湖，天下壮观，不可不看。有一天我们果然爬上了最高峰的亭子里。然而白云作怪，密密层层地遮盖了江和湖，不肯给我们看。我们在亭子里吃茶，等候了好久，白云始终不散，望下去白茫茫的，一无所见。这时候有一个人手里拿一把芭蕉扇，走进亭子来。他听见我们五个人讲土白，就和我招呼，说是同乡。原来他是湖州人，我们石门湾靠近湖州边界，语音相似。我们就用土白同他谈起天来。土白实在痛快，个个字入木三分，极细致的思想感情也充分表达得出。这位湖州客也实在不俗，句句话都动听。他说他住在上海，到汉口去望儿子，归途在九江上岸，乘便一游庐山。我问他为什么带芭蕉扇，他回答说，这东西妙用无穷：热的时候扇风，太阳大的时候遮阴，下雨的时候代伞，休息的时候当坐垫，这好比济公活佛的芭蕉扇。因此后来我们谈起他的时候就称他为济公活佛。互相叙述游览经过的时候，他说他昨天上午才上山，知道正街上的馆子规定时间卖饭票，他就在十一点钟先买了饭票，然后买一瓶酒，跑到小天池，在革命烈士墓前奠了酒，游览了一番，然后拿了酒瓶回到馆子里来吃午饭，这顿午饭吃得真开心。这番话我也听得真开心。白云只管把扬子江和鄱阳湖封锁，死不肯给我们看。时候不早，汽车在山下等候，我们只得别了济公活佛回招待所去。此后济公活佛就变成了我们的谈话资料。姓名地址都没有问，再见的希望绝少，我们已经把他当作小说里的人物看待了。谁知天地之间事有凑巧：几天之后我们下山，在九江的浔庐餐厅吃饭的时候，济公活佛忽然又拿着芭蕉扇出现了。原来他也在九江候船返沪。我们又互相叙述别后游览经过。此公单枪匹马，深入不毛，所到的地方比我们多。我只记得他说有一次独自走到一个古塔的顶上，那里面跳出一只黄鼠狼来，他打湖州白说："渠被倍吓了一吓，倍也被渠吓了一吓！"我觉得这简直是诗，不过没有叶韵。宋杨万里诗云："意行偶到无人处，惊起山禽我亦惊。"岂不就是这种体验吗？现在有些白话诗不讲叶韵，就把白话写成每句一行，一个"但"字占一行，一个"不"也占一行，内容不知道说些什么，我真不懂。这时候我想：倘能说得像我们的济公活佛那样富有诗趣，不叶韵倒也没有什么。

在九江的浔庐餐厅吃饭，似乎同在上海差不多。山上的吃饭情况就不同：我们住的第三招待所离开正街有三四里路，四周毫无供给，吃饭势必包在招待所里。价钱很便宜，饭菜也很丰富。只是听凭配给，不能点菜，而且吃饭时间限定。原来这不是菜馆，是一个膳堂，仿佛学校的饭厅。我有四十年不过饭厅生活了，颇有返老还童之感。跑三四里路，正街上有一所莱馆。然而这莱馆也限定时间，而且供应量有限，若非趁早买票，难免枵腹游山。我们在轮船里的时候，吃饭分五六班，每班限定二十分钟，必须预先买票。膳厅里写明请勿喝酒。有一个乘客说："吃饭是一件任务。"我想：轮船里地方小，人多，倒也难怪；山上游览之区，饮食一定便当。岂知山上的菜馆不见得比轮船里好些。我很希望下年这种办法加以改善。为什么呢？这到底是游览之区！并不是学校或学习班！人们长年劳动，难得游山玩水，游兴好的时候难免把吃饭延迟些，跑得肚饥的时候难免想吃些点心。名胜之区的饮食供应倘能满足游客的愿望，使大家能够畅游，岂不是美上加美呢？然而庐山给我的总是好感，在饮食方面也有好感：青岛啤酒开瓶的时候，白沫四散喷射，飞溅到几尺之外。我想，我在上海一向喝光明啤酒，原来青岛啤酒气足得多。回家赶快去买青岛啤酒，岂知开出来同光明啤酒一样，并无白沫飞溅。啊，原来是海拔一千五百公尺的气压的关系！庐山上的啤酒真好！

一九五六年九月作于上海。

①本篇曾载1956年10月4日上海《文汇报》。

黄山松①

没有到过黄山之前，常常听人说黄山的松树有特色。特色是什么呢？听别人描摹，总不得要领。所谓"黄山松"，一向在我脑际留下一个模糊的概念而已。这次我亲自上黄山，亲眼看到黄山松，这概念方才明确起来。据我所看到的，黄山松有三种特色：

第一，黄山的松树大都生在石上。虽然也有生在较平的地上的，然而大多数是长在石山上的。我的黄山诗中有一句："苍松石上生。"石上生，原是诗中的话；散文地说，该是石罅生，或石缝生。石头如果是囫囵的，上面总长不出松树来；一定有一条缝，松树才能扎根在石缝里。石缝里有没有养料呢？我觉得很奇怪。生物学家一定有科学的解说；我却只有臆测：《本草纲目》里有一种药叫做"石髓"。李时珍说："《列仙传》言邛疏煮石髓。"可知石头也有养分。黄山的松树也许是吃石髓而长大起来的吧？长得那么苍翠，那么坚劲，那么窈窕，真是不可思议啊！更有不可思议的呢：文殊院窗前有一株松树，由于石头崩裂，松根一大半长在空中，像须蔓一般摇曳着。而这株松树照样长得郁郁苍苍，娉娉婷婷。这样看来，黄山的松树不一定要餐石髓，似乎呼吸空气、呼吸雨露和阳光，也会长大的。这真是一种生命力顽强的生物啊！

第二个特色，黄山松的枝条大都向左右平伸，或向下倒生，极少有向上生的。一般树枝，绝大多数是向上生的，除非柳条挂下去。然而柳条是软弱的，地心吸力强迫它挂下去，不是它自己发心向下挂的。黄山松的枝条挺秀坚劲，然而绝大多数像电线木上的横木一般向左右生，或者像人的手臂一般向下生。黄山松更有一种奇特的姿态：如果这株松树长在悬崖旁边，一面靠近岩壁，一面向着空中，那么它的枝条就全部向空中生长，靠岩壁的一面一根枝条也不生。这姿态就很奇特，好像一个很疏的木梳，又像学习的"习"字。显然，它不肯面壁，不肯置身丘壑中，而一心倾向着阳光。

第三个特色，黄山松的枝条具有异常强大的团结力。狮子林附近有一株松树，叫做"团结松"。五六根枝条从近根的地方生出来，密切地偎傍着向上生长，到了高处才向四面分散，长出松针来。因此这一束树枝就变成了树干，形似希腊殿堂的一种柱子。我谛视这树干，想象它们初生时的状态：五六根枝条怎么会合伙呢？大概它们知道团结就是力量，可以抵抗高山上的风吹、雨打和雪压，所以生成这个样子。

如今这株团结松已经长得很粗、很高。我伸手摸摸它的树干，觉得像铁铸的一般。即使十二级台风，漫天大雪，也动弹它不了。更有团结力强得不可思议的松树呢：从文殊院到光明顶的途中，有一株松树，叫做“蒲团松”。这株松树长在山间的一小块平坡上，前面的砂土上筑着石围墙，足见这株树是一向被人重视的。树干不很高，不过一二丈，粗细不过合抱光景。上面的枝条向四面八方水平放射，每根都伸得极长，足有树干的高度的两倍。这就是说：全体像个“丁”字，但上面一划的长度大约相当于下面一直的长度的四倍。这一划上面长着丛密的松针，软绵绵的好像一个大蒲团，上面可以坐四五个人。靠近山的一面的枝条，梢头略微向下。下面正好有一个小阜，和枝条的梢头相距不过一二尺。人要坐这蒲团，可以走到这小阜上，攀着枝条，慢慢地爬上去。陪我上山的向导告诉我：“上面可以睡觉的，同沙发床一样。”我不愿坐轿，单请一个向导和一个服务员陪伴着，步行上山，两腿走得相当吃力了，很想爬到这蒲团上去睡一觉。然而我们这一天要上光明顶，赴狮子林，前程远大，不宜耽搁；只得想象地在这蒲团上坐坐，躺躺，就鼓起干劲，向光明顶迈步前进了。

一九六一年五月十日记。

①本篇曾载1961年5月25日上海《文汇报》。

黄山印象

看山，普通总是仰起头来看的。然而黄山不同，常常要低下头去看。因为黄山是群山，登上一个高峰，就可俯瞰群山。这教人想起杜甫的诗句“会当凌绝顶，一览众山小！”而精神为之兴奋，胸襟为之开朗。我在黄山盘桓了十多天，登过紫云峰、立马峰、天都峰、玉屏峰、光明顶、狮子林、眉毛峰等山，常常爬到绝顶，有如苏东坡游赤壁的“履巉岩，披蒙茸，踞虎豹，登虬龙，攀栖鹘之危巢，俯冯夷之幽宫”。

在黄山中，不但要低头看山，还要面面看山。因为方向一改变，山的样子就不同，有时竟完全两样。例如从玉屏峰望天都峰，看见旁边一个峰顶上有一块石头很像一只松鼠，正在向天都峰跳过去的样子。这景致就叫“松鼠跳天都”。然而爬到天都峰上望去，这松鼠却变成了一双鞋子。又如手掌峰，从某角度望去竟像一个手掌，五根手指很分明。然而峰回路转，这手掌就变成了一个拳头。其他如“罗汉拜观音”、“仙人下棋”、“喜鹊登梅”、“梦笔生花”、“鳌鱼驮金龟”等景致，也都随时改样，变幻无定。如果我是个好事者，不难替这些石山新造出几十个名目来，让导游人增加些讲解资料。然而我没有这种雅兴，却听到别人新起了两个很好的名目：有一次我们从西海门凭栏俯瞰，但见无数石山拔地而起，真像万笏朝天；其中有一个石山由许多方形石块堆积起来，竟同玩具中的积木一样，使人不相信是天生的，而疑心是人工的。导游人告诉我：有一个上海来的游客，替这石山起个名目，叫做“国际饭店”。我一看，果然很像上海南京路上的国际饭店。有人说这名目太俗气，欠古雅。我却觉得有一种现实的美感，比古雅更美。又有一次，我们登光明顶，望见东海（这海是指云海）上有一个高蜂，腰间有一个缺口，缺口里有一块石头，很像一只蹲着的青蛙。气象台里有一个青年工作人员告诉我：他们自己替这景致起一个名目，叫做“青蛙跳东海”。我一看，果然很像一只青蛙将要跳到东海里去的样子。这名目起得很适当。

翻山过岭了好几天，最后逶迤下山，到云谷寺投宿。这云谷寺位在群山之闻的一个谷中。由此再爬过一个眉毛峰，就可以回到黄山宾馆而结束游程了。我这天傍晚到达了云谷寺，发生了一种特殊的感觉，觉得心情和过去几天完全不同。起初想不出其所以然，后来仔细探索，方才明白原因：原来云谷寺位在较低的山谷中，开门见山，而这山高得很，用“万丈”“插云”等语来形容似乎还嫌不够，简直可用“凌霄”“逼天”等字眼。因此我看山必须仰起头来。古语云：“高山仰止”，可见仰起头来看山是正常的，而低下头去看山是异常的。我一到云谷寺就发生一种特殊的感觉，便是因为在好几天异常之后突然恢复正常的原故。这时候我觉得异常固然可喜，但是正常更为可爱。我躺在云谷寺宿舍门前的藤椅里，卧看山景，但见一向异常地躺在我脚下的白云，现在正常地浮在我头上了，觉得很自然。它们无心出岫，随意来往；有时冉冉而降，似乎要闯进寺里来访问我的样子。我便想起某古人的诗句："白云无事常来往，莫怪山僧不送迎。"好诗句啊！然而叫我做这山僧，一定闭门不纳，因为白云这东西是很潮湿的。

此外也许还有一个原因：云谷寺是旧式房子，三开间的楼屋。我们住在楼下左右两间里，中央一间作为客堂；廊下很宽，布设桌椅，可以随意起卧，品茗谈话，饮酒看山，比过去所住的文殊院，北海宾馆、黄山宾馆趣味好得多。文殊院是石造二层楼屋，房间像轮船里的房舱或火车里的卧车：约一方丈大小的房间，中央开门，左右两床相对，中间靠窗设一小桌，每间都是如此。北海宾馆建筑宏壮，房间较大，但也是集体宿舍式的：中央一条走廊，两旁两排房间，间间相似。黄山宾馆建筑尤为富丽堂皇，同上海的国际饭店、锦江饭店等差不多。两宾馆都有同上海一样的卫生设备。这些房屋居住固然舒服，然而太刻板，太洋化；住得长久了，觉得仿佛关在笼子里。云谷寺就没有这种感觉，不像旅馆，却像人家家里，有亲切温暖之感和自然之趣。因此我一到云谷寺就发生一种特殊的感觉。云谷寺倘能添置卫生设备，采用些西式建筑的优点：两宾馆的建筑倘能采用中国方式，而加西洋设备，使外为中用，那才是我所理想的旅舍了。

这又使我回想起杭州的一家西菜馆的事，附说在此：此次我游黄山，道经杭州，曾经到一个西菜馆里去吃一餐午饭。这菜馆采用西式的分食办法，但不用刀叉而用中国的筷子。这办法好极。原来中国的合食是不好的办法，各人的唾液都可能由筷子带进菜碗里，拌匀了请大家吃。西洋的分食办法就没有这弊端，很应该采用。然而西洋的刀叉，中国人实在用不惯，我们还是用筷子便当。这西菜馆能采取中西之长，创造新办法，非常合理，很可赞佩。当时我看见座上多半是农民，就恍然大悟：农民最不惯用刀叉，这合理的新办法显然是农民教他们创造的。

一九六一年五月二十日于上海记。

上天都①

从黄山宾馆到文殊院的途中，有一块独一无二的小平地，约有二三十步见方。据说不久这里要造一个亭子，供游人息足，现在已有许多石条乱放着了。我爬到了这块平地上，如获至宝，立刻在石条上坐下，觉得比坐沙发椅子更舒服。因为我已经翻了两个山峰，紫云峰和立马峰，尽是陡坡石级，羊肠坂道，两腿已经不胜酸软了。

坐在石条上点着一根纸烟，向四周望望，看见一面有一个高峰，它的峭壁上有一条纹路，远望好像一条虚线。仔细辨认，才知道是很长的一排石级，由此可以登峰的。我不觉惊讶地叫出："这个峰也爬得上的?"陪我上山的向导说："这个叫做天都峰，是黄山中最陡的一个峰；轿子不能上去，只有步行才爬得上。老人家不能上去。"

昨夜在黄山宾馆时，交际科的郝同志劝我雇一乘轿子上山。她说虽然这几天服务队里的人都忙着采茶，但也可以抽调出四个人来抬你上山。这些山路，老年人步行是吃不消的。我考虑了一下，决定谢绝坐轿。一则不好意思妨碍他们的采茶工作，二则设想四个人抬我一个人上山，我心情的不安一定比步行的疲劳苦痛得多。因此毅然地谢绝了，决定只请一个向导老宋和一个服务员小程陪伴上山。今天一路上来，老宋指示我好几个险峻的地方，都是不能坐轿必须步行的。此时我觉得：昨夜的谢绝坐轿是得策的。我从过去的经验中发见一个真理：爬山的唯一的好办法，是像龟兔赛跑里的乌龟一样，不断地、慢慢地走。现在向导说"老人家不能上去"，我漫应了一声，但是心中怀疑。我想：慢慢地走，老人家或许也能上去。然而天色已经向晚，我们须得爬上这天都峰对面的玉屏峰，到文殊院投宿。现在谈不到上天都了。

在文殊院三天阻雨，却得到了两个喜讯，第 26 届世界乒乓球锦标赛，男女单打，中国都获得了冠军；苏联的加加林乘飞船绕地球一匝，安然回到本国。我觉得脸上光彩，心中高兴，两腿的酸软忽然消失了。第四天放晴，女儿一吟发兴上天都，我决定同去。她说："爸爸和妈妈在这里休息吧，怕吃不消呢。"我说："妈妈是放大脚[②]，固然吃不消；我又不是放大脚，慢慢地走！"老宋笑着说："也好，反正走不动可以在半路上坐等的。"接着又说："去年你们画院里的画师来游玩，两位老先生都没有上天都。你老人家兴致真好！"大概他预料我走不到顶的。

从文殊院走下五六百个石级，到了前几天坐在石条上休息的那块小平地上，望望天都峰那条虚线似的石级，不免有些心慌。然而我有一个法宝，就是不断地、慢慢地走。这法宝可以克服一切困难。我坐在平地的石条上慢慢地抽了两根纸烟，精神又振作了，就开始上天都。

这石级的斜度，据导游书上说，是六十度至八十度。事实证明这数字没有夸张。全靠石级的一旁立着石柱，石柱上装着铁链，扶着铁链才敢爬上去。我规定一个制度：每跨上十步，站立一下。后来加以调整：每跨上五步，站立一下。后来第三次调整：每跨上五步，站立一下；再跨上五步，在石级上坐一下。有的地方铁链断了，或者铁链距离太远，或者斜度达到八十度，那时我就四条"腿"走路。这样地爬了大约一千级，才爬到了一个勉强可称平地的地方。我以为到顶了，岂知山上复有山，而且路头比过去的石级更曲折，更险峻。有几个地方，须得小程在前面拉，老宋在后面推，我的身子才飞腾上去。

老宋说："过了鲫鱼背，离开山顶不远了。"不久，眼前果然出现了一个巨大的"鲫鱼"。它的背脊约有十几丈长，却只有两三尺阔，两旁立着石柱，柱上装着铁链。我两手扶着铁链，眼睛看着前面，能够堂皇地跨步；但倘眼睛向下一望，两条腿就不期地发起抖来，畏缩不前了。因为望下去一片石壁，简直是"下临无地"。如果掉下去，一定粉身碎骨。走完了鲫鱼背，我连忙在一块石头上坐下，透一口大气。我抽着纸烟，想象当初工人们立石柱、装铁链时的光景，深切地感到劳动人民的伟大，惭愧我的卑怯：扶着现成的铁链还要两腿发抖！

再走几个险坡，便到达了天都峰的最高处。这里也有石柱和铁链，也是下临无地的。但我总算曾经沧海了，并不觉得顶上可怕，却对于鲫鱼背特别感兴趣。回去的时候，我站在鱼背顶点，叫一吟拍一张照。岂知这照片并无可观。因为一则拍照不能摄取全景，表不出高和险；二则拍照不能删除芜杂、强调要点，所以不能动人。在这点上绘画就可以逞强了：把不必要的琐屑删去，让主要的特点显出，甚至加以夸张或改造，表现出对象的神气，即所谓“传神写照”，只有绘画——尤其是中国画——最擅长。

上山吃力，下山危险——这是我登山的经验谈。下天都的时候，我全靠倒退，再加向导和服务员的帮助，才免除了危险。回到文殊院，看见扶梯害怕了。勉强上楼，倒在床里。两腿酸痛难当，然而回想滋味极佳。我想，我的法宝“像乌龟一样不断地、慢慢地走”，不但适用于老人登山，又可普遍地适用于老弱者的一切行为：凡事只要坚忍不懈地进行，即使慢些，也终于能获得成功。今天我的上天都已经获得成功了。欢欣之余，躺在床上吟成了一首小诗：

结伴游黄山，良辰值暮春。
美景层层出，眼界日日新。
奇峰高万丈，飞瀑泻千寻。
云海脚下流，苍松石上生。
入山虽甚深，世事依然闻。
息足听广播，都城传好音。
国际乒乓赛，中国得冠军。
飞船绕地球，勇哉加加林！
客中逢双喜，游兴忽然增。
掀髯上天都，不让少年人。

一九六一年五月十一日于上海记。

①本篇曾载1961年北京出版社《江山多娇》杂志。

②放大脚，指缠足陋习逐渐废绝而裹足后半途放松的小脚。

阿　咪[1]

阿咪者，小白猫也。十五年前我曾为大白猫“白象”写文。白象死后又曾养一黄猫，并未为它写文。最近来了这阿咪，似觉非写不可了。盖在黄猫时代我早有所感，想再度替猫写照。但念此种文章，无益于世道人心，不写也罢。黄猫短命而死之后，写文之念遂消。直至最近，友人进了我这阿咪，此念复萌，不可遏止。率尔命笔，也顾不得世道人心了。

阿咪之父是中国猫，之母是外国猫。故阿咪毛甚长，有似兔子。想是秉承母教之故，态度异常活泼，除睡觉外，竟无片刻静止。地上倘有一物，便是它的游戏伴侣，百玩不厌。人倘理睬它一下，它就用姿态动作代替言语，和你大打交道。此时你即使有要事在身，也只得暂时撇开，与它应酬一下；即使有懊恼在心，也自会忘怀一切，笑逐颜开。哭的孩子看见了阿咪，会破涕为笑呢。

我家平日只有四个大人和半个小孩。半个小孩者，便是我女儿的干女儿，住在隔壁，每星期三天宿在家里，四天宿在这里，但白天总是上学。因此，我家白昼往往岑寂，写作的埋头写作，做家务的专心家务，肃静无声，有时竟像修道院。自从来了阿咪，家中忽然热闹了。厨房里常有保姆的话声或骂声，其对象便是阿咪。室中常有陌生的笑谈声，是送信人或邮递员在欣赏阿咪。来客之中，送信人及邮递员最是枯燥，往往交了信件就走，绝少开口谈话。自从家里有了阿咪，这些客人亲昵得多了。常常因猫而问长问短，有说有笑，送出了信件还是留连不忍遽去。

访客之中，有的也很枯燥无味。他们是为公事或私事或礼貌而来的，谈话有的规矩严肃，有的啰唆疙瘩，有的虚空无聊，谈完了天气之后只得默守冷场。然而自从来了阿咪，我们的谈话有了插曲，有了调节，主客都舒畅了。有一个为正经而来的客人，正在侃侃而谈之时，看见阿咪姗姗而来，注意力便被吸引，不能再谈下去，甚至我问他也不回答了。又有一个客人向我叙述一件颇伤脑筋之事，谈话冗长曲折，连听者也很吃力。谈至中途，阿咪蹦跳而来，无端地仰卧在我面前了。这客人正在愤慨之际，忽然转怒为喜，停止发言，赞道："这猫很有趣！"便欣赏它，抚弄它，获得了片时的休息与调节。有一个客人带了个孩子来。我们谈话，孩子不感兴味，在旁枯坐。我家此时没有小主人可陪小客人，我正抱歉，忽然阿咪从沙发下钻出，抱住了我的脚。于是大小客人共同欣赏阿咪，三人就团结一气了。后来我应酬大客人，阿咪替我招待小客人，我这主人就放心了。原来小朋友最爱猫，和它厮伴半天，也不厌倦；甚至被它抓出了血也情愿。因为他们有一共通性：活泼好动。女孩子更喜欢猫，逗它玩它，抱它喂它，劳而不怨。因为她们也有个共通性：娇痴亲昵。

写到这里，我回想起已故的黄猫来了。这猫名叫"猫伯伯"。在我们故乡，伯伯不一定是尊称。我们称鬼为"鬼伯伯"，称贼为"贼伯伯"。故猫也不妨称为"猫伯伯"。大约对于特殊而引人注目的人物，都可讥讽地称之为伯伯。这猫的确是特殊而引人注目的。我的女儿最喜欢它。有时她正在写稿，忽然猫伯伯跳上书桌来，面对着她，端端正正地坐在稿纸上了。她不忍驱逐，就放下了笔，和它玩耍一会。有时它竟盘拢身体，就在稿纸上睡觉了，身体仿佛一堆牛粪，正好装满了一张稿纸。有一天，来了一位难得光临的贵客。我正襟危坐，专心应对。"久仰久仰"，"岂敢岂敢"，有似演剧。忽然猫伯伯跳上矮桌来，嗅嗅贵客的衣袖。我觉得太唐突，想赶走它。贵客却抚它的背，极口称赞："这猫真好！"话头转向了猫，紧张的演剧就变成了和乐的闲谈。后来我把猫伯伯抱开，放在地上，希望它去了，好让我们演完这一幕。岂知过得不久，忽然猫伯伯跳到沙发背后，迅速地爬上贵客的背脊，端端正正地坐在他的后颈上了！这贵客身体魁梧奇伟，背脊颇有些驼，坐着喝茶时，猫伯伯看来是个小山坡，爬上去很不吃力。此时我但见贵客的天官赐福的面孔上方，露出一个威风凛凛的猫头，画出来真好看呢！我以主人口气呵斥猫伯伯的无礼，一面起身捉猫。但贵客摇手阻止，把头低下，使山坡平坦些，让猫伯伯坐得舒服。如此甚好，我也何必做煞风景的主人呢？于是主客关系亲密起来，交情深入了一步。

可知猫是男女老幼一切人民大家喜爱的动物。猫的可爱，可说是群众意见。而实际上，如上所述，猫的确能化岑寂为热闹，变枯燥为生趣，转懊恼为欢笑；能助人亲善，教人团结。即使不捕老鼠，也有功于人生。那么我今为猫写照，恐是未可厚非之事吧？猫伯伯行年四岁，短命而死。这阿咪青春尚只三个月。希望它长寿健康，像我老家的老猫一样，活到十八岁。这老猫是我的父亲的爱物。父亲晚酌时，它总是端坐在酒壶边。父亲常常摘些豆腐干喂它。六十年前之事，今犹历历在目呢。

壬寅〔1962〕年仲夏于上海作。

①本篇曾载1962年8月《上海文学》第35期。

天童寺忆雪舟[①]

春到江南，百花齐放。我动了游兴，就在三月中风和日暖的一天，乘轮船到宁波去作旅行写生了。

宁波是我旧游之地，然而一别已有二十多年，走入市区，但觉面目一新，完全不可复识了。从前的木造老江桥现在已变成钢架大桥，从前的小屋现已变成层楼，从前的石子路现已变成柏油马路……街上车水马龙，商店百货山积。二十多年不见，这老朋友已经返老还童了！

我是来作旅行写生的，希望看看风景，首先想起有名的天童寺。这千年古刹除风景优胜之外，对我还有一点吸引力；这是日本有名的画僧雪舟等杨驻锡之处，因此天童二字带着美术的香气。我看过宁波市区后，次日即驱车赴天童寺。

天童寺离市区约五十里，小汽车一小时即到。将近寺院，一路上长松夹道，荫蔽天日；松风之声，有如海潮。走进山门，但见殿宇巍峨，金碧辉煌；主严七宝，香气氤氲。寺屋大小不下数百间，都布置得清楚齐整，了无纤尘。寺址在山坡上，层层而上，从最高的罗汉堂中可以望见寺院全景。我凭栏俯瞰，想象五百年前曾有一位日本高僧兼大画家住在这里，不知哪一个房间是他的起居坐卧作画之处。古人云："登高望远，令人心悲。"我现在是登高怀古，不胜憧憬！

在寺吃素斋后，与同游诸人及僧众闲谈，始知此寺已有千余年历史，其间两次遭大火，一次遭山洪，因此文物损失殆尽，现在已经没有雪舟的纪念物了。但同游诸人都知道雪舟之名，因为一九五六年雪舟逝世四百五十年纪念，上海曾经开过雪舟遗作展览会，我曾经作文在报上介绍。我们就闲谈雪舟的往事。僧众听了，都很高兴，庆幸他们远古时具有这一段美术胜缘。我所知道的雪舟是这样：

雪舟姓小田，名等杨，是十五世纪日本有名画僧，是日本"宋元水墨画派"的代表作家。日本人所宗奉的中国水墨画家，是宋朝的马远与夏圭。雪舟要探访这画派的发源地，曾随日本的遣唐使来华，其时正是明朝宪宗年间。明朝宫廷办有画院，画家都封官职。明代名画家戴文进、倪端、李在、王谔等，都是画院里的人。李在是马远、夏圭的嫡派，雪舟一到北京，就拜李在为师，专心学习水墨画。他一方面临摹古画，一方面自己创作。经过若干时之后，他忽然悟到：作画不能专看古人及别人之作，必须师法大自然，从现实中汲取画材。于是离开北京，遍游中国名山大川。后来到了浙江宁波，看见这天童寺地势佳胜，风景优美，就在这寺里当了和尚。僧众尊崇他，称他为"天童第一座"。他在天童寺一面礼佛，一面研究绘画，若干时之后，画道大进。明宪宗闻知了，就召他进宫，请他为礼部院作壁画。这壁画画得极好，见者无不赞叹。于是求雪舟作画的人越来越多，使得他应接不暇。他在中国住了约四年，然后回国。他在这四年间与中国人结了不少翰墨因缘。

我又想起了雪舟的两种逸话，乘兴也讲给大家听。

有一个中国人求雪舟一幅画，要求他画日本风景。雪舟就画日本田之浦地方的清见寺的风景，其中有个宝塔，亭亭独立，非常美观。后来雪舟返国，来到田之浦，一看，清见寺旁边并没有宝塔。大约是原来有塔，后来坍倒了。雪舟想起了在中国应嘱所写的那幅画，觉得不符现实，很不称心。他就自己拿出钱来，在清见寺旁边新造一个宝塔，使实景和他的画相符合。于此可见他作画非常注重反映现实。

雪舟十二三岁就做和尚。但他不喜诵经念佛，专爱描画。他的师父命令他诵经，他等师父去了，便把经书丢开，偷偷地拿出画具来描画。有一次他正在描画，师父忽然来了。师父大怒，拉住他的耳朵，到大殿里，用绳子把他绑在柱子上，不许他行动和吃饭。雪舟很苦痛，呜咽地哭泣，眼泪滴在面前的地上。滴得多了，形状约略像个动物。雪舟便用脚趾蘸眼泪作画，画一只老鼠。即将画成的时候，师父悄悄地走来了。他站在雪舟背后，看见地上一只老鼠正在咬雪舟的脚趾。仔细一看，原来是画。因为画得很好，师父以为是真的老鼠。这时候师父才认识了他的绘画天才，便释放他，从此任凭他自由学画。这便是这大画家发迹的第一步。

我们谈了许多旧话之后，就由寺僧引导，攀登寺旁的玲珑岩，欣赏松涛。那里有老松千百株，郁郁苍苍，犹似一片绿海。松风之声，时起时伏，亦与海涛相似。有亭翼然，署曰“听涛”，是我所手书的。寺僧告我，某树是宋代之物，某树是元代之物。我想：某些树一定是曾经见过雪舟，可惜它们不肯说话，不然，关于这位画僧我们可以得知更多的史实。

一九六三年三月于上海。

①本篇曾载 1963 年 4 月 24 日香港《新晚报》。

不肯去观音院①

普陀山，是舟山群岛中的一个岛，岛上寺院甚多，自古以来是佛教胜地，香火不绝。浙江人有一句老话：“行一善事，比南海普陀去烧香更好。”可知南海普陀去烧香是一大功德。因为古代没有汽船，只有帆船；而渡海到普陀岛，风浪甚大，旅途艰苦，所以功德很大。现在有了汽船，交通很方便了，但一般信佛的老太太依旧认为一大功德。

我赴宁波旅行写生，因见春光明媚，又觉身体健好，游兴浓厚，便不肯回上海，却转赴普陀去“借佛游春”了。我童年时到过普陀，屈指计算，已有五十年不曾重游了。事隔半个世纪，加之以解放后普陀寺庙都修理得崭新，所以重游竟同初游一样，印象非常新鲜。

我从宁波乘船到定海，行程三小时；从定海坐汽车到沈家门，五十分钟；再从沈家门乘轮船到普陀，只费半小时。其时正值二月十九观世音菩萨生日，香客非常热闹，买香烛要排队，各寺院客房客满。但我不住寺院，住在定海专署所办的招待所中，倒很清静。

我游了四个主要的寺院：前寺、后寺、佛顶山、紫竹林。前寺是普陀的领导寺院，殿宇最为高大。后寺略小而设备庄严，千年以上的古木甚多。佛顶山有一千多石级，山顶常没在云雾中，登楼可以俯瞰普陀全岛，遥望东洋大海。紫竹林位在海边，屋宇较小，内供观音，住居者尽是尼僧；近旁有潮音洞，每逢潮涨，涛声异常宏亮。寺后有竹林，竹竿皆紫色。我曾折了一根细枝，藏在衣袋里，带回去作纪念品。这四个寺院都有悠久的历史，都有名贵的古物。我曾经参观两只极大的饭锅，每锅可容八九担米，可供千人吃饭，故名曰“千人锅”。我用手杖量量，其直径约有两手杖。我又参观了一只七千斤重的钟，其声宏大悠久，全山可以听见。

这四个主要寺院中，紫竹林比较的最为低小；然而它的历史在全山最为悠久，是普陀最初的一个寺院。而且这开国元勋与日本人有关。有一个故事，是紫竹林的一个尼僧告诉我的，她还有一篇记载挂在客厅里呢。这故事是这样：

千余年前，后梁时代，即公历九百年左右，日本有一位高僧，名叫慧锷的，乘帆船来华，到五台山请得了一位观世音菩萨像，将载回日本去供养。那帆船开到莲花洋地方，忽然开不动了。这慧锷法师就向观音菩萨祷告：“菩萨如果不肯到日本去，随便菩萨要到哪里，我和尚就跟到哪里，终身供养。”祷告毕，帆船果然开动了。随风飘泊，一直来到了普陀岛的潮音洞旁边。慧锷法师便捧菩萨像登陆。此时普陀全无寺院，只有居民。有一个姓张的居民，知道日本僧人从五台山请观音来此，就捐献几间房屋，给他供养观音像。又替这房屋取个名字，叫做“不肯去观音院”。慧锷法师就在这不肯去观音院内终老。这不肯去观音院是普陀第一所寺院，是紫竹林的前身。紫竹林这名字是后来改的。有一个人为不肯去观音院题一首诗：

借问观世音，因何不肯去？
为渡大中华，有缘来此地。

如此看来，普陀这千余年来的佛教名胜之地，是由日本人创始的。可见中日两国人民自古就互相交往，具有密切的关系。我此次出游，在宁波天童寺想起了五百年前在此寺作画的雪舟，在普陀又听到了创造寺院的慧锷。一次旅行，遇到了两件与日本有关的事情，这也可证明中日两国人民关系之多了。不仅古代而已，现在也是如此。我经过定海，参观鱼场时，听见渔民说起：近年来海面常有飓风暴发，将渔船吹到日本，日本的渔民就招待这些中国渔民，等到风息之后护送他们回到定海。有时日本的渔船也被飓风吹到中国来，中国的渔民也招待他们，护送他们回国。劳动人民本来是一家人。

不肯去观音院左旁，海边上有很长、很广、很平的沙滩。较小的一处叫做“百步沙”，较大的一处叫做“千步沙”。潮水不来时，我们就在沙上行走。脚踏到沙上，软绵绵的，比踏在芳草地上更加舒服。走了一阵，回头望望，看见自己的足迹连成一根长长的线，把平净如镜的沙面划破，似觉很可惜的。沙地上常有各种各样的贝壳，同游的人大家寻找拾集，我也拾了一个藏在衣袋里，带回去作纪念品。为了拾贝壳，把一片平沙踩得破破烂烂，很对它不起。然而第二天再来看看，依旧平净如镜，一点伤痕也没有了。我对这些沙滩颇感兴趣，不亚于四大寺院。

离开普陀山，我在路途中作了两首诗，记录在下面：

一别名山五十春，重游佛顶喜新晴。

东风吹起千岩浪，好似长征奏凯声。
寺寺烧香拜跪勤，庄严宝岛气氤氲。
观音颔首弥陀笑，喜见群生乐太平。

回到家里，摸摸衣袋，发见一个贝壳和一根紫竹，联想起了普陀的不肯去观音院，便写这篇随笔。

一九六三年清明节于上海。

①本篇曾载 1963 年 4 月 18 日香港《新晚报》。

第五辑　新的欢喜

私塾生活①

我的学童时代，就是六十年前的时代。那时候．我国还没有学校，儿童上学，进的是私塾。怎么叫做私塾呢？就是一个先生在自己家里开办一个学堂，让亲戚、朋友、邻居家的小孩子来上学。有的只有七八个学生，有的十几个，至多也不过二三十个，不能再多了。因为家里屋子有限，先生只有一人。这位先生大都是想考官还没有考取的人，或者一辈子考不取的老人。那时候要做官，必须去考。小考一年一次，大考三年一次。考不取的，就在家里开私塾，教学生。学生每逢过年，送几块银洋给先生，作为学费，称为“修敬”。每逢端午、中秋，也必须送些礼物给先生，例如鱼、肉、粽子、月饼之类。私塾没有星期天，也没有暑假；只有年假，放一个多月。倘先生有事，随时可以放假。

私塾里不讲时间，因为那时绝大多数人家没有自鸣钟。学生早上入学，中午“放饭学”，下午再入学，傍晚“放夜学”，这些时间都没有一定，全看先生的生活情况。先生起得迟的，学生早上不妨迟到。先生有了事情，晚快就早点“放夜学”。学生早上入学，先生大都尚未起身，学生挟了书包走进学堂，先双手捧了书包向堂前的孔夫子牌位拜三拜，然后坐在规定的座位里。倘先生已经起来了，坐在学堂里，那么学生拜过孔夫子之后，须得再向先生拜一拜，然后归座。座位并不是课桌，就是先生家里的普通桌子，或者是自己家里搬来的桌子。座位并不排成一列，零零星星地安排，就同普通人家的房间布置一样。课堂里没有黑板，实际上也用不到黑板。因为先生教书是一个一个教的。先生叫声“张三”，张三便拿了书走到先生的书桌旁边，站着听先生教。教毕，先生再叫“李四”，李四便也拿了书走过去受教。……每天每人教多少时光，教多少书，没有一定，全看先生高兴。他高兴时，多教点；不高兴时，少教点。这些先生家里大都是穷的，有的全靠学生年终送的“修敬”过日子。因此做教书先生，人们称为“坐冷板凳”；意思是说这种职业是很清苦的。因此先生家里柴米成问题的时候，先生就不高兴，教书也很懒。

还有，私塾先生大都是吸鸦片的。小朋友们，你们知道什么叫做鸦片？待我告诉你们：鸦片是一种烟，是躺在床上吸的。吸得久了，天天非吸几次不可，不吸就要打呵欠，流鼻涕，头晕眼花，同生病一样。这叫做“鸦片上瘾”。上了瘾的人很苦：又费钱，又费时间，又伤身体。那么你要问：他们为什么要吸呢？只因那时外国帝国主义欺侮我们中国人，贩进这种毒品来教大家吃，好让中国一天一天弱起来。那时中国政府怕外国人，不爱人民，就让大家去吸，便害了许多人。而读书人受害的最多。因为吸了鸦片，精神一时很好，读得进书，但不吸就读不进。因此不少读书人都上了当。

私塾没有课程表。但大都有个规定：早上“习字”，上午“背旧书”，下午“上新书”，放夜学之前“对课”。

私塾里读的书只有一种，是语文。像现在学校里的算术、图画、音乐、体操……那时一概没有。语文之外，只有两种小课，即“习字”和“对课”。而这两种小课都是和语文有关的，只算是语文中的一部分。而所谓“语文”，也并不是现在那种教科书，却是一种古代的文言文章，那书名叫做《大学》《中庸》《论语》《孟子》……这种书都很难读，就是现在的青年人、壮年人，也不容易懂得，何况小朋友。但先生不管小朋友懂不懂，硬要他们读，而且必须读熟，能背。小朋友读的时候很苦，不懂得意思，照先生教的念，好比教不懂外国语的人说外国语。然而那时的小朋友苦得很，非硬记、硬读、硬背不可。因为背不出先生要用“戒尺”打手心，或者打后脑。戒尺就是一尺长的一条方木棍。

上午，先生起来了，捧了水烟管走进学堂里，学生便一齐大声念书，比小菜场里还要嘈杂。因为就要“背旧书”了，大家便临时“抱佛脚”。先生坐下来，叫声“张三”，张三就拿了书走到先生书桌面前，把书放在桌上了，背转身子，一摇一摆地背诵昨天、前天和大前天读过的书。倘背错了，或者背不下去了，先生就用戒尺在他后脑上打一下，然后把书丢在地上。这个张三只得摸摸后脑，拾了书，回到座位里去再读，明天再背。于是先生再叫“李四”……一个一个地来背旧书。背旧书时，多数人挨打，但是也有背不出而不挨打的，那是先生自己的儿子或者亲戚。背好旧书，一个上午差不多了，就放饭学，学生大家回家吃饭。

下午，先生倘是吸鸦片的，要三点多钟才进学堂来。“上新书”也是一个一个上的。上的办法：先生教你读两遍或三遍，即先生读一句，你顺一句。教过之后，要你自己当场读一遍给先生听。但那些书是很难读的，难字很多，先生完全不讲解意义，只是教你跟了他“唱”。所以唱过二三遍之后，自己不一定读得出。越是读不出，后脑上挨打越多；后脑上打得越多，越是读不出。先生书桌前的地上，眼泪是经常不干的！因此有的学生，上一天晚上请父亲或哥哥等先把明天的生书教会，免得挨打。

新书上完后，将近放学，先生把早上交来的习字簿用红笔加批，发给学生。批有两种：写得好的，圈一圈；写得不好的，直一直；写错的，打个叉。直的叫做“吃烂木头”，叉的叫做“吃洋钢叉”。有的学生，家长发给零用钱，以习字簿为标准：一圈一个铜钱；一个烂木头抵消一个铜钱；一个洋钢叉抵消两个铜钱。

发完习字簿，最后一件事是“对课”。先生昨天在你的“课簿”上写两个或三个字，你拿回家去，对他两个或三个字，第二天早上缴在先生桌上。此时先生逐一翻开来看，对得好的，圈一圈；对得不好的，他替你改一改。然后再出一个新课，让你拿回去对好了，明天来缴卷。怎么叫对课呢？譬如先生出“红花”两字，你对“绿叶”；先生出“春风”，你对“秋雨”；先生出“明月夜”，你对“艳阳天”……对课要讲词性，要讲平仄。（怎么叫做词性和平仄，说来话多，我暂时不讲了。）这算是私塾里最有兴味的一课。然而对得太坏，也不免挨打手心。对过课之后，先生喊一声：“去！”学生就打好书包，向孔夫子牌位拜三拜，再向先生拜一拜，一缕烟跑出学堂去了。这时候个个学生很开心，一路上手挽着手，跳跳蹦蹦，乱叫乱嚷，欢天喜地地回家去，犹如牢狱里释放的犯人一般。

今天讲得太多了。下次有机会再和小朋友谈旧话吧。

〔1962 年〕

①本篇曾载 1962 年 9 月《儿童时代》第 17 期。

新的欢喜①

我住居上海，前后共有三十多年了。往日常常感到上海生活特点之一，是出门无相识，街上成千成万的都是陌路人。如果遇见一个相识的人，当作一件怪事。这和乡间完全相反：在乡间，例如我在故乡石门湾，出门遇见的个个是熟人。倘有一只陌生面孔，一定被十目所视，大家研究这个外来人是谁。

我虽然有时爱好上海生活，取其行动很自由，不必同人打招呼，衣冠不整也无妨，正如曼殊所云；“芒鞋破钵无人识，踏过樱花第几桥。”然而常常嫌恶上海生活，觉得太冷酷，有“茫茫人海，藐藐孤舟”之感。

然而这是往日的情况。近几年来，上海对我的关系变更了：出门常常遇见认识我的人，和我谈话，甚至变成朋友。有种种事实为证：

有一次我坐三轮车，那驾车人在路上问我：“贵姓?”我说：“姓丰。”他说：“这个姓很少。我所知道的只有一个老画家丰子恺。”我问他：“你何以知道丰子恺?”他说：“我常在报上看到他的画。”我向他说穿了，他就在途中买册子要我画，又和我交换通信址，变成了朋友。我曾经特写一篇短文②，叙述此事。

有一次我上剃头店，那理发师对我看看说：“你老先生的相貌很像画家丰子恺呢。”我问他何以认识丰子恺，他说常在报纸杂志上看到我的照片。我也就说穿了，他很惊奇，仿佛以为我是不该剃头的。从此我们就成了相识。

有一次我自己上邮局寄挂号信。挂号信上必须写明发信人姓名。那邮局职员见了，便告诉邻桌的人，一传二，二传三，弄得柜台里面所有的职员都看我，有的还和我谈话。我去寄信，仿佛去访问朋友。

有一次我上咖啡馆吃冰淇淋。几个穿自制服的服务员聚在一角里向我指点窥探，低声议论。我觉得很奇怪。后来一个服务员走过来问我："你是不是丰子恺老先生?"我承认了。他就得意洋洋地向他的同事们说："我说是，果然没认错！我在报纸上看见过相片的。"以后我就常到这店里去吃东西，有人相识，就觉温暖，仿佛在家里吃。

再举一例吧：有一次我带了一个孩子到附近食品店买糖果，照例有一个店员因报纸上的照片而认识了我。他的一个同事不认识我，他便怪他："你不看报吗?"这一天我多买了些糖果；摸出钱包来一看，钞票不够付了，便要求他减少些货物，因为钱带得不多，下次再来买。这店员说："不妨不妨，下次补付吧。"我觉得不好意思。另一人说："我们替你送去，向家中取款吧。"我觉得好，便把门牌号码告诉他。我带了孩子又在别处走走，回家时东西早已送到了。

好了，不该再啰唆了。总之，近年来上海对我的关系变更了。我住在这七百万人口的大都市里，仿佛住在故乡石门湾的小镇上，不再有"茫茫人海，藐藐孤舟"之感了。

这变更的原因何在?很明显的：所有的工作人员都识字，都看报，都读杂志，因此认识我的人多起来了。我的画和文和照片登在报纸杂志上，并非近来开始，已有三四十年了。何以从前在上海滩上"芒鞋破钵无人识"呢?就为了车夫、店员等人大都不看报，不读杂志，甚至不识字。而解放以来，扫除文盲，提倡文化，一般人的知识都大大提高，因此认识我的人多起来了。

这在我是一种新的欢喜。乘这新年将到之时记录下来，以助新年佳兴。

〔1962 年〕

①本篇为 1962 年 12 月中国新闻社约稿，载何处待查。

②指《新年随笔》一文。

酒　令①

我父亲中举人后，科举就废。他走不上仕途，在家闲居终老。每逢春秋佳日，必邀集亲友，饮酒取乐。席上必行酒令。我还是一个孩童，有些酒令我不懂得。懂得的是“击鼓传花”。其法，叫一个不参加饮酒的人在隔壁房间里敲鼓。主人手持一枝花，传给邻座的人，依次传递，周流不息。鼓声停止之时，花在谁手中，谁饮酒。传花时非常紧张，每人一接到花，立刻交出，深恐在他手中时鼓声停止。击鼓的人，必须隔室，防止作弊。有的击鼓人很有技巧：忽而缓起来，好像要停止，却又响起来；忽而响起来，好像要继续，却突然停止了。持花的人就在一片笑声中饮酒。有时正在交代之际，鼓声停止了。两人大家放手，花落在地上。主人就叫这二人猜拳，输者饮酒。

又有一种酒令，是掷骰子。三颗骰子，每颗都用白纸糊住六面，上面写字。第一只上面写人物，第二只上面写地方，第三只上面写动作。文句是：公子章台走马，老僧方丈参禅，少妇闺阁刺绣，屠沽市井挥拳，妓女花街卖俏，乞儿古墓酣眠。第一只骰子上写人物，即公子、老僧、少妇、屠沽、妓女、乞儿。第二只骰子上写地方，即章台、方丈、闺阁、市井、花街、古墓。第三只骰子上写动作，即走马、参禅、刺绣、挥拳、卖俏、酣眠。于是将骰子放在一只碗里，叫大家掷。凭掷出来的文句而行酒令。

如果手运奇好，掷出来是原句，例如“公子章台走马”，那么满座喝采，大家为他满饮一杯。但这是极难得的。有的虽非原句，而情理差可，则酌量罚酒或免饮。例如“老僧古墓挥拳”，大约此老僧喜练武功；“公子闺阁酣眠”，大约这闺阁是他的妻子的房间；“乞儿市井酣眠”，也是寻常之事。但是骰子无知，有时乱说乱话：“屠沽章台卖俏”“老僧闺阁酣眠”“乞儿方丈走马”，……那就满座大笑，讥议抨击，按例罚酒。众口嚣嚣，谈论纷纷，这正是侑酒的佳肴。原来饮酒最怕沉闷，有说有笑，酒便乘势入唇。

小孩子不吃酒，但也仿照这酒令，做三只骰子，以取笑乐。一只骰子上写“爸爸、妈妈、哥哥、姐姐、弟弟、妹妹”；一只骰子上写“在床里、在厕所里、在街上、在船里、在学校里、在火车里”；一只骰子上写“吃饭、唱歌、跳绳、大便、睡觉、踢球”。掷出来的，是“爸爸在床上睡觉”“哥哥在学校里踢球”，“姐姐在船里唱歌”，“哥哥在厕所里大便”，“弟弟在学校里跳绳”，便是好的。如果是“爸爸在床里大便”，“妈妈在火车里跳绳”，“姐姐在厕所里踢球”，那就要受罚。如果这一套玩厌了，可以另想一套新的。这玩法比打扑克牌另有风味。

①本篇曾收入《缘缘堂随笔集》（1983 年）。

酆　都[①]

我童年住在故乡浙江石门湾时，听人传说，遥远的四川酆都县，是阴阳交界之处。那里的商店柜子上都放一盆水。顾客拿钱（那时没有纸币，都是铜币和银币）来买物，店员将钱丢在水里，如果沉的，是人的真钱；如果浮的，是鬼的纸钱，就退还他。后来我大起来，在地图上看到确有酆都这地方，知道这明明是谣言。

抗日战争期间，我避寇居重庆，有一次乘轮东下，到酆都去游玩。入市一看，土地平旷，屋舍俨然，行人熙来攘往，市容富丽繁华，非但不像阴间，实比阳间更为阳间。尤其是那地方的人民，态度都很和气，对我这来宾殷勤招待。据他们说，此间气候甚佳，冬暖夏凉。团体机关，人事都很和谐，绝少有纠纷摩擦。天时、地利、人和，此间兼而有之，我颇想卜居于此。

我与当地诸君谈及外间的谣言，皆言可笑。但据说当地确有一森罗殿，即阎王殿，备极壮丽。当年香火甚盛，今则除极少数乡愚外，无有参拜者。仅有老道二三人居留其中，作为古迹看守而已。诸君问我要去参观否，我欣诺。彼等预先告我，入门时勿受泥塑木雕所惊。我跨进殿门，果有一活无常青面獠牙，两眼流血，手执破扇，向我扑将过来，其头离我身不及一尺。我进内，此活无常即起立，不复睬我。盖门内设有跷跷板，活无常装置在一端也。记得我乡某庙亦有此装置，吓死了一个乡下老太，就拆毁了。此间则还是当作古迹保存。其中列坐十殿阎王，雕塑非常精美，显然不是近代之物。当作佛教美术参观，颇有意味。殿内匾额对联甚多。我注意到两联，至今不忘。其一曰："为恶必灭，若有不灭，祖宗之遗德，德尽必灭；为善必昌，若有不昌，祖宗之遗殃，殃尽必昌。"其二曰："百善孝当先，论心不论事，论事天下无孝子；万恶淫为首，论事不论心，论心天下无完人。"前者提倡命定论，措词巧妙。后者勉人为善，说理精当。

①本篇曾收入《缘缘堂随笔集》(1983 年)。

癞六伯①

癞六伯，是离石门湾五六里的六塔村里的一个农民。这六塔村很小，一共不过十几份人家，癞六伯是其中之一。我童年时候，看见他约有五十多岁，身材瘦小，头上有许多癞疮疤。因此人都叫他癞六伯。此人姓甚名谁，一向不传，也没有人去请教他。只知道他家中只有他一人，并无家属。既然称为"六伯"，他上面一定还有五个兄或姐，但也一向不传。总之，癞六伯是孑然一身。

癞六伯孑然一身，自耕自食，自得其乐。他每日早上挽了一只篮步行上街，走到木场桥边，先到我家找奶奶，即我母亲。"奶奶，这几个鸡蛋是新鲜的，两支笋今天早上才掘起来，也很新鲜。"我母亲很欢迎他的东西，因为的确都很新鲜。但他不肯讨价，总说"随你给吧"。我母亲为难，叫店里的人代为定价。店里人说多少，癞六伯无不同意。

但我母亲总是多给些，不肯欺负这老实人。于是癞六伯道谢而去。他先到街上“做生意”，即卖东西。大约九点多钟，他就坐在对河的汤裕和酒店门前的饭桌上吃酒了。这汤裕和是一家酱园，但兼卖热酒。门前搭着一个大凉棚，凉棚底下，靠河口，设着好几张板桌。癞六伯就占据了一张，从容不迫地吃时酒。时酒，是一种白色的米酒，酒力不大，不过二十度，远非烧酒可比，价钱也很便宜，但颇能醉人。因为做酒的时候，酒缸底上用砒霜画一个“十”字，酒中含有极少量的砒霜。砒霜少量原是无害而有益的，它能养筋活血，使酒力遍达全身，因此这时酒颇能醉人，但也醒得很快，喝过之后一两个钟头，酒便完全醒了。农民大都爱吃时洒，就为了它价钱便宜，醉得很透，醒得很快。农民都要工作，长醉是不相宜的。我也爱吃这种酒，后来客居杭州上海，常常从故乡买时酒来喝。因为我要写作，宜饮此酒。李太白“但愿长醉不愿醒”，我不愿。

且说癞六伯喝时酒，喝到饱和程度，还了酒钱，提着篮子起身回家了。此时他头上的癞疮疤变成通红，走步有些摇摇晃晃。走到桥上，便开始骂人了。他站在桥顶上，指手画脚地骂：“皇帝万万岁，小人日日醉！”“你老子不怕！”“你算有钱？千年田地八百主！”“你老子一条裤子一根绳，皇帝看见让三分！”骂的内容大概就是这些，反复地骂到十来分钟。旁人久已看惯，不当一回事。癞六伯在桥上骂人，似乎是一种自然现象，仿佛鸡啼之类。我母亲听见了，就对陈妈妈说：“好烧饭了，癞六伯骂过了。”时间大约在十点钟光景，很准确的。

有一次，我到南沈浜亲戚家作客。下午出去散步，走过一爿小桥，一只狗声势汹汹地赶过来。我大吃一惊，想拾石子来抵抗，忽然一个人从屋后走出来，把狗赶走了。一看，这人正是癞六伯，这里原来是六塔村了。这屋子便是癞六伯的家。他邀我进去坐，一面告诉我：“这狗不怕。叫狗勿咬，咬狗勿叫。”我走进他家，看见环堵萧然，一床、一桌、两条板凳、一只行灶之外，别无长物。墙上有一个搁板，堆着许多东西，碗盏、茶壶、罐头，连衣服也堆在那里。他要在行灶上烧茶给我吃，我阻止了。他就向搁板上的罐头里摸出一把花生来请我吃：“乡下地方没有好东西，这花生是自己种的，燥倒还燥。”我看见墙上贴着几张花纸，即新年里买来的年画，有《马浪荡》《大闹天宫》《水没金山》等，倒很好看。他就开开后门来给我欣赏他的竹园。这里有许多枝竹，一群鸡，还种着些菜。我现在回想，癞六伯自耕自食，自得其乐，很可羡慕。但他毕竟孑然一身，孤苦伶仃，不免身世之感。他的喝酒骂人，大约是泄愤的一种方法吧。

不久，亲戚家的五阿爹来找我了。癞六伯又抓一把花生来塞在我的袋里。我道谢告别，癞六伯送我过桥，喊走那只狗。他目送我回南沈浜。我去得很远了，他还在喊："小阿官[②]！明天再来玩！"

①本篇曾收入《缘缘堂随笔集》(1983年)。

②小阿官，作者家乡一带对小主人的称呼。

塘　栖[①]

夏目漱石的小说《旅宿》(日文名《草枕》)中，有这样的一段文章："像火车那样足以代表二十世纪的文明的东西，恐怕没有了。把几百个人装在同样的箱子里蓦然地拉走，毫不留情。被装进在箱子里的许多人，必须大家用同样的速度奔向同一车站，同样地熏沐蒸汽的恩泽。别人都说乘火车，我说是装进火车里。别人都说乘了火车走，我说被火车搬运。像火车那样蔑视个性的东西是没有的了。……"

我翻译这篇小说时，一面非笑这位夏目先生的顽固，一面体谅他的心情。在二十世纪中，这样重视个性，这样嫌恶物质文明的，恐怕没有了。有之，还有一个我，我自己也怀着和他同样的心情呢。从我乡石门湾到杭州，只要坐一小时轮船，乘一小时火车，就可到达。但我常常坐客船，走运河，在塘栖过夜，走它两三天，到横河桥上岸，再坐黄包车来到田家园的寓所。这寓所赛如我的"行宫"，有一男仆经常照管着。我那时不务正业，全靠在家写作度日，虽不富裕，倒也开销得过。

客船是我们水乡一带地方特有的一种船。水乡地方，河流四通八达。这环境娇养了人，三五里路也要坐船，不肯步行。客船最讲究，船内装备极好。分为船梢、船舱、船头三部分，都有板壁隔开。船梢是摇船人工作之所，烧饭也在这里。船舱是客人坐的，船头上安置什物。舱内设一榻、一小桌，两旁开玻璃窗，窗下都有坐板。那张小桌平时摆在船舱角里，三只短脚搁在坐板上，一只长脚落地。倘有四人共饮，三只短脚可接长来，四脚落地，放在船舱中央。此桌约有二尺见方，叉麻雀也可以。舱内隔壁上都嵌着书画镜框，竟像一间小小的客堂。这种船真可称之为画船。这种画船雇用一天大约一元。（那时米价每石约二元半。）我家在附近各埠都有亲戚，往来常坐客船。因此船家把我们当作老主顾。但普通只雇一天，不在船中宿夜。只有我到杭州，才包它好几天。

吃过早饭，把被褥用品送进船内，从容开船。凭窗闲眺两岸景色，自得其乐。中午，船家送出酒饭来。傍晚到达塘栖，我就上岸去吃酒了。塘栖是一个镇，其特色是家家门前建着凉棚，不怕天雨。有一句话，叫做“塘栖镇上落雨，淋勿着”。“淋”与“轮”发音相似，所以凡事轮不着，就说“塘栖镇上落雨”。且说塘栖的酒店，有一特色，即酒菜种类多而分量少。几十只小盆子罗列着，有荤有素，有干有湿，有甜有咸，随顾客选择。真正吃酒的人，才能赏识这种酒家。若是壮士、莽汉，像樊哙、鲁智深之流，不宜上这种酒家。他们狼吞虎嚼起来，一盆酒菜不够一口。必须是所谓酒徒，才可请进来。酒徒吃酒，不在菜多，但求味美。呷一口花雕，嚼一片嫩笋，其味无穷。这种人深得酒中三昧，所以称之为“徒”。迷于赌博的叫做赌徒，迷于吃酒的叫做酒徒。但爱酒毕竟和爱钱不同，故酒徒不宜与赌徒同列。和尚称为僧徒，与酒徒同列可也。我发了这许多议论，无非要表示我是个酒徒，故能赏识塘栖的酒家。我吃过一斤花雕，要酒家做碗素面，便醉饱了。算还了酒钞，便走出门，到淋勿着的塘栖街上去散步。塘栖枇杷是有名的。我买些白沙枇杷，回到船里，分些给船娘，然后自吃。

在船里吃枇杷是一件快适的事。吃枇杷要剥皮，要出核，把手弄脏，把桌子弄脏。吃好之后必须收拾桌子、洗手，实在麻烦。船里吃枇杷就没有这种麻烦。靠在船窗口吃，皮和核都丢在河里，吃好之后在河里洗手。坐船逢雨天，在别处是不快的，在塘栖却别有趣味。因为岸上淋勿着，绝不妨碍你上岸。况且有一种诗趣，使你想起古人的佳句："人人尽说江南好，游人只合江南老。春水碧于天，画船听雨眠。""闲梦江南梅熟日，夜船吹笛雨潇潇。"古人赞美江南，不是信口乱道，确是亲身体会才说出来的。江南佳丽地，塘栖水乡是代表之一。我谢绝了二十世纪的文明产物的火车，不惜工本地坐客船到杭州，实在并非顽固。知我者，其唯夏目漱石乎？

①本篇曾载1983年1月26日《文汇报》，并收入《缘缘堂随笔集》（1983年）。

中举人

我的父亲是清朝光绪年间最后一科的举人。他中举人时我只四岁，隐约记得一些，听人传说一些情况，写这篇笔记。话须得从头说起：

我家在明末清初就住在石门湾。上代已不可知，只晓得我的祖父名小康，行八，在这里开一爿染坊店，叫做丰同裕。这店到了抗日战争开始时才烧毁。祖父早死，祖母沈氏，生下一女一男，即我的姑母和父亲。祖母读书识字，常躺在鸦片灯边看《缀白裘》等书。打瞌睡时，往往烧破书角。我童年时还看到过这些烧残的书。她又爱好行乐。镇上演戏文时，她总到场，先叫人搬一只高椅子去，大家都认识这是丰八娘娘的椅子。她又请了会吹弹的人，在家里教我的姑母和父亲学唱戏。邻近沈家的四相公常在背后批评她："丰八老太婆发昏了，教儿子女儿唱徽调。"因为那时唱戏是下等人的事。但我祖母听到了满不在乎。我后来读《浮生六记》，觉得我的祖母颇有些像那芸娘。

父亲名鐄，字斛泉，廿六七岁时就参与大比。大比者，就是考举人，三年一次，在杭州贡院中举行，时间总在秋天。那时没有火车，便坐船去。运河直通杭州，约八九十里。在船中一宿，次日便到。于是在贡院附近租一个“下处”，等候进场。祖母临行叮嘱他：“斛泉，到了杭州，勿再埋头用功，先去玩玩西湖。胸襟开朗，文章自然生色。”但我父亲总是忧心悄悄，因为祖母一方面旷达，一方面非常好强。曾经对人说：“坟上不立旗杆，我是不去的。”那时定例：中了举人，祖坟上可以立两个旗杆。中了举人，不但家族亲戚都体面，连已死的祖宗也光荣。祖母定要立了旗杆才到坟上，就是定要我父亲在她生前中举人。我推想父亲当时的心情多么沉重，哪有兴致玩西湖呢？

每次考毕回家，在家静候福音。过了中秋消息沉沉，便确定这次没有考中，只得再在家里饮酒，看书，吸鸦片，进修三年，再去大比。这样地过了三次，即九年，祖母日渐年老，经常卧病。我推想当时父亲的心里多么焦灼！但到了他三十六岁那年，果然考中了。那时我年方四岁，奶妈抱了我挤在人丛中看他拜北阙，情景隐约在目。那时的情况是这样：

父亲考毕回家，天天闷闷不乐，早眠晏起，茶饭无心。祖母躺在床上，请医吃药。有一天，中秋过后，正是发榜的时候[①]，染店里的管账先生，即我的堂房伯伯，名叫亚卿，大家叫他“麻子三大伯”的，早晨到店，心血来潮，说要到南高桥头去等“报事船”。大家笑他发呆，他不顾管，径自去了。他的儿子名叫乐生，是个顽皮孩子（关于此人，我另有记录），跟了他去。父子两人在南高桥上站了一会，看见一只快船驶来，锣声噹噹不绝。他就问：“谁中了？”船上人说：“丰镄，丰镄！”乐生先逃，麻子三大伯跟着他跑。旁人不知就里，都说：“乐生又闯了祸了，他老子在抓他呢。”

麻子三大伯跑回来，闯进店里，口中大喊“斛泉中了！斛泉中了！”父亲正在蒙被而卧。麻子大伯喊到他床前，父亲讨厌他，回说：“你不要瞎说，是四哥，不是我！”四哥者，是我的一个堂伯，名叫丰锦，字浣江，那年和父亲一同去大比的。但过了不久，报事船已经转进后河，锣声敲到我家里来了。“丰镄接诰封！丰镄接诰封！”一大群人跟了进来。我父亲这才披衣起床，到楼下去盥洗。祖母闻讯，也扶病起床。

我家房子是向东的，于是在厅上向北设张桌子，点起香烛，等候新老爷来拜北阙。麻子三大伯跑到市里，看见团子、粽子就拿，拿回来招待报事人。那些卖团子、粽子的人，绝不同他计较。因为他们都想同新贵的人家结点缘。但后来总是付清价钱的。父亲戴了红缨帽，穿了外套走出来，向北三跪九叩，然后开诰封。祖母头上拔下一支金挖耳来，将诰封挑开，这金挖耳就归报事人获得。报事人取出“金花”来，插在父亲头上，又插在母亲和祖母头上。这金花是纸做的，轻巧得很。据说皇帝发下的时候，是真金的，经过人手，换了银花，再换了铜花，最后换了纸花。但不拘怎样，总之是光荣。表演这一套的时候，我家里挤满了人。因为数十年来石门湾不曾出过举人，所以这一次特别希奇。我年方四岁，由奶妈抱着，挤在人丛中看热闹，虽然莫明其妙，但到现在还保留着模糊的印象。

两个报事人留着，住在店楼上写“报单”。报单用红纸，写宋体字：“喜报贵府老爷丰鐄高中庚子辛丑恩政并科第八十七名举人。”自己家里挂四张，亲戚每家送两张。这“恩政并科”便是最后一科，此后就废科举，办学堂了。本来，中了举人之后，再到北京“会试”，便可中进士，做官。举人叫做金门槛，很不容易跨进；一跨进之后，会试就很容易，因为人数很少，大都录取。但我的父亲考中的是最后一科，所以不得会试，没有官做，只得在家里设塾授徒，坐冷板凳了。这是后话。且说写报单的人回去之后，我家就举行“开贺”。房子狭窄，把灶头拆掉，全部粉饰，挂灯，结彩。附近各县知事，以及远近亲友都来贺喜，并送贺仪。这贺仪倒是一笔收入。有些人要“高攀”，特别送得重。客人进门时，外面放炮三声，里面乐人吹打。客人叩头，主人还礼。礼毕，请客吃“跑马桌”。跑马桌者，不拘什么时候，请他吃一桌酒。这样，免得大排筵席，倒是又简便又隆重的办法。开贺三天，祖母天天扶病下楼来看，病也似乎好了一点。父亲应酬辛劳，全靠鸦片借力。但祖母经过这番兴奋，终于病势日渐沉重起来。父亲连忙在祖坟上立旗杆。不多久，祖母病危了。弥留时问父亲“坟上旗杆立好了吗?”父亲回答：“立好了。”祖母含笑而逝。于是开吊，出丧，又是一番闹热，不亚于开贺的时候。大家说：“这老太太真好福气!”

我还记得祖母躺在尸床上时，父亲拿一叠纸照在她紧闭的眼前，含泪说道："妈，我还没有把文章给你看过。"其声呜咽，闻者下泪。后来我知道，这是父亲考中举人的文章的稿子。那时已不用八股文而用策论，题目是《汉宣帝信赏必罚，综核名实论》和《唐太宗盟突厥于便桥，宋真宗盟契丹于澶州论》。

父亲三十六岁中举人，四十二岁就死于肺病。这五六年中，他的生活实在很寂寥。每天除授徒外，只是饮酒看书吸鸦片。他不吃肥肉，难得吃些极精的火腿。秋天爱吃蟹，向市上买了许多，养在缸里，每天晚酌吃一只。逢到七夕、中秋、重阳佳节，我们姐妹四五人也都得吃。下午放学后，他总在附近沈子庄开的鸦片馆里度过。晚酌后，在家吸鸦片，直到更深，再吃夜饭。我的三个姐姐陪着他吃。吃的是一个皮蛋，一碗冬菜。皮蛋切成三份，父亲吃一份，姐姐们分食两份。我年幼早睡，是没有资格参与的。父亲的生活不得不如此清苦。因为染坊店收入有限，束修更为微薄，加上两爿大商店（油车、当铺）的"出官"[②]每年送一二百元外，别无进账。父亲自己过着清苦的生活，他的族人和亲戚却沾光不少。凡是同他并辈的亲族，都称老爷奶奶，下一辈的都称少爷小姐。利用这地位而作威作福的，颇不乏人。我是嫡派的少爷。常来当差的褚老五，带了我上街去，街上的人都起敬，糕店送我糕，果店送我果，总是满载而归。但这一点荣华也难久居，我九岁上，父亲死去，我们就变成孤儿寡妇之家了。

①当时发榜常在农历九月初九，取重九登高之意。

②"出官"，指商店借举人老爷之名而得到保障、因而付给的酬金。

五爹爹

五爹爹[①]是我的一个远房叔父，但因同住在一个老屋里，天天见面，所以很亲近。他姓丰，名铭，字云滨。子女甚多，但因无力抚养，送给别人的有三四个，家中只留二男二女。

五爹爹终身失意，而达观长寿，真是一个值得记录的人物。最初的失意是考秀才。科举时代，我们石门湾人，考秀才到嘉兴府，叫做小考，每年一次；考举人到杭州省城，叫做大考，三年一次。五爹爹从十来岁起，每年到嘉兴应小考，年年不第。直到三十多岁，方才考取，捞得一个秀才。闲人看见他年年考不取，便揶揄他。有一年深秋雨夜，有一个闲人来哄他："五伯，秀才出榜了，你的名字写在前头呢。"五爹爹信以为真，立刻穿上钉鞋，撑了雨伞，到东高桥头去看。结果垂头丧气而归。后来好容易考取了。但他有自知之明，不再去应大考，以秀才终其身。地方上人都叫他"五相公"，他已经满意了。但秀才两字不好当饭吃，他只得设塾授徒。坐冷板凳是清苦生涯，七八个学生，每年送点修敬，为数有限，难于糊口。他的五妈妈非常能干，烧饭时将米先炒一下，涨性好些。青黄不接之时，常来向我母亲掇一借二。但总是如期归还，从不失信。真所谓秀才方正也。

后来，地方上人照顾他，给他在接待寺楼上办一个初等小学，向县政府请得相当的经费。他的进益就比设塾好得多了。然而学生多起来，一人教书来不及，势必另请人帮助，这就分了他的肥。物价年年上涨，经费决不增加。他的生活还是很清苦的。然而他很达观。每天散课后，在镇上闲步，东看西望，回家来与妻子评东说西，谈笑风生，自得其乐。上茶馆，出五个大钱泡一碗茶，吃了一会，叫茶博士"摆一摆"，等一会再来吃。第二次来时，带一把茶壶来，吃好之后将茶叶倒入壶中，回家去吃。

这时候我在杭州租了一间房子，在那里作寓公。五爹爹每逢寒假暑假，总是到我家来作客。他到杭州来住一两个月，只花一块银元，还用不了呢。因为他从石门湾步行到长安，从长安乘四等车到杭州，只须二角半，来回五角。到了杭州，当然不坐人力车，步行到我家。于是每天在杭州城里和西湖边上巡游，东看西望，回来向我们报告一天的见闻，花样自比石门湾丰富得多了。我欢迎他来，爱听他的报告。因为我不大出门，天天在家写作，晚上和他闲谈，作为消遣。他在杭州也上茶馆，也常"摆一摆"，但不带茶壶去，因为我家里有茶。有时他要远行，例如到六和塔、云栖等处去玩，不能回来吃中饭，他就买二只粽子，作为午饭。我叫人买几个烧饼，给他带去，于是连粽子钱也可以省了。

这样的生活，过了好几年。后来发生变化了。当小学教师收入太少，口食难度。亲友帮他起一个会，收得一笔钱，一部分安家，一部分带了到离乡数十里外的曲尺湾去跟一位名医潘申甫当学徒。医生收学徒是不取学费的，因为学生帮他工作。他只出些饭钱。学了两三年，回家挂招牌当医生。起初生意还好，颇有些收入。但此人太老实，不会做广告，以致后来生意日渐清淡，终于无人问津。他只得再当小学教师。幸而地方上人照顾他，仍请他办接待寺里初等小学。这是我父亲帮他忙。父亲是当地唯一的举人老爷，替他说话是有力的②。

五爹爹家里有二男二女。大男在羊毛行学生意，染上了一种习气，满师以后出外经商，有钱尽情使用……生意失败了，钱用光了，就回家来吃父亲的老米饭。在外吸上等香烟，回家后就吸父亲的水烟筒，可谓能屈能伸。大女嫁附近富绅，遇人不淑，打官司，离婚，也来吃父亲的老米饭。后来托人介绍到上海走单帮，终于溺水而死。次男和次女都很像人。次男由我带到上海入艺术师范，毕业后到宁波当教师，每月收入四十元，大半寄家。五爹爹庆幸无限。但是不到一年，生了重病，由宁波送回家，不久一命呜呼。次女在本地当小学教师，收入也尚佳，全部交与父亲。岂知不到一年，也一病不起了。真是天道无知啊！

五爹爹一生如此坎坷失意，全靠达观，竟得长寿，享年八十六岁。他长寿的原因，我看主要是达观。但有人说是全靠吃大黄。他从小有痔疮病，大便出血。这出血是由于大便坚硬，擦破肛门之故。倘每天吃三四分大黄，则大便稀烂，不会擦破肛门而流血。而大黄的副作用是清补。五爹爹一生茹苦含辛，粗衣糠食，而得享长年，恐是常年服食大黄之力。

①五爹爹，是按儿女们的称呼。作者家乡一带称爷爷为爹爹。

②从年代上看，作者父亲出力帮忙的可能是另一件事。

菊 林

我十三四岁在小学读书的时候，菊林是一个六岁的小和尚。如果此人现在活着而不还俗，则是一个六十多岁的老和尚了。

我们的西溪小学堂办在市梢的西竺庵里，借他们的祖师殿为校舍。我们入学，必须走进山门，通过大殿。因此和和尚们天天见面。西竺庵是个子孙庙，老和尚收徒弟，先进山门为大。菊林虽只六岁，却是先进山门，后来收的十三四岁的本诚，要叫他“师父”。这些小和尚，都是穷苦人家卖出来的，三块钱一岁。像菊林只能卖十八元。菊林年幼，生活全靠徒弟照管。“阿拉师父跌了一跤！”本诚抱他起来。“阿拉师父撒尿出了！”本诚替他换裤子。“阿拉师父困着了！”本诚抱他到楼上去。

僧房的楼窗外挂着许多风肉。这些和尚都爱吃肉，而且堂堂皇皇地挂在窗口。他们除了做生意（即拜忏）时吃素之外，平日都吃荤。而且拜忏结束之时，最后一餐也吃荤。有一次我看见老和尚打菊林的屁股，为的是菊林偷肉吃。

西竺庵里常常拜忏，差不多每月举行一次，每次都有名目：大佛菩萨生日，观音菩萨生日，某祖师生日，等等。届时邀请当地信佛的太太们来参加。太太们都很高兴，可以借佛游春。她们每人都送香金。富有的人家送的很重，贫家随缘乐助。每次拜忏，和尚的收入是可观的。和尚请太太们吃素斋，非常丰盛。太太们吃好之后，在碗底下放几个铜钱，叫做洗碗钱。菊林在这一天很出风头。他合掌向每位太太拜揖，口称“阿弥陀佛”。他的面孔像个皮球，声音喃喃呐呐，每个太太都怜爱他，给他糖果或铜板角子。她们调查这小和尚的身世，知道他一出世就父母双亡，阿哥阿嫂生活困难，把他卖做小和尚。菊林心地很好，每次拜忏的收入，铜板角子交给老和尚，糖果和他的徒弟分吃。

抗战胜利后我从重庆归来，去凭吊劫后的故乡，看见西竺庵一部分还在。我入内瞻眺，在廊柱石凳之间依稀仿佛地看见六岁的菊林向我合掌行礼。庵中的和尚不知去向，屋宇都被尘封。大概他们都在这浩劫中散而之四方矣。但不知菊林下落如何。

王囡囡①

每次读到鲁迅《故乡》中的闰土，便想起我的王囡囡。王囡囡是我家贴邻豆腐店里的小老板，是我童年时代的游钓伴侣。他名字叫复生，比我大一二岁，我叫他“复生哥哥”。那时他家里有一祖母，很能干，是当家人；一母亲，终年在家烧饭，足不出户；还有一“大伯”，是他们的豆腐店里的老司务，姓钟，人们称他为钟司务或钟老七。

祖母的丈夫名王殿英，行四，人们称这祖母为“殿英四娘娘”，叫得口顺，变成“定四娘娘”。母亲名庆珍，大家叫她“庆珍姑娘”。她的丈夫叫王三三，早年病死了。庆珍姑娘在丈夫死后十四个月生一个遗腹子，便是王囡囡。请邻近的绅士沈四相公取名字，取了“复生”。复生的相貌和钟司务非常相像。人都说：“王囡囡口上加些小胡子，就是一个钟司务。”

钟司务在这豆腐店里的地位，和定四娘娘并驾齐驱，有时竟在其上。因为进货、用人、经商等事，他最熟悉，全靠他支配。因此他握着经济大权。他非常宠爱王囡囡，怕他死去，打一个银项圈挂在他的项颈里。市上凡有新的玩具、新的服饰，王囡囡一定首先享用，都是他大伯买给他的。我家开染坊店，同这豆腐店贴邻，生意清淡；我的父亲中举人后科举就废，在家坐私塾。我家经济远不及王囡囡家的富裕，因此王囡囡常把新的玩具送我，我感谢他。王囡囡项颈里戴一个银项圈，手里拿一枝长枪，年幼的孩子和猫狗看见他都逃避。这神情宛如童年的闰土。

我从王囡囡学得种种玩艺。第一是钓鱼，他给我做钓竿，弯钓钩。拿饭粒装在钓钩上，在门前的小河里垂钓，可以钓得许多小鱼。活活地挖出肚肠，放进油锅里煎一下，拿来下饭，鲜美异常。其次是摆擂台。约几个小朋友到附近的姚家坟上去，王囡囡高踞在坟山上摆擂台，许多小朋友上去打，总是打他不下。一朝打下了，王囡囡就请大家吃花生米，每人一包。又次是放纸鸢。做纸鸢，他不擅长，要请教我。他出钱买纸，买绳，我出力糊纸鸢，糊好后到姚家坟去放。其次是缘树。姚家坟附近有一个坟，上有一株大树，枝叶繁茂，形似一顶阳伞。王囡囡能爬到顶上，我只能爬在低枝上。总之，王囡囡很会玩耍，一天到晚精神勃勃，兴高采烈。

有一天，我们到乡下去玩，有一个挑粪的农民，把粪桶碰了王囡囡的衣服。王囡囡骂他，他还骂一声“私生子!”王囡囡面孔涨得绯红，从此兴致大大地减低，常常皱眉头。有一天，定四娘娘叫一个关魂婆来替她已死的儿子王三三关魂。我去旁观。这关魂婆是一个中年妇人，肩上扛一把伞，伞上挂一块招牌，上写“捉牙虫算命”。她从王囡囡家后门进来。凡是这种人，总是在小巷里走，从来不走闹市大街。大约她们知道自己的把戏鬼鬼祟祟，见不得人，只能骗骗愚夫愚妇。牙痛是老年人常有的事，那时没有牙医生，她们就利用这情况，说会“捉牙虫”。记得我有一个亲戚，有一天请一个婆子来捉牙虫。这婆子要小解了，走进厕所去。旁人偷偷地看看她的膏药，原来里面早已藏着许多小虫。婆子出来，把膏药贴在病人的脸上，过了一会，揭起来给病人看，“喏!你看：捉出了这许多虫，不会再痛了。”这证明她的捉牙虫全然是骗人。算命，关魂，更是骗人的勾当了。闲话少讲，且说定四娘娘叫关魂婆进来，坐在一只摇纱椅子[②]上。她先问：“要叫啥人?”定四娘娘说：“要叫我的儿子三三。”关魂婆打了三个呵欠，说：“来了一个灵官，长面孔……”定四娘娘说“不是”。关魂婆又打呵欠，说：“来了一个灵官……”定四娘娘说；“是了，是我三三了。三三!你撇得我们好苦!”就一把鼻涕，一把眼泪地哭。后来对着庆珍姑娘说：“喏，你这不争气的婆娘，还不快快叩头!”这时庆珍姑娘正抱着她的第二个孩子（男，名掌生）喂奶，连忙跪在地上，孩子哭起来，王囡囡哭起来，棚里的驴子也叫起来。关魂婆又代王三三的鬼魂说了好些话，我大都听不懂。后来她又打一个呵欠，就醒了。定四娘娘给了她钱，她讨口茶吃了，出去了。

王囡囡渐渐大起来，和我渐渐疏远起来。后来我到杭州去上学了，就和他阔别。年假、暑假回家时，听说王囡囡常要打他的娘。打过之后，第二天去买一支参来，煎了汤，定要娘吃。我在杭州学校毕业后，就到上海教书，到日本游学。抗日战争前一两年，我回到故乡，王囡囡有一次到我家里来，叫我“子恺先生”，本来是叫“慈弟”的。情况真同闰土一样。抗战时我逃往大后方，八九年后回乡，听说王囡囡已经死了，他家里的人不知去向了。而他儿时的游钓伴侣的我，以七十多岁的高龄，还残生在这娑婆世界上，为他写这篇随笔。

笔者曰：封建时代礼教杀人，不可胜数。王囡囡庶民之家，亦受其毒害。庆珍姑娘大可堂皇地改嫁与钟老七。但因礼教压迫，不得不隐忍忌讳，酿成家庭之不幸，冤哉枉也。

①本篇曾收入《缘缘堂随笔集》（1983 年）。

②摇纱椅子，是作者家乡一带低矮的靠背竹椅，因妇女摇纱（纺纱）时常坐此椅而得名。

算　命[①]

我从杭州回上海，在火车中遇见一位老友，钱美茗，是杭州第一师范中的同班同学，阔别多年，邂逅甚欢。他到上海后要换车赴南京，南京车要在夜半开行。我住在上海，便邀他到宝山路某馆子吃夜饭，以尽地主之谊。那时我皈依佛教，吃素。点了两素一荤，烫一斤酒，对酌谈心。各问毕业后情况，我言游学日本，归来在上海教书糊口；他说在杭州当了几年小学教师，读了数百种星命的书，认为极有道理，曾在杭州设帐算命，生意不坏，今将赴南京行道云云。我不相信算命，任他谈得天花乱坠，只是摇头。他说：“你不相信吗？杭州许多事实，都证明我的算命有科学根据，百试不爽。”我回驳：“单靠出生的年月日时，如何算得出他的命呢？世界上同年同月同日同时生的，不知几千万人。难道这几千万人命运都一样吗？”他回答；“不是这么简单！地区有南北，时辰有早晚，环境有异同，都和命运有关，并不一概相同。”我姑妄听之。

酒兴浓时，他说要替我算命。我敬谢，他坚持。逼不得已，我姑且把生年月日时告诉他。他从怀中取出一本册子，翻了再翻，口中念念有词。最后向我宣称：“你父母双亡，兄弟寥落。”“对！”“你财运不旺，难望富贵。”“对！”最后他说：“你今年三十五岁，阳寿还有五年。无论吃素修行，无法延寿。你须早作准备。”“啊？”“叨在老友，不怕忠言逆耳。”我起初吃惊，后来付之一笑。酒阑饭饱，我会了钞，与钱美茗分手。我在归家途中自思：此乃妄人，不足道也。我回家不提此事。

十多年后，抗日战争胜利，我从重庆回杭州，僦居西湖之畔。其时钱美茗也在杭州，在城隍山上设柜算命，但生意清淡，生活艰窘，常常来我寓索酒食。有一次我问他：“十多年前上海宝山路上某菜馆中你替我算命，还记得否？”他佯装记不起来。我说：“你说我四十岁要死，现在我已活到五十二岁了。”他想了一想，问：“那么你四十岁上有何事情？”我回答：“日寇轰炸我故乡，我仓皇逃难，终于免死呀！”他拍案叫道：“这叫做九死一生，替灾免晦。保你长命百岁。”我又付之一笑。吃江湖饭的能言善辩。

不久我离杭州。至今二十多年，不见钱美茗其人。不知今后得再见否耳。

①本篇曾收入《缘缘堂随笔集》(1983年)。

过 年

我幼时不知道阳历，只知道阴历。到了十二月十五，过年的空气开始浓重起来了。我们染坊店里三个染匠司务全是绍兴人，十二月十六日要回乡。十五日，店里办一桌酒，替他们送行。这是提早举办的年酒。商店旧例，年酒席上的一只全鸡，摆法大有道理：鸡头向着谁，谁要免职。所以上莱的时候，要特别当心。但我家的店规模很小，店里三个，作场里三个人，一共只有六个人，这六个人极少有变动，所以这种顾虑极少。但母亲还是当心，上菜时关照仆人，必须把鸡头向着空位。

十六日，司务们一上去[①]，染缸封了，不再收货，农民们此时也要过年，不再拿布出来染了。店里不须接生意，但是要算账。整个上午，农民们来店还账，应接不暇。下午，管账先生送进一包银元来，交母亲收藏。这半个月正是收获时期，一家一店许多人的生活都从这里开花。有的农民不来还账，须得下乡去收。所以必须另雇两个人去收账。他们早出晚归，有时拿了鸡或米回来。因为那农家付不出钱，将鸡或米来抵偿。年底往往阴雨，收账的人，拖泥带水回来，非常辛苦。所以每天的夜饭必须有酒有肉。学堂早已放年假，我空闲无事，上午总在店里帮忙，写“全收”簿子[②]。吃过中饭，管账先生拿全收簿子去一算，把算出来的总数同现款一对，两相符合，一天的工作便完成了。

从腊月二十日起，每天吃夜饭时光，街上叫“火烛小心”。一个人“蓬蓬”地敲着竹筒，口中高叫：“寒天腊月！火烛小心！柴间灰堆！灶前灶后！前门闩闩！后门关关！……”这声调有些凄惨。大家提高警惕。我家的贴邻是王囡囡豆腐店，豆腐店日夜烧砻糠，火烛更为可怕。然而大家都说不怕，因为明朝时刘伯温曾在这一带地方造一条石门槛，保证这石门槛以内永无火灾。

廿三日晚上送灶，灶君菩萨每年上天约一星期，廿三夜上去，大年夜回来。这菩萨据说是天神派下来监视人家的，每家一个。大约就像政府委任官吏一般，不过人数（神数）更多。他们高踞在人家的灶山上，嗅取饭菜的香气。每逢初一、月半，必须点起香烛来拜他。廿三这一天，家家烧赤豆糯米饭，先盛一大碗供在灶君面前，然后全家来吃。吃过之后，黄昏时分，父亲穿了大礼服来灶前膜拜，跟着，我们大家跪拜。拜过之后，将灶君的神像从灶山上请下来，放进一顶灶轿里。这灶轿是白天从市上买来的，用红绿纸张糊成，两旁贴着一副对联，上写“上天奏善事，下界保平安”。我们拿些冬青柏子，插在灶轿两旁，再拿一串纸做的金元宝挂在轿上；又拿一点糖塌饼来，粘在灶君菩萨的嘴上。这样一来，他上去见了天神，粘嘴粘舌的，说话不清楚，免得把人家的恶事全盘说出。于是父亲恭恭敬敬地捧了灶轿，捧到大门外去烧化。烧化时必须抢出一只纸元宝，拿进来藏在橱里，预视明年有真金元宝进门之意。送灶君上天之后，陈妈妈就烧菜给父亲下酒，说这酒菜味道一定很好，因为没有灶君先吸取其香气。父亲也笑着称赞酒菜好吃。我现在回想，他是假痴假呆、逢场作乐。因为他中了这末代举人，科举就废，不得伸展，蜗居在这穷乡僻壤的蓬门败屋中，无以自慰，唯有利用年中行事，聊资消遣，亦“四时佳兴与人同”之意耳。

廿三送灶之后，家中就忙着打年糕。这糯米年糕又大又韧，自己不会打，必须请一个男工来帮忙。这男工大都是陆阿二，又名五阿二。因为他姓陆，而他的父亲行五。两枕“当家年糕”，约有三尺长；此外许多较小的年糕，有2尺长的，有一尺长的；还有红糖年糕，白糖年糕。此外是元宝、百合、橘子等种种小摆设，这些都由母亲和姐姐们去做。我也洗了手去参加，但总做不好，结果是自己吃了。姐姐们又做许多小年糕，形式仿照大年糕，是预备廿七夜过年时拜小年菩萨用的。

廿七夜过年，是个盛典。白天忙着烧祭品：猪头，全鸡、大鱼、大肉，都是装大盘子的。吃过夜饭之后，把两张八仙桌接起来，上面供设“六神牌”，前面围着大红桌围，摆着巨大的锡制的香炉蜡台。桌上供着许多祭品，两旁围着年糕。我们这厅屋是三家公用的，我家居中，右边是五叔家，左边是嘉林哥家，三家同时祭起年菩萨来，屋子里灯火辉煌，香烟缭绕，气象好不繁华！三家比较起来，我家的供桌最为体面。何况我们还有小年菩萨，即在大桌旁边设两张茶几，也是接长的，也供一位小菩萨像，用小香炉蜡台，设小盆祭品，竟像是小人国里的过年。记得那时我所欣赏的，是“六神牌”和祭品盘上的红纸盖。这六神牌画得非常精美，一共六版，每版上面好几个菩萨，佛、观音、玉皇大帝、孔子、文昌帝君、魁星……都包括在内。平时折好了供在堂前，不许打开来看，这时候才展览了。祭品盘上的红纸盖，都是我的姑母剪的，“福禄寿喜”“一品当朝”“平升三级”等字，都剪出来，巧妙地嵌在里头。我那时只七八岁，就喜爱这些东西，这说明我对美术有缘。

绝大多数人家廿七夜过年。所以这晚上商店都开门，直到后半夜送神后才关门。我们约伴出门散步，买花炮。花炮种类繁多，我们所买的，不是两响头的炮仗和噼噼啪啪的鞭炮，而是雪炮、流星、金转银盘、水老鼠、万花筒等好看的花炮。其中万花筒最好看，然而价贵不易多得。买回去在天井里放，大可增加过年的喜气。我把一串鞭炮拆散来，一个一个地放。点着了火立刻拿一个罐头来罩住，“咚”的一声，连罐头也跳起来。我起初不敢拿在手里放。后来经乐生哥哥（关于此人另有专文）教导，竟胆敢拿在手里放了。两指轻轻捏住鞭炮的末端，一点上火，立刻把头旋向后面。渐渐老练了，即行若无事。

正在放花炮的时候，隔壁谭三姑娘……送万花筒来了。这谭三姑娘的丈夫谭福山，是开炮仗店的。年年过年，总是特制了万花筒来分送邻居，以供新年添兴之用。此时谭三姑娘打扮得花枝招展，声音好比莺啼燕语。厅堂里的空气忽然波动起来。如果真有年菩萨在尚飨，此时恐怕都“停杯投箸不能食”了。

夜半时分，父亲在旁边的半桌上饮酒，我们陪着他吃饭。直到后半夜，方才送神。我带着欢乐的疲倦躺在床上，钻进被窝里，蒙眬之中听见远近各处炮竹之声不绝，想见这时候石门湾的天空中，定有无数年菩萨餍足了酒肉，腾空驾雾归天去了。

“廿七、廿八活急杀，廿九、三十勿有拉[③]，初一、初二扮赌客，你没铜钱我有拉[④]。”这是石门湾人形容某些债户的歌。年中拖欠的债，年底要来讨，所以到了廿七、廿八，便活急杀。到了廿九、三十，有的人逃往别处去避债，故曰勿有拉。但是有些人有钱不肯还债，要留着新年里自用。一到元旦，照例不准讨债，他便好公然地扮赌客，而且慷慨得很了。我家没有这种情形，但是总有人来借掇，也很受累。况且家事也忙得很：要掸灰尘，要祭祖宗，要送年礼。倘是月小，更加忙迫了。

年底这一天，是准备通夜不眠的。店里早已摆出风灯，插上岁烛。吃年夜饭时，把所有的碗筷都拿出来，预祝来年人丁兴旺。吃饭碗数，不可成单，必须成双。如果吃三碗，必须再盛一次，那怕盛一点点也好，总之要凑成双数。吃饭时母亲分送压岁钱，我得的记得是四角，用红纸包好。我全部用以买花炮。吃过年夜饭，还有一出滑稽戏呢。这叫做“毛糙纸揩窪”。“窪”就是屁股。一个人拿一张糙纸，把另一人的嘴揩一揩。意思是说：你这嘴巴是屁股，你过去一年中所说的不祥的话，例如“要死”之类，都等于放屁。但是人都不愿被揩，尽量逃避。然而揩的人很调皮，出其不意，突如其来，那怕你极小心的人，也总会被揩。有时其人出前门去了。大家就不提防他。岂知他绕个圈子，悄悄地从后门进来，终于被揩了去。此时笑声、喊声充满了一堂。过年的欢乐空气更加浓重了。

于是陈妈妈烧起火来放“泼留”。把糯米谷放进热镬子里，一只手用铲刀[⑤]搅拌，一只手用箬帽遮盖。那些糯谷受到热度，爆裂开来，若非用箬帽遮盖，势必纷纷落地，所以必须遮盖。放好之后，拿出来堆在桌子上，叫大家拣泼留。“泼留”两字应该怎样写，我实在想不出，这里不过照声音记录罢了。拣泼留，就是把砻糠拣出，剩下纯粹的泼留，新年里客人来拜年，请他吃糖汤，放些泼留。我们小孩子也参加拣泼留，但是一面拣，一面吃。一粒糯米放成蚕豆来大，像朵梅花，又香又热，滋味实在好极了。

黄昏，渐渐有人提了灯笼来收账了。我们就忙着“吃串”。听来好像是“吃菜”。其实是把每一百铜钱的串头绳解下来，取出其中三四文，只剩九十六七文，或甚至九十二三文，当作一百文去还账。吃下来的“串”，归我们姐弟们作零用。我们用这些钱还账，但我们收来的账，也是吃过串的钱。店员经验丰富，一看就知道这是“九五串”，那是“九二串”的。你以伪来，我以伪去，大家不计较了。这里还得表明：那时没有钞票，只有银洋、铜板和铜钱。银洋一元等于三百个铜板，一个铜板等于十个铜钱。我那时母亲给我的零用钱，是每天一个铜板即十文铜钱。我用五文买一包花生，两文买两块油沸豆腐干，还有三文随意花用。

街上提着灯笼讨账的，络绎不绝。直到天色将晓，还有人提着灯笼急急忙忙地跑来跑去。这只灯笼是千万少不得的。提灯笼，表示还是大年夜，可以讨债；如果不提灯笼，那就是新年元旦，欠债的可以打你几记耳光，要你保他三年顺境。因为大年初一讨债是禁忌的。但这时候我家早已结账，关店，正在点起了香烛迎接灶君菩萨。此时通行吃接灶圆子。管账先生一面吃圆子，一面向我母亲报告账务。说到赢余，笑容满面。母亲照例额外送他十只银角子，给他“新年里吃青果茶”。他告别回去，我们也收拾，睡觉。但是睡不到二个钟头，又得起来，拜年的乡下客人已经来了。

年初一上午忙着招待拜年客人。街上挤满了穿新衣服的农民，男女老幼，熙熙攘攘，吃烧卖，上酒馆，买花纸（即年画），看戏法，到处拥挤，而最热闹的是赌摊。原来从初一到初四，这四天是不禁赌的。掷骰子，推牌九，还有打宝，一堆一堆的人，个个兴致勃勃，连警察也参加在内。下午，农民大都进去了，街上较清，但赌摊还是闹热，有的通夜不收。

初二开始，镇上的亲友来往拜年。我父亲戴着红缨帽子，穿着外套，带着跟班出门。同时也有穿礼服的到我家拜年。如果不遇，留下一张红片子。父亲死后，母亲叫我也穿着礼服去拜年。我实在很不高兴。因为一个十一二岁的孩子穿大礼服上街，大家注目，有讥笑的，也有叹羡的，叫我非常难受。现在回想，母亲也是一片苦心。她不管科举已废，还希望我将来也中个举人，重振家声，所以把我如此打扮，聊以慰情。

正月初四，是新年最大的一个节日，因为这天晚上接财神。别的行事，如送灶、过年等，排场大小不定，有简单的，有丰盛的，都按家之有无。独有接财神，家家郑重其事，而且越是贫寒之家，排场越是体面。大约他们想：敬神丰盛，可以邀得神的恩宠，今后让他们发财。

接财神的形式，大致和过年相似，两张桌子接长来，供设六神牌，外加财神像，点起大红烛。但不先行礼，先由父亲穿了大礼服，拿了一股香，到下西弄的财神堂前行礼，三跪九叩，然后拿了香回来，插在香炉中，算是接得财神回来了。于是大家行礼。这晚上金吾放夜，市中各店通夜开门，大家接财神。所以要买东西，那怕后半夜，也可以买得。父亲这晚上兴致特别好，饮酒过半，叫把谭三姑娘送的大万花筒放起来。这万花筒果然很大，每个共有三套。一枝火树银花低了，就有另一枝继续升起来，凡三次。谭福山做得真巧。……我们放大万花筒时，为要尽量增大它的利用率，邀请所有的邻居都出来看。作者谭福山也被邀在内。大家闻得这大万花筒是他作的，都向他看。……

初五以后，过年的事基本结束。但是拜年，吃年酒，酬谢往还，也很热闹。厨房里年菜很多，客人来了，搬出就是。但是到了正月半，也差不多吃完了。所以有一句话："拜年拜到正月半，烂溏鸡屎炒青菜。"我的父亲不爱吃肉，喜欢吃素，我们都看他样。所以我们家里，大年夜就烧好一大缸萝卜丝油豆腐，油很重，滋味很好。每餐盛出一碗来，放在锅子里一热，便是最好的饭菜。我至今还是忘不了这种好滋味。但叫家里人照烧起来，总不及童年时的好吃，怪哉！

正月十五，在古代是一个元宵佳节，然而赛灯之事，久已废止，只有市上卖些兔子灯、蝴蝶灯等，聊以应名而已。二十日，染匠司务下来⑥，各店照常开门做生意，学堂也开学。过年的笔记也就全部结束。

①按作者家乡一带习惯，凡是去浙东各地，称为"上去"。

②年底收账，账收回后，记在"全收"簿子上，表示已不欠账。

③勿有拉，作者家乡话，意即：不在这儿、不在家。

④我有拉，作者家多话，意即：我这儿有。
⑤铲刀，指锅铲。
⑥按作者家乡一带习惯，从浙东来到浙西，称为“下来”。

清　明[①]

清明例行扫墓。扫墓照理是悲哀的事。所以古人说：“鸦啼雀噪昏乔木，清明寒食谁家哭。”又说：“佳节清明桃李笑，野田荒冢只生愁。”然而在我幼时，清明扫墓是一件无上的乐事。人们借佛游春，我们是“借墓游春”。我父亲有八首《扫墓竹枝词》：

别却春风又一年，梨花似雪柳如烟。
家人预理上坟事，五日前头折纸钱。
风柔日丽艳阳天，老幼人人笑口开。
三岁玉儿娇小甚，也教抱上画船来。
双双画桨荡轻波，一路春风笑语和。
望见坟前堤岸上，松阴更比去年多。
壶榼纷陈拜跪忙，闲来坐憩树阴凉。
村姑三五来窥看，中有谁家新嫁娘。
周围堤岸视桑麻，剪去枯藤只剩花。
更有儿童知算计，松球拾得去煎茶。
荆榛坡上试跻攀，极目云烟杳霭闲，
恰得村夫遥指处，如烟如雾是含山[②]。
纸灰扬起满林风，杯酒空浇奠已终。
却觅儿童归去也，红裳遥在菜花中。
解将锦缆趁斜晖，水上蜻蜓逐队飞。
赢受一番春色足，野花载得满船归。

这里的“三岁玉儿”，就是现在执笔写此文的七十老翁。我的小名叫做“慈玉”。

清明三天，我们每天都去上坟。第一天，寒食，下午上“杨庄坟”。杨庄坟离镇五六里路，水路不通，必须步行。老幼都不去，我七八岁就参加。茂生大伯挑了一担祭品走在前面，大家跟他走，一路上采桃花，偷新蚕豆，不亦乐乎。到了坟上，大家息足，茂生大伯到附近农家去，借一只桌子和两只条凳来，于是陈设祭品，依次跪拜。拜过之后，自由玩耍。有的吃甜麦塌饼[3]，有的吃粽子，有的拔蚕豆梗来作笛子。蚕豆梗是方形的，在上面摘几个洞，作为笛孔。然后再摘一段豌豆梗来，装在这笛的一端，笛便做成。指按笛孔，口吹豌豆梗，发音竟也悠扬可听。可惜这种笛寿命不长。拿回家里，第二天就枯干，吹不响了。祭扫完毕，茂生大伯去还桌子凳子，照例送两个甜麦塌饼和一串粽子，作为酬谢。然后诸人一同在夕阳中回去。杨庄坟上只有一株大松树，临着一个池塘。父亲说这叫做“美人照镜”。现在，几十年不去，不知美人是否还在照镜。闭上眼睛，情景宛在目前。

正清明那天，上“大家坟”。这就是去上同族公共的祖坟。坟共有五六处，须用两只船，整整上一天。同族共有五家，轮流作主。白天上坟，晚上吃上坟酒。这笔费用由祭田开销。祖宗们心计长，恐怕子孙不肖，上不起坟，叫他们变成饿鬼。因此特置几亩祭田，租给农民。轮到谁家主持上坟，由谁家收租。雇船办酒之外，费用总有余裕。因此大家高兴作主。而小孩子尤其高兴，因为可以整天在乡下游玩，在草地上吃午饭。船里烧出来的饭菜，滋味特别好。因为据老人们说，家里有灶君菩萨，把饭菜的好滋味先尝了去；而船里没有灶君菩萨，所以船里烧出来的饭菜滋味特别好。孩子们还有一件乐事，是抢鸡蛋吃。每到一个坟上，除对祖宗的一桌祭品以外，必定还有一只小匾，内设小鱼、小肉、鸡蛋、酒和香烛，是请地主吃的，叫做拜坟墓土地。孩子们中，谁先向坟墓土地叩头，谁先抢得鸡蛋。我难得抢到，觉得这鸡蛋的确比平常的好吃。上了一天坟回来，晚上是吃上坟酒。酒有四五桌，因为出嫁姑娘也都来吃。吃酒时，长辈总要训斥小辈，被训斥的，主要是乐谦、乐生和月生。因为乐谦盗卖坟树，乐生、月生作恶为非，上坟往往不到而吃上坟酒必到。

第三天上私房坟。我家的私房坟，又称为旗杆坟。去上的就是我们一家人，父母和我们姐弟数人。吃了早中饭，雇一只客船，慢吞吞地荡去。水路五六里，不久就到。祭扫期间，附近三竺庵里的和尚来问讯，送我们些春笋。我们也到这庵里去玩，看见竹林很大，身入其中，不见天日。我们终年住在那市井尘嚣中的低小狭窄的百年老屋里，一朝来到乡村田野，感觉异常新鲜，心情特别快适，好似遨游五湖四海。因此我们把清明扫墓当作无上的乐事。我的父亲孜孜矻矻地在穷乡僻壤的蓬门败屋之中度送短促的一生，我想起了感到无限的同情。

①本篇曾收入《缘缘堂随笔集》(1983年)。

②含山是石门镇附近唯一的一个山。山上有塔。

③甜麦塌饼，作者故乡一带清明时节用米粉和麦芽做成的一种甜饼。

吃　酒[1]

酒，应该说饮，或喝。然而我们南方人都叫吃。古诗中有“吃茶”，那么酒也不妨称吃。说起吃酒，我忘不了下述几种情境：

二十多岁时，我在日本结识了一个留学生，崇明人黄涵秋。此人爱吃酒，富有闲情逸致。我二人常常共饮。有一天风和日暖，我们乘小火车到江之岛去游玩。这岛临海的一面，有一片平地，芳草如茵，柳阴如盖，中间设着许多矮榻，榻上铺着红毡毯，和环境作成强烈的对比。我们两人踞坐一榻，就有束红带的女子来招待。“两瓶正宗，两个壶烧。”正宗是日本的黄酒，色香味都不亚于绍兴酒。壶烧是这里的名菜，日本名叫tsuboyaki，是一种大螺蛳，名叫荣螺（sazae），约有拳头来大，壳上生许多刺，把刺修整一下，可以摆平，像三足鼎一样。把这大螺蛳烧杀，取出肉来切碎，再放进去，加入酱油等调味品，煮熟，就用这壳作为器皿。请客人吃。这器皿像一把壶，所以名为壶烧。

其味甚鲜，确是侑酒佳品。用的筷子更佳：这双筷用纸袋套好，纸袋上印着“消毒割箸”四个字，袋上又插着一个牙签，预备吃过之后用的。从纸袋中拔出筷来，但见一半已割裂，一半还连接，让客人自己去裂开来。这木头是消毒过的，而且没有人用过，所以用时心地非常快适。用后就丢弃，价廉并不可惜。我赞美这种筷，认为是世界上最进步的用品。西洋人用刀叉，太笨重，要洗过方能再用；中国人用竹筷，也是洗过再用，很不卫生，即使是象牙筷也不卫生。日本人的消毒割箸，就同牙签一样，只用一次，真乃一大发明。他们还有一种牙刷，非常简单，到处杂货店发卖，价钱很便宜，也是只用一次就丢弃的。于此可见日本人很有小聪明。且说我和老黄在江之岛吃壶烧酒，三杯入口，万虑皆消。海鸟长鸣，天风振袖。但觉心旷神怡，仿佛身在仙境。老黄爱调笑，看见年青侍女，就和她搭讪，问年纪，问家乡，引起她身世之感，使她掉下泪来。于是临走多给小账，约定何日重来。我们又仿佛身在小说中了。

又有一种情境，也忘不了。吃酒的对手还是老黄，地点却在上海城隍庙里。这里有一家素菜馆，叫做春风松月楼，百年老店，名闻遐迩。我和老黄都在上海当教师，每逢闲暇，便相约去吃素酒。我们的吃法很经济：两斤酒，两碗“过浇面”，一碗冬菇，一碗十景。所谓过浇，就是浇头不浇在面上，而另盛在碗里，作为酒菜。等到酒吃好了，才要面底子来当饭吃。人们叫别了，常喊作“过桥面”。这里的冬菇非常肥鲜，十景也非常入味。浇头的分量不少，下酒之后，还有剩余，可以浇在面上。我们常常去吃，后来那堂倌熟悉了，看见我们进去，就叫“过桥客人来了，请坐请坐!”现在，老黄早已作古，这素菜馆也改头换面，不可复识了。

另有一种情境，则见于患难之中。那年日本侵略中国，石门湾沦陷，我们一家老幼九人逃到杭州，转桐庐，在城外河头上租屋而居。那屋主姓盛，兄弟四人。我们租住老三的屋子，隔壁就是老大，名叫宝函。他有一个孙子，名叫贞谦，约十七八岁，酷爱读书，常常来向我请教问题，因此宝函也和我要好，常常邀我到他家去坐。这老翁年约六十多岁，身体很健康，常常坐在一只小桌旁边的圆鼓凳上。我一到，他就请我坐在他对面的椅子上，站起身来，揭开鼓凳的盖，拿出一把大酒壶来，在桌上的杯子里满满地斟了两盅；又向鼓凳里摸出一把花生米来，就和我对酌。他的鼓凳里装着棉絮，酒壶裹在棉絮里，可以保暖，斟出来的两碗黄酒，热气腾腾。酒是自家酿的，色香味都上等。我们就用花生米下酒，一面闲谈。谈的大都是关于他的孙子贞谦的事。他只有这孙子，很疼爱他。说“这小人一天到晚望书，身体不好……”望书即看书，是桐庐土白。我用空话安慰他，骗他酒吃。骗得太多，不好意思，我准备后来报谢他。但我们住在河头上不到一个月，杭州沦陷，我们匆匆离去，终于没有报谢他的酒惠。现在，这老翁不知是否在世，贞谦已入中年，情况不得而知。

最后一种情境，见于杭州西湖之畔。那时我僦居在里西湖招贤寺隔壁的小平屋里，对门就是孤山，所以朋友送我一副对联，叫做“居邻葛岭招贤寺，门对孤山放鹤亭。”家居多暇，则闲坐在湖边的石凳上，欣赏湖光山色。每见一中年男子，蹲在岸上，向湖边垂钓。他钓的不是鱼，而是虾。钓钩上装一粒饭米，挂在岸石边。一会儿拉起线来，就有很大的一只虾。其人把它关在一个瓶子里。于是再装上饭米，挂下去钓。钓得了三四只大虾，他就把瓶子藏入藤篮里，起身走了。我问他：“何不再钓几只?”他笑着回答说：“下酒够了。”我跟他去，见他走进岳坟旁边的一家酒店里，拣一座头坐下了。我就在他旁边的桌上坐下，叫酒保来一斤酒，一盆花生米。他也叫一斤酒，却不叫菜，取出瓶子来，用钓丝缚住了这三四只虾，拿到酒保烫酒的开水里去一浸，不久取出，虾已经变成红色了。他向酒保要一小碟酱油，就用虾下酒。我看他吃菜很省，一只虾要吃很久，由此可知此人是个酒徒。

此人常到我家门前的岸边来钓虾。我被他引起酒兴，也常跟他到岳坟去吃酒。彼此相熟了，但不问姓名。我们都独酌无伴，就相与交谈。他知道我住在这里，问我何不钓虾。我说我不爱此物。他就向我劝诱，尽力宣扬虾的滋味鲜美，营养丰富。又教我钓虾的窍门。他说：“虾这东西，爱躲在湖岸石边。你倘到湖心去钓，是永远钓不着的。这东西爱吃饭粒和蚯蚓。但蚯蚓龌龊，它吃了，你就吃它，等于你吃蚯蚓。所以我总用饭粒。你看，它现在死了，还抱着饭粒呢。”他提起一只大虾来给我看，我果然看见那虾还抱着半粒饭。他继续说；“这东西比鱼好得多。鱼，你钓了来，要剖，要洗，要用油盐酱醋来烧，多少麻烦。这虾就便当得多：只要到开水里一煮，就好吃了。不须花钱，而且新鲜得很。”他这钓虾论讲得头头是道，我真心赞叹。

这钓虾人常来我家门前钓虾，我也好几次跟他到岳坟吃酒，彼此熟识了，然而不曾通过姓名。有一次，夏天，我带了扇子去吃酒。他借看我的扇子，看到了我的名字，吃惊地叫道：“啊！我有眼不识泰山！”于是叙述他曾经读过我的随笔和漫画，说了许多仰慕的话。我也请教他姓名，知道他姓朱，名字现已忘记，是在湖滨旅馆门口摆刻字摊的。下午收了摊，常到里西湖来钓虾吃酒。此人自得其乐，甚可赞佩。可惜不久我就离开杭州，远游他方，不再遇见这钓虾的酒徒了。

写这篇琐记时，我久病初愈，酒戒又开。回想上述情景，酒兴顿添。正是“昔年多病厌芳樽，今日芳樽唯恐浅。”

①本篇曾收入《缘缘堂随笔集》(1983年)。

旧上海①

所谓旧上海，是指抗日战争以前的上海。那时上海除闸北和南市之外，都是租界。洋泾浜（爱多亚路，即今延安路）以北是英租界，以南是法租界，虹口一带是日租界。租界上有好几路电车，都是外国人办的。中国人办的只有南市一路，绕城墙走，叫做华商电车。租界上乘电车，要懂得窍门，否则就被弄得莫名其妙。卖票人要揩油，其方法是这样：譬如你要乘五站路，上车时给卖票人五分钱，他收了钱，暂时不给你票。等到过了两站，才给你一张三分的票，关照你：“第三站上车！”初次乘电车的人就莫名其妙，心想：我明明是第一站上车的，你怎么说我第三站上车？原来他已经揩了两分钱的油。如果你向他论理，他就堂皇地说：“大家是中国人，不要让利权外溢呀！”他用此法揩油，眼睛不绝地望着车窗外，看有无查票人上来。因为一经查出，一分钱要罚一百分。他们称查票人为“赤佬”。赤佬也是中国人，但是忠于洋商的。他查出一卖票人揩油，立刻记录了他帽子上的号码，回厂去扣他的工资。有一乡亲初次到上海，有一天我陪她乘电车，买五分钱票子，只给两分钱的。正好一个赤佬上车，问这乡亲哪里上车的，她直说出来，卖票人向她眨眼睛。她又说：“你在眨眼睛!”赤佬听见了，就抄了卖票人帽上的号码。

那时候上海没有三轮车，只有黄包车。黄包车只能坐一人，由车夫拉着步行，和从前的抬轿相似。黄包车有“大英照会”和“小照会”两种。小照会的只能在中国地界行走，不得进租界。大英照会的则可在全上海自由通行。这种工人实在是最苦的。因为略犯交通规则，就要吃路警殴打。英租界的路警都是印度人，红布包头，人都喊他们“红头阿三”。法租界的都是安南人，头戴笠子。这些都是黄包车夫的对头，常常给黄包车夫吃“外国火腿”和“五枝雪茄烟”，就是踢一脚，一个耳光。外国人喝醉了酒开汽车，横冲直撞，不顾一切。最吃苦的是黄包车夫。因为他负担重，不易趋避，往往被汽车撞倒。我曾亲眼看见过外国人汽车撞杀黄包车夫，从此不敢在租界上坐黄包车。

旧上海社会生活之险恶，是到处闻名的。我没有到过上海之前，就听人说：上海“打呵欠割舌头”。就是说，你张开嘴巴来打个呵欠，舌头就被人割去。这是极言社会上坏人之多，非万分提高警惕不可。我曾经听人说：有一人在马路上走，看见一个三四岁的孩子跌了一跤，没人照管，哇哇地哭。此人良心很好，连忙扶他起来，替他揩眼泪，问他家在哪里，想送他回去。忽然一个女人走来，搂住孩子，在他手上一摸，说：“你的金百锁哪里去了?”就拉住那人，咬定是他偷的，定要他赔偿。……是否真有此事，不得而知。总之，人心之险恶可想而知。

扒手是上海的名产。电车中，马路上，到处可以看到“谨防扒手”的标语。住在乡下的人大意惯了，初到上海，往往被扒。我也有一次几乎被扒：我带了两个孩子，在霞飞路阿尔培路口（即今淮海中路陕西南路口）等电车。先向烟纸店兑一块钱，钱包里有一叠钞票露了白。

电车到了，我把两个孩子先推上车，自己跟着上去，忽觉一只手伸入了我的衣袋里。我用手臂夹住这只手，那人就被我拖上车子。我连忙向车子里面走，坐了下来，不敢回头去看。电车一到站，此人立刻下车，我偷眼一看，但见其人满脸横肉，迅速地挤入人丛中，不见了。我这种对付办法，是老上海的人教我的：你碰到扒手，但求避免损失，切不可注意看他。否则，他以为你要捉他，定要请你“吃生活”，即跟住你，把你打一顿，或请你吃一刀。我住在上海多年，只受过这一次虚惊，不曾损失。有一次，和一朋友坐黄包车在南京路上走，忽然弄堂里走出一个人来，把这朋友的铜盆帽[②]抢走。这朋友喊停车捉贼，那贼早已不知去向了。这顶帽子是新买的，值好几块钱呢。又有一次，冬天，一个朋友从乡下出来，寄住在我们学校里。有一天晚上，他看戏回来，身上的皮袍子和丝绵袄都没有了，冻得要死。这叫做“剥猪猡”。那抢帽子叫做“抛顶宫”。

妓女是上海的又一名产。我不曾嫖过妓女，详情全然不知，但听说妓女有“长三”“幺二”“野鸡”等类。“长三”是高等的，“野鸡”是下等的。她们都集中在四马路一带。门口挂着玻璃灯，上面写着“林黛玉”“薛宝钗”等字。“野鸡”则由鸨母伴着，到马路上来拉客。四马路西藏路一带，傍晚时光，“野鸡”成群而出，站在马路旁边，物色行人。她们拉住了一个客人，拉进门去，定要他住宿；如果客人不肯住，只要摸出一块钱来送她，她就放你。这叫做“两脚进门，一块出袋”。我想见识见识，有一天傍晚约了三四个朋友，成群结队，走到西藏路口，但觅那些“野鸡”，油头粉面，奇装异服，向人撒娇卖俏，竟是一群魑魅魍魉，教人害怕。然而竟有那些逐臭之夫，愿意被拉进去度夜。这叫做“打野鸡”。有一次，我在四马路上走，耳边听见轻轻的声音：“阿拉姑娘自家身体，自家房子……”回头一看，是一个男子。我快步逃避，他也不追赶。据说这种男子叫做“王八”，是替妓女服务的，但不知是哪一种妓女。总之，四马路是妓女的世界。洁身自好的人，最好不要去。但到四马路青莲阁去吃茶看妓女，倒是安全的。她们都有老鸨伴着，走上楼来，看见有女客陪着吃茶的，白她一眼，表示醋意；看见单身男子坐着吃茶，就去奉陪，同他说长道短，目的是拉生意。

上海的游戏场，又是一种乌烟瘴气的地方。当时上海有四个游戏场，大的两个：大世界，新世界；小的两个：花世界、小世界。大世界最为著名。出两角钱买一张门票，就可从正午玩到夜半。一进门就是“哈哈镜”，许多凹凸不平的镜子，照见人的身体，有时长得像丝瓜，有时扁得像螃蟹，有时头脚颠倒，有时左右分裂……没有一人不哈哈大笑。里面花样繁多：有京剧场、越剧场、沪剧场、评弹场……有放电影，变戏法，转大轮盘，坐飞船，摸彩，猜谜，还有各种饮食店，还有屋顶花园。总之，应有尽有。乡下出来的人，把游戏场看作桃源仙境。我曾经进去玩过几次，但是后来不敢再去了。为的是怕热手巾[③]。这里面到处有拴着白围裙的人，手里托着一个大盘子，盘子里盛着许多绞紧的热手巾，逢人送一个，硬要他揩，揩过之后，收他一个铜板。有的人拿了这热手巾，先擤一下鼻涕，然后揩面孔，揩项颈，揩上身，然后挖开裤带来揩腰部，恨不得连屁股也揩到。他尽量地利用了这一个铜板。那人收回揩过的手巾，丢在一只桶里，用热水一冲，再绞起来，盛在盘子里，再去到处分送，换取铜板。这些热手巾里含有众人的鼻涕、眼污、唾沫和汗水，仿佛复合维生素。我努力避免热手巾，然而不行。因为到处都有，走廊里也有，屋顶花园里也有。不得已时，我就送他一个铜板，快步逃开。这热手巾使我不敢再进游戏场去。我由此联想到西湖上庄子里的茶盘：坐西湖船游玩，船家一定引导你去玩庄子。刘庄、宋庄、高庄、蒋庄、唐庄，里面楼台亭阁，各尽其美。然而你一进庄子，就有人拿茶盘来要你请坐喝茶。茶钱起码两角。如果你坐下来喝，他又端出糕果盘来，请用点心。如果你吃了他一粒花生米，就起码得送他四角。每个庄子如此，游客实在吃不消。如果每处吃茶，这茶钱要比船钱贵得多。于是只得看见茶盘就逃。然而那人在后面喊：“客人，茶泡好了！”你逃得快，他就在后面骂人。真是大煞风景！所以我们游惯西湖的人，都怕进庄子去。最好是在白堤、苏堤上的长椅子上闲坐，看看湖光山色，或者到平湖秋月等处吃碗茶，倒很太平安乐。

且说上海的游戏场中，扒手和拐骗别开生面，与众不同。有一个冬天晚上，我偶然陪朋友到大世界游览，曾亲眼看到一幕。有一个场子里变戏法，许多人打着圈子观看。戏法变完，大家走散的时候，有一个人惊喊起来，原来他的花缎面子灰鼠皮袍子，后面已被剪去一大块。此人身躯高大，袍子又长又宽，被剪去的一块足有二三尺见方，花缎和毛皮都很值钱。这个人屁股头空荡荡地走出游戏场去，后面一片笑声送他。这景象至今还能出现在我眼前。

我的母亲从乡下来。有一天我陪她到游戏场去玩。看见有一个摸彩的摊子，前面有一长凳，我们就在凳上坐着休息一下。看见有一个人走来摸彩，出一角钱，向筒子里摸出一张牌子来："热水瓶一个。"此人就捧着一个崭新的热水瓶，笑嘻嘻地走了。随后又有一个人来，也出一角钱，摸得一只搪瓷面盆，也笑嘻嘻地走了。我母亲看得眼热，也去摸彩。第一摸，一粒糖；第二摸，一块饼干；第三摸，又是一粒糖。三角钱换得了两粒糖和一块饼干，我们就走了。后来，我们兜了一个圈子，又从这摊子面前走过。我看见刚才摸得热水瓶和面盆的那两个人，坐在里面谈笑呢。

当年的上海，外国人称之为"冒险家的乐园"，其内容可想而知。以上我所记述，真不过是皮毛的皮毛而已。我又想起了一个巧妙的骗局，用以结束我这篇记事吧：三马路广西路附近，有两家专卖梨膏的店，贴邻而居，店名都叫做"天晓得"。里面各挂着一轴大画，画着一只大乌龟。这两爿店是兄弟两人所开。他们的父亲发明梨膏，说是化痰止咳的良药，销售甚广，获利颇丰。父亲死后，兄弟两人争夺这爿老店，都说父亲的秘方是传授给我的。争执不休，向上海县告状。官不能断。兄弟二人就到城隍庙发誓："谁说谎谁是乌龟！是真是假天晓得！"于是各人各开一爿店，店名"天晓得"，里面各挂一幅乌龟。上海各报都登载此事，闹得远近闻名。全国各埠都来批发这梨膏。外路人到上海，一定要买两瓶梨膏回去。兄弟二人的生意兴旺，财源茂盛，都变成富翁了。这兄弟二人打官司，跪城隍庙，表面看来是仇敌，但实际上非常和睦。他们巧妙地想出这骗局来，推销他们的商品，果然大家发财。

①本篇曾收入《缘缘堂随笔集》(1983 年)。

②作者家乡的人称礼帽为铜盆帽。

③热手巾，即热毛巾。

歪鲈婆阿三[1]

歪鲈婆阿三不知何许人也，亦不详其姓氏。只因他的嘴巴像鲈鱼的嘴巴，又有些歪，因以为号也。他是我家贴邻王囡囡豆腐店里的司务。每天穿着褴褛的衣服，坐在店门口包豆腐干。人们简称他为“阿三”。阿三独身无家。

那时盛行彩票，又名白鸽票。这是一种大骗局。例如：印制三万张彩票，每张一元。每张分十条，每条一角。每张每条都有号码，从一到三万。把这三万张彩票分发全国通都大邑。卖完时可得三万元。于是选定一个日子，在上海某剧场当众开彩。开彩的方法，是用一个大球，摆在舞台中央，三四个人都穿紧身短衣，袖口甩带扎住，表示不得作弊。然后把十个骰子放进大球的洞内，把大球摇转来。摇了一会，大球里落出一只骰子来，就把这骰子上的数字公布出来。这便是头彩的号码的第一个字。台下的观众连忙看自己所买的彩票，如果第一个数字与此相符，就有一线中头彩的希望。笑声、叹声、叫声，充满了剧场。这样地表演了五次，头彩的五个数目字完全出现了。五个字完全对的，是头彩，得五千元；四个字对的，是二彩，得四千元；三个字对的，是三彩，得三千元……这样付出之后，办彩票的所收的三万元，净余一半，即一万五千元。这是一个很巧妙的骗局。因为买一张的人是少数，普通都只买一条，一角钱，牺牲了也有限。这一角钱往往像白鸽一样一去不回，所以又称为“白鸽票”。

只有我们的歪鲈婆阿三，出一角钱买一条彩票，竟中了头彩。事情是这样：发卖彩票时，我们镇上有许多商店担任代售。这些商店，大概是得到一点报酬的，我不详悉了。这些商店门口都贴一张红纸，上写“头彩在此”四个字。有一天，歪鲈婆阿三走到一家糕饼店门口，店员对他说：“阿三！头彩在此！买一张去吧。”对面咸鲞店里的小麻子对阿三说：“阿三，我这一条让给你吧。我这一角洋钱情愿买香烟吃。”小麻子便取了阿三的一角洋钱，把一条彩票塞在他手里了。阿三将彩票夹在破毡帽的帽圈里，走了。

大年夜前几天，大家准备过年的时候，上海传来消息，白鸽票开彩了。歪鲈婆阿三的一条，正中头彩。他立刻到手了五百块大洋（那时米价每担二元半，五百元等于二百担米。），变成了一个富翁。咸鲞店里的小麻子听到了这消息，用手在自己的麻脸上重重地打了三下，骂了几声“穷鬼！”歪鲈婆阿三没有家，此时立刻有人来要他去“招亲”了。这便是镇上有名的私娼俞秀英。俞秀英年约二十余岁，一张鹅蛋脸生得白嫩，常常站在门口卖俏，勾引那些游蜂浪蝶。她所接待的客人全都是有钱的公子哥儿，豆腐司务是轮不到的，但此时阿三忽然被看中了。俞秀英立刻在她家里雇起四个裁缝司务来，替阿三做花缎袍子和马褂，限定年初一要穿。四个裁缝司务日夜动工，工钱加倍。

到了年初一，歪鲈婆阿三穿了一身花缎皮袍皮褂，卷起了衣袖，在街上东来西去，大吃大喝，滥赌滥用。几个穷汉追随他，问他要钱，他一摸总是两三块银洋。有的人称他“三兄”“三先生”“三相公”，他的赏赐更丰。那天我也上街，看到这情况，回来告诉我母亲。正好豆腐店的主妇定四娘娘在我家闲谈。母亲对定四娘娘说：“把阿三脱下来的旧衣裳保存好，过几天他还是要穿的。”

果然，到了正月底边，歪鲈婆阿三又穿着原来的旧衣裳，坐在店门口包豆腐干了。只是一个崭新的皮帽子还戴在头上。把作司务[②]钟老七衔着一支旱烟筒，对阿三笑着说：“五百只大洋！正好开爿小店，讨个老婆，成家立业。现在哪里去了？这真叫做没淘剩[③]！”阿三管自包豆腐干，如同不听见一样。我现在想想，这个人真明达！货悖而入者，亦悖而出；来路不明，去路不白。他深深地懂得这个至理。我年逾七十，阅人多矣。凡是不费劳力而得来的钱，一定不受用。要举起例子来，不知多少。歪鲈婆阿三是一个突出的例子。他可给千古的人们作借鉴。自古以来，荣华难于久居。大观园不过十年，金谷园更为短促。我们的阿三把它浓缩到一个月，对于人世可说是一声响亮的警钟，一种生动的现身说法。

①本篇曾收入《缘缘堂随笔集》(1983年)。

②把作是“把持作坊”的意思。把作司务就是在作坊中负责技术的司务。

③没淘剩，作者家乡话，意即没出息。

四轩柱[①]

我的故乡石门湾，是运河打弯的地方，又是春秋时候越国造石门的地方，故名石门湾。运河里面还有条支流，叫做后河。我家就在后河旁边。沿着运河都是商店，整天骚闹，只有男人们在活动；后河则较为清静，女人们也出场，就中有四个老太婆，最为出名，叫做四轩柱。

以我家为中心，左面两个轩柱，右面两个轩柱。先从左面说起。住在凉棚底下的一个老太婆叫做莫五娘娘。这莫五娘娘有三个儿子，大儿子叫莫福荃，在市内开一爿杂货店，生活裕如。中儿子叫莫明荃，是个游民，有人说他暗中做贼，但也不曾破过案。小儿子叫木铳阿三，是个戆大[②]，不会工作，只会吃饭。莫五娘娘打木铳阿三，是一出好戏，大家要看。莫五娘娘手里拿了一根棍子，要打木铳阿三。木铳阿三逃，莫五娘娘追。快要追上了，木铳阿三忽然回头，向莫五娘娘背后逃走。莫五娘娘回转身来再追，木铳阿三又忽然回头，向莫五娘娘背后逃走。这样地表演了三五遍，莫五娘娘吃不消了，坐在地上大哭。看的人大笑。此时木铳阿三逃之杳杳了。这个把戏，每个月总要表演一两次。有一天，我同豆腐店王囡囡坐在门口竹榻上闲谈。王囡囡说：“莫五娘娘长久不打木铳阿三了，好打了。”没有说完，果然看见木铳河三从屋里逃出来，莫五娘娘拿了那根棍子追出来了。木铳阿三看见我们在笑，他心生一计，连忙逃过来抱住了王囡囡。我乘势逃开。莫五娘娘举起棍子来打木铳阿三，一半打在王囡囡身上。王囡囡大哭喊痛。他的祖母定四娘娘赶出来，大骂莫五娘娘："这怪老太婆！我的孙子要你打？"就伸手去夺她手里的棒。莫五娘娘身躯肥大，周转不灵，被矫健灵活的定四娘娘一推，竟跌到了河里。木铳阿三毕竟有孝心，连忙下水去救，把娘像落汤鸡一样驮了起来，幸而是夏天，单衣薄裳的，没有受冻，只是受了些惊。莫五娘娘从此有好些时不出门。

第二个轩柱，便是定四娘娘。她自从把莫五娘娘打落水之后，名望更高，大家见她怕了。她推销生意的本领最大。上午，乡下来的航船停埠的时候，定四娘娘便大声推销货物。她熟悉人头，见农民大都叫得出："张家大伯！今天的千张格外厚，多买点去。李家大伯，豆腐干是新鲜的，拿十块去！"就把货塞在他们的篮里。附近另有一家豆腐店，是陈老五开的，生意远不及王囡囡豆腐店，就因为缺少像定四娘娘的一个推销员。定四娘娘对附近的人家都熟悉，常常穿门入户，进去说三话四。我家是她的贴邻，她来得更勤。我家除母亲以外，大家不爱吃肉，桌上都是素菜。而定四娘娘来的时候，大都是吃饭时候。幸而她像《红楼梦》里的凤姐一样，人没有进来，声音先听到了。我母亲听到了她的声音，立刻到橱里去拿出一碗肉来，放在桌上，免得她说我们"吃得寡薄"。她一面看我们吃，一面同我母亲闲谈，报告她各种新闻：哪里吊死了一个人；哪里新开了一爿什么店；汪宏泰的酥糖比徐宝禄的好，徐家的重四两，汪家的有四两五；哪家的姑娘同哪家的儿子对了亲，分送的茶枣讲究得很，都装锡罐头；哪家的姑娘养了个私生子，等等。我母亲爱听她这种新闻，所以也很欢迎她。

第三个轩柱，是盆子三娘娘。她是包酒馆里永林阿四的祖母。他的已死的祖父叫做盆子三阿爹，因为他的性情很坦，像盆子一样[③]；于是他的妻子就也叫做盆子三娘娘。其实，三娘娘的性情并不坦，她很健谈，而且消息灵通，远胜于定四娘娘。定四娘娘报道消息，加的油盐酱醋较少；而盆子三娘娘的报道消息，加入多量的油盐酱醋，叫它变味走样。所以有人说："盆子三娘娘坐着讲，只能听一半；立着讲，一句也听不得。"她出门，看见一个人，只要是她所认识的，就和他谈。她从家里出门，到街上买物，不到一二百步路，她来往要走两三个钟头。因为到处勾留，一勾留就是几十分钟。她指手划脚地说："桐家桥头的草棚着了火了，烧杀了三个人!"后来一探听，原来一个人也没有烧杀，只是一个老头子烧掉了些胡子。"塘河里一只火轮船撞沉了一只米船，几十担米全部沉在河里!"其实是米船为了避开火轮船，在石埠子上撞了一下，船头里漏了水，打湿了几包米，拿到岸上来晒。她出门买物，一路上这样地讲过去，有时竟忘记了买物，空手回家。盆子三娘娘在后河一带确是一个有名人物。但自从她家打了一次官司，她的名望更大了。

事情是这样：她有一个孙子，年纪二十多岁，做医生的，名叫陆李王。因为他幼时为了要保证健康长寿，过继给含山寺里的菩萨太君娘娘，太君娘娘姓陆。他又过继给另外一个人，姓李。他自己姓王。把三个姓连起来，就叫他"陆李王"。这陆李王生得眉清且秀，皮肤雪白。有一个女子看上了他，和他私通。但陆李王早已娶妻，这私通是违法的。女子的父亲便去告官。官要逮捕陆李王。盆子三娘娘着急了，去同附近有名的沈四相公商量，送他些礼物。沈四相公就替她作证，说他们没有私通。但女的已经招认。于是县官逮捕沈四相公，把他关进三厢堂。（是秀才坐的牢监，比普通牢监舒服些。）盆子三娘娘更着急了，挽出她包酒馆里的伙计阿二来，叫他去顶替沈四相公。允许他"养杀你[④]"。阿二上堂，被县官打了三百板子，腿打烂了。官司便结束。阿二就在这包酒馆里受供养，因为腿烂，人们叫他"烂膀[⑤]阿二"。这事件轰动了全石门湾。盆子三娘娘的名望由此增大。就有人把这事编成评弹，到处演唱卖钱。我家附近有一个乞丐模样的汉子，叫做"毒头[⑥]阿三"。他编的最出色，人们都爱听他唱。我还记得唱词中有几句："陆李王的面孔白来有看头，厚底鞋子寸半头，直罗[⑦]汗巾三转头，……"描写盆子三娘娘去请托沈四相公，唱道："水鸡[⑧]烧肉一碗头，拍拍胸脯点点头。……"全部都用"头"字，编得非常自然而动听。欧洲中世纪的游唱诗人（troubadour，minne singer），想来也不过如此吧。毒头阿三唱时，要求把大门关好。因为盆子三娘娘看到了要打他。

第四个轩柱是何三娘娘。她家住在我家的染作场隔壁。她的丈夫叫做何老三。何三娘娘生得短小精悍，喉咙又尖又响，骂起人来像怪鸟叫。她养几只鸡，放在门口街路上。有时鸡蛋被人拾了去，她就要骂半天。有一次，她的一双弓鞋晒在门口阶沿石上，不见了。这回她骂得特别起劲："穿了这双鞋子，马上要困棺材！""偷我鞋子的人，世世代代做小娘（即妓女）！"何三娘娘的骂人，远近闻名。大家听惯了，便不当一回事，说一声"何三娘娘又在骂人了"，置之不理。有一次，何三娘娘正站在阶沿石上大骂其人，何老三喝醉了酒从街上回来，他的身子高大，力气又好，不问青红皂白，把这瘦小的何三娘娘一把抱住，走进门去。何三娘娘的两只小脚乱抖乱撑，大骂"杀千刀！"旁人哈哈大笑。

何三娘娘常常生病，生的病总是肚痛。这时候，何老三便上街去买一个猪头，扛在肩上，在街上走一转，看见人便说："老太婆生病，今天谢菩萨。"谢菩萨又名拜三牲，就是买一个猪头、一条鱼、杀一只鸡，供起菩萨像来，点起香烛，请一个道士来拜祷。主人跟着道士跪拜，恭请菩萨醉饱之后快快离去，勿再同我们的何三娘娘为难。拜罢之后，须得请邻居和亲友吃"谢菩萨夜饭"。这些邻居和亲友，都是送过份子的。份子者，就是钱。婚丧大事，送的叫做"人情"，有送数十元的，有送数元的，至少得送四角。至于谢菩萨，送的叫做"份子"，大都是一角或至多两角。菩萨谢过之后，主人叫人去请送份子的人家来吃夜饭。然而大多数不来吃。所以谢菩萨大有好处。何老三掮了一个猪头到街上去走一转，目的就是要大家送份子。谢菩萨之风，在当时盛行。有人生病，郎中看不好，就谢菩萨。有好些人家，外面在吃谢菩萨夜饭，里面的病人断气了。再者，谢菩萨夜饭的猪头肉烧得半生不熟，吃的人回家去就生病，亦复不少。我家也曾谢过几次菩萨，是谁生病，记不清了。总之，要我跟着道士跪拜。我家幸而没有为谢菩萨而死人。我在这环境中，侥幸没有早死，竟能活到七十多岁，在这里写这篇随笔，也是一个奇迹。

①本篇曾收入《缘缘堂随笔集》（1983年）。

②木铳和戆大都是指戆头戆脑的人。

③坦，按作者家乡方言是慢的意思。与盆子（即盘子）平坦的坦谐音。

④养杀你，意即供养你一辈子直到老死。

⑤烂膀，意即烂腿。

⑥毒头，意即神经病或傻瓜。

⑦直罗，即有直的隐条的丝织品。

⑧水鸡，即甲鱼。

阿　庆①

我的故乡石门湾虽然是一个人口不满一万的小镇，但是附近村落甚多，每日上午，农民出街做买卖，非常热闹，两条大街上肩摩踵接，推一步走一步，真是一个商贾辐辏的市场。我家住在后河，是农民出入的大道之一。多数农民都是乘航船来的，只有卖柴的人，不便乘船，挑着一担柴步行入市。

卖柴，要称斤两，要找买主。农民自己不带秤，又不熟悉哪家要买柴。于是必须有一个“柴主人”。他肩上扛着一支大秤，给每担柴称好分量，然后介绍他去卖给哪一家。柴主人熟悉情况，知道哪家要硬柴，哪家要软柴，分配各得其所。卖得的钱，农民九五扣到手，其余百分之五是柴主人的佣钱。农民情愿九五扣到手，因为方便得多，他得了钱，就好扛着空扁担入市去买物或喝酒了。

我家一带的柴主人，名叫阿庆。此人姓什么，一向不传，人都叫他阿庆。阿庆是一个独身汉，住在大井头的一间小屋里，上午忙着称柴，所得佣钱，足够一人衣食，下午空下来，就拉胡琴。他不喝酒，不吸烟，唯一的嗜好是拉胡琴。他拉胡琴手法纯熟，各种京戏他都会拉。当时留声机还不普遍流行，就有一种人背一架有喇叭的留声机来卖唱，听一出戏，收几个钱。商店里的人下午空闲，出几个钱买些精神享乐，都不吝惜。这是不能独享的，许多人旁听，在出钱的人并无损失。阿庆便是旁听者之一。但他的旁听，不仅是享乐，竟是学习。他听了几遍之后，就会在胡琴上拉出来。足见他在音乐方面，天赋独厚。

夏天晚上，许多人坐在河沿上乘凉。皓月当空，万籁无声。阿庆就在此时大显身手。琴声宛转悠扬，引人入胜。浔阳江头的琵琶，恐怕不及阿庆的胡琴。因为琵琶是弹弦乐器，胡琴是摩擦弦乐器。摩擦弦乐器接近于肉声，容易动人。钢琴不及小提琴好听，就是为此。中国的胡琴，构造比小提琴简单得多。但阿庆演奏起来，效果不亚于小提琴，这完全是心灵手巧之故。有一个青年羡慕阿庆的演奏，请他教授。阿庆只能把内外两弦上的字眼——上尺工凡六五乙仕——教给他。此人按字眼拉奏乐曲，生硬乖异，不成腔调。他怪怨胡琴不好，拿阿庆的胡琴来拉奏，依旧不成腔调，只得废然而罢。记得西洋音乐史上有一段插话：有一个非常高明的小提琴家，在一只皮鞋底上装四根弦线，照样会奏出美妙的音乐。阿庆的胡琴并非特制，他的心手是特制的。

笔者曰：阿庆孑然一身，无家庭之乐。他的生活乐趣完全寄托在胡琴上。可见音乐感人之深，又可见精神生活有时可以代替物质生活。感悟佛法而出家为僧者，亦犹是也。

①本篇曾载1983年2月9日《文汇报》，并收入《缘缘堂随笔集》(1983年)。

小学同级生

科举废后，石门湾最初开办小学堂，用西竺庵里面的祖师殿为校舍，名曰溪西小学堂，后来改名石门县立第三小学校。我是这学校的第一级学生。这第一级一共只有七个学生，现在除了我一人老不死之外，其余六人都早已死去，而且都不是终天年的——一人病死，五人横死。

病死的叫沈元。毕业时我考第一，他考第二，我们两人一同到杭州入第一师范学校。五年毕业后，我到上海办学，到东京游学；他就回故乡当这小学的校长，一直当到死。初级师范毕业生应该当小学教师。沈元恪守这制度，为桑梓小学教育服务到底。抗日战争开始，石门湾沦陷，沈元生根在故乡，离乡则如鱼失水，只得躲在农村里。他家的房屋烧毁了。学校停办了，他便忧恼成病而死。我于沦陷前十余天觅得一船，载了家眷亲戚共十二人逃向杭州，经过五河泾时，望见沈元在路旁的一所茶店里吃茶，彼此打一招呼，这便是永别了。后来听说他是生伤寒病，没有医药，听其自死的。

横死的五个人，其一叫 C，是附近北泉村人。此人在学时国文很好，而别的功课不好，所以毕业时考第三名。毕业后不升学，就在家乡鬼混，后来到石门县里去当了什么差使，竟变成了一个讼师，包揽讼事，鱼肉乡民。敌伪时期中，他结识了一个大恶霸 Y，当了他的军师。这 Y 是本地人，绰号“柴头阿三”，同我还有一点亲戚关系：我的远房伯父丰亚卿的女儿，婴孩时许配给他，不久就死了。但既经父定，他便是丰家的女婿，和我是郎舅之亲。所以抗战胜利后我从重庆回上海，到家乡探望亲友时，这 Y 曾经来招待我，在家里办了一桌酒请我吃。这时候他家住在包厅，排场很阔。他的老婆叫 E，也是本地人。听说有一次 Y 出门去了，有一个男人来看 E，在她房里坐地。不料 Y 因遗忘物件，回转来取，看见了这男人，摸出手枪来把他打死。可知他是一个杀人不眨眼的魔王。我因为早就传闻此人的行径，所以不欲同他交往，然而故乡族人和亲友都怕他，劝我非敷衍他不可，因此我只得受他招待。而我的同级友 C，正是这个魔王的军师。Y 不识字，C 替他代笔，Y 狠而无谋，C 替他划策。他对 C 是心悦诚服，言听计从的。C 假手 Y 而杀死的人，不知凡几。后来 Y 不知去向，不知逃到哪里去了。C 恶贯满盈，被抓去就地正法。抗战胜利，我从重庆还乡时，曾见到他。他告诉我：敌伪时期，他坐在家里，一个日本兵从他门口走过，对他开了一枪。幸而打得不准，子弹从身旁飞过，没有打死他。后来我想：你那时被打死了，胜如现在就地正法。

第二个横死的叫 L，是高家湾人。此人在家乡包揽讼事，鱼肉乡民；奸淫妇女，横行不法。后来和 C 同时就地正法。此人在校是插班生，我和他不熟悉，详情不知。

第三个横死的叫 W，是石门湾首富 Z 的独子。Z 开米店，其店就在我家染店的斜对河。Z 每天从对河走过，人们都说他走路时两手摆动像龟手，是发财相。他既发财，对 W 这独子当然宠爱，W 在校中，衣裳穿得最漂亮，上海初有皮鞋，他就穿了；上海初有铅笔，他就用了。沪杭初通火车，他首先由父亲伴着去乘了。乘了回来吹牛给同学们听，说火车走得极快，两旁的电线木同栅栏一样。听者为之咋舌。辛亥革命了，他把辫子盘在头顶，穿一件淡蓝色扯襟长袍，招摇过市，见者无不啧啧称赏。总之，那时的 W，是石门湾的天之骄子。小学毕业之后，我赴杭州求学，难得回乡，对 W 日渐生疏。但闻知他的父亲死了，他当了家，在家里纳福。有一个无业游民叫 Q 的，也是小学的同学，不过年级比我们低。此人做了 W 的跑腿，天天在他家里进出，沾点油水，所以人们称他为“火腿上的绳”。抗战开始，我率眷西行，W 的情况全然不知。抗战胜利后我回乡一行，才知道 W 已迁居城内，没有见面。解放后，我居上海，传闻 W 为壁报作面，获得好评。原来他在小学时就以善画出名，人们称他为“小画家”。后来，听说 Q 到浙江某地劳动，在那里揭发了 W 的一件命案。于是 W 被捕入狱。他一向是养尊处优、锦衣玉食的，哪里吃得消铁窗生活，不久就死在牢狱里了。他有一个女儿，昔年我曾见过，相貌很像她父亲。听说是个很能干的医务工作者。

第四、第五两个横死的，是魏氏兄弟，即魏堂，字颂声；魏和，字达三。魏颂声小学毕业后，曾到上海入某体育学校。后来受人劝诱到新加坡去当教师。在那热带上住了数年，得了严重的眼疾，戴了黑眼镜回乡，就在母校里当体操音乐教师。然而家里的老婆已经走脱了。……此时我早已离乡，奔走各地，一直不知道魏颂声的情况。直到解放那年，我住在上海福州路时，有一天来了一个不相识的女人。我问她你是谁家宅眷，她说“我是魏颂声家的”，说罢泣不能抑。我不胜惊诧，忙问她颂声情况，她边哭边说地答道：“死了。”“什么毛病?”“是吊死的!”“哎呀!”慢慢地问她，才知道她是颂声的续弦，颂声在奉贤当小学教师，薪水微薄，一家四口难于活命，他自己又要吸烟喝酒。债台高筑，告贷无门。有一天她早上起来，看见颂声吊在门框上，已经冰冷了。桌上放着一个空空的烧酒瓶，他是喝醉了上吊的。古来都说酒能消愁，他的酒竟把愁根本消除了。我安慰她一番，拿出十万元（即今十元）来送她，作为吊仪，她道谢告辞，下文不得而知。

他的兄弟魏达三，另有一种横死法。此人小学毕业后，从师学医，挂牌开业，医道颇高，渐渐名闻遐迩。但架子也渐渐大起来。有时喝醉了酒，不肯出诊，要三请四请才能请到。有一天，就是日本鬼在金山卫登陆那一天，上午听见远处轰响，大家说是县城里被炸，但大家又自慰："我们这小镇，请他来炸他也不肯来的。"这一天下午，附近乡村人来请魏达三出诊，放了一只船来。魏达三说今天没空，不能下乡，明天上午去吧。那时如果有人预知未来，一定要苦劝他赶快上船，保全性命。然而他竟到东市某家去看病了。正在诊病，日本飞机来了，炸弹纷纷投下，居民东奔西窜，哭喊连天。魏达三认为屋里危险，怕房子坍下来压死，便逃出后门，走进桑地里躲避。正好一个炸弹投下来，弹片削去了他的右臂，当场毙命。那只手臂抛在远处，手指还戴着一个金指环，被趁火打劫的人取了去。那时我一家人躲在屋里，炸弹落在离开我屋约五丈的地方，桌上的热水瓶、水烟管都翻落地上，幸而人没有被炸死。当天大家纷纷下乡避难，全镇变成死市。魏达三的尸体如何收拾，不得而知。后来听人说，那天东市病家门外的桑地里，桑树上挂着许多稻柴，大约敌机望下来以为是兵，所以投下许多炸弹，而魏达三躬逢其盛。此后约半个月，我就率眷逃往杭州、桐庐，辗转到达萍乡、长沙、桂林，故乡的情况不得而知了。

S姑娘

我们这所百年老屋，是三开间三进。第一进靠街，两间是我家的染店，一间是五叔家的医店。第二第三进，中央是我家，左面是堂兄嘉林家，右面是五叔家。两边都有厢房，独我家居中，没有厢房。幸而嘉林家人少，只住楼上，楼下都借给我家，借此勉强可住。五叔家最后一进，划分为二，最后一间及其楼上，租给S姑娘住，经常走后门进出。所以S姑娘不但是我们的邻居，竟是同住一屋子的人。

S姑娘生得长身纤足，一张鹅蛋脸经常涂脂抹粉；说起话来声音像银铃一般，外加悠扬婉转。她赘一个丈夫，叫做T。T本家姓H，……入赘后改名T。此人那副尊容，实在生得特别，额上皱纹无数，两只眼睛细得没处寻找，鼻孔向天，牙齿暴出，竟像一个猪头。名字……已经俗气得太露骨了，再加之以这副尊容，竟成了一个蠢汉。然而此人心地极好，忠厚谦恭，老婆骂得无论怎样厉害，他从来不还嘴。但旁人都说，S姑娘“一朵鲜花插在狗尿里了”。

为此，S姑娘不要T住在家里，叫他经常住在戏台底下的炮仗店里。这炮仗店原是T开的。他做炮仗很有本领，大炮、鞭炮、雪炮、流星、水老鼠、金转银盘、万花筒等他都会做。他这店里只有他一个人，自饮自食，独居独宿，S姑娘召唤，才回家去。回家大都是为了忌日祭祖宗，要他去叩头。叩过头，吃过饭，仍回店去。有一次，T去后，S姑娘大骂“笨畜生”，因为T收祭品时把一碗酒挂在篮里，S姑娘取篮时酒倒翻了，淋了一衣袖酒。她高声地骂给隔壁五娘娘听，连我们灶间里也听得到，于是大家笑T怕老婆。S姑娘骂完后的结论是：“所以我不许他回家。”

S姑娘租这间房子，很有妙用。她走后门进出，后门外是一条小街，叫做梅纱弄，这弄极小，很少有人走过。S姑娘的情夫就可自由出入。她的情夫有两人，一人是开杂货店的M，另一个是富家子C。石门湾地方小，人的活动难于隐瞒，S姑娘偷野老公，几乎无人不晓。就有两个闲汉来捉奸。一个叫Z，是个泼皮。人都叫他“吃屎”。因为他的名字发音和“吃杲（读如污）”相似。这是一个无业游民，专以敲竹杠为生。据说M和C经常开销他。如果不开销了，他就要捉奸。另一个人叫烂污阿二。姓名一向不传，人都叫他“烂污”或“阿二”或全称为“烂污阿二”。这人的确撒过大烂污：有一次，他同某女人通奸，女人的丈夫痛打女人，女人吊死了。这丈夫便把烂污阿二捉来，把这奸夫和女尸周身脱得精光，用绳子紧紧地捆在一起，关在一个空房子里，关了三天。这正是炎夏天气，尸身烂了，烂污阿二身上滚满了烂肉，爬满了蛆虫。放出来时，他居然不死，而撒烂污的名声更大了。他住的地方较远，消息不大灵通，来捉奸的机会较少。我只记得有一天黄昏，烂污阿二敲S姑娘的后门，C连忙走前门逃走。五叔家的店门是不开的，他只得走中央，正好我父亲在喝酒。他穷极智生，向我父亲拱一拱手说："三伯，我要请你写一把扇子。"说罢一缕烟走了。S姑娘却在里面大骂烂污阿二："捉奸捉双！你污人清白，同你到街坊去评理！"

S姑娘有一个儿子。叫做R。此人相貌全像他父亲T，而愚笨无比，七八岁了连话也说不清楚。有一次我听见他在唱："吃也晓，恶也要，半末恶衣吃，见交也衣好……"我听不懂，后来才知道是他母亲教他唱的："青菱小，红菱老，不问红与青，只觉菱儿好。……"R大了，S姑娘给他讨个老婆，这老婆也善于偷汉，本领不亚于S姑娘。抗日战争初期，R被日本鬼拉去，不知所终。

乐　生

乐生是我的远房堂兄。他的父亲叫亚卿，我们叫他亚卿三大伯，或麻子三大伯。亚卿曾在我们的染店里当管账，乐生就在店里当学徒。因此我和乐生很熟悉，下午店里空了，乐生就陪我玩。

乐生的玩法，异想天开，与众不同，还带些恶毒性，但实际上并不怎么危害人。我对他有些向往，就因为爱好这种恶毒性。例如：他看到一条百脚[①]，诱它出来，用剪刀把它的两只钳剪去。百脚是以钳为武器的，如今被剪去了，就如缴了械，解除了武装，不可怕了。乐生便把它藏在衣袖里，任它在身上爬来爬去。他突然把百脚丢在别人身上，那人吓了一大跳。有几个小孩，竟被他吓得大哭。有一次，我母亲出来，在店门口坐坐。乐生乘其不备，把这条百脚放在她肩上了。

我母亲见了，大吃一惊，乐生立刻走过去把百脚捉了，藏入袋里，使得我母亲又吃一京。又有一次，他向他的父亲麻子三大伯讨零用钱，他父亲不给。他便拿出百脚来，丢在他臂上。麻子三大伯吓了一跳，连忙用手来掸，岂知那百脚落在他背脊上了，没有离身。他向门角落里拿起一根门闩，要打乐生。乐生在前面逃，他背着百脚拿着门闩在后面追，街上的人大笑。乐生转一个弯，不见了，麻子三大伯背着百脚拿着门闩站着喘气。有人替他掸脱了百脚。一只鸡看见了，跑过来啄了两三口，把百脚全部吞下去了。这鸡照旧仰起了头踱来踱去，若无其事。可知鸡的胃消化力很强。这百脚已无钳无毒。倘是有钳有毒的，它照样会消化，把毒当作营养品。记得我的大姐扎珠花，嫌珠子不圆，把它灌进鸡嘴巴里。过了一会，把鸡杀了，取出珠子来，已浑圆了。可见其消化力之强。闲话少讲。

乐生对于百脚，特别感到兴趣。上述的办法玩腻之后，他又另想办法。把一根竹，两头削尖，弯成弓形，钉住百脚的头和尾，两手一放，百脚就成了弓弦。这叫做百脚弓。他把百脚弓挂在墙上，到第三日，那百脚还不曾死，脚还在抖动。所以说：百足之虫，死而不僵。但这办法太残忍了。百脚原是害虫，应该杀死。但何必用这等残酷的刑罚呢？但这是我现在的想法，当时我也木知木觉。且说百脚干燥之后，居然非常坚韧，可作弓弦，用竹签子射箭，见者无不惊叹乐生这种杰作。

乐生另有一种杰作，实在恶毒得可以。有一天晚上，我同他两人在店堂里，他悄悄地拿出一包头发来，不知是从哪里弄来的，用剪刀剪得很细，像黑粉末。我问他做什么用，他说你明天自会知道。到了明天下午，店里空了，隔壁的道士先生顾芷塘来坐在店门口，和人谈闲天。乐生乘其不备，拿一把头发粉末来撒在他的后头骨下面的项颈里了。这顾芷塘的项颈生得很长，人们说他是吹笙的，笙是吸的，便把项颈吸得很长了。因为项颈长，所以衣领后头很宽，可容许多头发粉末。顾芷塘起先不觉得什么，后来觉得痒了，伸手去搔，越搔越痒。那些头发粉末落下去，粘在背脊上，顾芷塘只得撩起衣服来，弯进手臂去搔。同时自言自语：“背脊上痒得很，难道生虱子了？我家没有虱子的呀。”终于痒得熬不住，便回家去换衣裳了。

管账先生何昌熙也着过这道儿。何昌熙坐在账桌边写账，乐生假作用鸡毛帚掸灰尘，把一把头发粉末撒在他项颈里了。何昌熙是个大块头，一时木知木觉，后来牵动衣裳，越牵越痒，嘴里不住地骂人。乐生和我却在暗笑。丫头红英吃过不少次数。因为红英常常坐在店门口阶沿上剖鱼或洗衣服，乐生凭在柜台上，居高临下，撒下去正好落在项颈里。此外，乐生拿了这包宝贝上街去，谁吃他亏，不得而知了。这些都是顽皮孩子的恶作剧，算不得作恶为非，但他还有招摇撞骗行径呢。

上午，街上正闹的时候，乐生拿了一碗水在人丛中走。看到一个比较阔绰的人，有意去碰他一下，那碗水倒翻在地上了。乐生惊喊起来：“啊呀！我这两角洋钱烧酒被你碰翻了！奈末[2]我的爷要打杀我了！要你赔！要你赔！”他竟哭出眼泪来了。那人没奈何，只得赔他两角洋钱。

乐生早死。他的儿子叫舜华，听说在肉店经商，现在不知怎样，几十年没消息了。

①百脚，即蜈蚣。

②奈末，江南一带方言，意即这下子。

元帅菩萨[1]

石门湾南市梢有一座庙，叫做元帅庙。香火很盛。正月初一日烧头香的人，半夜里拿了香烛，站在庙门口等开门。据说烧得到头香，菩萨会保佑的。每年五月十四日，元帅菩萨迎会。排场非常盛大！长长的行列，开头是夜叉队，七八个人脸上涂青色，身穿青衣，手持钢叉，锵锵振响。随后是一盆炭火，由两人扛着，不时地浇上烧酒，发出青色的光，好似鬼火。随后是臂香队和肉身灯队。臂香者，一只锋利的铁钩挂在左臂的皮肉上，底下挂一只廿几斤重的锡香炉，皮肉居然不断。肉身灯者，一个赤膊的人，腰间前后左右插七八根竹子，每根竹子上挂一盏油灯，竹子的一端用钩子钉在人的身体上。据说这样做，是为了“报娘恩”。随后是犯人队。许多人穿着犯人衣服，背上插一白旗，上写“斩犯一名×××”[②]。再后面是拈香队，许多穿长衫的人士，捧着长香，踱着方步。然后是元帅菩萨的轿子，八人扛着，慢慢地走。后面是细乐队、香亭。众人望见菩萨轿子，大家合掌作揖。我五六岁时，看见菩萨，不懂得作揖，却喊道：“元帅菩萨的眼睛会动的！”大人们连忙掩住我的口，教我作揖。第二天，我生病了，眼睛转动。大家说这是昨天喊了那句话的原故。我的母亲连忙到元帅庙里去上香叩头，并且许愿。父亲请医生来看病，医生说我是发惊风。吃了一颗丸药就好了。但店里的人大家说不是丸药之功，是母亲去许愿，菩萨原谅了之故。后来办了猪头三牲，去请菩萨。

为此，这元帅庙里香火极盛，每年收入甚丰。庙里有两个庙祝，贪得无厌，想出一个奸计来扩大做生意。某年迎会前一天，照例祭神。庙祝预先买嘱一流氓，教他在祭时大骂“菩萨无灵，泥塑木雕”，同时取食神前的酒肉，然后假装肚痛，伏地求饶。如此，每月来领银洋若干元。流氓同意了，一切照办。岂知酒一下肚，立刻七孔流血，死在神前。原来庙祝已在酒中放入砒霜，有意毒死这流氓来大做广告。远近闻讯，都来看视，大家宣传菩萨的威灵。于是元帅庙的香火大盛，两个庙祝大发其财。后来为了分赃不均，两人争执起来，泄露了这阴谋，被官警捉去法办，两人都杀头。我后来在某笔记小说中看到一个故事，与此相似。有一农民入市归来，在一古墓前石凳上小坐休息。他把手中的两个馒头放在一个石翁仲的头上，以免蚂蚁侵食。临走时，忘记了这两个馒头。附近有两个老婆子，发见了这馒头，便大肆宣传，说石菩萨有灵，头上会生出馒头来。就在当地搭一草棚，摆设神案香烛，叩头礼拜。远近闻讯，都来拜祷。老婆子将香灰当作仙方，卖给病人。偶然病愈了，求仙方的人越来越多，老婆子大发其财。有一流氓看了垂涎，向老婆子敲竹杠。老婆子教他明日当众人来求仙方时，大骂石菩萨无灵，取食酒肉，然后假装肚痛，倒在神前。如此，每月分送银洋若干。流氓照办。岂知酒中有毒，流氓当场死在神前。此讯传出，石菩萨威名大震，仙方生意兴隆，老婆子大发其财。后来为了分赃不均，两个老婆子闹翻了，泄露阴谋，被官警捉去正法。元帅庙的事件，与此事完全相似，也可谓“智者所见皆同”。

①本篇曾收入《缘缘堂随笔集》(1983年)。

②按当时作者故乡的风习，认为生病是罪孽所致，因此病人有时在神前许愿：若得病愈，当在元帅会上扮作犯人以示赎罪。

“带点笑容”①

请照相馆里的人照相，他将要开镜头的时候，往往要命令你：“带点笑容!”

爱好美术的朋友X君最嫌恶这一点，因此永不请教照相馆。但他不能永不需要照相，因此不惜巨价自己购置一个照相机。然而他的生活太忙，他的技术太拙，学了好久照相，难得有几张成功的作品。为了某种需要，他终于不得不上照相馆去。我预料有一幕滑稽剧要开演了，果然：

X君站在镜头面前，照相者供献他一个摩登花样的矮柱，好像一只茶几，教他左手搁在这矮柱上，右手叉腰，说道：“这样写意!”X君眉头一皱，双手拒绝他，说：“这个不要，我只要这样站着好了!”他心中已经大约动了三分怒气。照相者扫兴地收回了矮柱，退回镜头边来，对他一相，又走上前去劝告他：“稍微偏向一点儿，不要立正!”X君不动。照相者大概以为他听不懂，伸手捉住他的两肩，用力一旋，好像雕刻家弄他的塑像似的，把X君的身体向外旋转约二十度。他的两手一放，X君的身体好像有弹簧的，立刻回复原状。二人意见将要发生冲突，我从中出来调解：“偏一点儿也好，不过不必偏得这样多。”X君听了我的话，把身体旋转了约十度。但我知道他心中的怒气已经动了五六分了。

照相者的头在黑布底下钻了好久，走到X君身边，先用两手整理他的衣襟，拉他的衣袖，又蹲下去搬动他的两脚。最后立转身来用两手的中指点住他的颞颥，旋动他的头颅；用左手的食指点住他的后脑，教他把头俯下；又用右手的食指点住他的下巴，教他把头仰起。X君的怒气大约已经增至八九分。他不耐烦地嚷起来："好了，好了！快些给我照吧！"我也从旁帮着说："不必太仔细，随便给他照一个，自然一点倒好看。"照相者说着"好，好"，走回镜旁，再相了一番，伸手搭住镜头，对X君喊："眼睛看着这里！带点儿笑容！"看见X君不奉行他的第二条命令，又重申一遍："带点笑容！"X君的怒气终于增到了十分，破口大骂起来："什么叫做带点笑容！我又不是来卖笑的！混帐！我不照了！"他两手一挥，红着脸孔走出了立脚点，皱着眉头对我苦笑。照相者就同他相骂起来：

"什么？我要你照得好看，你反说我混帐！"

"你懂得什么好看不好看？混帐东西！"

"我要同你品品道理看！你板着脸孔，我请你带点笑容，这不是好意？到茶店里品道理我也不怕！"

"我不受你的好意。这是我的照相，我欢喜怎样便怎样，不要你管！"

"照得好看不好看，和我们照相馆名誉有关，我不得不管！"

听到了这句话，X君的怒气增到十二分："放屁！你也会巧立名目来拘束别人的自由？……"二人几乎动武了。我上前劝解，拉了愤愤不平的X君走出照相馆。一出滑稽剧于是闭幕。

我陪着X君走出照相馆时，心中也非常疑怪。为什么照相一定要"带点笑容"呢？回头向他们的样子窗里一瞥，这疑怪开始消解，原来他们所摄的照相，都作演剧式的姿态，没有一幅是自然的。女的都带些花旦的姿态，男的都带些小生、老生甚至丑角的姿态。美术上所谓自然的pose〔姿势〕，在照相馆里很难找到。人物肖像上所谓妥帖的构图，在这些样子窗里尤无其例。推想到这些照相馆里来请求照相的人，大都不讲什么自然的pose与妥帖的构图。女的但求自己的姿态可爱，教她装个俏眼儿也不吝惜；男的但求自己的神气活现，命令他“带点笑容”当然愿意的了。我们的X君戴了美术的眼镜，抱了造象的希望，到这种地方去找求自然的pose与妥帖的构图，犹如缘木求鱼，当然是要失望的。

但是这幕滑稽剧的演出，其原因不仅在于美术与非美术的冲突上，还有更深的原因隐伏在X君的胸中。他是一个不善逢迎、不苟言笑的人。他这种性格，今天就在那个照相馆中的镜头前面现形出来。他的反抗照相者的命令，其意识中仿佛在说：“我不愿作一切违背衷心的非义的言行！我不欲强作笑颜来逢迎任何人！我的脸孔天生成这样！这是我之所以为我！”故在他看来，照相者劝他“带点笑容”，仿佛是强迫他变志、失节，装出笑颜来谄媚世人，在他是认为奇耻大辱的。然而照相馆里的人哪能顾到这一点？他的劝人“带点笑容”，确是出于“好意”。因为他们营商的人，大都以多数顾客的要求为要求，以多数顾客的好恶为好恶，他们自己对于照相根本没有什么要求，也没有什么好恶。故X君若有所愤怒，也不必对他们发，应该发在多数的顾客身上。因为多数顾客喜欢在镜头面前作娇态，装神气，因此养成了这样的照相店员。

我并不主张照相时应该板脸孔，也不一定嫌恶装笑脸的照相。但觉照相者强迫镜头前的人“带点笑容”，是可笑、可耻又可悲的事。因此我不得不由此想象：现今的世间，像X君的人极少，而与X君性格相反的人极多。那么真如X君出照相馆时所说：“现今的世间，要进照相馆也不得不‘带点笑容’了！”

廿五〔1936〕年夏日作，曾载《宇宙风》。

①本篇曾载1936年8月1日《宇宙风》第2卷第22期。

清　晨[①]

吃过早粥，走出堂前，在阶沿石上立了一会。阳光从东墙头上斜斜地射进来，照明了西墙头的一角。这一角傍着一大丛暗绿的芭蕉，显得异常光明。它的反光照耀全庭，使花坛里的千年红、鸡冠花和最后的蔷薇，都带了柔和的黄光。光滑的水门汀受了这反光，好像一片混浊的泥水。我立在阶沿石上，就仿佛立在河岸上了。

一条瘦而憔悴的黄狗，用头抵开了门，走进庭中来。它走到我的面前，立定了，俯下去嗅嗅我的脚，又仰起头来看我的脸。这眼色分明带着一种请求之情。我回身向内，想从余剩的早食中分一碗白米粥给它吃。忽然想起邻近有吃粞粥及糠饭的人，又踌躇地转身向了外。那狗似乎知道我的心事的，越发在我面前低昂盘旋，且嗅且看，又发出一种“呜呜”的声音。这声音仿佛在说：“狗也是天之生物！狗也要活！”我正踌躇，李妈出来收早粥，看见了狗便说：“这狗要饿杀快[②]了！宝官[③]，来厨房里拿些镬焦给它吃吃吧。”我的问题就被代为解决。不久宝官拿了一小箩镬焦出来，先放一撮在水门汀上。那狗拼命地吃，好像防人来抢似的。她一撮一撮喂它，好像防它停食似的。

我在庭中散步了好久，回到堂前，看见狗正在吃最后的一撮。我站在阶沿石上看它吃。我觉得眼梢头有一件小的东西正在移动。俯身一看，离开狗头一二尺处，有一群蚂蚁，正在扛抬狗所遗落的镬焦。许多蚂蚁围绕在一块镬焦的四周，扛了它向西行，好像一朵会走的黑瓣白心的菊花。它们的后面，有几个空手的蚂蚁跑着，好像是护卫；它们的前面有无数空手的蚂蚁引导着，好像是先锋。这列队约有二丈多长，从狗头旁边直达阶沿石缝的洞口——它们的家里。我蹲在阶沿上，目送这朵会走的菊花。一面呼唤正在浇花的宝官，叫她来共赏。她放下了浇花壶，走来蹲在水门汀上，比我更热心地观赏起来，我叫她留心管着那只狗，防恐它再吃得不够，走过来舔食了这朵菊花。她等狗吃完，把它驱逐出门，就安心地来看蚂蚁的清晨的工作了。

这块镬焦很大，作椭圆形，看来是由三四粒饭合成的。它们扛了一会，停下来，好像休息一下，然后扛了再走。扛手时有变换。我看见一个蚂蚁从众扛手中脱身而出，径向前去。我怪它卸责，目送它走。看见另一个蚂蚁从对方走来。它们二人在变臂时急急地亲了一个吻，然后各自前去。后者跑到菊花旁边，就挤进去，参加扛抬的工作，好像是前者请来的替工。我又看见一个蚂蚁贴身在一个扛手的背后，好像在咬它。过了一会，那被咬者退了出来，自向前跑；那咬者便挤进去代它扛抬了。我看了这些小动物的生活，不禁摇头太息，心中起了浓烈的感兴。我忘却了一切，埋头于蚂蚁的观察中。我自己仿佛已经化了一个蚂蚁，也在参加这扛抬粮食的工作了。我一望它们的前途，着实地担心起来。为的是离开它们一二尺的前方，有两根晒衣竹竿横卧在水门汀上，阻住它们的去路。先锋的蚂蚁空着手爬过，已觉周折，这笨重的粮食如何扛过这两重畸形的山呢？忽然觉悟了我自己是人，何不用人力去助它们一下呢？我就叫宝官把竹竿拿开。并且嘱咐她轻轻地，不要惊动了蚂蚁。她拿开了第二根时，菊花已经移行到第一根旁边而且已在努力上山了。我便叫她住手，且来观看。这真是畸形的山，山脚凹进，山腰凸出。扛抬粮食上山，非常吃力！后面的扛手站住不动，前面的扛手把后脚爬上山腰，然后死命地把粮食抬起来，使它架空。于是山腰的人死命地拖，地上的人死命地送。结果连物带人拖上山去。我和宝官一直叫着“杭育，杭育”，帮它们着力；到这时候不期地同喊一声“好啊！”各抽一口大气。

下山的时候，又是一番挣扎；但比上山容易得多。前面的扛手先把身体挂了下来，后面的扛手自然被粮食的重量拖下，跌到地上。另有两人扛了一粒小饭粒从后面跟来。刚爬上山，又跌了下去。来了一个帮手，三人抬过山头。前面的菊花形的大群已去得很远了。

菊花形的大群走了一大程平地，前面又遇到了障碍。这是一个不可超越的峭壁，而且壁的四周都是水，深可没顶。宝官抱歉地自责起来：“唉！我怎么把这把浇花壶放在它们的运粮大道上！不幸而这又是漏的!”继而认真地担忧了：“它们迷了路怎么办呢?”继而狂喜地提议：“赶快把壶拿开，给它们架一片桥吧。”她正在寻找桥梁的材木，那三个扛抬的一组早已追过大群，先到水边，绕着水走去了。不久大群也到水边，跟了它们绕行。我唤回了宝官，依旧用眼眼帮它们扛抬。我们计算绕水所多走的路程，约有三尺光景！而且海岸线曲折多端，转弯抹角，非常吃力，这点辛劳明明是宝官无心地赠给它们的！我们所惊奇者：蚂蚁似乎个个带着指南针。任凭转几个弯，任凭横走、逆行，它们决不失向。迤逦盘旋了好久，终于绕到了水的对岸。现在离它们的家只有四五尺，而且都是平地了。我的心便从蚂蚁的世界中醒回来。我站起身来，挺一挺腰。我想等它们扛进洞时，再蹲下去看。暂时站在阶沿石上同宝官谈些话。

“这也是一种生物，它们也要活。人类的生活实在不及……”我正想说下去，外面走进我们店里的染匠司务来。他提着早餐的饭篮，要送进灶间去。当他通过我们的前面时，他正在和宝官说什么话。我和宝官听他说话，暂时忘记了蚂蚁的事。等到我注意到的时候。他的左脚正落在这大群蚂蚁的上面，好像飞来峰一般。我急忙捉住他的臂，提他的身体，连喊“踏不得！踏不得!”他吓得不知所以，像化石一般，顶着脚尖，一动也不动。我用力搬开他的腿。看见他的脚踵底下，一朵白心黑瓣的菊花无恙地在那里移行。宝官用手拍拍自己的心，说道“还好还好，险险乎!”染匠司务俯下去看了一看，起来也用手拍拍自己的心，说道“还好还好，险险乎!”他放下了饭篮，和我们一同观赏了一会，赞叹了一会。当他提了饭篮走进屋里去的时候，又说一声“还好还好，险险乎!”

我对宝官说：“这染匠司务不是戒杀者，他欢喜吃肉，而且会杀鸡。但我看他对于这大群蚂蚁的‘险险乎’，真心地着急；对于它们的‘还好还好’，真心地庆幸。这是人性中最可贵的‘同情’的发现。人要杀蚂蚁，既不犯法，又不费力，更无人来替它们报仇。然而看了它们的求生的天性，奋斗团结的精神，和努力、挣扎的苦心，谁能不起同情之心，而对于眼前的小动物加以爱护呢?我们并不要禁杀蚂蚁，我们并不想繁殖蚂蚁的种族。但是，倘有看了上述的状态，而能无端地故意地歼灭它们的人，其人定是丧心病狂之流，失却了人性的东西。我们所惜的并非蚂蚁的生命，而是人类的同情心。”宝官也举出一个实例来。说她记得幼时有一天，也看见过今日般的状态。大家正在观赏的时候，有某恶童持热水壶来，冲将下去。大家被他吓走，没有人敢回顾。我听了毛发悚然。推想这是水灾而兼炮烙，又好比油锅地狱！推想这孩子倘做了支配者，其杀人亦复如是！古来桀纣之类的暴徒，大约是由这种恶童变成的吧！

扛抬粮食的蚂蚁经过了长途的跋涉，出了染匠司务脚底的险，现在居然达到了家门口。我们又蹲下去看。然而如何搬进家里，我又替它们担起心来。因为它们的门洞开在两块阶沿石缝的上端，离平地约有半尺之高。从水门汀上扛抬到门口，全是断崖削壁！以前的先锋，现在大部分集中在门口，等候粮食从削壁上搬运上来。其一部分参加搬运之役。挤不进去的，附在别人后面，好像是在拉别人的身体，间接拉上粮食来。大块而沉重的粮食时时摇动，似欲翻落。我们为它们捏两把汗。将近门口，忽然一个失手，竟带了许多扛抬者，砰然下坠。我们同情之余，几欲伸手代为拾起；甚至欲到灶间里去抓一把饭粒来塞进洞门里。但是我们没有实行。因为教它们依赖，出于姑息；当它们豢物，近于侮辱。蚂蚁知道了，定要拒绝我们。你看，它们重整旗鼓，再告奋勇。不久，居然把这件重大的粮食扛上削壁，搬进洞门里了。

朝阳已经照到芭蕉树上。时钟打九下。正是我们开始工作的时光了。宝官自去读书，我也带了这些感兴，走进我的书室去。

廿四〔1935〕年十月六日在石门湾，曾载《新少年》。

①本篇曾载 1936 年 4 月 10 日《新少年》第 1 卷第 7 期。

②饿杀快，江南一带方言，意即快饿死。

③作者家乡一带对小主人称×官。

我的母亲[①]

中国文化馆要我写一篇《我的母亲》，并寄我母亲的照片一张。照片我有一张四寸的肖像，一向挂在我的书桌的对面。已有放大的挂在堂上，这一张小的不妨送人。但是《我的母亲》一文从何处说起呢？看看母亲的肖像，想起了母亲的坐姿。母亲生前没有摄取坐像的照片，但这姿态清楚地摄入在我脑海中的底片上，不过没有晒出。现在就用笔墨代替显影液和定影液，把我母亲的坐像晒出来吧：

我的母亲坐在我家老屋的西北角[②]里的八仙椅子上，眼睛里发出严肃的光辉，口角上表出慈爱的笑容。

老屋的西北角里的八仙椅子，是母亲的老位子。从我小时候直到她逝世前数月，母亲空下来总是坐在这把椅子上，这是很不舒服的一个座位：我家的老屋是一所三开间的楼厅，右边是我的堂兄家，左边一间是我的堂叔家，中央一间是我家。但是没有板壁隔开，只拿在左右的两排八仙椅子当作三份人家的界限。所以母亲坐的椅子，背后凌空。若是沙发椅子，三面有柔软的厚壁，凌空原无妨碍。但我家的八仙椅子是木造的，坐板和靠背成九十度角，靠背只是疏疏的几根木条，其高只及人的肩膀。母亲坐着没处搁头，很不安稳。母亲又防椅子的脚摆在泥土上要霉烂，用二三寸高的木座子衬在椅子脚下，因此这只八仙椅子特别高，母亲坐上去两脚须得挂空，很不便利。所谓西北角，就是左边最里面的一只椅子。这椅子的里面就是通过退堂的门。退堂里就是灶间。母亲坐在椅子上向里面顾，可以看见灶头。风从里面吹出的时候，烟灰和汩气都吹在母亲身上，很不卫生。堂前隔着三四尺阔的一条天井便是墙门。墙外面便是我们的染坊店。母亲坐在椅子里向外面望，可以看见杂沓往来的顾客，听到沸翻盈天的市井声，很不清静。但我的母亲一向坐在我家老屋西北角里的这样不安稳、不便利、不卫生、不清静的一只八仙椅子上，眼睛发出严肃的光辉，口角上表出慈爱的笑容。母亲为什么老是坐在这样不舒服的椅子里呢？因为这位子在我家中最为冲要。母亲坐在这位子里可以顾到灶上，又可以顾到店里。母亲为要兼顾内外，便顾不到座位的安稳不安稳，便利不便利，卫生不卫生，和清静不清静了。

我四岁时，父亲中了举人[③]，同年祖母逝世，父亲丁艰在家，郁郁不乐，以诗酒自娱，不管家事，丁艰终而科举废，父亲就从此隐遁。这期间家事店事，内外都归母亲一人兼理。我从书堂出来，照例走向坐在西北角里的椅子上的母亲的身边，向她讨点东西吃吃。母亲口角上表出亲爱的笑容，伸手除下挂在椅子头顶的“饿杀猫篮”[④]，拿起饼饵给我吃；同时眼睛里发出严肃的光辉，给我几句勉励。

我九岁的时候，父亲遗下了母亲和我们姐弟六人，薄田数亩和染坊店一间而逝世[⑤]。我家内外一切责任全部归母亲负担。此后她坐在那椅子上的时间愈加多了。工人们常来坐在里面的凳子上，同母亲谈家事；店伙们常来坐在外面的椅子上，同母亲谈店事；父亲的朋友和亲戚邻人常来坐在对面的椅子上，同母亲交涉或应酬。我从学堂里放假回家，又照例走向西北角里的椅子边，同母亲讨个铜板。有时这四班人同时来到，使得母亲招架不住，于是她用了眼睛的严肃的光辉来命令、警戒或交涉；同时又用了口角上的慈爱的笑容来劝勉、抚爱或应酬。当时的我看惯了这种光景，以为母亲是天生成坐在这只椅子上的，而且天生成有四班人向她缠绕不清的。

我十七岁离开母亲，到远方求学。临行的时候，母亲眼睛里发出严肃的光辉，诫告我待人接物求学立身的大道；口角上表出慈爱的笑容，关照我起居饮食一切的细事。她给我准备学费，她给我置备行李，她给我制一罐猪油炒米粉，放在我的网篮里；她给我做一个小线板，上面插两只引线放在我的箱子里，然后送我出门。放假归来的时候，我一进店门，就望见母亲坐在西北角里的八仙椅子上。她欢迎我归家，口角上表出慈爱的笑容，她探问我的学业，眼睛里发出严肃的光辉。晚上她亲自上灶，烧些我所爱吃的菜蔬给我吃，灯下她详询我的学校生活，加以勉励、教训或责备。

我廿二岁毕业后，赴远方服务，不克依居母亲膝下，唯假期归省。每次归家，依然看见母亲坐在西北角里的椅子上。眼睛里发出严肃的光辉，口角上表现出慈爱的笑容。她像贤主一般招待我，又像良师一般教训我。

我三十岁时，弃职归家，读书著述奉母。母亲还是每天坐在西北角里的八仙椅子上，眼睛里发出严肃的光辉，口角上表出慈爱的笑容。只是她的头发已由灰白渐渐转成银白了。

我三十三岁时，母亲逝世。我家老屋西北角里的八仙椅子上，从此不再有我母亲坐着了。然而我每逢看见这只椅子的时候，脑际一定浮出母亲的坐像——眼睛里发出严肃的光辉，口角上表出慈爱的笑容。她是我的母亲，同时又是我的父亲。她以一身任严父兼慈母之职而训诲我抚养我，我从呱呱坠地的时候直到三十三岁，不，直到现在。陶渊明诗云："昔闻长者言，掩耳每不喜。"我也犯这个毛病；我曾经全部接受了母亲的慈爱，但不会全部接受她的训诲。所以现在我每次在想象中瞻望母亲的坐像，对于她口角上的慈爱的笑容觉得十分感谢，对于她眼睛里的严肃的光辉，觉得十分恐惧。这光辉每次给我以深刻的警惕和有力的勉励。

民国廿六〔1937〕年二月廿八日。

①本篇曾收入1948年9月1日中国文化馆香港分馆出版的《我的母亲》一书中。

②老屋不是朝南而是朝东的，所以西北角应作西南角。

③⑤丰镄于1902年中举，1906年病逝。如按虚岁，作者在1902年应为五岁。后面的九岁也是虚岁。

④"饿杀猫篮"，一种用细篾制成的、四周有孔的、通风的有盖竹篮，菜碗放此篮中，猫吃不到。故名。

不惑之礼①

廿六〔1937〕年阴历元旦，我破晓醒来，想道："从今天起，我应该说是四十岁了。摸摸自己的身体看，觉得同昨天没有什么两样；检点自己的心情看，觉得同昨天也没有什么差异。只是"四十"这两个字在我心里作怪，使我不能再睡了。十年前，我的年岁开始冠用"三十"两字时，我觉得好像头上张了一把薄绸的阳伞，全身蒙了一个淡灰色的影子。现在，我的年岁上开始冠用"四十"两字时，我觉得好比这顶薄绸的阳伞换了一柄油布的雨伞，全身蒙了一个深灰色的影子了。然而这柄雨伞比阳伞质地坚强得多，周围广大得多，不但能够抵御外界的暴风雨，即使落下一阵卵子大的冰雹来，也不能中伤我。设或豺狼当道，狐鬼逼人起来，我还可以收下这柄雨伞来，充作禅杖，给它们打个落花流水呢。

阴历元旦的清晨，四周肃静，死气沉沉，只有附近一个学校里的一群小学生，依旧上学，照常早操，而且喇叭吹得比平日更响，步伐声和喇叭一齐清楚地传到我的耳中。于是我起床了。盥洗毕，展开一张宣纸，抽出一支狼毫，一气呵成地写了这样的几句陶诗：

先师遗调，余岂云坠！四十无闻，斯不足畏。
脂我名车，策我名骥。千里虽遥，孰敢不至！

下面题上"廿六年古历元旦卯时缘缘堂主人书"，盖上一个"学不厌斋"的印章，装进一个玻璃框中，挂在母亲的遗像的左旁。古人二十岁行弱冠礼，我这一套仿佛是四十岁行的不惑之礼。

不惑之礼毕，我坐楼窗前吸纸烟。思想跟了晨风中的烟缕而飘曳了一会，不胜恐惧起来。因为我回想过去的四十年，发生了这样的一种感觉：我觉得，人生好比喝酒，一岁喝一杯，两岁喝两杯，三岁喝三杯……越喝越醉，越醉越痴，越迷，终而至于越糊涂，麻木若死尸。只要看孩子们就可知道：十多岁的大孩子，对于人生社会的种种怪现状，已经见惯不怪，行将安之若素了。只有七八岁的小孩子，有时把眼睛张得桂圆大，惊疑地质问："牛为什么肯被人杀来吃?""叫化子为什么肯讨饭?""兵为什么肯打仗?"……大孩子们都笑他发痴，我只见大孩子们自己发痴。他们已经喝了十多杯酒，渐渐地有些醉，已在那里痴迷起来，糊涂起来，麻木起来了，可胜哀哉！我已经喝了四十杯酒，照理应该麻醉了。幸好酒量较好，还能知道自己醉。然而"人生"这种酒是越喝越浓，越浓越凶的。只管喝下去，我将来一定也有烂醉而不自知其醉的一日，为之奈何！

于是我历数诸师友，私自评较：像某某，数十年如一日，足见其有千钟不醉之量，不胜钦佩；像某某，对醉人时自己也烂醉，遇醒者时自己也立刻清醒，这是圣之时者，我也不胜钦佩；像某某，愈喝愈醉，几同脱胎换骨，全失本来面目，我仿佛死了一个朋友，不胜惋惜；像某某，醉迷已极，假作不醉，这是予所否者，不屑评较了。我又回溯古贤先哲，推想古代的人生社会，知道他们所喝的也是这一种酒，并没有比我们的和善。始知人的醉与不醉，不在乎酒的凶与不凶，而在乎量的大与不大。

我怕醉，而"人生"这种酒强迫我喝。在这"恶醉强酒"的生活之下，我除了增大自己的酒量以外，更没有别的方法可以避免喝酒。怎样增大我的酒量？只有请教"先师遗训"了。

于是我检出靖节诗集来，通读一遍，折转了三处书角。再拿出宣纸和狼毫来，抄录了这样的三首诗：

日暮天无云，春风扇微和。佳人美清夜，达曙酣且歌。
歌竟长叹息，持此感人多。皎皎云间月，灼灼叶中花，
岂无一时好，不久当如何？
迢迢百尺楼，分明望四荒。暮作归云宅，朝为飞鸟堂。
山河满目中，平原独茫茫。古时功名士，慷慨争此场。

一旦百岁后，相与还北邙。松柏为人伐，高坟互低昂。
颓基无遗主，游魂在何方。荣华诚足贵，亦复可怜伤！
人生归有道，衣食固其端。孰是都不营，而以求自安？
开春理常业，岁功聊可观。晨出肆微勤，日入负耒还。
山中饶霜露，风气亦先寒，田家岂不苦，弗获辞此难。
四体诚乃疲，庶无异患干，盥濯息檐下，斗酒散襟颜。
遥遥沮溺心，千载乃相关。但愿常如此，躬耕非所叹。

写好后，从头至尾阅读一遍，用朱笔在警句上加了些圈，好好地保存了。因为这好比一张醒酒的药方。以后“人生”的酒推上来时，只要按方服药，就会清醒。我的酒量就仿佛增大了。

这样，廿六年阴历元旦完成了我的不惑之礼。

廿六〔1937〕年八月二日于杭寓。

①本篇曾载1938年1月11日《宇宙风》第57期。有副题：自传之一章。

佛无灵①

我家的房子——缘缘堂——于去冬吾乡失守时被敌寇的烧夷弹焚毁了。我率全眷避地萍乡，一两个月后才知道这消息。当时避居上海的同乡某君②作诗以吊，内有句云：“见语缘缘堂亦毁，众生浩劫佛无灵。”第二句下面注明这是我的老姑母的话。我的老姑母今年七十余岁，我出亡时苦劝她同行，未蒙允许，至今尚在失地中。五年前缘缘堂创造的时候，她老人家镇日拿了史的克③在基地上代为擘划，在工场中代为巡视，三寸长的小脚常常遍染了泥污而回到老房子里来吃饭。如今看它被焚，怪不得要伤心，而叹“佛无灵”。最近她有信来（托人带到上海友人处，转寄到桂林来的），末了说：缘缘堂虽已全毁，但烟囱尚完好，矗立于瓦砾场中。此是火食不断之象，将来还可做人家。

缘缘堂烧了是“佛无灵”之故。这句话出于老姑母之口，入于某君之诗，原也平常。但我却有些反感。不是指摘某君思想不对，也不是批评老姑母话语说错，实在是慨叹一般人对于“佛”的误解，因为某君和老姑母并不信佛，他们是一般按照所谓信佛的人的心理而说这话的。

我十年前曾从弘一法师学佛，并且吃素。于是一般所请“信佛”的人就称我为居士，引我为同志。因此我得交接不少所谓“信佛”的人。但是，十年以来，这些人我早已看厌了。有时我真懊悔自己吃素，我不屑与他们为伍。(我受先父遗传，平生不吃肉类。故我的吃素半是生理关系。我的儿女中有二人也是生理的吃素，吃下荤腥去要呕吐。但那些人以为我们同他们一样，为求利而吃素。同他们辩，他们还以为客气，真是冤枉。所以我有时懊悔自己吃素，被他们引为同志。）因为这班人多数自私自利，丑态可掬。非但完全不解佛的广大慈悲的精神，其我利自私之欲且比所谓不信佛的人深得多！他们的念佛吃素，全为求私人的幸福。好比商人拿本钱去求利。又好比敌国的俘虏背弃了他们的伙伴，向我军官跪喊“老爷饶命”，以求我军的优待一样。

信佛为求人生幸福，我绝不反对。但是，只求自己一人一家的幸福而不顾他人，我瞧他不起。得了些小便宜就津津乐道，引为佛佑；(抗战期中，靠念佛而得平安逃难者，时有所闻。）受了些小损失就怨天尤人，叹“佛无灵”，真是“阿弥陀佛，罪过罪过”！他们平日都吃素、放生、念佛、诵经。但他们的吃一天素，希望比吃十天鱼肉更大的报酬。他们放一条蛇，希望活一百岁。他们念佛诵经，希望个个字变成金钱。这些人从佛堂里散出来，说的统是果报；某人长年吃素，邻家都烧光了，他家毫无损失。某人念《金刚经》，强盗洗劫时独不抢他的。某人无子，信佛后一索得男。某人痔疮发，念了“大慈大悲观世音菩萨”，痔疮立刻断根。……此外没有一句真正关于佛法的话。这完全是同佛做买卖，靠佛图利，吃佛饭。这真是所谓“群居终日，言不及义，好行小惠，难矣哉！”

我也曾吃素。但我认为吃素吃荤真是小事，无关大体。我曾作《护生画集》，劝人戒杀。但我的护生之旨是护心（其义见该书马序），不杀蚂蚁非为爱惜蚂蚁之命，乃为爱护自己的心，使勿养成残忍。顽童无端一脚踏死群蚁，此心放大起来，就可以坐了飞机拿炸弹来轰炸市区。故残忍心不可不戒。因为所惜非动物本身，故用“仁术”来掩耳盗铃，是无伤的。我所谓吃荤吃素无关大体，意思就在于此。浅见的人，执着小体，斤斤计较：洋蜡烛用兽脂做，故不宜点；猫要吃老鼠，故不宜养；没有雄鸡交合而生的蛋可以吃得。……这样地钻进牛角尖里去，真是可笑。若不顾小失大，能以爱物之心爱人，原也无妨，让他们钻进牛角尖里去碰钉子吧。但这些人往往自私自利，有我无人；又往往以此做买卖，以此图利，靠此吃饭，亵渎佛法，非常可恶。这些人简直是一种疯子，一种惹人讨嫌的人。所以我瞧他们不起，我懊悔自己吃素，我不屑与他们为伍。

真是信佛，应该理解佛陀四大皆空之义，而屏除私利；应该体会佛陀的物我一体，广大慈悲之心，而护爱群生。至少，也应知道亲亲而仁民，仁民而爱物之道。爱物并非爱惜物的本身，乃是爱人的一种基本练习。不然，就是“今恩足以及禽兽而功不至于百姓”的齐宣王。上述这些人，对物则憬憬爱惜，对人间痛痒无关，已经是循流忘源，见小失大，本末颠倒的了。再加之于自己唯利是图，这真是世间一等愚痴的人，不应该称为佛徒，应该称之为“反佛徒”。

因为这种人世间很多，所以我的老姑母看见我的房子被烧了，要说“佛无灵”的话，所以某君要把这话收入诗中。这种人大概是想我曾经吃素，曾经作《护生画集》，这是一笔大本钱！拿这笔大本钱同佛做买卖所获的利，至少应该是别人的房子都烧了而我的房子毫无损失。便宜一点，应该是我不必逃避，而敌人的炸弹会避开我；或竟是我做汉奸发财，再添造几间新房子和妻子享用，正规军都不得罪我。今我没有得到这些利益，只落得家破人亡（流亡也），全家十口飘零在五千里外，在他们看来，这笔生意大蚀其本！这个佛太不讲公平交易，安得不骂“无灵”？

我也来同佛做买卖吧。但我的生意经和他们不同：我以为我这次买卖并不蚀本，且大得其利，佛毕竟是有灵的。人生求利益，谋幸福，无非为了要活，为了“生”。但我们还要求比“生”更贵重的一种东西，就是古人所谓“所欲有甚于生者”。这东西是什么？平日难于说定，现在很容易说出，就是“不做亡国奴”，就是“抗敌救国”。与其不得这东西而生，宁愿得这东西而死。因为这东西比“生”更为贵重。现在佛已把这宗最贵重的货物交付我了。我这买卖岂非大得其利？房子不过是“生”的一种附饰而已。我得了比“生”更贵的货物，失了“生”的一件小小的附饰，有什么可惜呢？我便宜了！佛毕竟是有灵的。

叶圣陶先生的《抗战周年随笔》中说：“……我在苏州的家屋至今没有毁。我并不因为它没有毁而感到欢喜。我希望它被我们游击队的枪弹打得七穿八洞，我希望它被我们正规军队的大炮轰得尸骨无存，我甚而至于希望它被逃命无从的寇军烧个干干净净。”他的房子，听说建成才两年，而且比我的好。他如此不惜，一定也获得那样比房子更贵重的东西在那里。但他并不吃素，并不作《护生画集》。即他没有下过那种本钱。佛对于没有本钱的人，也把贵重货物交付他。这样看来，对佛买卖这种本钱是没有用的。毕竟，对佛是不可做买卖的。

廿七〔1938〕年七月二十四日于桂林。

①本篇曾载1938年8月13日《抗战文艺》第2卷第4期。

②某君，疑即徐益藩（一帆），作者姑丈前妻之孙。

③史的克，英文stick的音译，意即手杖。

宜山遇炸记①

宜山第一次被炸时，约在二十七（1938）年秋，我还在桂林。听说那一次以浙江大学为目标，投了无数炸弹。浙大宿台在标营，该地多沟，学生多防空知识，尽卧沟中，侥幸一无死伤。却有一个患神经病的学生，疯头疯脑的不肯逃警报，在屋内被炸弹吓了一顿。其病霍然若失，以后就恢复健康，照常上课。浙大的人常引为美谈。

我所遇到的是第二次被炸，时在二十八（1939）年夏。这回可不是“美谈”了！汽车站旁边，死了不少人，伤了不少人，吓坏了不少人。我是被吓坏的人之一。自从这次被吓之后，听见铁锅盖的碰声，听见茶熟的沸声，都要变色，甚至听见邻家的老妇喊他的幼子“金保”，以为是喊“警报”，想立起身来逃了！日本军阀的可恶，今日痛定思痛，犹有余愤。幸而我们的最后胜利终于实现了，日本投降了，军阀正在诛灭了！而我依然无恙。现在闲谈往事，反可发泄余愤，添助欢庆呢！

我们初到宜山的一天，就碰一个大钉子：浙江大学的校车载了我一家十人及另外几个搭客及行李十余件，进东门的时候，突被警察二人拦阻，说是紧急警报中，不得入城。原来如此！怪不得城门口不见人影。司机连忙把车头掉转，向后开回数公里，在荒路边一株大树下停车。大家下车坐在泉石之间休息。时已过午，大家饥肠辘辘。幸有粽子一篮，聊可充饥。记得这时候正是清明时节。我们虽是路上行人，也照故乡习惯，裹“清明粽子”带着走。这时候老幼十人，连司机及几位搭客，都吃着粽子，坐着闲谈。日丽风和，天朗气晴。倘能忘记了在宜山“逃警报”，而当作在西湖上 picnic〔野餐〕看，我们这下午真是幸福！从两岁的到七十岁的，全家动员，出门游春，还邀了几位朋友参加。真是何等的豪爽之举，风雅之事！唉，人生此世，有时原只得作如是观。

粽子吃完，太阳斜斜地，似乎告诉我们可以入城了。于是大家上车，重新入城，居然进了东门。刚才下车，忽见许多人狂奔而来。惊问何事，原来又是警报！我们初到，不辨地势，只得各自分飞，跟了众人逃命。我家老弱走不动的，都就近逃出东门，往树木茂盛的地方钻。我跟人逃过了江，躲进了一个山洞内。直到天色将黑，警报方才解除。回到停车的地方，幸而行李仍在车上，没有损失；人也陆续回来，没有缺少。于是找住处，找饭店，直到更深才得安歇。据说，这一天共发三次警报。我们遇到的是第二、第三两次。又据说，东门外树木茂盛处正是车站及军事机关。如果来炸，这是大目标。我家的人都在大目标内躲警报！

我们与宜山有“警报缘”：起先在警报中初相见，后来在警报中别离；中间几乎天天逃警报，而且遇到一次轰炸。

我们起初住在城内开明书店的楼上。后来警报太多，不胜奔走之劳，就在城外里许处租到了三间小屋，家眷都迁去，我和一个小儿仍在开明楼上。有一天，正是赶集的日子，我在楼窗上闲眺路旁的地摊。看见一个纱布摊忽然收拾起来，隔壁的地摊不问情由，模仿着他，也把货收拾起来。一传二，二传三，全街的地摊尽在收拾，说是“警报来了!”大家仓皇逃命。我被弄得莫名其妙，带着小儿下楼来想逃。刚出得门，看见街上的人都笑着。原来并无警报，只是庸人自扰而已。调查谣传的起因，原来那纱布摊因为另有缘故，中途收拾。动作急遽了些，隔壁的地摊就误认为有警报，更快地收拾，一传二，二传三，就演出这三人成虎的笑剧。但在这笑剧的后面，显然可以看出当时人民对于警报的害怕。我在这风声鹤唳、草木皆兵的空气中，觉得坐立不安，便带了小儿也回乡下的小屋里去。

这小屋小得可怜：只是每间一方丈的三间草屋。我们一家十口，买了两架双层床，方才可住。床铺兼凳椅用，食桌兼书桌用，也还便当。若不当作屋看，而当作船看，这船倒很宽畅。况且屋外还有风景：亭、台、岩石、小山、竹林。这原是一个花园，叫做龙岗园。我住的屋原是给园丁住的。岩石崎岖突兀，中有许多裂缝。裂缝便是躲警报的地方。起初，发警报时大家不走。等到发紧急警报，才走到石缝里。但每次敌机总是不来，我们每次安然地回进小屋。后来，正是南宁失守前数日，邻县都被炸了。宜山危惧起来。我们也觉得石缝的不可靠，想找更安全的避难所。但因循下去，终于没有去找。

有一天，我正想出门去找洞。天忽晴忽雨，阴阳怪气。大家说今天大约不会有警报。我也懒得去找洞了。忽然，警报钟响了。门前逃过的人形色特别仓皇。钟声也似乎特别凄凉。而且接着就发紧急警报。我拉住一个熟人问，才知道据可靠消息，今天敌机特别多，宜山有被炸的可能。我家里的人，依警报来分，可分为两派：一派是胆大的，即我的太太、岳老太太，以及几个十六岁以上的青年。另一派是胆小的，即我的姐姪和两个女孩。我呢，可说无党无派，介乎其中。也可说骑墙、蝙蝠、两派都有我。因为我在酒后属于胆大派，酒前属于胆小派。这一天胆大派的仍旧躲到近旁的石缝里。我没有饮酒，就跟了胆小派走远去。

走远去并无更安全的目的地，只是和烧香拜佛者“出钱是功德”同样的信念，以为多走点路，总好一点。恰好碰到一批熟人，他们毅然地向田野间走，并且招呼我们，说石洞不远。我们得了向导，便一脚水一脚泥地前奔。奔到一处地方，果然见岩石屹立，连忙找洞。这岩石形似一个 V 字横卧在地上，可以由叉口走进尖角，但上面没有遮蔽，其实并不是洞！但时至此刻，无法他迁，死也只得死在这里了。

许多男女钻进了 V 字里。我伏在 V 字的口上。举目探望环境，我心里叫一声“啊呀”！原来这地点离大目标的车站和运动场不过数十丈，倒反不如龙岗园石缝的安全！心中正在着急，忽然听到隆隆之声，V 字里有人说：“敌机来了！”于是男女老幼大家蹲下去拿石上生出来的羊齿植物遮蔽身体。我站在外口，毫无遮藏，怎么办呢？忽见 V 字外边的石脚上，微微凹进，上面遍生羊齿植物。情急智生，我就把身体横卧在石凹之内，羊齿植物之下。

我通过羊齿植物的叶，静观天空。但见远远一群敌机正在向我飞来，隆隆之声渐渐增大。我心中想，今天不外三种结果：一是爬起来安然回家，二是炸伤了抬进医院里，三是被炸死在这石凹里。无论哪一种，我唯有准备接受。我仿佛看见一个签筒，内有三张签。其一标上 1 字，其二标上 2 字，其三标上 3 字，乱放在签筒内。而我正伸手去抽一张。……

正在如此想，敌机三架已经飞到我的头顶。忽然，在空中停住了。接着，一颗黑的东西从机上降下，正当我的头顶。我不忍看了，用手掩面，听它来炸。初闻空中“嘶”的声音，既而砰然一响，地壳和岩石都震动，把我的身体微微地抛起。我觉得身体无伤。张眼偷看，但见烟气弥漫，三架敌机盘旋其上。又一颗黑的东西从一架敌机上落下，“嘶”，又一颗从另一架上落下。两颗都在我的头顶，我用两手掩面，但听到四面都是“砰砰”之声。

一颗炸弹正好落在 V 字的中心，“砰”的一声，我们这一群男女老幼在一刹那间化为微尘——假如这样，我觉得干干脆脆的倒也痛快。但它并不如此，却用更猛烈的震动来威吓我们。这便证明炸弹愈投愈近，我们的危险性愈大。忽然我听见V字里面一个女声叫喊起来。继续是呜咽之声。我茫然了。幸而这时光敌机已渐渐飞远去，隆隆之声渐渐弱起来。大家抽一口气。我站起来，满身是灰尘。匍伏到V字口上去探看。他们看见我都惊奇，因为他们不知我躲在哪里，是否安全。我见人人无恙，便问叫声何来。原来这V字里面有胡蜂作窠。有一女郎碰了蜂窠，被胡蜂螫了一口，所以叫喊呜咽。

敌机投了十几个炸弹，杀人欲似已满足，便远去了。过了好久，解除警报的钟声响出，我们相率离开V字，眼前还是烟尘弥漫，不辨远景。蜂螫的女郎用手捧着红肿的脸，也向烟尘中回家去了。

我饱受了一顿虚惊，回到小屋里，心中的恐怖已经消逝，却充满了委屈之情。我觉得这样不行！我的生死之权决不愿被敌人操持！但有何办法呢？正在踌躇，儿女们回来报告：车站旁、运动场上、江边、公园内投了无数炸弹，死了若干人，伤了若干人。有一个女子死在树下，头已炸烂，身体还是坐着不倒。许多受伤的人呻吟叫喊，被抬赴医院去。……我听了这些报道，觉得我们真是侥幸！原来敌人的炸弹不投在闹市，而故意投在郊外。他们料知这时候人民都走出闹市而躲在郊外的。那么我们的V字，正是他们的好目标！我们这一群人不知有何功德，而幸免于难。现在想来，这V字也许就是三十四〔1945〕年八月十日之夜出现的V字，最后胜利的象征。

这一晚，我不胜委屈之情。我觉得“空袭”这一种杀人办法，太无人道。“盗亦有道”，则“杀亦有道”。大家在平地上，你杀过来，我逃。我逃不脱，被你杀死。这样的杀，在杀的世界中还有道理可说，死也死得情愿。如今从上面杀来，在下面逃命，杀的稳占优势，逃的稳是吃亏。死的事体还在其次，这种人道上的不平和感情上的委屈，实在非人所能忍受！我一定要想个办法，使空中杀人者对我无可奈何，使我不再受此种委屈。

次日，我有办法了。吃过早饭，约了家里几个同志，携带着书物及点心，自动入山，走到四里外的九龙岩，坐在那大岩洞口读书。

逍遥一天，傍晚回家。我根本不知道有无警报了。这样的生活，继续月余，我果然不再受那种委屈。城里亦不再轰炸。但在不久之后，传来南宁失守的消息。我又只得带了委屈之情，而走上逃难之路。

卅五〔1946〕年五月十六日于沙坪。②

①本篇曾载1939年11月6日某报。后又载1946年8月1日《导报》月刊第1卷第1期及同年12月1日《论语》第118期。

②应为：二十八〔1939〕年七月二十一日于宜山。作者于1946年再度发表此文时误署。